KAROLIN AHRENS

Tödliches Verlangen

Roman

Herstellung und Verlag:
Books on Demand GmbH, Norderstedt
ISBN 978-8370-9021-5
Foto: Jan Braun/ Buchcover.com
Cover Design: Alexander Jeske

gewidmet meiner lieben Mutter

Es gibt Menschen, die einen vom ersten Moment verzaubern, wie ein unsichtbares Band fühlen wir uns zu ihnen hingezogen und können nichts dagegen tun, sie zu begehren.
Vielleicht ist es ihr Duft, vielleicht ihre Art, wie sie ihren Mund leicht zu einem Lächeln verziehen, wenn sie unser Interesse entdecken. Diese Menschen sind einzigartig und es kommt nicht selten vor, dass wir uns nichts mehr wünschen, als diesen Menschen für immer nahe zu sein ...

Prolog

Mühsam bahnte er sich seinen Weg durch das dichte Geäst und die verschlungen über dem Boden wachsenden Sträucher. Aus Angst entdeckt zu werden, kroch er auf den Knien über den steinigen Waldboden, sodass seine Beine bereits völlig zerkratzt waren. Schließlich gelangte der Junge an einen dicken Baumstamm, dessen Oberfläche durch die Witterung mit Moos überzogen war. Flink kletterte er hinüber und kauerte sich dicht gedrängt an den kalten Stamm. Hier würden ihn die anderen sicher nicht entdecken.

Stimmen hallten durch den Wald, erst leise, dann bereits so laut, dass er aus dem Gewirr seinen Namen heraushören konnte. Die anderen Kinder hatten sich geteilt und machten sich nun allein oder in Zweiergruppen auf, nach ihrem Freund zu suchen. Der vorübergezogene Herbst hatte die Bäume von ihrer Last befreit und auf dem feuchten Waldboden eine dünne Blätterschicht zurückgelassen, deren Farben nur noch zu erahnen waren. In der Luft lag ein hölzerner Duft von frischem Harz, der sich mit der kalten Abendluft vermischte, die gemächlich durch die Bäume strich. Die Kinder liebten es in diesem Wald zu spielen, *Zauberwald* nannten sie ihn, weil er jedes Mal, wenn sie ihn betraten, ein anderes Gesicht zu scheinen zeigte. Allzu oft erreichten sie erst nach Stunden den rettenden Waldesrand, weil sie wieder einmal einem verwunschenen Pfad gefolgt waren, der sie tief ins Innere des Waldes geführt hatte.

„Philippe, Philippe! Du kannst rauskommen! Wir haben keine Lust mehr zu spielen. Es wird schon dunkel!“, hörte er von seinem Versteck aus Annas leicht weinerliche Stimme dicht neben sich. Vorsichtig blickte er hinter dem dicken Baumstamm hervor und entdeckte nahe dem schützenden Gestrüpp Annas dünne Beinen, die in gelben Gummistiefeln steckten.

„Anna ...“, flüsterte er leise.

„Anna, komm, ich habe ein tolles Versteck entdeckt!“

Und tatsächlich drehte sich das kleine, rothaarige Mädchen um und kroch über den feuchten Waldboden. Fluchend über die vielen Stacheln, die sich durch ihr Kleid in ihre Haut bohrten, gelangte sie schließlich zu ihrem Freund.

„Komm Anna, lass uns noch ein bisschen weiter kriechen, da hinten waren wir noch nie!“, stachelte Philippe seine Freundin an.

Das hagere Mädchen hatte keine Lust mehr zu spielen, außerdem war sie fürchterlich hungrig. Doch ihr Freund klang so abenteuerlustig, dass sie ihren Hunger vergaß und ihm aufgeregt folgte. Schon nach kurzer Zeit konnten die anderen Stimmen sie nicht mehr erreichen.

Der Boden roch bereits nach der herannahenden Nacht, wilde Äste schienen sich wie Fessel an ihren Körper festkrallen zu wollen.

Endlich, als auch der Junge zum Rückzug bereit war, entdeckten sie hinter einer Baumgruppe eine helle Lichtung. Als sie aus dem Dickicht hervorkrochen und auf das lichtbeflutete Waldstück traten, lag vor ihnen ein alter Weiher, dessen gefrorene Wasseroberfläche sich in einen tiefen schwarzen Spiegel verwandelte, sobald ein dünner Lichtstrahl durch die verhangenen Baumkronen fiel. Eine unheimliche Stille breitete sich aus. Die Kinder drängten sich dicht aneinander. Auch, wenn augenscheinlich keine Gefahr zu sehen war, hatte die Situation etwas Unheimliches, ja Bedrohliches an sich. Von der Neugier getrieben, schlichen sie weiter durch das dichte Schilf an dem Gewässer vorbei, als plötzlich eine Holzhütte vor ihnen auftauchte, die dicht umrankt von Ästen auf einer kleinen Anhöhe stand.

Auf Zehenspitzen schlichen die Kinder zu der heruntergekommen wirkenden Eingangstür. Ein beißender modernder Geruch lag in der Luft, der die Kinder unweigerlich einen Schritt zurücktreten ließ.

„Komm Philippe, lass uns zurückgehen. In der Hütte ist bestimmt ein totes Tier und ich habe Angst!“, flehte Anna ihren Freund an und zog ihn am Arm.

Doch der Junge dachte nicht daran umzukehren, er befreite sich blitzschnell aus der Umklammerung seiner Freundin und riss mit vereinten Kräften an der morschen Eingangstür. Diese ließ nach und ein gewaltiger Schwarm Fliegen strömte ins Freie. Wie eine schwarze Wolke umkreisten die Insekten die Kinder. Der beißende Geruch war jetzt so unerträglich, dass ihnen der Atem stockte. Anna schrie und flehte ihren Freund an, endlich umzukehren. Doch die Worte seiner Freundin nahm Philippe nicht wahr, zu schlimm war der Anblick, der sich ihm im Inneren der Hütte bot; der Kopf des Mannes hing merkwürdig abgeknickt zur Seite und fiel auf die knöcherne Schulter. Die Blut unterlaufenden Augäpfel waren weit aus den Höhlen herausgetreten und schienen den Jungen anzustarren. Der Strick, der um seinen Hals gebunden war, hatte sich so tief in das Fleisch des Mannes gebohrt, dass eine eitrige Flüssigkeit aus der Wunde hervortrat, auf der unzählige Fliegen hafteten. Der nackte Oberkörper war mit schwärzlichen Flecken übersät. Die braune Hose hing wie ein Stofffetzen an den Beinen, die durch den Windstoß der offenen Tür gefährlich hin und her zu schwanken begannen. Schweiß rann dem Jungen über die Stirn und langsam bewegte er sich über den knarrenden Holzboden zurück zur Tür, als sein Blick plötzlich auf den morschen Boden fiel. Unter den blau befleckten Füßen des toten Mannes lag ein Briefkuvert. Erstarrt hafteten die Augen des Jungen an diesem. Ohne nachzudenken, fast wie in Trance, ergriff der Junge den Umschlag und rannte aus der Tür ins Freie, vorbei an dem Weiher und in den Wald hinein. Das Mädchen rannte, ohne zu wissen, was sich in der Hütte verbarg, instinktiv hinter ihrem Freund her. Sie rannten, so lange bis ihre Beine sie nicht mehr trugen und sie erschöpft auf den Waldboden zusammensanken.

„Was ist das?“, fragte Anna vorsichtig, als sie wieder sprechen konnte, und zeigte dabei auf den Briefumschlag.

„Das lag bei dem toten Mann“, erwiderte Philippe. Zittrig öffnete er den Umschlag. In ihm lag ein Brief, den jemand in sauberer Handschrift angefertigt hatte.

„Ließ du Anna, du kannst das besser“, forderte der Junge seine Freundin auf und überreichte ihr das Papier. Und das Mädchen saß auf dem feuchten Moosboden, faltete das Papier auseinander und las, ohne zu ahnen, dass er Zeugnis einer fürchterlichen Tragödie war;

Ich habe sie erlebt- die Liebe.

Sie hat sich in mein Leben geschlichen, unmerklich, fast unsichtbar.

Sie ist zu einer Droge geworden, dessen Dosierung ich nicht mehr steuern konnte.

Die Liebe ist gefährlich. Hat man sie einmal eingeatmet,
erstickt man ohne sie.

Ich bin einsam, denn ich habe verloren, was ich niemals besessen habe.

Meine Sehnsucht ist zur Sucht geworden, die mich jeden Tag mehr auffrisst.

Der einzige Weg dieser Sucht zu entkommen, ist der Tod- meine Erlösung.

1

Die Hitze hing wie ein schweres, nasses Tuch über der Stadt. Der Juni war ein warmer Monat gewesen. Außergewöhnlich warm, hatten die Meteorologen diagnostiziert. Und auch an diesem späten Junimorgen zeigte die Sonne kein Erbarmen. Bereits um kurz nach sechs war sie über den Horizont geklettert und es war vorauszusehen, dass sie bis zu ihrem Höhepunkt am Mittag, die Stadt in einen brütenden Kessel verwandelt haben würde. Jeder, der nicht etwas Dringendes zu erledigen hatte, suchte Schutz in den klimatisierten Geschäften oder stärkte sich mit einem kalten Getränk unter einem der Schatten spendenden Pinien, von denen es heute im Stadtpark nicht genug zu geben schien.

Sophie ließ die Fensterscheibe ihres Mercedes hochfahren und drückte auf den Knopf der Klimaanlage. So oft es ging verzichtete sie auf diese nützliche, aber nicht gerade gesundheitsförderliche Einrichtung. Nur heute konnte sie es nicht verhindern, dass die Hitze ihren Körper in Sekundenschnelle mit Schweiß überzogen hatte, und sie sich umständlich aus ihrer Blazer pellen musste, um nicht völlig zu zerlaufen. Leider gab es in ihrer Kanzlei nicht so etwas wie *hitzefrei* und sie hatte sich mit einem Ventilator und einer großen Flasche Wasser in ihr Büro zurückgezogen. Um zehn hatte sie dann beschlossen, dass es einfach zu warm zum arbeiten war. Außerdem stand noch ein Besuch bei ihrer Mutter an. Als sie die Innenstadt verlassen hatte, klingelte ihr Autotelefon. An der Nummer erkannte sie, dass es Alexanders Dienstnummer war.

„Hallo Schatz."

„Hey, wohin des Weges, schöne Frau?"

„Ich bin auf dem Weg zu Marie, es ist heute einfach zu warm“, antwortete Sophie und fuhr sich mit einem Taschentuch über die feuchte Stirn.

„Ja, unerträglich, ich war nur kurz draußen und hatte danach schon das dringende Bedürfnis unter eine kalte Dusche zu springen.“

In diesem Moment drückte sich rücksichtlos ein anderer Sportwagen an ihrem Fahrzeug vorbei, sodass Sophie kurz abbremsen musste. Die Hitze schien die Menschen zu aggressiven Rüpeln werden zu lassen.

„Singst du?“ Fragte er jetzt und Sophie runzelte verwundert die Stirn.

„Singen, wieso sollte ich denn singen?“ Nach einem kurzen Augenblick verstand sie und drehte das Radio leiser.

„Das ist nur das Autoradio.“

„Schade.“

„Wieso schade?“ Erwiderte sie und konnte es nicht verhindern, dass sich ihr Gesicht zu einem leichten Lächeln verzog.

„Ich fände es schön, wenn du für mich etwas singen würdest.“

„Ich tue ungern Dinge, von denen ich schon im Voraus weiß, dass ich mich blamiere.“ Alexander lachte leicht. „Und du weißt ja, dass ich eine grauenvolle Sängerin bin.“

„Ach, du übertreibst!“

„*Unter*treibe. Mir fällt es schon schwer, in einer normalen Konversation die Stimmlage zu halten. Tut mir leid Schatz, ich tue sonst alles für dich…“

„Ich bin jetzt gleich da, telefonieren wir später?“, fuhr sie fort, denn sie hatte bereits die Hofeinfahrt ihrer Mutter erreicht.

„Unter einer Bedingung…“

„Ja?“

„Irgendwann singst du mir etwas Schönes…“

Sie hörte sein Lächeln in der Stimme.

„Ja, versprochen. Bis Später!“

Sie legte auf und hoffte, dass er dieses Versprechen ganz schnell wieder vergessen würde, was bei Alexander allerdings so gut wie ausgeschlossen war.
Schon von Weitem erkannte sie ihre Mutter, die zwischen den Rosen stand und diese von abgestorbenen Ästen befreite.
„Ist es heute nicht etwas zu warm, um sich mit lästiger Gartenarbeit zu beschäftigen?“ Fragte Sophie mit einem Blick auf Maries mit Schweißflecken überzogenem T-Shirt.
„Ich wollte nur schnell die Rosen nachschneiden, wäre doch jammerschade, wenn sie eingehen würden.“ An dem mittlerweile hochroten Kopf ihrer Mutter erkannte Sophie, dass sie hier mindestens eine Stunde gestanden haben musste, ahnte aber bereits, was der Grund für diesen Übereifer war.
„Komm jetzt, Mama, du bekommst noch einen Sonnenstich.“ Zusammen gingen sie hinüber ins Haus und nachdem Marie sich ein frisches T-Shirt übergestreift hatte, setzten sie sich in das kühle Wohnzimmer. Schweigend schenkte Sophie sich ein Glas Wasser ein und auch Marie schien heute nicht sehr gesprächig zu sein. Beide wussten, was heute für ein Tag war. Schließlich fasste sich Sophie ein Herz „Wolltest du heute mit auf den Friedhof kommen?“
„Nein!“ Erwiderte Marie Steinberg so bestimmt, dass Sophie leicht zusammenzuckte.
„Mama es ist jetzt solange her, dass Papa…“
„Sophie, ich komme nicht mit zum Friedhof!“
„Aber vielleicht würde es dir guttun…“, schaffte Sophie gerade noch zu erwidern, als sie ihr ins Wort fiel.
„Jedes Jahr führen wir diese sinnlose Diskussion Sophie, und jedes Jahr beginnst du sie auf ein Neues!“ Sophie beobachtete, dass die Worte ihre Mutter so in Aufregung versetzte, dass sich unter ihren Achseln wieder dunkle Schweißflecken bildeten.

„Es könnte ja sein, dass du mittlerweile deine Meinung geändert hast!“ Sophie stand vom Sessel auf und wanderte durchs Zimmer.
„Nein habe ich nicht!“
Es hat keinen Sinn, überlegte sie. Ihre Mutter wehrte sich vehement zu dem Grab ihres Vaters zu gehen. Noch nicht einmal bei der Beerdigung war sie dabei gewesen. Ob sie überhaupt wusste, wo er begraben lag? Wahrscheinlich nicht, mutmaßte Sophie still. Und vielleicht war es auch besser so. Ihre Mutter hatte sich entschieden nach dem Tod ihres Mannes hier zu bleiben. In der großen Villa, die umrankt von einem herrlichen Garten, mit zu den Schönsten Münchens zählte. Für eine einzige Person aber viel zu groß war. Und trotzdem, und das stellte Sophie oft fest, wenn sie ihre Mutter besuchte, schaffte diese es, das große Haus in Schuss zu halten und sich auch um den Garten mit seinen unzähligen Pflanzen zu kümmern.
„In Ordnung, Mama. Soll ich etwas mitnehmen?“
Sophie wusste, dass ihre Mutter nun, wie jedes Jahr, einen riesigen Strauß Blumen aus der Küche holen würde, den sie kurz vorher im Garten gepflückt hatte und ihn ihr in die Hand drücken würde. Und so wunderte sich Sophie nicht, dass Marie jetzt aufstand und in die Küche hinüber ging. Sie schien sich wieder etwas beruhigt zu haben und auch für Sophie war das Thema, zumindest für dieses Jahr, wieder einmal erledigt.

Als sie von der Hofeinfahrt fuhr, erkannte sie noch im Rückspiegel, dass sich ihre Mutter wieder an die Rosen gemacht hatte. Sie schüttelte den Kopf, hielt es aber für das Beste, Marie an diesem Tag alleine zu lassen. Ihr war nicht entgangen, dass ihre Mutter entspannter wirkte, als sie Sophie an der Tür verabschieden konnte.
Nach einigen Minuten erreichte sie den Südfriedhof und parkte ihren Wagen unter einer Baumgruppe. Sie beeilte sich, die Vasen mit Wasser zu füllen und durchstreifte den schmalen Weg, der zu dem Grab ihres

Vaters führte. Fast jede Woche war sie hier, entfernte es von Unkraut oder stellte die Blumen wieder auf, die rücksichtlose Jugendliche umgeschmissen hatten.
Der Tod war damals schnell gekommen. Wie ein Parasit hatte sich der Krebs durch den Körper Peter Steinbergs gefressen. Erst die Nieren, dann die Leber und dann das Herz, was das Todesurteil bedeutete. Sophie erinnerte sich nur selten an die letzten Wochen. Die Gedanken lähmten sie und es war manchmal das Beste, schlimme Erinnerungen in den hintersten Winkel seines Kopfes zu schieben. Von dort gelang es ihnen nur selten, wieder an die Oberfläche zu kommen. Sie wurde aus den Gedanken gerissen, als zwei Jugendliche das Grab passierten. Mit je einem Ohr hingen sie an einem Walkman und Sophie hatte plötzlich das dringende Bedürfnis zu ihrem Wagen zurückzukehren, als ihr die laute Musik der beiden entgegenschallte.
Sie entschloss noch etwas zu essen beim Italiener mitzunehmen. Sie hatte heute keine Lust, selbst zu kochen und Alexander war sicher auch fürchterlich hungrig, wenn er später nach Hause käme.
Nach einer halben Stunde erreichte sie schließlich die Victoria Allee und parkte ihren Wagen vor ihrem Apartment. Als sie ausstieg, hörte sie bereits das Telefon, das gerade aufgehört, jetzt aber wieder unablässig klingelte. Es schien etwas Wichtiges zu sein.

Minutenlang stand sie reglos dar, unfähig zu begreifen, was sie gerade gehört hatte. Plötzlich spürte sie einen Stoß in der linken Kniekehle, der sie leicht ins Wanken brachte.
“Tassilo, lass das!“
Beleidigt von der lauten Stimme seiner Besitzerin verschwand der braune Labrador ins Wohnzimmer und ließ sich entmutigt auf dem weißen Flokatiteppich fallen.

Sophie stand noch immer in dem schmalen olivfarbenden Flur. Langsam stieg ein stechender Kopfschmerz in ihr auf. Wie konnte das nur passieren? Eben hatte sie doch noch mit Alexander telefoniert. Der Arzt klang ernst, es sei nicht sicher, ob ihr Mann die Nacht überleben wird. Blitzschnell und wieder bei sich rannte sie die Treppe hinauf ins gemeinsame Schlafzimmer. Das große Bett aus edlem Mahagoni Holz war noch genau so, wie sie es am Morgen verlassen hatte. Sie hatte keine Zeit gehabt die Decken aufzuschütteln, sie lagen zerwühlt am Bettende. Alexander liebte dieses Bett, er hatte es auf ihrer Hochzeitsreise in Kapstadt in einem kleinen Möbelgeschäft entdeckt und extra aus Südafrika einfliegen lassen. Hektisch riss sie die großen Türen des Kleiderschrankes auf. Die Tränen, die ihr die Wangen hinunter liefen, bemerkte sie dabei nicht. Plötzlich stockte sie. Was tue ich hier überhaupt? Was soll Alexander mit seiner Kleidung, wenn noch nicht mal sicher war, ob er überhaupt überlebt?, schoss es ihr durch den Kopf und hastig, als hätte sie zu viel Zeit verloren, rannte sie wieder die Treppe hinunter. Sie riss die Autoschlüssel aus ihrer Jackentasche und hastete aus dem Haus.

Der lange weiße Gang zur Intensivstation kam Sophie endlos vor. Endlich erreichte sie die Station und griff einer vorbeikommenden Schwester an den Arm. Etwas erschrocken blickte diese die völlig verstörte Frau an. Obwohl ihr Gesicht von Tränen ertränkt war, erkannte die Schwester sofort, dass eine sehr hübsche, anmutige Frau vor ihr stand. Sie war groß, mindestens 1, 75 m, etwa dreißig Jahre alt, sehr schlank; ihr cremefarbendes Kostüm schmiegte sich perfekt an ihren Körper, lange goldblonde Haare umrankten ihr ausdrucksstarkes Gesicht mit großen blauen Augen, zarte Brillanten blitzten ihr von den Ohren entgegen.

„Entschuldigen Sie, mein Mann hatte einen schlimmen Verkehrsunfall, sein Name ist Alexander Sommer, bringen sie mich bitte zu ihm!“

Die Schwester wusste sofort, von wem die schöne Frau sprach. Sie hatte selbst bei der Erstversorgung geholfen. Der Patient wurde mit einer schweren Kopfverletzung sowie einer gequetschten Leber und einer schweren Wirbelsäulenfraktur eingeliefert. Sein Auto, ein Mercedes Kombi, sei bei dem Unfall komplett zerstört worden. Sie wunderte sich immer wieder, dass ein Mensch mit solchen Verletzungen überhaupt noch am Leben war.

„Einen kleinen Moment bitte, warten sie hier, ich bin sofort wieder da."

Die Schwester verschwand hinter einer Tür und kam wenige Momente wieder, in der Hand ein grüner Anzug samt Mundschutz, was sie Sophie entgegenhielt.

„Ziehen sie das bitte über ihre Kleidung."

Sophie gelang es schnell, trotz zitternder Hände, in die Intensivkleidung zu schlüpfen und legte sich den Mundschutz um, dann betrat sie den Raum, in dem Alexander lag.

Auf dem Bett lag ein lebloser Körper, der an allen erdenklichen Stellen mit Schläuchen verbunden war, durch die eine wässrige blutige Flüssigkeit rann. Vom Kopf war außer einem kleinen Schlitz für Augen, Nase und Mund nur ein dicker Verband zu sehen. Im gesamten Raum piepten und summten unzählige Geräte.

Sophie stand am Rand des Bettes, ihr gesamter Körper zitterte, sie sackte auf die Knie und umklammerte dabei Alexanders Hand, die bewegungslos und kalt in ihrer lag.

„Alexander, was ist nur mit dir passiert!"

Es gab noch nie einen Moment, in dem sie eine so lähmende Hilflosigkeit empfunden hatte, wie ein schwerer Sack zog die Angst an ihr, die Angst, ihn hier das letzte Mal zu sehen. Sie wusste nicht, wie es sein würde, von ihm Abschied nehmen zu müssen, denn die Vorboten zeigten sich bereits jetzt in einem Zustand von panischer Angst und einer merkwürdigen inneren Leere, dass alles, was danach käme, ihre Vorstellungskraft überstieg.

Plötzlich umschloss eine warme Hand ihre Schulter. Erschrocken sah Sophie auf. Vor ihr stand ein Mann, der einen gleichen grünen Anzug wie sie trug.

„Guten Tag, Frau Sommer. Ich bin Dr. Hansen, der zuständige Arzt. Wir hatten vorhin telefoniert."

Vorsichtig nahm er ihren Arm und half ihr auf die Beine.

„Es tut mir sehr leid, was ihrem Mann widerfahren ist. Leider ist er gleich nach Ankunft in der Klinik in ein Koma gefallen. Ich verspreche ihnen, dass wir alles erdenklich Mögliche tun werden, um ihren Mann am Leben zu erhalten."

„Bitte versprechen Sie mir, dass er es schaffen wird", flehte Sophie unter Tränen „Bitte helfen sie ihm, er darf nicht sterben!"

Sie klammerte sich verzweifelt an den Arm des Arztes, ihr Gesicht war totenblass, ihre Lippen blau, ihr Körper zitterte noch immer unentwegt.

„Kommen Sie, Frau Sommer. Sie müssen erst einmal zu sich kommen. Ihr Mann braucht sie und dazu müssen sie sich beruhigen!"

Langsam ließ sie sich aus dem Zimmer führen und setzte sich auf eine Bank im Warteraum der Intensivstation.

„Bitte lassen sie mich jetzt allein, ich möchte jetzt alleine sein", hörte sie sich flüstern.

Der Arzt strich Sophie leicht über den Arm, sie konnte seinen mitleidigen Blick spüren, der sich wie eine Bestätigung der Aussichtslosigkeit auf ihr Gesicht legte. Langsam begann die Umgebung vor ihren Augen zu einer grauen unbestimmbaren Masse zu verschwimmen.

3 Monate später

2

Wenn Sophie an die vergangenen Wochen zurückdachte, fand sie immer wieder den Vergleich zu einem Cocoon, indem sie gelebt hatte. Wenn es nur darum ging, zu überleben, stellte man schnell fest, dass sein eigenes Leben überwiegend aus überflüssigen Dingen bestand. Ein paar Stunden Schlaf, etwas zu trinken und ab und zu etwas Festes zwischen den Zähnen, war im Grunde alles, was man brauchte, um am Leben zu bleiben.

Nach wenigen Tagen hatte sie das Gefühl für Zeit verloren, wann die Sonne aufging, wann sie unterging, sie nahm es wahr, aber sie hatte kein Bezug, wie spät es wohl sein mochte. Nach einem kurzen Anruf in ihrer Kanzlei, dass sie bis auf Weiteres nicht mehr kommen konnte, fand sich ihr Alltag in einen immer wiederkehrenden Rhythmus ein. Aufstehen, etwas essen, zu Alexander ins Krankenhaus fahren, nach acht Stunden wieder nach Hause fahren, schlafen.

Schwer konnte sie in Worte fassen, was er für ein Gefühl gewesen war, als sie, wie jeden Morgen den langen Flur des Krankenhauses entlang schlurfte und ihr der Arzt, Dr. Hansen, bereits entgegenkam. Sein Gang war aufrecht und hektischer als sonst. Daran erinnerte sie sich noch.

„Frau Sommer, ihr Mann ist aus dem Koma erwacht“, hatte er bloß gesagt. Aber für sie hatten diese Worte wie eine Melodie geklungen, die sie lange nicht gehört hatte und von deren Schönheit sie in diesem Moment überwältigt wurde.

Dies war jetzt zwei Wochen her und als Sophie nun durch den langen Gang zu Alexanders Zimmer ging, nahm sie zum ersten Mal die bunten Bilder wahr, die an den Wänden befestigt waren.

Alexander öffnete die Augen, als sie das Zimmer betrat und die Müdigkeit, die über ihrem Gesicht lag, ließ ihn ahnen, was Sophie die letzten Wochen durchgemacht haben musste. Man hatte ihm wenig Überlebenschancen eingeräumt. Aber irgendwie hatte sich sein Körper dagegen gewehrt, zu sterben. Er konnte sich an wenig erinnern. Das Einzige, was sich immer wieder in sein Gedächtnis drängte, war eine warme Hand, die seine umschlossen und ihm über das Gesicht gestrichen hatte. Sophie hatte ihm wahrscheinlich das Leben gerettet und während sie sich zu ihm aufs Bett setzte, dachte er an den Moment, in dem er sie das erste Mal gesehen hatte. Seine Steuerberatergesellschaft betreute das Unternehmen erst wenige Wochen und an diesem Tag war ein Termin angesetzt, an dem auch die juristische Beratung, eine junge engagierte Anwältin, wie er gehört hatte, anwesend sein würde, um ihnen einen Überblick über die laufenden Verbindlichkeiten zu verschaffen. Er hatte selbst einmal überlegt, Jura zu studieren, ein paar Vorlesungen besucht, die seine Entscheidung gestärkt hatte, dass doch Wirtschaftswissenschaften mit seinen klaren Strukturen das Richtige für ihn war. Jura war zwar auch eine Wissenschaft, doch konnte Alexander bis heute nicht begreifen, warum man für eine Lösung, die offensichtlich auf der Hand lag, unzählige Seiten ausführen musste, und die Juristen versessen darauf waren, jedes Problem, auch, wenn sie es erst künstlich erzeugen mussten, akribisch auseinandernahmen. War es nicht der Konsens, der unumgänglich für eine effektive Arbeit war, schienen Juristen dieses Wort aus ihrem Gehirn verbannt zu haben und die Lösung gerade darin zu sehen, eine Frage möglichst so abstrakt und umfangreich zu erläutern, wie es einem Menschen überhaupt möglich war. Dies ging soweit, dass am Ende nur das Bundesverfassungsgericht ein Machtwort sprechen konnte.

Er hoffte, dass er bei diesem Termin nicht wieder in einen schläfrigen Ruhezustand verfallen würde, den ihn immer überwältigte, wenn er versuchte, einem Juristen zu folgen. Er schenkte sich gerade eine Tasse Kaffee ein, als er bemerkte, dass seine Kollegen plötzlich ihren Blick zur Tür richteten. Sie trug einen dunkelblauen eng geschnittenen Hosenanzug, der ihre Augen strahlen ließ. Ihre langen, blonden Haare fielen in leichten Wellen über den Rücken und sie hatte ihre Augen mit Maskara und etwas Kajal betont. Lippenstift trug sie grundsätzlich nie. Sie erinnerte ihn sofort an eine frisch aufgehende Knospe.

Wenn andere Menschen Blumen liebten, wenn sie sich in ihrer ganzen Schönheit zeigten, gab es für Alexander nichts, was so rein war, wie eine gesunde Knospe, die sich durch die aufgehende Sonne nur ein Stück weit geöffnet hatte, um die Blätter, die noch nichts von der schlechten Welt ahnten, hinauszulassen; die Farben waren noch so unverbraucht und noch kein Mensch hatte ihren Duft in sich aufgesogen.

Aber Sophie mochte es nicht, wenn er sie *meine Knospe* nannte. Sie sagte, es habe etwas Anzügliches an sich, weil jeder sofort an ihre Brustwarzen denken müsse, und diese Vorstellung empfand sie als äußerst unangenehm. Als Frau hatte sie es schon schwer genug.

Er beruhigte sie dann immer, denn ihre Brustwarzen sahen überhaupt nicht aus wie eine Knospe, mehr wie braune, feste Haselnüsse. Wie Nüsse, die er bei seiner Großmutter früher im Garten gesammelt hatte. Aber auf diese Diskussion ließ sie sich schon gar nicht mehr ein, und so flüsterte er ihr die beiden Worte nur ins Ohr, wenn sie ungestört waren.

Als sich ihr und Alexanders Blick trafen, war es kurz so, als würde die Zeit stillstehen. Alexander fand diese Beschreibung ziemlich kitschig, aber es hätte keine andere Darstellung auf diese besondere Situation geben können. Fast wie selbstverständlich verabredeten sie sich für den Abend bei einem kleinen Italiener. Bis zum frühen Morgen unterhielten sie sich und ohne viele Worte zu verlieren, war ihnen klar, dass sie füreinander bestimmt waren. Wenige Monate später heirateten sie im Kreis der Familie.

Sophie war das größte Glück, was ihm jemals passiert war. Und wieder überkam ihm, wie so oft, wenn er darüber nachdachte, panische Angst, sie einmal verlieren zu können.

Sophie streifte mit ihrem Lippen seine Stirn und riss ihn so aus Gedanken.
„Ich habe eine gute Nachricht“, sagte er nun und musste eingestehen, das auch ihn diese Tatsache mehr als glücklich machte.
„Wenn keine Komplikationen mehr auftreten, darf ich das Krankenhaus zum Wochenende hin verlassen. Ich muss zwar noch einige Wochen zur Reha, mit dem Laufen klappt es nicht so gut. Aber ich werde endlich wieder nach Hause kommen und statt dann in das griesgrämige Gesicht einer Krankenschwester zu schauen, werde ich endlich wieder neben dir aufwachen. Was sagst du?“
„Nichts“, erwiderte sie nach einer kurzen Pause. „Ich habe einfach das Gefühl, dass das Leben jetzt wieder beginnt.“
Er lächelte und strich ihr über die blassen Wangen.

X

Endlich zu Hause! Sophie schob den Rollstuhl über die Türschwelle.
„Was möchtest du als Erstes machen?“, wandte sie sich an Alexander, der unbeholfen versuchte, den Rollstuhl ins Wohnzimmer zu schieben.
„Ach Sophie, in meiner momentanen Lage kann ich überhaupt nicht viel machen, oder hast du Lust eine Runde Tennis spielen zu gehen?“
Sie bemerkte neben der aufgesetzten Ironie, dass Alexander im Inneren sehr bedrückt war und sich nur schwer damit abfinden konnte, die nächsten Wochen an einen Rollstuhl gefesselt zu sein. Seine Worte schmerzten sie, allerdings hatte sie sich fest vorgenommen, ihn immer wieder zu ermutigen und ihm das Gefühl zu geben, dass alles nur halb so schlimm sei, schließlich handelt es sich nur um einen vorübergehenden Zustand! „Mach es dir schon mal auf dem Sofa bequem, ich besorge uns schnell etwas Leckeres zu essen, fahre bei der Videothek

vorbei und hole auf dem Rückweg endlich Tassilo ab, er vermisst dich sicher auch ganz furchtbar!“

Sie hievte Alexander aus dem Rollstuhl auf das Sofa, drückte im einen Kuss auf die Stirn und machte sich auf den Weg.

Vierzig Minuten später, nachdem sie beim China-Imbiss für beide gebackene Ente und aus der Videothek einen Film besorgt hatte, erreichte sie das Haus ihrer Mutter. Sie hörte bereits in der Hofeinfahrt das freudige Winseln Tassilos, der sich auch gleich auf sie stürzte, als sie das Gartentor öffnete.

„Nicht so stürmisch, mein Kleiner!“, begrüßte Sophie den aufgeregten Rüden und gelangte nur mit Mühen zur Eingangstür. Doch auch nach dem zweiten Klingeln öffnete ihre Mutter nicht die Tür. Merkwürdig, ging es Sophie durch den Kopf. Normalerweise stand ihre Mutter bereits in der Tür, wenn sie das Auto ihrer Tochter in die Hofeinfahrt kommen hörte und jetzt öffnete sie selbst beim zweiten Klingeln nicht. Auch der Wagen ihrer Mutter stand in der Einfahrt und Tassilo hatte sie in den Garten gelassen, sodass sie unmöglich in die Stadt oder nur einen Spaziergang machen konnte. Eine leichte Nervosität stieg in ihr auf und Sophie ärgerte sich, dass sie den Ersatzschlüssel für das Haus ihrer Mutter nicht mitgenommen hatte. Sie klingelte erneut, doch auch jetzt war nichts im Haus zu hören. Nach kurzer Ratlosigkeit beschloss sie auf der Rückseite des Hauses nachzusehen, vielleicht gelang es ihr durch eine der Fenster zu sehen, wo ihre Mutter steckte. Gefolgt von ihrem Hund bahnte sie sich zunächst durch den dicht verrankten Rosengarten. Einen Augenblick war sie fasziniert von der Fülle und Farbenvielfalt der Blumen; wie liebevoll ihre Mutter diese pflegen und hegen musste. Stolz präsentierten sie ihre Köpfe in den wenigen Sonnenstrahlen, die es noch durch die Abendwolken schafften. Nachdem sie auch den kleinen Kräutergarten vor der Terrasse passiert hatte, gelangte sie an das große giebelförmige Fenster, welches einen freien Blick ins Wohnzimmer lieferte. Dicht drängte sie ihren Kopf an die Scheibe. Auf dem großen cremefarbenem Sofa lagen nur ein paar Kissen und eine aufgewühlte Wolldecke ließ darauf schließen, dass ihre Mutter sich kurz zuvor hingelegt hatte. Wo steckt sie bloß? Sie hatte bereits ihr Handy aus der Tasche hervorgeholt um Alexander, um Rat zu fragen, als sie im Augenwinkel einen Schatten wahrnahm, der sich aus dem großen Sessel erhob, der rücklings zum Fenster an dem kleinen Schreibtisch stand.

„Mama, ich bin´s Sophie!"

Sie klopfte an die Scheibe und beobachtete dabei ihre Mutter, die nun eilig zum Fenster kam.

„Oh Sophie, es tut mir leid, ich saß am Schreibtisch und habe dich gar nicht gehört, komm rein, ich mache uns schnell einen Kaffee."

Trotz dieser harmlos scheinenden Worte merkte sie, dass mit ihrer Mutter etwas nicht stimmte.

„Ich habe mehrmals geklingelt, Mama. Das kannst du unmöglich überhört haben. Außerdem hat Tassilo so einen Krach veranstaltet, das hätte selbst Tote erweckt!"

Marie schüttelte den Kopf, schien jedoch von diesen Worten verunsichert und fuhr sich mit der Hand durch schulterlanges Haar; dabei entging Sophie nicht, dass die Stirn ihrer Mutter mit Schweiß überzogen war. Irgendetwas musste ihre Mutter erschreckt haben, so sehr, dass sie völlig neben sich stand.

Verunsichert machte sich Sophie wieder auf den Weg zur Eingangstür. Doch, auch als ihre Mutter die Tür öffnete, war das nervöse Flimmern in ihren Augen nicht verschwunden.

„Was ist denn los mit dir, Mama? Du wirkst ja völlig aufgelöst. Vorhin als du die Tür nicht aufgemacht hast, ich habe mir Sorgen gemacht."

„Ich habe einfach schlecht geschlafen Sophie. Tut mir leid. Jetzt komm erst einmal rein. Ich hoffe, du hast noch Zeit für einen Kaffee?"

Wieso log ihre Mutter sie an?, überlegte Sophie und setzte sich an den großen Essenstisch.

„Komm doch am Wochenende zu uns rüber Mama. Wir könnten spazieren gehen oder einfach nur faul zu Hause bleiben. Was hältst du davon?“
Erwartungsvoll blickte sie zu ihrer Mutter.
„Ja, gerne, das machen wir.“ Obwohl ihre Mutter mittlerweile einen gefassteren Eindruck machte, befriedigte Sophie ihr Zustand nicht, und wenn es nicht der erste Abend gewesen wäre, an dem Alexander wieder zu Hause schlafen würde, wäre sie bei ihrer Mutter geblieben. Sie fühlte sich elend, sie wollte für ihre Mutter da sein, doch auch Alexander brauchte sie nach wie vor. Sie beschloss, Tassilo noch eine Weile bei ihrer Mutter zu lassen. Marie war ganz vernarrt in den Kleinen und so war ihr schlechtes Gewissen zumindest ein wenig beruhigt. Besorgt verabschiedete sie sich von ihrer Mutter, der der Abschied auch ersichtlich schwerfiel.

Marie stand am Fenster und beobachtet, wie ihre Tochter von der Einfahrt fuhr. Hätte sie ihr etwas sagen sollen? Sie wusste, dass Sophie ihr nicht glaubte, aber ihre Tochter hatte eine so schlimme Phase hinter sich, da konnte sie sie unmöglich mit ihren Problemen belasten.
Sie ging zum Fenster, um nach Tassilo zu sehen. Dieser hüpfte wie ein junges Reh vergnügt über den Rasen und versuchte vergeblich Bienen zu fangen, die sich auf dem Klee niedergelassen hatten. Bei diesem Anblick musste Marie lächeln und ihr Puls, der die letzten Stunden wie wild geschlagen hatte, beruhigte sich langsam. Sie legte sich auf das Sofa, schloss die Augen und versuchte etwas Schlaf zu finden. Doch wenige Sekunden später schreckte sie zusammen. Da war sie wieder, diese Panik, die wie eine giftige Schlange ihren Körper umschlang und ihr den Atem raubte. Ihr Gesicht war in Sekundenschnelle kreidebleich, ihre Finger waren nass geschwitzt und kalt. Sie spürte, wie sich ihr Nacken zusammenkrampfte und ein kleiner Schweißfluss sich den Weg

über ihren Rücken bahnte. Sie schloss die Augen und versuchte sich zu beruhigen, doch ihr Herz schlug ihr bis zur Kehle und schien jeden Atemzug im Keim zu ersticken. Langsam öffnete sie die Augen und versuchte sich auf einen Punkt am Boden zu konzentrieren. Ihre Finger umkrampften die Kissen, minutenlang harrte sie in dieser Stellung aus. Ein leichtes, aber bedrohlich stärker lähmendes Schwindelgefühl schloss sich um ihren Körper, dass sie nicht fähig war, Atem zu holen. Kurz bevor sie das Bewusstsein verlor, öffnete sie den Mund und schnappte nach Luft. Immer und immer wieder sog sie diese in sich auf, so lange, bis der graue Schleicher, der sich um ihre Augen gebildet hatte, sich langsam aufzulösen begann.

Mit zitternden Knien stand sie auf und schleppte sich in die Küche. Sie drehte den Wasserhahn auf, füllte ein Glas und trank es mit einem Schluck leer. Danach wusch sich den Schweiß aus dem Gesicht. So konnte es nicht weitergehen. Hektisch lief sie ins Wohnzimmer zurück, zielstrebig zu dem kleinen Sekretär, auf dem das Telefon stand. Sie durchblättere kurz das Telefonbuch und wählte.

„Guten Abend, was kann ich für sie tun?“, erklang am anderen Ende der Leitung.

„Guten Abend. Mein Name ist Marie Steinberg. Ich möchte dringend eine Alarmanlage installieren lassen und die Fenster und Türen an meinem Haus sichern lassen. Wie schnell können sie hier sein?“

Nach einem kurzen eindringlichen Gespräch versprach der Mitarbeiter des Sicherheitsunternehmens, in zwei Stunden da zu sein. Marie legte auf. Vielleicht würde sie heute Nacht wieder beruhigt schlafen können. Sie setzte sich in die Küche und wartete.

X

Nachdenklich fuhr Sophie nach Hause. Alexanders fragte sich sicher schon, wo sie blieb.
Als sie die Wohnungstür zu ihrem Apartment aufschloss, empfing Sophie ein frischer Geruch von Vanille und Lavendel. Lächelnd ging sie hinüber ins Wohnzimmer. Dieses wurde von leichtem Kerzenschein erhellt und in dem kleinen Kamin brannte ruhig ein Feuer. Wie es Alexander auch immer geschafft hatte; das Wohnzimmer hatte sich in eine romantische Insel verwandelt, in der mittendrin Alexander saß und sie mit einem Glas Rotwein empfing. Es musste ihn wahnsinnig viel Kraft gekostet haben, wahrscheinlich hat er auf den Knien die Kerzen besorgt und diese wunderbare Stimmung geschaffen. Gerührt umarmte Sophie Alexander und setzte sich vorsichtig auf seinen Schoß. Der Hunger war wie weggeblasen und sie küssten sich. Dieses Mal jedoch nicht vorsichtig und zurückhaltend, wie im Krankenhaus, sondern fordernd und beinahe grob.
Sie blickten sich an und das leise Flimmern ihrer Augen verriet, dass sie beide diesen Moment herbeigesehnt hatten.
„Ich will dich, ich will dich so sehr ...“, flüsterte er in ihr Ohr und seine Lippen wanderten über ihren Nacken. Seine warmen Hände öffneten ihre Bluse und den BH und legten ihre rund geformten Brüste frei. Eine leichte Gänsehaut breitete sich auf Sophies Körper aus und sie stöhnte leicht, als Alexander mit seiner Zunge über ihre harten Brustwarzen fuhr. Sie streifte ihren Rock und Slip über ihre Beine und befreite Alexander von seiner Kleidung. Sie beugte sich zu ihm hinab und küsste ihn zärtlich. Alexander zog sie zu sich hinunter. Selten war ein Moment zwischen Ihnen so voller Lust gewesen. Obwohl Alexanders Verletzung nur wenige Bewegungen zuließen, liebten sie sich so intensiv, dass sie erst spät in der Nacht erschöpft und glücklich voneinander abließen und eng umschlungen einschliefen.

Todmüde kroch Sophie am nächsten Morgen aus dem Bett. Der Wecker hatte sie aus dem Tiefschlaf gerissen. Nur schwer gelang es ihr, ihre Augen offen zu halten. Erst vor wenigen Stunden hatten sie und Alexander es geschafft, sich vom Sofa aufzuraffen und hinauf ins Schlafzimmer zu gelangen und jetzt musste sie bereits aufstehen. Der erste Tag in der Kanzlei wartete auf sie und sie konnte unmöglich zu spät kommen. Alexander hatte sich beim Klingeln des Weckers nur einmal kurz umgedreht und träumte jetzt wieder friedlich.

Schlecht gelaunt schlurfte Sophie in das Badezimmer und stellte sich unter die Dusche. Minutenlang ließ sie das kalte Wasser über ihren Körper prasseln. Langsam kehrten die Lebensgeister zurück. Sie putzte sich die Zähne und legte ein leichtes Make-up auf. Dann ging sie hinüber ins Schlafzimmer und schlüpfte in ein mintgrünes Kostüm.

Ein Blick in den Spiegel verbesserte ihre Laune. Das Kostüm stand ihr ausgezeichnet und brachte ihre großen blaugrünen Augen perfekt zur Geltung. Auch Alexander, der sich im Bett umgedreht hatte, beobachtete sie mit einem Lächeln.

„Fantastisch siehst du aus, Schatz! Ich bin wirklich neidisch auf deine Kollegen, dass sie einen ganzen Tag mit dir verbringen dürfen."

Sophie lachte, als es plötzlich an der Wohnungstür klingelte.

„Wer kann das denn so früh sein?"

Sie lief die Treppe hinab und öffnete die Tür. Vor ihr stand ein athletisch wirkender junger Mann. Seine dunkelblonden Haare waren kurz geschnitten und an den Schläfen hatten sich bereits kleine Geheimratsecken gebildet. Aus seinem Gesicht blickten Sophie braune Augen an, die sich allerdings bei deren Begegnung schüchtern zur Seite drehten.

„Guten Morgen, mein Name ist Martin. Ich bin der Mitarbeiter vom Pflegedienst und soll mich die nächsten Wochen um ihren Mann kümmern."

Sophie war nicht entgangen, dass ihr Anblick den jungen Mann etwas aus der Fassung gebracht hatte und jetzt fiel ihr ein, dass sie ja letzte Woche einen Mitarbeiter des Pflegedienstes für Montagmorgen organisiert hatte. Nur widerwillig hatte sie den Rat von Dr. Hansen befolgt, einen ambulanten Pfleger einzustellen, der Alexander in den ersten Wochen, in denen er noch an den Rollstuhl gefesselt war, behilflich sein würde, doch hatte sie diese Tatsache völlig verdrängt.

Sie fühlte sich unwohl mit dem Gedanken, einen fremden Menschen in ihr Leben zu lassen. Sie wusste allerdings, dass sie und besonders Alexander nicht ohne fremde Hilfe zurechtkommen würden; nur ungern erinnerte sie sich an vergangene Nacht, in der es ihr nur mit vereinten Kräften gelungen war, Alexander vom Sofa die Treppe hinauf ins Schlafzimmer zu katapultieren. Sie bat den jungen Mann hinein, der etwas irritiert über das überraschte Verhalten der Frau zu sein schien. Bevor sie ihn zu Alexander führte, musste sie noch etwa loswerden und so stockte sie und blieb im Flur stehen.

„Hören sie, Herr …“ Ihr fiel in diesem Moment auf, dass er sich nur mit dem Vornamen vorgestellt hatte „mein Mann weiß zwar, dass er die nächsten Wochen auf fremde Hilfe angewiesen sein wird. Trotzdem möchte ich sie bitten, ihn nicht wie einen Kranken zu behandeln und ihm nur helfen, wenn er selbst nicht in der Lage dazu ist. Die Situation ist für ihn sehr schwer und ich glaube, es würde ihn sehr deprimieren, wenn er das Gefühl hätte, ein Pflegefall zu sein ...“

Sie blickte den Mann eindringlich an.

„Machen sie sich keine Gedanken, Frau Sommer. Ich werde ihren Mann sicher nicht wie ein Pflegefall behandeln. Ich bin auch nur eine Unterstützung und habe nicht vor, mich als Babysitter aufzuspielen. Vertrauen sie mir.“

Die positive Ausstrahlung des Mannes beruhigten Sophie und sie führte ihn ins Schlafzimmer. Alexander hatte sich aufgesetzt und erwartete die beiden bereits, denn er hatte nicht vergessen, dass er die nächsten Wochen auf fremde Hilfe angewiesen sein würde.

Nachdem sie Martin durchs Haus geführt hatte und sich von Alexander verabschiedet hatte, der die Situation wie immer mit aufgesetzter Ironie ertrug, machte sie sich auf den Weg in die Kanzlei.

Bereits beim Betreten der Kanzlei ahnte Sophie, dass es kein angenehmer Tag werden würde. Margot Grünling, die jahrelange Sekretärin der Kanzlei musterte sie eindringlich und schien, wie immer bei Sophies Anblick vom Neid zerfressen zu werden, was Sophie erfolgreich ignorierte. Im Grunde empfand sie sogar etwas Mitleid mit der deprimierten von Selbstzweifeln zerfressenen Frau. Auch, wenn sich die Mittvierzigerin alle Mühe gab, das Beste aus ihrem Typ zu machen, konnte nichts darüber hinweg täuschen, dass sie eine völlig unattraktive, ja ausgesprochen hässliche Person war. Sie war knapp 1,60 m groß und bedauerlicherweise fast genauso breit. Ihren unförmigen Körper quetschte sie in unzumutbare bunt gemusterte Kostüme, wobei sich Sophie oft fragte, was den Designer dieser fragwürdigen Kreationen dazu trieb eine Frau auf solch grausame Art zu beleidigen. Dazu kam, dass ihre Kleidung grundsätzlich gute zwei Größen zu klein waren und ihr in der Kanzlei den gemeinen, aber sehr passenden Spitznamen *Presswurst* verschafft hatten. Sophie erwiderte kurz ihren Blick und dachte leicht mitleidig, dass das Gesicht der Sekretärin nicht nur speckig war, sondern unglücklicherweise von so runder Form, dass ihr Hals kaum noch zu erkennen war und ihr Anblick einen Betrachter unweigerlich an ein Walross erinnern ließ. Diesen Zustand versuchte sie verzweifelt zu vertuschen, indem sie ihr spärliches Haar zu einer monströsen Hochsteckfrisur auftürmte, was allerdings die optische Katastrophe perfekt zu machen schien.

Sophie sah Frau Grünling seit Wochen nun das erste Mal wieder und hatte das Gefühl, um ihre Hüften hatte sich sogar noch eine Speckrolle dazu geschlichen.

„Ich habe ihnen ein paar Unterlagen auf den Schreibtisch gelegt, die sie dringend bearbeiten müssen. Außerdem bittet Herr Savigny darum, dass sie ihn anrufen, sobald sie in der Kanzlei sind!“
Frau Grünling hatte bei diesen Worten Sophie keines Blickes gewürdigt und versuchte einen vertieften Eindruck zu machen, indem sie wie gebannt auf ihren Computerbildschirm starrte und hektisch auf der Tastatur herumtippte.
„Vielen Dank, Frau Grünling.“
Sophie warf der Frau einen etwas mitleidigen Blick zu und ging über den langen Flur zu ihrem Büro. Als sie die Tür öffnete, traf sie beinahe der Schlag. Ein paar Unterlagen? Nicht nur ihr Schreibtisch war überhäuft von unzähligen Akten, nein, auch auf dem Fußboden hatte sich ein beachtlicher Berg von unzähligen Ordnern, Heften und Akten gebildet. Einen Moment war Sophie gewillt, einen Schritt zurückzutreten und die Tür von außen wieder zu verschließen, hielt es dann jedoch für besser, einen Flecken auf ihrem Schreibtisch frei zuräumen und zu versuchen sich einen Überblick über die angefallene Arbeit zu verschaffen. Dabei bemerkte sie, dass Frau Grünling die Unterlagen so lieblos auf ihren Schreibtisch verteilt hatte, dass der Fotorahmen, indem sich ein Bild von Alexander befand, was sie im letzten Spanienurlaub geschossen hatte und auf dem er ihr braun gebrannt entgegenlächelte, vom Schreibtisch gefallen war und das Glas einen Riss hatte, der sich über das gesamte Bild zog. Diese alte intrigante Hexe, dachte Sophie und nahm den Hörer ab. Beim ersten Wählen stockte sie. Wahrscheinlich wartete die alte Schlange schon, dass sie sie wutentbrannt anrief. Sie legte auf und atmete tief durch. Nein, sie würde sich nicht gleich den ersten Tag vermiesen lassen. Sie nahm eine Akte von einem der Stapel und vertiefte sich in ihre Arbeit. Sie merkte, wie ihr diese Aufgabe gefehlt hatte und wie ihr der Beruf, trotz des enormen Stresses, große Freude bereitete. Erst am späten Morgen stand sie zum ersten Mal auf, um sich in der Teeküche einen frischen Kaffee aufzu-

brühen. Gut gelaunt und voller Tatendrang machte sie sich auf den Weg. Im Flur kam ihr ihr Chef entgegen, der zielstrebig auf sie zusteuerte.

„Frau Sommer, da sind sie ja endlich! Ich hoffe, ihrem Mann geht es mittlerweile etwas besser?" Ohne eine Antwort abzuwarten, fuhr er fort.

„Ich hatte Ihnen ausrichten lassen, sich bei mir zu melden. Ich habe etwas Wichtiges mit Ihnen zu besprechen. Leider bin ich heute Nachmittag noch bei einem Mandanten, aber es macht Ihnen sicher nicht aus, heute nach Feierabend noch kurz bei mir im Büro vorbeizukommen? Ich bin gegen sieben zurück." Auch dieses Mal machte Herr Savigny keine Anstalten eine Antwort abzuwarten, drehte sich um und verschwand in seinem Büro. Sophie seufzte. Gleich an ihrem ersten Tag musste ihr Chef ihr in Erinnerung rufen, was für ein Kotzbrocken er war. Als sie mit einer Tasse Kaffee und einer Schachtel Kekse, die sie aus einem der Schränke, hervorgekramt hatte und die eigentlich für die Mandanten bestimmt waren, in ihr Büro zurückkehrte, klingelte ihr Telefon.

„Hallo Johanna, schön dich zu hören!" Sophie lehnte sich in ihrem Stuhl zurück und war froh, die Stimme ihrer Freundin zu hören.

„Hallo Sophie, wie geht es dir? Ich wollte fragen, ob wir uns später zum Mittagessen im Pablo treffen wollen? Wir haben uns so lange nicht gesehen und ich muss dir etwas erzählen!"

„Oh gerne Hanna. Das ist eine ausgezeichnete Idee. Um eins?"

„Ja eins passt mir gut. Bis später. Ich freue mich auch!"

Erleichtert legte Sophie aus. Wenn ihr schon jeder in der Kanzlei heute die Stimmung vermiesen wollte, erwartete sie immerhin ein schönes Mittagessen mit ihrer Freundin. Hanna hatte sehr glücklich geklungen. Und Sophie ahnte, dass hinter der offensichtlichen Euphorie ihrer Freundin nicht nur ihr Wiedersehen, sondern noch etwas anderes stecken musste. Lächelnd öffnete sie eine Akte, die sie bis zum Mittag noch durcharbeiten wollte.

Das Pablo war ein kleines, sehr gemütliches spanisches Restaurant. Da es direkt in der Mitte zwischen dem Gericht, Johannas Arbeitsplatz und Sophies Kanzlei lag, trafen sich die beiden Frauen, wann immer es ihr Terminkalender zuließ, hier, um gemeinsam Mittag zu essen.

Johanna war bereits da, als Sophie das Lokal betrat, und winkte ihrer Freundin von einem der hinteren Tische zu.

„Schön, dich zu sehen!“ Sophie begrüßte ihre Freundin mit einem Kuss auf die Wange und setzte sich. Sie bestellten beide Paellas, weil es in der Stadt kein anderes Restaurant gab, indem es so gute Paella gab, wie im Pablo.

„Wie geht es Alexander?“, war Johannas erste Frage.

„Er ist seit dem Wochenende wieder zu Hause. Leider wird er noch einige Wochen an den Rollstuhl gefesselt sein, was ihm natürlich gar nicht gefällt. Du weißt ja, wie sehr er seine Freiheit braucht. Wir haben einen Pfleger eingestellt. Er macht einen sehr seriösen Eindruck. Ich hoffe, die beiden kommen gut miteinander aus... Aber wie geht es dir, du klangst so geheimnisvoll am Telefon?“

Erwartungsvoll blickte Sophie ihre Freundin an. Obwohl sie Johanna das letzte Mal vor zwei Wochen bei einem Besuch im Krankenhaus gesehen hatte, bemerkte sie, dass ihre Freundin förmlich strahlte vor guter Laune.

„Ich habe jemanden kennengelernt!“, sprudelte es aus ihr hinaus.

„Ich hätte niemals für möglich gehalten, dass ich mich einmal verlieben könnte, aber es ist tatsächlich passiert!“

„Das ist ja fantastisch Hanna!“ Sophie lächelte. Obwohl ihre Freundin die Neuigkeit mit einer gewissen Ironie in der Stimme mitgeteilt hatte, ertappte sich Sophie dabei, auch eine Art Erleichterung zu empfinden. In den fünf Jahren, in denen sie sich nun kannten, war es so gut wie nie vorgekommen, dass Johanna eine männliche Verabredung hatte.

Geschweige denn, dass sie eine Beziehung geführt hätte. Anfangs machte sich Sophie nicht viele Gedanken darüber, aber nach einigen Monaten wurde ihr immer bewusster, dass Hanna bei dem Thema grundsätzlich auszuweichen schien und es nicht nur momentan keine männlichen Bekanntschaften gab, sondern auch in der Vergangenheit kein Mann eine Rolle in ihrem Leben gespielt hatte. Umso überraschter war Sophie nun über das, was sie von ihrer Freundin hörte.
„Wer ist er? Wo hast du ihn kennengelernt? Ich möchte alles wissen!“, löcherte sie Johanna.
Die Frauen lachten und während sie genüsslich ihre Paella verzehrten, berichtete Johanna von Maximilian, einem Fachanwalt für Familienrecht, den sie bei einer ihrer Verhandlungen kennengelernt hatte und mit dem sie sich seit zwei Wochen regelmäßig traf. Sophie war so neugierig auf den neuen Mann an Johannas Seite, dass sie die beiden für Freitagabend zu sich nach Hause einlud. Sicher würde sich Alexander auch über diese schöne Abwechslung freuen.
Als Sophie in die Kanzlei zurückkehrte, rief der strafende Blick Frau Grünlings ihr ins Bewusstsein, dass es bereits weit nach drei Uhr war und sie ihre Mittagspause ziemlich ausgereizt hatte. Sie beschloss auf eine Kaffeepause zu verzichten und stürzte sich wieder in ihre Arbeit, in der Hoffnung, der riesige Aktenstapel würde sich bis zum Abend zumindest geringfügig verkleinert haben. Um kurz vor sieben legte sie erschöpft ihren Stift aus der Hand und machte sich noch einmal kurz frisch, bevor sie sich auf den Weg zu Herrn Savignys Büro machte.
Dieser stand am Fenster und telefonierte mit seinem Mobiltelefon. Als er Sophie hereinkommen sah, winkte er ihr zu und forderte sie mit einer Handbewegung auf, sich an den Schreibtisch zu setzen.
Nach zehn Minuten beendete Savigny endlich das Gespräch und ließ sich nun auch am Schreibtisch nieder.
„Schön, dass sie endlich den Weg in mein Büro gefunden haben, Frau Sommer..“

„Herr Savigny ...“ Sophie merkte, wie der Kopfschmerz in ihr hochstieg. Das Gespräch würde anstrengender werden, als geplant. Und ehrlich gesagt, hatte sie keine besonders große Lust, sich die dummen Bemerkungen ihres Chefs gefallen zu lassen, zumal Alexander sicher schon mit dem Essen wartete. Doch bevor sie die Gelegenheit fand, sich zu rechtfertigen, fiel er ihr ins Wort.

„Nun gut. Ich hoffe, sie werden in Zukunft ihre privaten Angelegenheiten etwas schneller in den Griff bekommen. Sie haben unsere Kanzlei durch ihre wochenlange Abwesenheit ziemlich ins Schwitzen gebracht. Sie haben ein paar sehr wichtige Mandanten, dessen Betreuung ich unmöglich auf einen anderen ihrer Kollegen übertragen konnte. Bei allem Verständnis für ihre Gefühlsduselei war ihr Verhalten unverantwortlich .“

Wie immer, wenn Herr Savigny unangenehme Gespräche führte, bildeten sich rote Flecken auf seinem Gesicht. Allerdings entging Sophie auch nicht, dass sein Blick während des Gespräches ihr Gesicht fixierte, und er förmlich darauf wartete, dass sich ihre Augen mit Tränen füllten. Obwohl die Worte sie getroffen hatten, ließ sie sich das nicht anmerken, sie strich sich mit der Hand durch ihr langes Haar und blickte ihm mit einem Lächeln in die Augen.

„Es tut mir sehr leid für sie Herr Savigny, dass ihre Kontakte zu den weiblichen Wesen so voller Misserfolge sind. Für einen sonst so erfolgreichen Mann wie sie ist dies sicher eine herbe Niederlage. Ich bin mir aber sicher, wenn sie irgendwann eine Partnerin gefunden haben, werden sie es nachvollziehen können, wie schön und wichtig eine intakte Partnerschaft ist ... also seien sie nicht allzu betrübt.“

Herr Savigny wich Sophies Blick aus und strich sich mit der Hand nervös über seinen Oberschenkel, überlegte kurz etwas zu entgegnen, wechselte dann jedoch das Thema. Sophie lächelte- diese Schlacht war gewonnen.

„Frau Sommer. Sie erinnern sich vielleicht an Herrn Stern. Ich habe ihn die letzten Monate betreut. Allerdings komme ich bei ihm nicht so richtig weiter. Er ist Eigentümer mehrere Immobilien in München und wir betreuen ihn beim Verkauf. Mir ist zu Ohren gekommen, dass er sich jetzt allerdings nach einer anderen Rechtsberatung umsieht. Ihn als Mandant zu verlieren, wäre eine ziemliche Einbuße für unsere Kanzlei. Nicht nur aus finanzieller Sicht, auch ein hoher Prestigeverlust wäre durch seinen Weggang zu erwarten."
Er schaute sie bei dem Gespräch nicht an, sondern schien mehr einen Monolog zu führen. „Ich habe mir daher erlaubt, mit ihm morgen früh um neun einen Termin zu vereinbaren und möchte sie bitten, diesen wahrzunehmen. Sie sind ja im Immobilienrecht sehr vertraut. Sind sie damit einverstanden?"
Sophie durchschaute ihn sofort. Auch, wenn Herr Savigny einen Hang zur Dramatik hatte und die Situation meistens völlig überzogen darstellte, konnte sie sich durchaus vorstellen, dass ihre Kanzlei einen gewissen Grad an Ansehen verlieren könnte, wenn Herr Stern das Mandat wechselte. Er war einer der wohlhabendsten Männer Münchens und genoss sowohl in der Politik als auch Wirtschaftsszene einen hervorragenden Ruf, was letztlich auch auf seine nicht unerheblichen Spenden zurückzuführen war, die er jährlich an verschiedene Stiftungen und Vereine verteilte. Jedoch konnte Herr Savigny ihn aus welchen Gründen auch immer nicht halten und wollte nun sie als Anreiz benutzen. Sie war jung, attraktiv und zog ihre Mitmenschen aufgrund ihrer enormen Schönheit in den Bann. Diese Tatsache wollte Herr Savigny sich zum Vorteil machen, er wollte sie benutzen. Diese niederen Motive ihres Chefs missfielen Sophie. Dennoch reizte es sie, sich dieser Herausforderung zu stellen. Vielleicht hatte sie durch ihr Aussehen einige Vorteile, allerdings war sie auch eine genauso gute Juristin, und wenn ihr Äußeres dazu beitrug, diese Aufgabe erfolgreich zu meistern, konnte ihr das nur Recht sein, schließlich war sie eine Frau

und zählte damit zu dem schöneren Geschlecht. Warum sollte ihr das nicht im gewissen Grad zugutekommen, dachte sie und konnte sich ein Lächeln nicht verkneifen.
„In Ordnung, Herr Savigny. Vielleicht wären sie so nett, mir die Akte mitzugeben. Ich möchte mich zumindest ein wenig vorbereiten."
Den großen Stein, der Herrn Savigny in diesem Moment vom Herzen fiel, konnte man förmlich auf dem Boden aufprallen hören. Frau Sommer um Hilfe zu bitten war eine der schwersten Aufgaben, die er je über sich gebracht hatte. Und wäre die Situation nicht so verfahren, hätte er nie auf solche unprofessionellen Mittel zurückgegriffen.
Bereitwillig reichte er ihr den Aktenordner entgegen. Sophie nahm ihn und verabschiedete sich. Sie tat ihrem Chef einen großen Gefallen und damit war das Gespräch für sie heute beendet. Aber auch Herr Savigny schien an einer weiteren Konversation nicht interessiert.
Sie holte schnell ihre Sachen aus dem Büro und machte sich auf dem Weg nach Hause-zu Alexander.

3

Marie Steinberg wusste nicht genau, was sie so abrupt aus dem Schlaf gerissen hatte. Sie saß kerzengerade in dem großen Ehebett und merkte, dass sie völlig durchgeschwitzt war.
Nachdem sie zu Mittag gegessen und mit Tassilo eine Runde im Garten gespielt hatte, war sie erschöpft hinauf ins Schlafzimmer gegangen, um ein bisschen Schlaf zu finden. Seit ihr Haus mit der Alarmanlage ausgerüstet wurde und auch ihre Fenster ausreichend gesichert worden waren, schlief sie nachts jetzt zwar beruhigter, allerdings gelang es ihr nicht innerlich zur Ruhe zu kommen, sodass sie sich morgens noch erschöpfter als am Abend zuvor fühlte.
Ihr Unterbewusstsein hatte irgendein fremdes Geräusch wahrgenommen und ihren Körper in Alarmbereitschaft versetzt. Ein Blick auf den Wecker verriet ihr, dass es bereits später Nachmittag geworden war und sie mindestens drei Stunden geschlafen haben musste. Durch die Anspannung begannen ihre Hände zu zittern; Sie schloss die Augen und lauschte in die beklemmende Stille. Doch selbst von Tassilo, der sich im Flur aufhalten musste, war nichts zu hören. Sie setzte sich auf die Bettkante und überlegte. Wenn sie hier bliebe, hätte ein Einbrecher leichtes Spiel mit ihr. Aus dem oberen Stockwerk war es unmöglich ins Freie zu gelangen. Zwar ragte von ihrem Schlafzimmer ein kleiner Erker nach draußen, einen Sprung in den Garten würde sie jedoch kaum überleben, da sie direkt auf der harten Steinterrasse unterhalb des Schlafzimmers aufkommen würde. Ihr blieb nichts anderes übrig, als zu versuchen über die Treppe hinunter in den Flur und zur rettenden Eingangstür zu gelangen. Warum hatte sie auch vergessen, die Alarmanlage anzustellen, als sie ins Haus gegangen ist? Als ob Einbrecher Rücksicht auf die Tageszeit nehmen würden.

Erbost über ihre eigene Nachlässigkeit schlüpfte sie in ihren Bademantel, der über dem Stuhl lag und schlich auf Zehenspitzen zur

Schlafzimmertür. Einen Moment überlegte sie das Licht anzuschalten, entschied sich jedoch schnell dagegen. Wenn sich der Einbrecher im Haus aufhielt, würde er wahrscheinlich zuerst die unteren Räume absuchen, das Licht würde sie verraten und, wenn sie überhaupt eine Chance hatte, zu entkommen, durfte er sie um keinen Preis entdecken. Lautlos öffnete sie die große Tür. Es war bereits so spät, dass sie in der Dunkelheit nur die Umrisse der Treppe erkennen konnte. Vorsichtig setze sie einen Fuß vor den anderen, bedacht darauf sich bloß nicht zu verraten. Endlich erreichte sie das hölzerne Treppengeländer. Sie blickte hinab in den kleinen Flur und versuchte Tassilo in der Dunkelheit zu erkennen, doch von dem Hund war nichts zu sehen. Sie umklammerte das Geländer, um nicht zu stolpern und bahnte sich Schritt für Schritt den Weg nach unten. Als sie etwa die Hälfte der Stufen geschafft hatte, nahm sie es wahr. Da ihr Geruchssinn in der Dunkelheit besonders ausgeprägt zu sein schien, stieg ihr ein frischer leicht süßlicher Geruch in die Nase, zwar hatte ihr Mann selten Parfüm benutzt, es musste sich bei dem fremden Geruch jedoch um ein Parfüm oder Aftershave handeln. Sie merkte, wie die Übelkeit in ihr hochstieg. Es bestand nun kein Zweifel mehr, ein Fremder befand sich in ihrem Haus. Der Schweiz rann ihr über die Stirn und ihre Hände, die ihr eben noch Sicherheit am Treppengeländer gewährt hatten, klammerten sich ängstlich um ihren Körper. Sie durfte jetzt nicht die Nerven verlieren! Langsam ließ sie sich auf die Knie sinken und kroch die letzten Stufen zum Flur hinab, auf der letzten Stufe hielt sie inne. Der Drang sich übergeben zu müssen war jetzt unerträglich und es gelang ihr nur mit vereinten Kräften, ihm nicht nachzugeben. Sie musste jetzt nur noch um über den langen Flur, vorbei an der Gästetoilette und zur Tür gelangen. Wie eine Schlange kroch sie über die Dielen des langen Flures. Sie konnte bereits das kleine Fenster oberhalb der Eingangstür erkennen, als sie ein Knacken hinter sich wahrnahm. Sie stockte und lauschte. Da war es wieder. Jemand befand sich zwischen der Küche und dem Flur, in dem Bereich, in dem die Dielen leicht verzogen waren, sodass man jeden Schritt durch ein leichtes Knarren der nachgebenden Dielen hören konnte. Gleich würde er auf den Flur gelangen und sie entdecken. Obwohl ihre Beine bei der Belastung nachgaben, versuchte sie sich aufzurichten und schleppte sich über den langen Gang. Sie musste die Tür zur Gästetoilette erreichen. Die Schritte hinter hier wurden nun schneller und nicht mehr schleichend. Er hatte sie entdeckt! Mir letzter Kraft gelange sie zur Tür der Gästetoilette und stürzte hinein. Ihre Finger versuchten noch das Schloss zu verschließen, als Marie Steinberg das Bewusstsein verlor.

4

Sophie war es an diesem Morgen leichter gefallen, aus dem Bett zu kommen. Sie und Alexander hatten einen entspannten Abend verbracht und auch mit dem Pfleger schien es, wider aller Bedenken, ziemlich gut zu klappen.
Bereits um halb sieben wachte sie auf und ging hinunter in die Küche um das Frühstück zuzubereiten und sich noch die Akte für ihren späteren Termin durchzusehen. Alexander schlief auch im normalen Alltag immer etwas länger als Sophie und machte sich erst gegen zehn Uhr auf dem Weg in Büro. Es war mittlerweile zu einem festen Ritual geworden, dass Sophie früh aufstand, sich in die Küche zurückzog und sich in aller Ruhe ein leckeres Frühstück zubereitete. Sie genoss diese wenigen Minuten am Morgen, die sie nur für sich alleine hatte. Und auch jetzt röstete sie sich frisches Brot und briet sich Rührei mit frischen Kräutern. Während sie den Kaffee aufbrühte, überflog sie noch einmal die wichtigsten Eckdaten für ihren späteren Termin bei ihrem neuen Mandanten.
Nach diesem ausgiebigen Frühstück fühlte sie sich fit für den Tag und ging hinauf ins Bad, um sich herzurichten. Sie half Alexander beim Waschen und brachte ihn nach unten. Als sie gerade das Haus verließ, fuhr auch Martin in seinem weißen Passat vor. Sie winkte ihm fröhlich zu und machte sich auf den Weg in die Innenstadt, wo sich das Büro des neuen Mandanten befand.

Sophie wusste gar nicht, wohin sie als Erstes schauen sollte. Bereits der Eingangsbereich des Bürogebäudes war so prunkvoll und luxuriös, dass sie das Gefühl hatte, sich in einem kleinen Palast zu befinden. Durch riesige Marmorsäulen schritt man über einen aus unzähligen Mosaiksteinchen bestehenden Gang zum eindrucksvollen Empfangsbereich,

der ganz in Gold gehalten war. Nachdem sie sich bei einer Empfangsdame ausgewiesen und angemeldet hatte, brachte sie ein Page zu einem gläsernen Fahrstuhl, der sich in der Mitte des Eingangsbereichs befand und die Gäste in die jeweiligen Stockwerke beförderte.
Vollkommen überwältigt wurde Sophie allerdings, als sie die Etage von Herrn Stern erreicht hatte. Aus etwa fünf Meter Höhe floss ein kleiner Wasserfall hinab und endete vor dem Eingang in einem kleinen Teich, der umringt von exotischen Pflanzen war. Auch hatte Sophie das Gefühl, dass die Luft hier etwas wärmer und die Luftfeuchtigkeit um einiges höher war. Sophie war begeistert.
Die Sekretärin kam ihr mit einem Lächeln entgegen und bat sie hinein. Wahrscheinlich erlebte sie diese Situation allzu oft, wenn ein neuer Besucher zum ersten Mal mit diesem unsagbaren Luxus konfrontiert wurde. Staunend folgte Sophie der Sekretärin durch ein Labyrinth von Gängen durch den Bürokomplex. An den Wänden hingen sündhaft teure Gemälde und in jeder Ecke waren Kunstwerke und Antiquitäten ausgestellt, dass sich Sophie unweigerlich wie auf einer Vernissage fühlte. Gerne hätte sie sich diese Schätze in aller Ruhe angesehen. Allerdings war dafür keine Zeit mehr, sie hatten das Büro bereits erreicht.
„Treten sie ein, Herr Stern erwartet sie bereits!"
Die Sekretärin lächelte und verschwand darauf hin wieder in einem der zahlreichen Gänge.
Ausgenommen der Türfront, bestanden die restlichen Wände des Raumes aus Glas. Hinter dem lang gezogenen Schreibtisch bot sich ein traumhaft schöner Ausblick über München. Sophie war überwältigt, begann für einen Moment zu vergessen, wo sie sich befand und genoss diese einmalige Atmosphäre, als plötzlich ein dezentes Räuspern sie in die Realität zurückholte.
„Wie ich sehe, sind sie auch ein bekennender Münchenfan!"

Sophie zuckte etwas zusammen und blickte zu dem hinteren Ende des Raumes, aus der die Stimme kam. Magnus Stern stand an einem Regal mit eingeschränkten Armen und fixierte Sophie. Er war ausgesprochen groß und schlank. Er hatte dunkles volles leicht gewelltes Haar, das kurz und zum Nacken hin etwas länger geschnitten war. Er trug eine edle Stoffhose, sein Hemd hatte er an den Ärmeln etwas hochgekrempelt, was seiner gesamten eleganten Erscheinung jedoch keinen Abbruch tat. Keine Frage, Magnus Stern war ein ausgesprochen attraktiver Mann. Trotzdem fühlte sich Sophie etwas unbehaglich und empfand vom ersten Moment an, keine ernsthafte Sympathie für ihn. Im Nachhinein war sie sich sicher, dass das an seinen kleinen schlitzförmigen Augen gelegen haben musste, die versteckt hinter der Stirn lagen und etwas Lauerndes an sich hatten.
„Oh, es tut mir furchtbar leid, Herr Stern, aber ihr Büro ist so beeindruckend schön, dass es mir im ersten Moment die Sprache verschlagen hat. Um diesen Arbeitsplatz kann man sie einfach nur beneiden!"
Sophie lächelte und blickte ihn mit ehrlicher Anerkennung an.
„Ach wissen sie Frau Sommer. Wenn man bedenkt, dass man gut die Hälfte des Tages, sprich fast sein halbes Leben mit Arbeiten zubringt, sollte man sich seinen Arbeitsplatz doch so schön wie möglich machen. Das macht das Ganze jedenfalls halbwegs erträglich."
„Das ist Ihnen ausgesprochen gut gelungen, Herr Stern." Sophie lachte.
Sie nahmen an dem großen Schreibtisch Platz und Sophie überlegte, wie sie das Gespräch am geschicktesten beginnen sollte.
„Ich habe mir erlaubt, diesen Termin heute wahrzunehmen, da Herr Savigny heute bedauerlicherweise verhindert ist ... Ich habe mir jedoch bereits einen umfassenden Überblick über ihre Akte verschafft, sodass sie auch bei mir in guten Händen sind ..."
Sie lächelte und blickte ihn offen an. Zweifelsfrei hatte sie maßlos übertrieben, außer einem kurzen Blick in die Unterlagen, hatte sie keine Ahnung über den genauen Umfang seiner Immobilien. In diesem

Moment ärgerte sich sie selbst ´über ihre nachlässige Art, denn würde er jetzt näher nachfragen, wäre sie entlarvt. Sie beobachtete, wie er von seinem Schreibtisch aufstand, um ihn herum kam und hinter ihr stehen blieb. Sophie war irritiert. Magnus Stern beugte sich nun zu ihr hinab und stützte einen Arm dicht neben ihrer Schulter auf den Tisch. Sie merkte, wie ihr der strenge Duft seines teuren Rasierwassers in die Nase stieg und ihr Körper krampfte sich unmerklich zusammen. Sein Gesicht war jetzt ganz dicht neben ihrem und sie spürte seinem Atem an ihren Haaren.

„Wir sollten ehrlich miteinander sein“, flüsterte er ihr ins Ohr.

„Ich weiß, dass Herr Savigny heute sicher sehr gerne zu mir gekommen wäre. Nur ich bin nicht ganz unschuldig daran, dass sie jetzt hier sind ...“

Obwohl sie sein Gesicht nicht sehen konnte, merkte Sophie, dass er bei diesen Worten lächelte. Langsam richtete er sich auf, blieb jedoch dicht hinter ihr stehen.

„Ich hatte ihre ausgezeichneten Referenzen in ihrer Kanzlei entdeckt und mir erlaubt, Herrn Savigny um eine weitere Betreuung durch Sie gebeten. Ich hoffe, sie sind darüber nicht verärgert?“

Er grinste sie an, doch seine Augen waren starr und lauernd. Sophie merkte, dass ihr Hals wie zugeschnürt war und dass sie seit Minuten nur auf einen Punkt auf dem Schreibtisch gestarrt hatte. Sie wusste nicht, was sie mehr erschreckte, der Gedanke, dass es ein ausgetüfteltes Spiel zwischen ihm und ihrem Chef war oder die offensichtliche Art, mit der Magnus Stern Interesse an ihr zeigte. Immer noch stand er dicht neben ihr. Langsam drehte sich Sophie zu ihm um.

„Das ist kein Problem. Ziel unserer Kanzlei ist die bestqualifizierteste Betreuung unserer Mandanten ... Entschuldigen sie mich für einen kurzen Moment?“

Bei diesen Worten hatte sie sich aus dem schweren Ledersitz erhoben und sich in Richtung der Tür aufgemacht. Sie musste sofort raus hier und sich sammeln. An der Tür drehte sie sich noch einmal um und nickte ihm beruhigend und möglichst souverän zu. Dann stand sie endlich auf dem großen Flur und konnte zum ersten Mal seit Minuten wieder durchatmen. Langsam stieg die Wut in ihr auf. Wut über die respektlose Art, mit der er sie anmachte, aber vor allem Wut über sich selbst, dass sie wie ein kleines Mädchen vor dem bösen Mann geflüchtet war, der sie so offensichtlich aus der Fassung gebracht hatte, dass er sich jetzt wahrscheinlich köstlich amüsierte, während sie hier verwirrt in dem breiten Flur stand. Sophie reiß dich jetzt zusammen!, ermahnte sie sich selbst. Und tatsächlich kehrte schnell ihre gewohnte Selbstsicherheit zurück. Nach wenigen Minuten betrat sie wieder das Büro.

„Es tut mir furchtbar leid, aber ich hatte ein sehr wichtiges Telefonat zu führen. Ich hatte es in der Eile völlig vergessen."

Dabei steckte sie das Handy, was sie kurz zuvor aus ihrer Blazertasche geholt hatte, wieder an seinen Ort und blickte zu ihm herüber, der sich wieder an seinen Schreibtisch begeben hatte. Dieses Mal brachte sie sein überhebliches, fast ironisches Lächeln jedoch nicht aus der Fassung. Sie zog die Unterlagen aus ihrem Aktenkoffer und begann sofort, die wichtigsten Punkte zu besprechen. Sie merkte, wie seine Augen ihr Gesicht und daraufhin ihren Körper musterten. Doch dieses Mal würde er damit nicht durchkommen. Sie nahm die Akte in die Hand, richtete sich auf und beugte ihren Oberkörper nach vorne, sodass Herr jetzt einen leichten Blick auf ihr wohlgeformtes Dekolleté erhaschen konnte. Dann ließ sie die Akte mit einem Ruck auf seine Seite des Schreibtisches knallen.

„Ich glaube, damit sie sich besser konzentrieren können, sollten sie die Akte vor sich haben. Ich habe ihnen die wichtigsten Punkte dargelegt. Aus ihrem Schweigen kann ich hoffentlich entnehmen, dass sie mir nichts entgegen zu setzen haben. Oder bestehen noch irgendwelche

Unklarheiten?“ Ernst und bestimmt blickte Sophie ihm in die Augen und zum ersten Mal war er derjenige, der dem Blick auswich.
„Nein ...“ sprach er nun nach einer kurzen Pause, „Ich denke, fürs Erste reichen mir diese Informationen.“
Das Gespräch nahm nun eine für Sophie angenehme Wendung. Herr Stern berichtete ihr über mögliche Verkäufe, die er beabsichtigte und sie besprachen, dass Sophie die entsprechenden Kaufverträge anfertigen werde. Nach gut zwei Stunden war dann das Gespräch beendet und Sophie verabschiedete sich. Als sie die Tür erreicht hatte und gerade auf den Flur treten wollte, hörte sie seine Stimme.
„Wissen Sie Frau Sommer, in meinem Leben gibt es nichts, was ich nicht bekommen habe, wenn ich es wollte. Besonders die augenscheinlich auswegslosen Situationen stellen für mich eine besondere Herausforderung dar!“
Sophie hielt inne und war für einen kurzen Moment erstarrt.
„Irgendwann kommt jeder an seine Grenzen ...“, entgegnete sie nun.
„Der eine früher, der andere später“ Sie nickte ihm noch einmal zu und schloss dann die Tür hinter sich.
So schnell es ging durchquerte sie nun die langen Flure. Hatte sie sich heute Morgen noch vorgenommen auf dem Rückweg einige der außergewöhnlichen Kunstwerke anzusehen, die sich in dem Bürogebäude befanden, verschwendete sie daran jetzt keinen Gedanken mehr. Endlich erreichte sie den Empfangsbereich. Die Sekretärin begleitete sie noch bis zum Fahrstuhl und nach wenigen Minuten stand sie endlich auf der Straße vor ihrer Limousine, die sie heute Morgen vor dem Gebäude geparkt hatte. Was für ein unangenehmer Mensch. Wahrscheinlich beobachtete er sie jetzt auch noch von seinem Büro aus, wie ein Adler, der von seinem Nest aus, seine Beute fixiert.
Sie startete den Motor und machte sich auf den Weg in die Kanzlei. Auf halben Weg entschloss sie jedoch, den restlichen Tag zu Hause weiter zu arbeiten. Sie war noch zu erbost und aufgewühlt und wollte

um keinen Preis auch noch eine Konfrontation mit ihrem Chef riskieren. So bog sie auf die Schnellstraße südwärts. Während sie sich auf den Weg nach Hause machte, wählte sie die Nummer ihrer Mutter. Vielleicht würde sie noch einen kurzen Abstecher zu ihr machen. Sophie hatte sie gestern Abend nicht mehr erreicht und machte sich etwas Gedanken. Diese Gedanken entwickelten sich nun zu ernsthaften Sorgen, denn auch beim zweiten Versuch, nahm ihre Mutter nicht ab. Es war gerade Mittag und um diese Uhrzeit war ihre Mutter längst von den Einkäufen zurück, die sich immer morgens erledigte, und müsste gerade dabei sein, sich das Mittagessen zuzubereiten, um danach einen ausgiebigen Spaziergang mit Tassilo zu unternehmen. Ihre Mutter hatte einen festen Tagesablauf und über wichtige Termine informierte sie ihre Tochter immer. Sophie machte sich Sorgen und beschleunigte nun das Tempo und nachzusehen, wo ihre Mutter steckte.

Nach einigen Minuten erreichte sie die Hofeinfahrt. Normalerweise wurde sie jetzt bereits von dem freudigen Bellen Tassilos begrüßt, aber von ihrem Hund war keine Spur. Irgendetwas stimmte hier nicht, schoss es ihr durch den Kopf und stellte erleichtert fest, dass sie dieses Mal den Ersatzschlüssel eingesteckt hatte. Schnell kramte sie ihn aus der Jackentasche hervor und schloss die Tür auf.

„Mama, ich bin´s Sophie!“

Das Haus blieb still. Plötzlich vernahm sie ein lautes Winseln, was aus der Richtung des Kellers kam. Sie öffnete die kleine Luke, die sich neben der Eingangstür befand. Tassilo sprang ihr entgegen und konnte sich vor Freude endlich befreit worden zu sein, kaum beruhigen.

„Wer hat dich denn eingesperrt?“, wandte Sophie sich ihrem Hund zu und strich ihm beruhigend über den Kopf. Sie ging hinüber in die Küche, doch von ihrer Mutter keine Spur. Nun machte sie sich auf, erst die unteren Räume, dann das obere Stockwerk nach ihr abzusuchen. Je länger sie die Räume durchstreifte, desto unruhiger wurde sie. Wo steckte ihre Mutter bloß?

Nachdem sie gut eine halbe Stunde das Haus durchquert hatte, stand sie nun wieder ratlos im großen Flur. Tausend Gedanken drängten sich in ihren Kopf. Tassilo, der ihr durch das gesamte Haus gefolgt war, stand neben ihr und rannte laut bellend vom Eingang und wieder zurück zu Sophie, um aufgeregt an ihr hochzuspringen.

„Aus Tassilo, was ist denn mit dir? Was ist hier bloß passiert?“

Schließlich gab es für Sophie nur eine vernünftige Lösung, sie musste die Polizei benachrichtigen. Als sie gerade ihr Handy hervorkramte und die Nummer des Notrufs wählte, hörte sie ein leichtes Stöhnen. Erst war sie sich nicht sicher. Sie beruhigte Tassilo, der immer noch erregt bellte, und lauschte erneut. Und wieder, jetzt ganz deutlich, vernahm sie ein quälendes Geräusch, das von der Eingangstür kam. Sie ging dem Geräusch nach und, als sie vor der kleinen Tür stand, die zur Gästetoilette führte, war sie sich sicher, dass es das schmerzhafte Stöhnen ihrer Mutter war. Vorsichtig öffnete sie die Tür.

„Mama!“

Erschrocken starrte Sophie in den kleinen Raum, in dem eine Gestalt rücklings in einer großen Blutlache lag. Über den gesamten Hinterkopf zog sich eine tiefe Platzwunde, aus der so viel Blut geflossen sein musste, dass ihr gesamtes Haar einer klebrigen Masse glich, die sich in ein hässliches Grau verfärbt hatte. Schnell beugte Sophie sich hinab zu ihrer Mutter und legte ihren Kopf auf ihren Schoß. Ihr Handy hatte sie immer noch in der Hand, zittrig, während ihre andere Hand vorsichtig die verklebten Haare aus dem Gesicht strich, wählte sie die Nummer des Notdienstes.

Sie versuchte sich aufzurichten und wischte mit dem Handtuch frisches Wasser in das blutverschmierte Gesicht. Mit Erleichterung stellte sie nun fest, dass ihre Mutter wieder langsam zu sich kam.

„Was ist denn passiert?“ Ängstlich blickte Marie ihrer Tochter in die Augen.

„Ja, das würde ich auch gerne wissen, Mama ...“

Sie wurden durch das Klingeln an der Tür unterbrochen. Die Rettungskräfte trafen ein und befreiten Sophie von ihrer Mutter, die wie ein schlaffer Sack auf ihren Knien lag.
„Was ist denn passiert?“, erkundigte sich ein Pfleger bei Sophie, während er ihre Mutter an einen Tropf anschloss. „Ich habe keine Ahnung, ich habe meine Mutter so vorgefunden. Wohin bringen sie sie jetzt?“
„Ins Clemens-Hospital.“
Ihre Mutter wurde auf die Trage geladen. Den großen Blutfleck, den sie dabei auf dem gefliesten Boden zurückließ, trieb Sophie die Tränen in die Augen und fast apathisch beobachtete sie, wie der Krankenwagen langsam von der Einfahrt fuhr. Sophie trocknete sich das Gesicht, lud Tassilo ein und folgte dem Krankenwagen, dessen bedachte Geschwindigkeit ihren Puls wieder etwas beruhigen ließ. Beim Krankenhaus angekommen, forderte sie derselbe Pfleger auf, in der Notaufnahme zu warten.
Nach einer gefühlten Ewigkeit, in der Sophie immer noch nicht in der Lage war, zu begreifen, hallten hohle Schritte durch den Flur, die ankündigten, dass das Warten nun endlich ein Ende hatte. Erst als sich Sophie vom Stuhl erhob, erkannte sie, dass es Dr. Hansen war.
„Frau Sommer, das tut mir leid für sie. Auch, wenn ich mich freue, sie zu sehen, dass sie jetzt auch wegen ihrer Mutter hier sind, ist ja furchtbar. Aber ich kann sie beruhigen, ihr geht es den Umständen entsprechend gut. Sie hat eine Platzwunde am Kopf, ansonsten ist sie unversehrt. Sie war etwas unterkühlt, was daran gelegen haben muss, dass sie längere Zeit bewusstlos gewesen ist.“
Er blickte Sophie an und lächelte ihr ermutigend zu.
„Kann ich zu ihr?“
„Ja selbstverständlich, kommen sie!“
Dr. Hansen führte sie durch einen langen Gang zu einem hinteren Zimmer.

„Hallo Mama, was machst du bloß für Sachen?“, begrüßte sie ihre Mutter, die sich jetzt versuchte im Bett aufzurichten. Sophie half ihr auf und setzte sich dann auf die Bettkante. Unweigerlich drängten sie die Erinnerungen in ihr Gedächtnis, wie sie noch vor einigen Wochen so bei Alexander auf dem Bett gesessen hattc und Tag für Tag gehofft hatte, er würde aufwachen. Sie starrte noch einen Moment Gedanken verloren ins Leere, bis sie die Bilder aus ihrem Kopf verdrängte und ihrer Mutter über die Stirn strich, die jetzt den Mund öffnete.
„Ich bin nicht gestürzt, Sophie. Bei mir war jemand Fremdes im Haus!“
Sophie richtete sich auf. „Was sagst du da?“
Ihre Mutter berichtete ihr, wie sie schon seit Tagen das Gefühl hatte, verfolgt zu werden und, dass an diesem besagten Tag jemand bei ihr war und sie niedergeschlagen haben musste. Sie hatte das Bewusstsein verloren und konnte nicht entdecken, wer es gewesen ist. Sophie war geschockt und dachte über das Erschreckende nach, was sie soeben von ihrer Mutter hörte. Allerdings erinnerte sie sich auch, dass sie keinerlei Einbruchspuren entdecken konnte, als sie ihre Mutter im Haus gesucht hatte und keines der Zimmer war durchwühlt. Andererseits warum sollte ihre Mutter Tassilo in den Keller sperren? Sophie war verwirrt.
„Ich werde umgehend die Polizei verständigen, damit sie dein Haus untersuchen!“, versprach sie ihrer Mutter, die darüber erleichtert schien. Nach einer halben Stunde war Marie so erschöpft, dass ihr die Augen zufielen. Sophie gab ihr einen Kuss auf die Stirn und versprach gleich morgen früh vor der Arbeit bei ihr vorbeizukommen.
Nachdenklich verließ sie das Krankenzimmer.
Kurz bevor sie den Ausgang erreicht hatte, hörte sie ihren Namen. Verwundert blickte sie sich um und erkannte, wie Alexander im Rollstuhl den langen Gang auf sie zukam. Gefolgt von Martin, der hinter dem Rollstuhl stehen blieb.
„Hallo Schatz. Ich bin gerade bei der Reha. Dr. Hansen hatte mir erzählt, dass du hier bist. Was ist Marie passiert?“

Besorgt blickte Alexander seine Frau an.

„Es tut mir leid, Alexander. Ich habe in der Aufregung nicht geschafft, dir bescheid zu sagen. Meine Mutter wurde in ihrem Haus überfallen“

Bei diesen Worten hatte auch Dr. Hansen die Situation erreicht.

„Überfallen? Das ist ja furchtbar ...“, mischte er sich in das Gespräch.

„Davon hatten sie mir vorhin gar nichts erzählt“ Verwirrt schauten die beiden Männer Sophie an. Diese berichtete ihnen von dem, was ihre Mutter gerade erzählt hatte.

„Haben sie die Polizei benachrichtigt?“, erkundigte sich Dr. Hansen nach einer kurzen Pause.

„Dazu bin ich leider noch nicht gekommen. Ich werde es aber umgehend machen!“, entgegnete Sophie, die sich jetzt zu Alexander hinab beugte und ihm einen Kuss gab. Sie war glücklich, dass er jetzt bei ihr war.

„Vielleicht sollten sie damit warten. Ihre Mutter ist sehr verwirrt und ich bin mir sicher, dass sie sich schnell wieder erinnern kann. Bei der Untersuchung ihrer Verletzungen konnten wir keinerlei Fremdeinwirkung feststellen. Es scheint vielmehr so, dass sie ausgerutscht ist, und mit dem Kopf aufgeschlagen.“, entgegnete Dr. Hansen, wobei er einen besorgten und etwas unruhigen Eindruck machte.

„Wenn Marie der Meinung ist, es war jemand in ihrem Haus, sollten wir das auf jeden Fall untersuchen lassen“, kam nun auch Alexander zu Wort.

„Herr Dr. Hansen entschuldigen sie mich. Sie haben sicher Verständnis, wenn ich heute die Reha ausfallen lasse, um diese Sache zu klären.“

Sophie blickte bei diesen Worten Martin an, der scheinbar teilnahmslos der Situation folgte und froh war, dass Sophie ihm nun mit einem Kopfnicken zu verstehen gab, dass sie aufbrechen werden.

„Selbstverständlich ...“, entgegnete Dr. Hansen, der im Flur stehen blieb und beobachtete, wie Sophie und Alexander samt Pfleger das Krankenhaus verließen. Obwohl er längst Feierabend hatte, ging er den langen Gang entlang und nach kurzem Zögern betrat er das Zimmer von Marie Steinberg.

5

Thomas Savigny stand vor dem mächtigen Spiegel in seinem großen Schlafzimmer und betrachtete sich missmutig. Mehrmals und etwas hektisch fuhr er sich mit seinen Fingern durch das Haar und bemerkte zu seinem Bedauern, dass diese auch schon mal dichter waren und, obwohl er sich so gut wie jeden Sonntag auf dem Golfplatz blicken ließ, spannte sein Hemd um die Hüfte, selbst, wenn er es etwas aus der Hose zupfte, um das kleine aber nicht übersehbare Bäuchlein zu kaschieren. Im Grunde hasste er Golf. Diese Rumfuchtelei mit dem Schläger, mit dem man einen viel zu kleinen Ball treffen musste, den man dann auch noch hinterher lief, das alles missfiel Savigny. Als könnte man nicht einfach so in der Landschaft umherwandern, wenn man das möchte. Nein, man musste einen Ball vor sich herschießen und, um sich nicht völlig lächerlich zu machen, auch noch ein nicht ganz unansehnliches Handicap aufweisen. Für ihn gab es kaum einen dümmeren Sport als Golf, was auch an der Tatsache lag, dass er trotz regelmäßiger privater Trainingsstunden, keinerlei Talent für diese Sportart aufwies.
Aber schließlich traf man hier die wichtigsten und einflussreichsten Geschäftsmänner und er erfuhr hier aus erster Hand die neusten Skandale und Geschichten der High Society. Also durfte er hier keinesfalls fehlen.

Heute allerdings ging Savigny nicht zum Golf. Er hatte seit Monaten wieder eine Verabredung mit einer Frau. Ja, man konnte sogar sagen, ein echtes Date. Sie hieß Clara von Rothe und war die Witwe eines sehr angesehenen Anwalts, der vergangenen Jahres an einem Herzinfarkt verstorben war.
Pech für ihn, Glück für mich, dachte Savigny, als er das Sakko überzog und seine Schlüssel für den Porsche aus seinem Nachttischschrank holte. Sein silberfarbener Porsche 911 war mit das Kostbarste, was er jemals besessen hatte, und er wurde nur bei besonderem Anlass herausgeholt. So wie heute. Clara von Rothe war genau sein Geschmack. Außerordentlich hübsch, aus gutem Haus und nicht besonders gebildet, sodass nicht zu erwarten war, dass sie allzu vorlaut war oder gar besserwisserisch. Denn Besserwisserei hasste er genauso wie Golf. Bei dem Gedanken an den bevorstehenden Abend, er hatte einen Tisch in einem der besten und teuersten Restaurants bestellt, hob sich seine Laune. Beschwingt ließ er sich hinter das Lenkrad seines Sportwagens fallen und brauste los. Natürlich hatte er darauf bestanden, Clara von ihrer Villa am anderen Ende der Stadt abzuholen.

„Wunderschön ist es hier, vielen Dank!“, strahlte diese, als sie wenig später der Kellner zu einem der hinteren Tische führte, wo die Besucher ungestört waren und der sich vor einem Aquarium mit exotischen Fischen befand. Sie setzte sich an ihren Platz und merkte nicht, wie Savigny sie eindringlich musterte. Sie trug ein langes, eng anliegendes schwarzes Strickkleid. Um die Taille hatte sie einen breiten, ledernden Gürtel gebunden, der ihre schlanke Taille zur Geltung brachte. Ihre dunkelblonden Haare hatte sie glatt zu einem Knoten nach hinten gebunden, sodass ihr feines Gesicht, das nur leicht geschminkt war, besonders hervorstach. Dieses sehr strenge Bild lockerte dünne goldene

Kreolen ab, die ihr bis zum Kinn reichten und am Rand mit kleinen Steinchen besetzt waren.
„Fast so wunderschön wie sie ...“, flüsterte er ihr entgegen, zwinkerte verschmitzt und starrte gebannt auf ihr Gesicht. Doch keine Reaktion. Stattdessen nahm Clara sogleich die Speisekarte entgegen, die ihr der Kellner entgegenstreckte, und vertiefte sich in diese.
Wahrscheinlich hat sie mich nicht gehört, überlegte er etwas irritiert, oder sie ist schüchtern, beruhigte er sich schließlich. Ohne weiter darüber nachzudenken, wählte er ein Drei-Gänge-Menü aus und bestellte noch eine Flasche Champagner dazu. Seine Tischnachbarin hingegen bestellte nur einen Meeresfrüchtesalat und ein Glas Wasser und Savigny hatte das Gefühl, Clara von Rothe war nicht mehr ganz so entspannt, wie am Anfang des Abends. Aus diesem Grund musste er sie dringend wieder aufmuntern, entschloss er sich spontan. Als wenig später der Champagner an den Tisch gebracht wurde, schenkte er die Gläser voll und reichte ihr eines herüber.
„Lassen sie uns auf den schönen Abend anstoßen. Vielleicht ist er der Anfang von einer unvergesslichen Geschichte ...“
Bei diesen Worten, die selbst Savigny in dem Moment, wo er sie aussprach, lächerlich kitschig vorkamen, lachte er schrill auf und sein Gesicht überzog sich mit roten Flecken. Doch das war es, was die Frauen hören wollen. Er zwinkerte Clara noch einmal zu, in der Hoffnung, sie würde seine Unsicherheit nicht bemerken, und leerte das Glas mit einem Schluck.
„Hören sie Herr Savigny ...“ Clara blickte ihn nun zum ersten Mal in die Augen.
„Sie wissen sicher, dass mein Mann letztes Jahr verstorben ist. Er hat mir so viel, vor allen Dingen geschäftliche Angelegenheiten vererbt, dass ich mich etwas überfordert fühle. Außerdem ist es für mich sehr schmerzlich, mich jeden Tag mit diesen vielen Erinnerungen zu beschäftigen. Ich hoffe, sie können das nachvollziehen ...“

Clara von Rothe fiel dieses Gespräch sichtlich schwer und sie rieb sich nervös über ihre Handballen.

„Um nun auf den Punkt zu kommen. Sie sind einer der renommiertesten Anwälte Münchens und kannten meinen Mann auch sehr gut und deshalb bin ich mir sicher, dass sie sehr diskret sind ... Ich möchte sie bitten, mir etwas bei der Abwicklung mancher Angelegenheiten unter die Arme zu greifen. Aus diesem Grund habe ich um ein persönliches Gespräch mit ihnen gebeten."

Clara von Rothe blickte ihn erwartungsvoll an. Sie wusste, dass es ihrem Mann nicht recht gewesen wäre, dass ein anderer Anwalt Einblick in seine privaten Angelegenheiten bekäme, allerdings wusste sie sich keinen anderen Rat mehr; Sie war restlos überfordert, denn sie verstand nichts von Verträgen und all den juristischen Dingen.

Savignys Augen hatten sich, während er ihrem Monolog folgte, immer enger zusammengezogen und waren jetzt nur noch als zwei kleine Schlitze erkennbar, zwischen denen sich eine dicke Zornesfalte entlang zog.

Was dachte sich dieses kleine Miststück überhaupt?, stieg die Wut in ihm auf, während er sie unverändert anstarrte. Erst machte sie ihm schöne Augen, ließ sich in das teuerste Restaurant ausführen, um ihm dann vorzuheulen, dass sie noch an ihrem Mann hing und sich wahrscheinlich erhoffte, dass er ihr für seine Arbeit einen guten Preis machen würde. Frauen sind alle durchtriebene Luder, schoss es ihm durch den Kopf, als die Situation durch den Kellner unterbrochen wurde, der Savignys Vorspeise, gebratene Garnelenspieße, servierte. Clara blickte ihn immer noch erwartungsvoll an. Hatte er ihre kleinen, nussbraunen Augen vor ein paar Minuten noch als äußerst attraktiv empfunden, konnte er diesen flehenden Rehblick jetzt kaum ertragen. Sein Zorn war so groß, dass es ihm nur mit viel Mühe gelang, passende Worte zu finden. Aber diese Genugtuung würde er ihr nicht geben, dass sie merkte, wie getroffen er war.

„Der Tod ihres Gatten war auch für mich ein harter Schlag. Ich habe ihn als Kollegen, aber auch als Menschen sehr geschätzt. Mein aufrichtiges Beileid ... selbstverständlich greife ich ihnen etwas unter die Arme. Das ist doch Ehrensache ...“

Diese Worte hatten Herrn Savigny so viel Kraft gekostet, dass er sich ein weiteres Champagnerglas bis zum Rand füllte und es wieder in einem Zug leerte. Claras Haltung entspannte sich nun und zum ersten Mal an diesem Abend lächelte sie ihm zu. Und sein Gesicht erstarrte. Es war kein Lächeln, was man jemandem entgegenbringt, für den man sich interessiert, so wie Frauen Männer ansehen, um sie in einem Flirt zu verwickeln. Nein, Clara von Rothe lächelte ihm in der Weise zu, wie man jemanden anlächelt, der einem einen Gefallen tat, jemand, der einem im Grunde völlig gleichgültig ist, den man aber für die Lösung seines Problems brauchte.

Als kurz darauf der Hauptgang und ihr Salat an den Tisch gebracht wurden, war die Situation für Savigny so unerträglich geworden, dass er das teure gebratene Lammfleisch förmlich in sich reinwürgte. Irgendwie musste er dringend diese Schmierenkomödie verlassen. Während sie wortlos die Hauptspeise einnahmen, kam ihm die rettende Lösung. Ohne abzuwarten, bis sie ihren Teller geleert hatte, stand er vom Tisch auf.

„Entschuldigen sie mich vielmals. Ich muss noch einen sehr wichtigen Mandanten erreichen ...“ Bei diesen Worten kramte er auch schon sein Mobiltelefon aus seiner Hosentasche hervor.

„Das ist doch gar kein Problem!“, entgegnete Clara, die über diese kurze Unterbrechung auch dankbar zu sein schien, denn Herr Savigny hatte ihr seine Hilfe zugesagt und damit war für sie der Abend bereits ein voller Erfolg.

Er verließ eilig den Speisesaal, hielt sich das Telefon an das Ohr und tat, als würde er ein anregendes und schwieriges Telefonat führen.

Nach wenigen Minuten sah sie ihn auf ihren Tisch zusteuern. Sein Gesicht war wieder mit dunkelroten Flecken übersät und sie fragte sich, ob dies am Champagner oder an dem Gespräch mit seinem Mandanten lag. Natürlich waren ihr seine offensichtlichen Flirtversuche nicht entgangen, allerdings war sie solchen Situationen in den letzten Monaten schon des Öfteren ausgesetzt gewesen. Denn kaum waren einige Wochen nach dem Tod ihres Mannes vergangen, standen schon die ersten ehemaligen „Freunde“ ihres Mannes vor der Tür, um ihr, selbstverständlich völlig selbstlos, Unterstützung anzubieten. Herr Savigny hatte allerdings einen ausgezeichneten Ruf und in den vielen Jahren, die sie jetzt schon in der Stadt lebte, hatte sie keine einzige negative Schlagzeile über ihn gelesen. So hielt sie es für das Beste, die Anspielungen höflich zu überhören und gleich auf den Punkt zu kommen. Und sie hatte auch den Eindruck, er würde ihr das nicht übel nehmen.

„Es tut mir furchtbar leid, Frau von Rothe. Aber ich sehe mich bedauerlicherweise gezwungen, den Abend vorzeitig abzubrechen. Ein Mandant von mir steckt in Schwierigkeiten und ich muss mich dringend mit ihm zusammensetzen ...“ Er wollte noch ein paar Höflichkeitsfloskeln hinzufügen, als ihm Clara ins Wort fiel.

„Herr Savigny ich bin ihnen so dankbar, dass sie mir ihre Unterstützung zugesagt haben, da entschuldige ich sie gerne. Ihre Geschäfte gehen natürlich vor.“

Sie merkte, wie unangenehm ihm die Situation war und wie erleichtert er jetzt schien. Und auch bei ihr stellte sich ein beruhigendes Gefühl ein. Seit dem Tod ihres Mannes verließ sie nur für die wichtigsten Besorgungen das Haus. Es war das erste Mal, dass sie wieder ein Restaurant besucht hatte. Für Clara von Rothe gab es keinen Spaß mehr, keinen Genuss oder gar Lebensfreude. Sie wollte nur die Angelegenheiten ihres Mannes regeln, denn er hätte nicht gewollt, dass sie alles so gehen ließ. Sie wollte Savigny allerdings nicht den Abend vermiesen und deshalb hatte sie alle Kraft zusammengenommen und eine gewisse Freude aufgesetzt. Endlich konnte sie diese Maske wieder fallen lassen. Und als er ein Taxi für sie bestellte, war sie sogar erleichtert, sich nicht noch die Rückfahrt zusammenreißen zu müssen. Als sie wenig später im Wagen auf dem Weg zu ihrer Villa saß, dachte sie an ihren geliebten Mann und die Sehnsucht war jetzt so stark, dass sich ihre Augen mit Tränen füllten und sie bitterlich weinte.

Savigny saß zur gleichen Zeit in seinem silberfarbenen Porsche und raste durch die Straßen. So hatte er sich den Abend nicht vorgestellt, welche Verschwendung für so ein Miststück. Plötzlich fielen ihm wieder die Worte von Frau Sommer ein, *es tut mir leid für sie Herr Savigny, dass ihre Kontakte mit dem weiblichen Wesen so voller Misserfolge sind ...* und dabei hatte sie ihn auch noch angelächelt; nein, sie hatte sich über ihn lustig gemacht. Die Worte hatten ihn getroffen, sehr getroffen. Er fuhr durch die Straßen und sein Hass steigerte sich ins Unermessliche. Er hasste Frau Sommer, er hasste Clara von Rothe, er hasste einfach alle Frauen, was für überflüssige Geschöpfe. Irgendwo musste er hin mit diesem Hass. Er hatte bereits die Stadtgrenze erreicht, als er mit einem Ruck stoppte und mit quietschenden Reifen umkehrte. Er bog auf eine Landstraße ein und fuhr über eine Stunde ins Land hinein, bis er endlich an eine große Einfahrt gelangte, die auf einen Hinterhof eines Gebäudes führte, aus deren Fenster rotes Licht blitzte. Er hatte in der Zeitung von diesem Bordell gelesen und es war so weit von der Stadt entfernt, dass er nicht befürchten musste, entdeckt zu werden. Zielstrebig stieg er aus seinem Wagen und betrat das Freudenhaus. Frauen waren halt alles nur billige Nutten.

6

An diesem Abend waren Sophie und Alexander mit Johanna und ihrem neuen Freund verabredet. Obwohl Johanna darauf bestand, dass es nur ein guter Bekannter war, merkte Sophie, dass es doch etwas mehr sein musste. Denn immer, wenn ihr Johanna von Maximilian erzählte, klang sie ausgesprochen fröhlich und ausgelassen. Da Alexander langsam die Decke auf den Kopf fiel, hatten sie das ursprünglich bei ihnen zu Hause geplante Essen in ein gemütliches italienisches Restaurant verlegt. Sophie freute sich sehr auf den Abend und auch Alexander, der oft sehr angespannt wirkte, schien dem Abend regelrecht entgegen zu fiebern.
Gegen sieben machten sich Sophie und Alexander auf den Weg. Da das Restaurant auch für Gäste im Rollstuhl gut ausgebaut war, konnten sie ruhigen Gewissens Martin in seinen Feierabend schicken.
Sophie schob den Rollstuhl über die Schwelle des Restauranteingangs, als ihnen schon ein Kellner entgegeneilte und ihnen an den Tisch half. Wenige Minuten später trafen auch Johanna und Maximilian ein, der neben Alexander Platz nahm, sodass Sophie ihn jetzt gut und natürlich unauffällig beobachten konnte. Er hatte kurze dunkelblonde Haare und blaue Augen, die hinter einer markanten ovalen Brille mit brauner Umrandung lagen. Seine Haltung war aufrecht und Sophie empfand es als sehr angenehm, dass er seinem Gesprächspartner immer direkt in die Augen sah. Alles in allem machte Maximilian einen sehr sympathischen Eindruck und, als Alexander und Maximilian gerade in einem Gespräch waren, blinzelte Sophie ihrer Freundin bestätigend zu, die jetzt schüchtern zur Seite blickte und lächelte.
Maximilian erzählte von seiner Tätigkeit als Familienanwalt und, dass er begeisterter Segler war. Da er bereits jedes der Weltmeere besegelt hatte, konnte er einige seiner Abenteuer zum Besten geben und nach kurzer Zeit herrschte eine ausgelassene und entspannte Stimmung am Tisch. Während Maximilian in eine seiner Geschichten vertieft war,

schaute er in die Runde und besonders spannende Passagen unterstrich er mit ausdrucksvollen Gesten oder Gesichtsausdrücken. Er war gerade dabei, von seinen Erlebnissen an der Elfenbeinküste zu erzählen, wo er auf ein merkwürdiges Eingeborenenvolk getroffen war und, so Maximilian, zum ersten Mal um sein Leben gebangt hatte, als Sophies Blick plötzlich auf zwei Gäste fiel, die gerade das Restaurant betraten, hatten. Der Mann trug einen feinen cognacfarbenden Anzug und hielt seinen Arm um die Taille einer mit einem kurzen Abendkleid gekleideten Frau. Bei näheren Hinblicken erkannte Sophie mit einer peinlichen Berührtheit, dass das Kleid mindestens fünf Zentimeter zu kurz war und die Schuhe mindestens genauso unpassend hoch. Der Mann flüsterte seiner Begleiterin etwas ins Ohr, die jetzt ihre rot gefärbten langen Haare in den Nacken warf und in ein aufgesetztes schrilles Kichern verfiel. Die beiden hatten nun die Mitte des Raumes erreicht, als sie stehen blieben und die Frau ihren Kopf auf seine Schulter legte, um ihm etwas zurückzuflüstern. Dem Mann schien das Gehörte so gut zu gefallen, dass er jetzt seine Hand von der Taille hinab über ihren Po streichen ließ. Wieder war ihr grelles Kichern zu hören und die beiden hatten so viel Aufmerksamkeit erregt, dass sich einige Gäste zu dem Paar umdrehten. Als nun der Mann den Kopf in Sophies Richtung drehte, erkannte sie, dass es Magnus Stern war.

Das hatte ihr gerade noch gefehlt, entgeistert rückte Sophie ihren Stuhl etwas in Alexanders Nähe, weil sie merkte, dass der Anblick dieses geschmacklosen Auftretens ihrer Stimmung schlagartig verschlechtert hatte. Alexander hatte ihre Reaktion bemerkt und guckte seine Frau fragend an. Sophie, die Maximilian nicht unterbrechen wollte, lächelte Alexander an und gab ihm zu verstehen, dass sie ihm später davon erzählen werde.

Zum Hauptgang wurde gebratene Forelle serviert und Sophie entschuldigte sich einen Moment und machte sich auf den Weg zu den Toiletten. Als sie sich wenige Minuten später wieder auf den Weg zu

ihrem Tisch machen wollte, kam Magnus Stern aus der gegenüberliegenden Toilettentür und stand nun allein mit ihr in dem kleinen Vorraum, der durch eine Tür vom Speiseraum abgetrennt war. Da er sie sofort entdeckt hatte, musste Sophie den Gedanken verwerfen, ihn einfach zu übersehen und setzte ein gezwungenes Lächeln auf.
„Frau Sommer, wie schön sie zu sehen! Sie sehen umwerfend aus!“ Sagte er, während er sie eindringlich musterte.
„Vielen Dank, Herr Stern.“
Bei diesen Worten war Sophie kurz stehen geblieben, drehte sich jetzt jedoch um, um sich schnell zu verabschieden und zurück an ihren Tisch zu gelangen. Er, der ihren Plan zu durchschauen schien, wand sich wie ein Wiesel blitzschnell an ihr vorbei und stand nun so dicht vor ihr, dass Sophie der Weg versperrt war.
„Schade, dass wir nicht alleine hier sind, wir hätten sicher Spaß zusammen! Wir haben ja noch so einiges zu besprechen. „Er war dicht an Sophie herangetreten und ihr stieg ein starker, unangenehmer Alkoholduft in die Nase. Sie trat einen Schritt zur Seite und verschränkte ihre Arme vor ihren Körper.
„Wie ich gesehen habe, haben sie eine sehr aufregende Begleitung bei sich. Vielleicht sollten sie sie nicht so lange warten lassen!“
Sophie war noch einen Schritt zur Seite getreten, sodass jetzt wieder ein sicherer Abstand zwischen ihnen war.
„Höre ich da etwa Eifersucht heraus? Sie gefallen mir Frau Sommer. Aber keine Angst, meine Begleitung kann Ihnen nicht annähernd das Wasser reichen!“
Selbstgefällig grinste er sie an, kam dann jedoch etwas ins Wanken, sodass er sich an der Wand abstützen musste.
Sophie nutzte diese Chance und drängte sich schnell an ihm vorbei.
„Ich wünsche Ihnen noch einen schönen Abend Herr Stern. Damit wir auch in Zukunft respektvoll miteinander umgehen können, beende ich

das Gespräch an diesem Punkt ... und vielleicht sollten sie an diesem Abend auf weiteren Alkohol verzichten!"
Schnell öffnete sie die Tür und kehrte an ihren Tisch zurück. Der restliche Abend verlief sehr entspannt und Sophie vermied es, noch weiter über diese Szene nachzudenken.

X

Bereits um kurz vor neun betrat Sophie am nächsten Morgen das Clemens-Hospital. Sie hatte ihrer Mutter ein frisches Käsebrötchen mitgebracht, da sie wusste, dass sie diese am liebsten aß. Als sie in ihr Zimmer kam, stand ihre Mutter gerade am Schrank und packte ihre Sachen in die kleine Reisetasche, die sie auf das Bett gestellt hatte.
„Was machst du denn da?", fragte Sophie ihre Mutter verwundert.
„Ich packe", erwiderte diese und Sophie entging nicht der grimmige Unterton ihrer Mutter.
„Aber wurdest du denn schon entlassen? Warum hast du mir nicht bescheid gesagt?"
„Weil ihr mich anscheinend alle für blöd und senil haltet. Auch, wenn keine Einbruchspuren da sind, heißt das noch lange nicht, dass nicht jemand bei mir im Haus war!"
Sophie merkte, wie verletzt ihre Mutter war. Tatsächlich hatte Sophie ihr beim letzten Telefonat unterschwellig das Gefühl gegeben, das sich ihrer Mutter geirrt haben musste.
„Der Arzt will mich sogar in eine Irrenanstalt schicken!", fuhr es aus Marie Steinberg heraus und Sophie merkte, dass ihre Mutter so außer sich war, dass ihre Augen sich mit Tränen füllten.
„Ach Mama, das hat der Arzt bestimmt nicht gesagt. Jetzt beruhige dich doch erst einmal. Lass uns abwarten, bis die Polizei mit den Untersuchungen fertig ist. Dann sind wir alle schlauer!"

Sie schloss ihre Mutter in den Arm und in diesem Moment betrat Dr. Hansen das Zimmer. Verwundert blickte er auf den zur Hälfte gepackten Koffer.
„Sie möchten gehen?", fragend blickte er die beiden Frauen an.
„Ja, bevor sie mich noch in die Irrenanstalt stecken, ziehe ich es vor nach Hause zu fahren!" Bei den Worten befreite sich Marie Steinberg aus der Umarmung ihrer Tochter und setzte das Packen fort. Dr. Hansen lachte leicht.
„Aber nein, das haben sie völlig falsch verstanden. Ich habe ihnen nur den Vorschlag gemacht, doch einige Zeit in die Kur zu fahren. Der Zusammenbruch war ein Hilfesignal ihres Körpers, den sie nicht überhören sollten. Dort können sie sich einmal richtig erholen und sie werden sehen, wenn sie wieder da sind, geht es ihnen besser!"
Jetzt blickte Dr. Hansen zu Sophie hinüber und sie hatte das Gefühl, er erwarte eine verbale Unterstützung von ihr. Da Sophie aber das bestimmte Verhalten ihrer Mutter sah und sie sie so gut kannte, um zu wissen, dass sie in so einer Stimmung um keinen Preis zu einer Diskussion bereit war, versicherte sie ihre Mutter sicher nach Hause zu bringen und, wenn sich die Situation beruhigt hatte, noch einmal das Gespräch mit ihr zu suchen.
Auf dem Rückweg sprachen die beiden Frauen kein Wort miteinander und, obwohl sich ihre Mutter vehement gegen einen Kuraufenthalt wehrte, dachte Sophie einen kurzen Moment darüber nach, ob es ihrer Mutter nicht doch gut tun würde, einige Zeit auszuspannen.
Sie tranken noch einen Kaffee zusammen, doch ihre Mutter bestand darauf, jetzt alleine sein zu wollen. Bedrückt machte sich Sophie auf den Weg zur Kanzlei. Ein anstrengender Arbeitstag lag vor ihr.

Gegen sieben war Sophie dann endlich zu Hause und ließ sich erschöpft auf ihr Sofa fallen. Tassilo, den Sophie erst einmal wieder zu sich genommen hatte, legte sich auf den Teppich vor sie und seufzte zufrieden. Sie dachte über die Worte nach, die ihr der Polizist eben am Telefon gesagt hatte. Es waren, wie Sophie vermutete, keinerlei Einbruchspuren am Haus ihrer Mutter gefunden worden. Auch war weder ein Raum durchwühlt, noch fehlten Gegenstände, die auf einen Raub schließen ließen. Vielmehr befand sich auf dem Rand des Waschbeckens eine Blutspur, die dadurch entstanden sein musste, dass ihre Mutter ausgerutscht war und dort aufgeschlagen; oder es war wirklich ein Fremder, der ihr den Schlag versetzt hatte und sie war daraufhin auf den Waschbeckenrand geknallt. Genau könne man das laut Sachverständigen nicht mehr feststellen. Allerdings schließe der Polizist letztere Möglichkeit eher aus und Sophie hatte das Gefühl, dass er die Version mit dem Fremden nur in Erwägung gezogen hatte, um ihre Mutter nicht als verrückt oder übergeschnappt dastehen zu lassen. Trotzdem stand weiterhin die Frage im Raum, warum Tassilo im Keller eingesperrt gewesen war. Vorsichtig strich sie dem Hund über den Kopf. Sie war so in Gedanken versunken, dass sie gar nicht bemerkte, dass Alexander nach Hause kam.

„Hallo Liebling!", begrüßte er sie und Martin schob den Rollstuhl in das Wohnzimmer. Schnell richtete Sophie sich auf.

„Entschuldige, ich hatte euch gar nicht kommen hören!"

Sophie gab Alexander einen Kuss und fuhr mit der Hand über seine Wange. Sie hatte in dem Moment das Gefühl, dass er etwas niedergeschlagen war und sie musste daran denken, wie belastend die Situation für ihn sein musste.

„Ich mache mich noch kurz im Bad frisch und fahre dann!" Martin sicherte den Rollstuhl und ging hinüber ins Bad.

„Ist alles in Ordnung mit dir? Du wirkst so niedergeschlagen?", erkundigte sich Sophie, während sie Alexander aufs Sofa half.

„Nein ... Die Reha war heute nur sehr anstrengend."

„Das tut mir leid. Die Situation ist wirklich schwierig, aber wir haben es bald geschafft. Bald ist deine Wirbelsäule so gut verheilt, dass du wieder laufen kannst!“
„Ja, ich weiß ...Ich liebe dich, Sophie ...“
„Ich liebe dich auch ...“
Sie fühlte sich trotz der schwierigen Situation glücklich und wusste, dass sie auch diese Situation meistern werden. Sie gab ihm einen zärtlichen Kuss, und während er sich auf dem Sofa ausstreckte, um noch etwas Schlaf vor dem Essen zu finden, ging Sophie hinüber in die Küche, um das Abendbrot zuzubereiten.
Auf dem Flur entdeckte sie Martin, der vor der kleinen Kommode stand und auf ein Foto starrte, dass er in seinen Händen hielt.
„Das war im letzten Italienurlaub. Alexander hat es von mir geschossen, als ich gerade vor dem Colosseum in Rom stand“, bemerkte Sophie, als sie ihm über die Schulter schaute.
Martin hatte sich so erschrocken, dass ihm der Fotorahmen aus der Hand glitt. Schnell bückte er sich, um das Foto wieder an seinen Platz zu stellen.
„Ja, ja ... das ist sehr sch... schön. Ich interessiere mich sehr, ... sehr für Geschichte ...“, stammelte er und guckte dabei betreten auf den Boden.
„Ja, Rom ist auch meine Lieblingsstadt. Frag doch das nächste Mal Alexander. Er zeigt dir sicher gerne unsere Urlaubsfotos. Und ich glaube, wir haben auch noch einige sehr gute Bücher über die Geschichte Roms!“ Sophie lächelte ihm zu.
„Das mache ich ... dann bis Montag!“
Martin drehte sich um, und bevor Sophie die Küche erreicht hatte, hatte er bereits das Haus verlassen.

7

Marie Steinberg saß in ihrer Küche und dachte nach. Immer und immer wieder ließ sie den Nachmittag Revue passieren und immer wieder kam sie zu dem Ergebnis, dass sie sich nicht geirrt hatte. Sie war sich sicher, dass ein Fremder hier gewesen war. Auch, wenn er offensichtlich keine Spuren hinterlassen hatte, so spürte sie, wenn sie durch ihr Haus ging, dass eine andere, eine kalte Atmosphäre herrschte und die Wände des Gebäudes schienen ihr zuzuflüstern, dass ein Eindringling hier gewesen war. Sie wohnte jetzt schon seit über dreißig Jahren in der alten Villa. Sie kannte jeden Winkel des Hauses und in diesem Moment kamen ihr die vielen Erlebnisse in den Sinn, die sich hier mit ihrem geliebten Mann und Sophie abgespielt hatten. In dem großen Ehebett hatte sie ihre einzige Tochter zur Welt gebracht, weil die Wehen so heftig kamen, dass sie es nicht mehr in die Klinik geschafft hatten. Als sie in den Flur sah, auf die große hölzerne Treppe, die hinab in die Eingangshalle führte, sah sie die kleine Sophie an ihrem dritten Geburtstag.

Sie konnte seit Kurzem die ersten Schritte laufen und hatte ein rosafarbenes langes Kleid an, was an den Enden mit feiner Spitze verziert war. Ihre strohblonden Haare waren mit einer Spange zurückgebunden und sie hielt die Hand von ihrem Mann, der sie stolz durch die Eingangshalle führte und die ersten Gehversuche seiner Tochter mit großem Lob honorierte. Sie hörte das fröhliche Lachen des kleinen Mädchens und sah, als wäre es gestern gewesen, die großen blauen Augen vor sich, die sie anstrahlten, als sie der kleinen Sophie das hölzerne Schaukelpferd mit der roten Schleife um den Hals überreichten. Während sie all diese schmerzlichen, aber auch unvergesslichen Erinnerungen aus ihrem Gedächtnis hervorholte, war sie die Treppe hinaufgestiegen und stand nun vor der Tür, die in Sophies ehemaliges Kinderzimmer führte. Marie hatte alles unverändert gelassen, und immer, wenn sie sich in diesem Raum befand, hatte sie das Gefühl, sie wäre in der Zeit zurückversetzt und jeden Moment ginge die Tür auf und ihre kleine Sophie käme auf dem Arm ihres Mannes hinein, um gemeinsam mit ihr zu spielen. Sie setzte sich auf das Gitterbett, das ihr Mann weiß lackiert hatte und das mit rosafarbener Bettwäsche bezogen war. Sophie war ein typisches Mädchen gewesen. Sie liebte die Farbe rosa, Puppen mit langen Haaren und am liebsten mochte sie es, wenn sie sich als Prinzessin verkleiden durfte und sich ihr Haus in ein verwunschenes Märchenschloss verwandelte. Maries Blick wanderte hinüber zu dem großen giebelförmigen Fenster, vor dem ein großer Schreibtisch stand, auf dem sich unzählige Bücher und Hefte nebeneinander stapelten, die noch aus Sophies Schulzeit, die sie auf einem humanistischen Gymnasium verbracht hatte, stammten. Daneben an der Wand befand sich ein großes Bücherregal, was bis zum Rand mit Romanen, Sach-und Unterhaltungsbüchern gefüllt war. Marie stand auf und nahm eines aus dem oberen Fach heraus. Es war das Abschlussheft zum Abitur und, wie jeder, der seine Hochschulreife erlangt hatte, besaß auch Sophie eine eigene Seite in diesem Buch. Diese befand sich im hinteren Drittel, und als Marie die Seite aufschlug, strahlte ihre Tochter ihr entgegen. Da war sie schon eine richtige Frau geworden und wunderschön. Obwohl ihre Tochter nicht die fleißigste Schülerin war, brachte sie meistens gute Noten nach Hause, sodass ihr Mann und sie sich nie Sorgen machen mussten. Literatur und Geschichte lagen ihr besonders gut. Nur mit der Ordnung hatte Sophie nicht allzu viel im Sinn. Ständig war sie begierig darauf, Neues zu erfahren und mit Begeisterung lernte sie Klavierspielen, um sich im nächsten Moment mit ihren Freundinnen beim Ballettunterricht auszutoben. Und so war Sophie jedes Mal betrübt und bockig, wenn ihre Mutter sie zum Zimmer aufräumen verdonnerte. Lächelnd stellte sie das Buch zurück an seinen Platz und ging hinüber zu dem kleinen Schminktisch, der sich

neben der Tür befand und auf dem verschiedene Bilder standen, die Sophie in allen Altersstufen zeigten.
Das Erste, das Marie jetzt in die Hände nahm, zeigte Sophie auf einem braun-weiß gescheckten Pony, mit einer schwarzen Reitkappe auf dem Kopf, die ihr etwas zu groß war und worüber Sophie sich immer bei ihren Eltern beschwert hatte. Oft verbrachte ihre Tochter mit Freundinnen ihrer Ferien auf dem Ponyhof außerhalb der Stadt. Ein anderes Bild zeigte Sophie bei ihrer Einschulung mit einer großen bunten Schultüte. Schließlich fiel Maries Blick auf ein Foto, das Sophie mit ihrem Vater zeigte, als sie gerade den großen Tannenbaum schmückten. Es gehörte zum weihnachtlichen Ritual der Steinbergs, dass Sophie mit ihrem Vater am Heiligabend in den Wald fuhr, um eine schöne Tanne zu schlagen, die dann im Wohnzimmer neben dem Kamin aufgestellt wurde und die sie dann alle gemeinsam schmückten. Dieses Bild war Maries Lieblingsbild und sie betrachtete es lange. Die Erinnerungen schmerzten sie jetzt so sehr, dass sie beschloss, diese Zeitreise zu beenden und hinunterzugehen, um sich eine Kleinigkeit zu Essen zu machen. Als sie gerade die Tür zuziehen wollte, durchfuhr ihren Körper ein leichtes Zucken. Verwirrt drehte sie sich noch einmal zu dem kleinen Schminkschränkchen um, und musterte die Bilder. Das kann doch gar nicht sein, schoss es ihr durch den Kopf und sie merkte, wie die Unruhe in ihr aufstieg. Noch einmal ließ sie den Blick über die Bilder wandern. Hektisch rückte sie nun einige zur Seite und ließ sich dann vorsichtig auf die Knie sinken, legte ihren Kopf schräg auf den Fußboden, um unter den Schrank zu sehen. Aber auch dies war erfolglos. Als sie sich langsam wieder aufrichtete, merkte sie, dass sich auf ihrer Stirn eine leichte Schweißschicht gebildet hatte und ein dumpfes Ziehen begann sich in ihrem Kopf auszubreiten. Sekundenlang starrte sie noch einmal auf die aufgestellten Bilder, doch jetzt war sie sich sicher, das Bild, auf dem Sophie etwa 20 Jahre alt gewesen war und gerade über Ostern zu Besuch bei Ihnen gewesen ist, fehlte. Ihre

Tochter trug an diesem Tag ein himmelblaues Kleid, stand vor dem Rosengarten bei strahlendem Himmel und winkte ihrer Mutter zu. Es war einer der letzten Bilder, die Marie hier aufgestellt hatte und es war jetzt nicht an seinem Platz. Während der Kopfschmerz jetzt so unerträglich wurde, dass Marie kaum noch ihrer Augen offen halten konnte, lief sie nervös durch das Zimmer und suchte jeden Zentimeter des Raumes ab. Das Foto blieb jedoch spurlos verschwunden. Sie ließ sich aufs Bett fallen und merkte, das die Wunde am Hinterkopf, die genäht war und auf dem sich noch ein großes Pflaster befand, anfing merkwürdig zu pochen und sie hatte das Gefühl, die Nähte würden dem Druck nicht länger standhalten und jeden Moment aufplatzen. Nicht nur ihr Gesicht, sondern jede Pore ihres Körpers schien Schweiß auszustoßen und, obwohl es angenehm warm im Raum war, fingen ihre Gliedmaßen an zu frösteln. Marie schloss die Augen und versuchte sich zu beruhigen. Vielleicht hatte sie das Bild irgendwann weggenommen und erinnerte sich einfach nicht mehr daran. Doch auch diese Gedanken änderten nichts an der zerreißenden Unruhe. Sie hatte überhaupt keinen Grund, das Bild an einen anderen Ort zu bringen und außer ihr, hatte nur Sophie Zugang zum Haus und ihre Tochter hätte ihr gesagt, wenn sie das Bild mitgenommen hätte. Die Panik hatte jetzt die Herrschaft über Maries Steinberg Körper übernommen und, während sie wie versteinert auf dem kleinen eisernen Bett saß und ihre Hände sich verzweifelt an die Bettdecke klammerten, hämmerte sich nur ein Gedanke in ihren Kopf: Was wollte ein Einbrecher mit einem Bild von ihrer Tochter?

X

Sophie saß in dem großen Büro in der Wilhelmstraße und überreichte Herrn Stern die Verträge, die sie in den letzten Tagen ausgefertigt hatte. Sie hatte erwartet, dass er sie auf scin aufdringliches Verhalten im Restaurant ansprechen würde, er machte jedoch keinerlei Anstalten, was wahrscheinlich an dem nicht unerheblichen Alkoholkonsum gelegen haben musste und Sophie sich nicht sicher war, ob er sich überhaupt noch an diese peinliche Szene erinnerte. So sprach sie dieses Thema mit keinem Wort an und das Gespräch drehte sich ausschließlich um geschäftliche Dinge.

Nach einer guten Stunde überreichte er ihr die unterzeichneten Verträge, als ihr Blick auf ein Fotorahmen fiel. Sie konnte die Umrisse zweier Gestalten erkennen.

„Meine Frau und mein Sohn!“ Bemerkte Stern, der Sophies Blick gefolgt war und nun das Bild etwas zu Sophie umdrehte, sodass die Abbildung auf dem Foto jetzt gut zu erkennen war. Frau Stern war eine außerordentliche attraktive Frau. Sie hatte langes dunkles Haar, was sie auf dem Bild offen trug und ihr wie ein schimmernder Seidenschal auf ihre Schulter fiel. Sie hatte große, braune Augen und hochgeschwungene Augenbrauen, die ihrem Gesicht einen sehr anmutigen Ausdruck verlieh. Ihre Lippen waren voll und in einem auffälligen Rot geschminkt.

Doch, wenn man die Augen genau betrachtete, entdeckte Sophie, einen nicht zu leugnenden Schwermut. Obwohl sie sicher professionell geschminkt war, war es dem Visagisten nicht gelungen, ihre Augenringe zu übertuschen und wenngleich ihr Mund lächelte, wurde er durch die großen traurigen Augen überschattet. Auf dem Arm der Frau saß ein kleiner Junge mit dunklen Locken und strahlte dem Betrachter entgegen.

„Sie haben eine sehr schöne Frau und einen reizenden Sohn“, stellte Sophie fest und sie dachte an die Szene am vergangenen Donnerstag, als er sich mit seiner Geliebten amüsiert hatte. Sophie fühlte mittlerweile tiefe Abneigung für diesen Mann und sein öffentlicher Betrug an seiner Familie widerte sie an.

„Sie mögen Spielchen, nicht wahr Herr Stern?“Sprudelte es aus ihr heraus und sie hatte diese Worte so spitz und mit offensichtlicher Missachtung ausgesprochen, dass sie sich im gleichen Moment wünschte, nichts gesagt zu haben.

Sein Verhalten war schändlich, keine Frage, aber sie war seine Anwältin und es stand ihr nicht zu, ihn offen zu kritisieren.

„Entschuldigen Sie, mich geht das nicht an ...“, setzte sie nun schnell hinzu. Doch Magnus Stern schien keinesfalls gekränkt, es hatte sogar den Anschein, ihm gefiel diese Situation.

„Ist das Leben nicht ein einziges Spiel, Frau Sommer?“Seine Augen musterten sie aufmerksam.

„Es gibt Dinge im Leben, mit denen man besser nicht spielen sollte ...“, entgegnete ihm Sophie.

Er lachte laut auf und warf seinen Kopf leicht in den Nacken.

„Wer nicht wagt, der nicht gewinnt. Heißt es nicht so schön? Ich hätte das hier alles nicht, wenn ich nicht so manches Risiko eingegangen wäre! Vielleicht sollten sie das auch mal probieren.“

Sophie schaute ihn an fragte sich, wie oft am Tag dieser Mann sich wohl in sich selbst verliebte. Es lag jetzt eine bedrohliche Stimmung in der Luft, denn ihr war nicht entgangen, dass er sie provozieren wollte. Um die Situation nicht eskalieren zu lassen, ließ sie ihren Blick durch den Raum schweifen. Er blieb an einem großen Gemälde haften, das sich schräg hinter seinem Schreibtisch befand. Sie erhob sich von ihrem Stuhl, um es sich aus der Nähe anzusehen.

„Ein Geschenk meiner werten Gattin!“, hörte sie ihn sagen.

Sie stand vor dem Bild und betrachtete es. Es zeigte ein junges Paar, was sich in den Armen hielt und auf dem Rand einer steilen Klippe stand. Jeden Moment drohten sie abzustürzen. Die Szene spielte im Winter, denn auf dem Berg lag eine leichte Schneeschicht und der Himmel hatte sich in ein helles Grau gefärbt. Am Horizont konnte man die untergehende Sonne erkennen, der es nur noch mühsam gelang, das Grau an einigen Stellen mit einem warmen Strahl zu durchbrechen. Die Aufmerksamkeit des Betrachters wurde jedoch ausschließlich auf das liebende Paar gezogen, das eine fast übernatürliche Ruhe und Geborgenheit ausstrahlte. Dem Maler war es gelungen, was nur wenigen Menschen gelang; er löste bei dem Betrachter Emotionen aus. War Sophie eben noch erbost, spürte sie, dass dieses Gefühl einer gewissen Gelassenheit gewichen war.

Eine offensichtlich bedrohliche Situation wurde durch die Darstellung des eng umschlungenen Paares völlig entlöst. Ein wahres Meisterwerk. Sie ließ ihre Finger über das Bild fahren. Der Maler hatte ein ausgesprochenes Talent für die Pinselführung und die Farben verschmolzen so unmerklich ineinander, dass Sophie überwältigt war. Sie musste unweigerlich an Alexander denken und sie hatte das Gefühl, um ihr Herz schloss sich ein warmer Mantel.

„Glauben Sie, sie könnten einen Blinden dazu bringen, zu sehen, wie einzigartig dieses Bild ist?“, wandte sie sich jetzt Herrn Stern zu, der sie verwundert anblickte.

„Natürlich ist das nicht möglich!“, entgegnete er mit etwas gereizter Stimme.

„Eben“, entgegnete Sophie leise und in diesem Moment war es Mitleid, was sie für ihn empfand.

8

Vorsichtig strich sie über die glatte Oberfläche des Silberamulettes. Das ovalförmige Schmuckstück lag in ihren Händen und sie dachte an die Situation, als Maximilian es ihr um den Hals gelegt hatte.

Sie waren an einem Mittwochabend chinesisch essen und entschlossen danach, da sie beide etwas zu viel gegessen hatten, noch einen Stadtbummel zu machen, um gemütlich in den Schaufenstern nach den neusten Angeboten und Waren zu sehen. Sie hatten sich für die Einkaufsstraße in der Altstadt entschieden, da es hier noch traditionelle kleine Geschäfte gab, die sich in bunt verzierten Fachwerkhäusern befanden, im Grunde passte diese Ecke gar nicht in das sonstige Bild, hatte aber gerade deshalb wohl seinen besonderen Charme.

Vor dem Fenster eines kleinen Antiquitätengeschäfts blieben sie stehen und Johanna entdeckte das kleine Amulette, das sich links oben im Schaufenster befand, sofort. Es war schlicht und trotzdem hatte sie das Gefühl, dass eine bestimmte Aura um dieses Schmuckstück lag.

Auf dem kleinen Schild, das sich unter dem Amulette befand, las sie, dass es etwa um 1850 hergestellt worden war und sie malte sich aus, welche Geschichten es schon erlebt haben musste und welche Frauen es wohl schon getragen hatten. Nur ungern trennte sie sich von diesem Anblick und als Maximilian ihr am nächsten Abend das Amulette um den Hals legte, war sie überwältigt. Überhaupt war sie sehr glücklich mit Maximilian. Niemals hätte sie gedacht, dass sie noch einmal mit einem Mann so schöne Momente erleben würde. Aber Maximilian gab ihr von Anfang an ein Gefühl von Geborgenheit und sie spürte, dass er nicht nur an ihr als Frau interessiert war, sondern, dass er sie als Mensch, so wie sie war, schätzte. In den ganzen Wochen hatte er nicht einmal versucht sie ins Bett zu bekommen und, obwohl er ständig ihre Nähe suchte, gab es noch keinen Moment, wo sie seine Berührungen als unangenehm oder lästig empfunden hatte.

Nie, außer am letzten Freitag, da war Maximilian eindeutig zu weit gegangen. Er hatte sie nach der Arbeit vom Gericht abgeholt. Sie waren gemeinsam einkaufen, um bei ihr gemütlich Pasta zu kochen, weil sie beide die italienische Küche liebten. Sie tranken dazu einen australischen Rotwein, den Maximilian von einer seiner Reisen mitgebracht hatte und entschlossen, nachdem sie mal wieder zu viel gegessen hatten, noch etwas fern zu sehen. Doch er schien nicht dem Film zu folgen, sie spürte seinen scheuen Blick auf ihrem Gesicht, während sie gebannt, aber mit geistigem Desinteresse, dem Geschehen auf dem Bildschirm folgte. Nach einigen Minuten hielt sie es nicht mehr aus, sie musste schmunzeln und drehte ihren Kopf zu ihm, rückte vorsichtig an ihn heran. Zärtlich legte er seinen Arm um ihren Körper, und als sich dann langsam ihre Lippen näherten, gab es für sie nichts Natürlicheres, als seine warmen Lippen auf ihren zu spüren. Maximilian legte seine Hand auf ihren Oberschenkel, und obwohl sie es nicht wollte, krampften sich ihre Glieder zusammen, sie fühlte sich plötzlich wie ein hilfloses Tier, was in die Falle getappt war. Sie starrte in sein Gesicht, doch zu ihrem Entsetzen schien er diesen Ausdruck völlig falsch zu deuten. Vorsichtig, mit einer innerlichen Panik versuchte sie seine Hand von ihrem Schenkel zu befreien, doch er ließ seine Hände höher wandern und sie spürte seinen gierigen Berührungen überall auf ihrer Haut, seine Hände betatschten ihre Beine, ihren Schambereich, ihre Brüste. Ihr wurde schwindelig und sie merkte, dass ihr Magen sich in schmerzenden Wellen zusammenzog, dass er jede Minute die Nudeln, die sie eben zu sich genommen hatte, entleeren würde.

„Ich begehre dich sehr, Johanna“, flüsterte er ihr ins Ohr. Doch von den Worten nahm Johanna nichts mehr wahr. Sie sprang auf, riss ihm vom Sofa und beobachtete, wie er über den Glastisch stolperte und längs auf den Boden aufschlug.

„Verschwinde sofort! Ich möchte, dass du sofort gehst!", schrie sie ihn an und zerrte an seiner Jacke, die er über den Stuhl gelegt hatte.
„Aber Johanna ..., was ist denn bloß mit dir? Wenn ich dir zu nahe getreten bin, dann ... dann tut mir das furchtbar leid ...", stammelte Maximilian, als es ihm nur mühsam gelang, sich aufzurichten.
„Verschwinde, sofort!", hatte sie unaufhörlich geschrien, bis sie die Eingangstür hörte, die mit einem lauten Knall zuschlug.
Während Johanna an diesen Vorfall dachte, konnte sie sich selbst kaum noch ertragen, eine tiefe quälende Selbstverachtung breitet sich in ihr aus. Sie daran dachte, wie hilflos und verstört Maximilian ausgesehen hatte und wie hysterisch sie gewesen war. Sie konnte das einfach nicht, diese Berührungen, sie konnte das nicht ertragen.
Das war nicht immer so gewesen, aber seit das Furchtbare damals vor sechs Jahren passiert ist, seitdem hat sich alles verändert und Johanna hatte das Gefühl, sie werde sich nie wieder auf einen Mann einlassen können, ohne Ekel und Abscheu zu empfinden. Während diese grausamen Erinnerungen in ihrem Kopf umhergeisterten, merkte sie, dass noch ein anderes Gefühl Angst in ihr auslöste. Es war die Angst, Maximilian zu verlieren. Sie genoss die Zeit mit ihm sehr und sie hatte noch nie so ehrliche und tiefe Gefühle für einen Menschen empfunden, wie für ihn. Wenn sie ihn jetzt verloren hatte, dann würde sie sich das niemals verzeihen. Johanna lief durch ihre Küche und weinte. Sie hasste sich mit einer zerstörerischen Stärke dass sich ihrer Traurigkeit in Wut verwandelte. Warum musste ihr das passieren? Warum? Mit einem heftigen Schlag ließ sie ihre der Faust auf die Küchenplatte knallen, so fest, dass sie für einen kurzen Moment nur noch ein graues Loch vor ihren Augen sah. Ein stechender Schmerz fuhr durch ihre Glieder und sie rieb sich über den geröteten Handballen. Ihre Finger konnte sie kaum noch krümmen, mit jeder Bewegung zogen sich tausend Stiche durch ihre Hand.
„Autsch, verdammt!"

Sie öffnete den Wasserhahn und ließ das kühle Wasser über ihre Handballen fahren. Der Schlag war verteufelt hart, hoffentlich hatte sie sich nichts gebrochen.
Während das Wasser über ihre Hand lief, merkte sie, dass irgendetwas in ihrem Inneren sich gegen die Heilung zu sträuben schien. Der Zustand, in dem sie sich die letzten Sekunden befand, hatte etwas Befreiendes, gut Tuendes an sich gehabt, mit einem Ruck zog sie ihre Hand aus dem kalten Wasserstrahl. Obwohl ihr der Gedanke paradox vorkam, breitete sich gleichzeitig eine ermutigende Erleichterung in ihr aus, denn ab heute war sie ihren Gefühlen, die sie innerlich quälten, nicht mehr hilflos ausgeliefert, der Schmerz, den sie eben empfunden hatte, war in der Lage, ihren ganzen Hass, die grenzenlose Wut und die lähmende Angst in sich zu verschlingen. Sie hielt einen Moment inne, dann fiel ihr Blick auf das Messerset, was neben ihrer Spüle stand. Vorsichtig zog sie eines heraus und betrachtete die lange, spitze Klinge. Sie setzte das Messer auf ihrem Arm ab und, während sie es langsam nach unten zog, drückte sie es gegen ihre Haut. Wie ein warmer Fluss lief das Blut ihren Arm hinunter und Johanna starrte auf die frische dunkelrote Flüssigkeit. Erst war es nur ein heißes Brennen, gleich darauf ein noch intensiverer Schmerz, als sie vorher empfunden hatte, ihr wurde übel und sie hielt den Arm unter die Spüle. Nach wenigen Minuten war die Wunde ausgeblutet. Und so wie das Blut au ihrem Körper geströmt war, entschwanden auch der Zorn und die Traurigkeit; es funktionierte also tatsächlich. Zufrieden schaute sie auf die gerötete aufklaffende Wunde und entschloss Maximilian anzurufen, um sich bei ihm zu entschuldigen.

9

Sophie durchstreifte das große Kaufhaus im Luisenforum. Ihr Ziel war das kleine Reisebüro, was sich in der ersten Etage befand. Obwohl ihr Jahresurlaub bereits völlig verbraucht war, wollte sie für sich und Alexander zwischen Weihnachten und Neujahr eine Reise nach St. Moritz buchen. Bis dahin müsste Alexander längst wieder gehen können und zur Not müsse sie sich halt krankschreiben lassen, wenn ihr Chef gar nicht mit sich reden lassen würde. Alexander wirkte in letzter Zeit sehr geknickt und sie wollte ihm unbedingt eine Überraschung bereiten. Sie hoffte, dass sie noch ein freies Zimmer in dem kleinen Berghotel erhaschen werde. Alexander und sie hatten das Hotel bei ihrem ersten Urlaub dort entdeckt. Und, obwohl St. Moritz im Winter immer sehr überlaufen und die guten Hotels bereits mehrere Jahre im Voraus ausgebucht waren, wirkte das kleine Hotel noch wie eine kleine Oase inmitten des Touristengebietes. Dies lag zu einem an der Tatsache, dass es auf den letzen Metern nur zu Fuß erreichbar war und zum anderen die Inhaber, ein sehr nettes Ehepaar aus Wien, eine sorgfältige Auswahl ihrer Gäste für die wenigen Zimmer trafen. Das Hotel verfügte über knapp zwanzig Zimmer, die alle individuell und mit viel Liebe zum Detail eingerichtet waren und einem traumhaft schönen Wellnessbereich. Natürlich hatte dieser Luxus auch seinen Preis, aber den zahlte Sophie gerne, denn jedes Mal erlebten sie und Alexander dort einen unvergesslichen Urlaub.

Erwartungsvoll teilte Sophie der Mitarbeiterin des Reisebüros nun ihren Wunsch mit, die verzweifelt den Kopf schüttelte und die Situation für aussichtslos erklärte. Nachdem Sophie sie jedoch minutenlang bearbeitet hatte, nahm die Mitarbeiterin, den Telefonhörer und setzte sich persönlich mit den Inhabern in Verbindung. Und tatsächlich sagten diese ihr ein Zimmer zu, als sie hörten, dass das nette Ehepaar aus

München darum bat. Gut gelaunt verließ Sophie nach einer halben Stunde mit zwei Flugtickets in der Hand, das Reisebüro.
Sie hatte bereits den Ausgang erreicht, als plötzlich Maximilian vor ihr stand.
„Hallo Frau Sommer!“, begrüßte er sie und blieb vor Sophie stehen.
„Ich muss mich noch einmal für den Abend bedanken. Ich habe ihn sehr genossen und bin sehr froh, Johannas Freundeskreis kennengelernt zu haben“ Dabei lachte Maximilian sie an und Sophie bemerkte, wie begeistert er war, wenn er nur Johannas Namen aussprach. Sie bemerkte allerdings auch, dass er nervös von einem Bein auf das andere trat, und sie hatte das Gefühl, Maximilian lag etwas auf dem Herzen, was er nicht unbedingt hier im hektischen Ausgangsbereich des Kaufhauses besprechen wollte.
„Haben sie Lust, noch kurz einen Kaffee zu trinken, ich habe erst um zehn einen Termin?“, fragte er sie jetzt und Sophie lächelte über die Erkenntnis, anscheinend eine ziemlich gute Menschenkenntnis zu besitzen.
Sie gingen in ein kleines Café, was sich am Ende der Straße befand. Nachdem ihnen zwei Milchkaffees an den Tisch gebracht wurden, begann Maximilian das Gespräch.
„Ich bin sehr froh, dass ich Johanna kennengelernt habe. Sie ist wirklich ein ganz besonderer Mensch ...“
„Da haben sie Recht, sie ist ja mit gutem Grund meine beste Freundin!“, entgegnete Sophie und schuttete sich etwas Zucker in die Tasse.
„Ich bin mir nicht sicher, wie ich es ausdrücken soll, beziehungsweise, ich weiß noch nicht mal, ob sie die richtige Ansprechpartnerin dafür sind. Schließlich stehen sie und Johanna sich sehr nahe und ich möchte nicht, dass sie denkt, ich hintergehe sie. Nur es gibt da eine Sache, die mich zunehmend beschäftigt und vielleicht können sie mir da weiterhelfen ...“

Maximilian war das Ganze so unangenehm, dass ihm eine peinliche Röte ins Gesicht stieg.
„Fragen sie mich einfach und wenn ich die Frage nicht beantworten möchte, dann habe ich sie einfach nicht gehört.“ Sophie war jetzt neugierig geworden und Johanna hätte sicher nichts dagegen, wenn Sophie ihrem Freund ein paar Tipps geben würde, womit er Johanna eine Freude machen konnte. Da sie an so harmlose Motive seines Anliegens glaubte, war Sophie jetzt erschrocken, als er weitersprach.
„Nun ich kenne Johanna jetzt schon eine Weile ... und natürlich genieße ich es, mit ihr zusammen zu sein. Nur immer, wenn ich ihre Nähe suche, habe ich das Gefühl, sie weicht mir aus und es ist ihr unangenehm. Nun, ich frage mich mittlerweile, ob vielleicht der Grund für ihre Distanz ein anderer Mann ist?“
„Ein anderer Mann?“ Sophie war so überrascht über diese Frage, dass ihre Stimme leicht verzehrt klang und sie Maximilian verdutzt anblickte.
„Ich weiß, sie würden mir niemals die Wahrheit sagen, ich meine, wenn es in Johannas Leben noch einen anderen Mann gebe, sind sie sicher die Letzte, die mir das sagen würde. Sie sind ihre Freundin und ich verstehe das. Aber ich mag Johanna sehr, ich würde sogar sagen, dass ich sie liebe und bevor ich mein Herz ganz an sie verliere und Gefahr laufe, dass es gebrochen wird, da würde ich mich gerne schützen ...“
Obwohl er die Worte in einer gewissen Ironie dargestellt hatte, war sich Sophie sicher, dass jedes Wort ehrlich war. Sophie beeindruckte das sehr und sie wusste in diesem Moment nicht, wie sie auf dieses offene Liebesbekenntnis reagieren sollte. Nach einigen Minuten, die Maximilian fast zerrissen hätten, fuhr sie fort.
„Sie können sicher sein, dass es keinen anderen Mann in Johannas Leben gibt. Wissen sie, sie sind überhaupt der erste Mann, den ich kennenlerne und den mir Johanna vorstellt. Ich bin mir sicher, dass sie Johanna sehr wichtig sind und vielleicht, weil sie ihr so wichtig sind,

möchte sie sich mit allem Zeit lassen. Sie sollten einfach Geduld haben ..."

Sophie blickte Maximilian aufmunternd in die Augen und merkte, dass jede andere Antwort ihm tatsächlich das Herz gebrochen hätte.

„Ja, wahrscheinlich braucht es einfach seine Zeit, sich richtig kennenzulernen ..."

Sie tranken ihren Kaffee aus, unterhielten sich noch etwas über ihren Beruf und nach einer halben Stunde, verabschiedeten sie sich und Sophie machte sich auf dem Weg.

Als sie die Kanzlei betrat und Frau Grünling mit einem Nicken begrüßte, hatte Sophie das Gefühl, dass diese schon auf sie wartete. Und versuchte Frau Grünling ihr sonst das Gefühl zu geben, sie kaum wahrzunehmen, merkte Sophie nun, wie sie jeden ihrer Schritte ins Büro beobachtete. Als Sophie kurz darauf die Tür zu ihrem Büro öffnete, entdeckte sie den Grund für ihre offensichtliche Neugierde. Auf dem Schreibtisch stand ein prachtvoller Strauß roter Rosen. Die Blüten waren groß und dunkelrot und Sophie stieg ein frischer blumiger Geruch in die Nase. Sie schloss die Tür und ging zu ihrem Schreibtisch. Vorsichtig hielt sie ihre Nase an eine der Blüten und war für einen Moment umhüllt von dem wunderbar lieblichen Duft. Dann fiel ihr Blick auf eine kleine Karte, die zwischen den Blumen steckte. Sie nahm sie heraus und öffnete sie.

Ich habe versucht, Blumen zu finden, die so einzigartig sind wie Sie. Es ist mir leider nicht gelungen.
Ich hoffe, sie gefallen Ihnen trotzdem ...

Sophie starrte auf die Worte. Sie überlegte kurz, dann stieg Wut in ihr auf. Magnus Stern. Wer sollte ihr sonst einen so mysteriösen Blumen-

gruß schicken. Neben den Blumen entdeckte sie eine Werbekarte, *Flowers & More* hatten die Bestellung ausgeführt. Kurzer Hand wählte sie die Nummer und hatte wenig später die Floristin am Apparat. Der Kunde hatte um Diskretion gebeten, erklärte sie ihr und, nachdem Sophie erst diplomatisch, dann leicht aggressiv nachhakte, gab ihr die Frau am anderen Ende der Leitung unmissverständlich zu verstehen, dass sie sich gefälligst über die Blumen freuen solle, es waren die teuersten in ihrem Geschäft und Sophies Penetranz fände sie äußerst geschmacklos, einem geschenkten Gaul schaute man schließlich nicht ins Maul. Sophie hielt es für das Beste, das Gespräch an diesem Punkt zu beenden. Zögernd blickte sie noch einige Augenblicke auf die Karte, ließ sie dann in den Mülleimer wandern und machte sich mit dem großen Strauß auf den Weg zum Empfang um sie vor Frau Grünlings Nase abzustellen, die sie ungläubig und mit offenem Mund anblickte.
„Hier machen sie sich doch ausgezeichnet. Wir sollten überlegen, jede Woche einen frischen Strauß zu bestellen!"
Sophie ging zurück in ihr Büro und war immer noch wütend. Morgen hatte sie einen Termin mit Magnus Stern. Sie überlegte, ob sie ihn darauf ansprechen sollte, damit er endlich mit diesen Belästigungen aufhörte. Schließlich entschied sie sich, es einfach zu ignorieren. Wenn man solche Typen loswerden wollte, dann half nur Ignoranz. Ihre Gedanken wurden unterbrochen, als es an der Tür klopfte. Sie bat ihren Mandanten herein und dachte nicht weiter darüber nach, denn es war heute so viel in der Kanzlei los, dass Sophie noch nicht einmal dazu kam, etwas zu Mittag zu essen.

10

An diesem Wochenende hatten sich Sophie und Alexander vorgenommen, einen Ausflug in die neue Parkanlage zu machen, die am Rande der Stadt angelegt worden war und in der es eine Vielzahl von exotischen und außergewöhnlichen Pflanzen gab, sodass der Park bereits nach kurzer Zeit eine gewisse Beliebtheit bei den sonst so gestressten Stadtbewohnern erlangt hatte.
Sophie hatte mittlerweile gelernt, mit dem Rollstuhl umzugehen und da Alexander sich inzwischen wieder besser bewegen konnte, schaffte sie es auch ohne fremde Hilfe, ihn ins Auto zu verfrachten und wieder hinaus.
Als sie auf den großen Parkplatz des Parks fuhren, stellten sie an der geringen Anzahl der Fahrzeuge fest, dass es nicht allzu voll sein dürfte, da sich die Menschen wahrscheinlich an diesem Samstagvormittag noch in der Stadt befanden, um ihre Wochenendeinkäufe zu erledigen.
Schnell hatte Alexander im Rollstuhl Platz genommen und sie gingen durch das große Tor, was sich am Eingang befand, und welches in bunten Farben gestrichen worden ist, sodass man sofort gute Laune bekommen musste. Den Anfang des Parks bildeten große Volieren, die in den Sommermonaten aufgestellt wurden und in denen sich ver schiedene Arten von Papageien, Singvögeln und viele andere Vogelarten aus der ganzen Welt befanden, dessen Namen sie noch nicht einmal gehört hatten. Die Vogelkäfige waren in einem Rundgang aufgestellt, und jeder Kontinent hatte seinen eigenen Bereich. Als Sophie und Alexander Australien erreicht hatten, gelangten sie in ein großes ballförmiges gläsernes Gebäude, in dem unzählige Kanarienvögel umherflogen und in dem sich wunderschöne einheimische Pflanzen befanden.

Sie waren begeistert von den vielen Eindrücken und betraten neugierig die großzügige Parkanlage. Über einen langen, mit Datteln umrankten Weg gelangten zu einem großen Kinderspielplatz, auf dem einige Kinder umhertollten und vor Freude laut kreischten. Alexander und Sophie setzten sich auf eine Bank am Rande des Spielplatzes und beobachteten die tobenden Kinder.
„Was denkst du, wie unsere Kinder aussehen würden?“, wandte sich Sophie an ihren Mann und blickte ihn gespannt an.
Alexander lachte und blickte auf die große Rutsche, die sich in der Mitte des Platzes in einem großen Sandkasten befand und auf dem ein kleiner Junge mit dunkelblonden Haaren und einer kleinen Stupsnase saß und aus Vorfreude über die Rutschpartie, die ihn erwartete, laut kreischte.
„Vielleicht, wie der kleine Junge auf der Rutsche. Also, das Temperament hätte er dann eindeutig von dir!“
Sophie lachte und gab Alexander einen Kuss auf die Wange.
„Obwohl ... er hat, nicht so schöne große Augen wie du. Also, unsere Kinder müssen unbedingt deine schönen Augen bekommen!“
Alexander strich dabei eine Haarsträhne aus Sophies Gesicht, und ohne, dass sie darüber sprechen mussten, wurde Sophie in diesem Moment bewusst, dass sich Alexander sehr ein Kind mit ihr wünschte. Aber auch ihr gefiel der Gedanke. Schließlich war sie mittlerweile Anfang dreißig.
„Unsere Kinder werden sicher einzigartig. Wir sind ja auch eine einzigartige Mischung ... komm lass uns noch ein Stückchen weiter gehen. In der Mitte des Parks soll sich ein riesiger Teich befinden!“
Alexander nickte zufrieden und nach einer guten halben Stunde hatten sie den Teich erreicht. Allerdings war *Teich* wohl der falsche Ausdruck für diese wunderbare Wasserlandschaft, die inmitten des Parks geschaffen worden ist. Von einer etwa 10 m hohen künstlich errichteten Anhöhe schlängelte sich ein Fluss durch zahlreiche Pflanzen und

mündete in dem großen Gewässer, der nicht rund, sondern längs und leicht gebogen war. Auf der Wasseroberfläche befanden sich unzählige Seerosen. Palmen, Datteln und anderen tropischen Gehölzen vervollständigten das Bild des kleinen Paradieses, in dessen Mitte sich eine kleine Wasserfontäne befand, unter der sich kleine Regenbögen bildeten, wenn die Sonne auf die Wasseroberfläche fiel. Ein kleiner Pfad führte einmal um das Gewässer herum und an besonders schönen Stellen waren kleine Bänke aufgestellt.

Auf einen dieser Plätze ließen sich auch Sophie und Alexander nieder, genossen den Ausblick und beide versanken für einige Augenblicke in ihre Gedanken.

„Was wäre eigentlich, wenn du mich nicht kennengelernt hättest?", unterbrach Alexander die Stille. Sophie war verwundert und sah ihren Mann von der Seite an, der seinen Blick unverändert auf das Gewässer richtete.

„Wie meinst du das denn? Ich habe mir darüber nie Gedanken gemacht"

„Ich meine ..., denkst du, du würdest jetzt mit einem anderen Mann verheiratet sein, wenn wir uns nicht getroffen hätten?"

„Alexander, ich verstehe nicht, warum du mich das fragst. Ich habe dich kennengelernt und du bist meine große Liebe. Ich habe nie darüber nachgedacht, was wäre, wenn es nicht so gekommen wäre ..."

„Aber wenn du jetzt darüber nachdenken solltest, was meinst du?"

Alexander blickte seine Frau offen an und Sophie merkte, dass ihm das Thema, auch wenn sie es nicht verstand, sehr ernst war.

„Na ja, wenn ich dich nicht kennengelernt hätte, wäre ich vielleicht mit einem anderen Mann zusammen, den ich sympathisch finde. Nur dann besteht natürlich die große Gefahr, dass ich dich irgendwann treffe und ihn verlasse, um mit dir durchzubrennen."

Sie lachte hell auf, denn die ernste Stimmung, die zwischen ihnen herrschte, gefiel ihr nicht. Alexander erwiderte ihr Lachen nicht, sondern starrte unverändert in die vor ihnen liegende Landschaft.
„Glaubst du nicht, dass du dich in einen anderen Mann verlieben könntest, wenn es mich nicht gäbe?"
„Alexander, warum redest du so ein Quatsch?" Sie war mittlerweile etwas genervt. Alexander blickte sie entschuldigend an, gab ihr aber durch einen eindringlichen Blick zu verstehen, dass sie weiterreden sollte. Sophie seufzte, überlegte kurz und fuhr dann mit einer immer noch nicht überhörbaren Gereiztheit fort, „Na ja, ich bin mit dir zusammen, weil du gut zu mir bist, weil du mir Liebe zurückgibst und weil du einen aufrichtigen Charakter hast. Aber das heißt nicht, dass ich jeden Mann lieben kann, der nett zu mir ist und der einen guten Charakter hat. Dich habe ich vom ersten Moment geliebt, ohne zu wissen, wer du eigentlich bist. Es war so, als hätte meine Seele meinen Körper verlassen und sich an dich geklammert ... Ich hatte da nicht mehr viel mitzureden. Und wenn sich herausgestellt hätte, dass du ein Widerling bist, dann wäre ich wahrscheinlich die unglücklichste Frau der Welt geworden ..."
Sie blickte Alexander an und sah, dass er sich nervös mit den Händen durch seine Haare strich.
„Aber glaubst du, es gibt nicht irgendwo einen anderen Menschen, den du genauso lieben könntest wie mich? Ich meine, wenn du jetzt an einem anderen Ort aufgewachsen wärest, dann hätten wir uns nicht kennengelernt ..."
„Alexander, warum fragst du mich das alles, ich liebe dich und das wird immer so sein. Bitte lass uns jetzt über etwas anderes sprechen, ich mag das Thema nicht!"
Sie hatte sich leicht zur Seite gedreht, doch er legte seine Hand auf ihr Knie. „Antworte bitte …"

Bevor die Situation noch eskalierte, riss sie sich zusammen und versuchte Worte zu finden, die ihn endlich zufriedenstellen würden.
„Nein, ich könnte nie einen Menschen so lieben wie dich, Alexander! Vielleicht wäre ich mit einem anderen verheiratet, vielleicht hätte ich mit einem anderen ein Kind, wenn ich dich nicht getroffen hätte. Das ist sicher nicht ausgeschlossen ...Irgendwann wäre diese Ehe aber zwangsläufig gescheitert, weil man irgendwann feststellt, dass man sich auseinander gelebt hat und die Liebe, zumindest das, was man für Liebe gehalten hat, nicht mehr da ist. Das passiert vielen Ehen und ist das traurige Schicksal unserer Gesellschaft. Aber, was mich mit dir verbindet, das ist mehr als Zuneigung, Respekt oder gar sexuelle Begierde. Nicht mein Kopf oder mein Herz hat entschieden, dich zu lieben, sondern vom ersten Moment habe ich mich so stark zu dir hingezogen gefühlt, dass mich dieses Gefühl überwältigt hat."
Sophie merkte, wie seine Augen an ihren Lippen hefteten. Sie strich sich eine Strähne aus dem Gesicht, bevor sie weiter sprach.
„Liebe ist keine vergängliche Emotion, es ist etwas, was nicht greifbar ist, es ist eine Verbindung, die man zu einem Menschen aufbaut, die aus der Seele kommt, nichts, was wir naturwissenschaftlich erklären könnten. Liebe bedeutet nicht, dass man mit einem anderen Menschen glücklich ist, dass sie zwangsläufig gegenseitig ist. Obwohl diese Form wohl die Erfüllteste ist. Oft ist Liebe einseitig und der Mensch, dem keine Liebe erwidert wird, ist wohl der traurigste Mensch, den man sich vorstellen kann. Ich weiß, dass ich dich immer lieben werde Alexander. Auch, wenn du schlecht zu mir wärest. Vielleicht könnte ich nicht mehr mit dir leben, aber ich würde niemals aufhören, dich zu lieben."
Alexander strich sich die Tränen aus dem Gesicht und legte seine Hand auf Sophies Knie.
„Ich glaube, mir war noch nie so bewusst, wie großes Glück ich habe, dass du meine Frau bist, Sophie ... Aber wie ist das mit den anderen. Glaubst du, jeder Mensch hat die Chance, so etwas wie wir zu haben?"

Sophie zögerte kurz, das Gespräch und sein Verhalten verunsicherte sie zunehmend.
„Nein, ich glaube, nur wenige Menschen erleben in ihrem Leben die Liebe. Im Grunde ist sie doch wie ein unerklärliches Wunder. Und wie das mit den wertvollen Dingen im Leben ist, sie sind nicht jedem vergönnt. Das größte Problem des Menschen ist wohl sein Egoismus. Die meisten Menschen denken, dass sie dafür sorgen müssen, glücklich zu sein. Sie gehen eine Beziehung nach der anderen ein, immer mit der Vorstellung, gerade diese Verbindung, würde ihnen nun das große Glück bringen. Nach kurzer Zeit stellen sie dann fest, dass es doch etwas anderes sein muss. Viele Menschen denken, sie hätten es in der Hand, geliebt zu werden. Doch das ist wohl der größte Trugschluss."
Alexander guckte sie gespannt aber auch leicht fragend an.
„Na ja ich denke, die Liebe lässt sich nicht erzwingen. Es ist mit keinem Mittel der Welt möglich einen Menschen dazu zu bringen, von ihm geliebt zu werden ..."
Sophie stutzte kurz und räusperte sich dann verlegen. So wie sie es gesagt hatte, klang das schon ein wenig zu poetisch.
„Vielleicht bin ich in dieser Umgebung ein wenig zu sentimental, entschuldige bitte ..."
Alexander schüttelte den Kopf.
„Man sollte wohl einfach versuchen, den Menschen, den man liebt, glücklich zu machen. Ich denke, nur so kann man selbst auch glücklich werden."
Bei diesen Worten war sie aufgestanden und stellte sich hinter den Rollstuhl. Das Gespräch löste ein ungutes Gefühl in ihr aus und sie merkte, dass die angenehme Entspanntheit, die sie noch vor einigen Minuten empfunden hatte, einer nervösen Anspannung gewichen war.
Während sie schweigend zurück zum Wagen kehrten, kam Alexander ein schmerzlicher Gedanke; was wäre, wenn er Sophie einmal nicht mehr glücklich machen konnte?

Auf dem Rückweg entschlossen sie, noch bei Marie vorbeizufahren. Sie machten sich große Sorgen, denn, seit dem rätselhaften Vorfall hatte Sophies Mutter sich sehr zurückgezogen, sie telefonierten seltener miteinander und, wenn Sophie ihre Mutter doch einmal am Apparat hatte, wirkte diese sehr niedergeschlagen und ängstlich. Als sie auf die Hofeinfahrt fuhren, sahen sie schon Tassilo am Gartenzaun hochspringen, der vor Freude laut bellte. Sie hatte ihren Hund gleich am nächsten Morgen, nachdem sich ihrer Mutter aus dem Krankenhaus entlassen hatte, wieder zu ihr gebracht, damit sie nicht ganz alleine in dem großen Haus war. Sophie wäre natürlich das Liebste gewesen, wenn ihre Mutter eine Zeit lang zu ihr und Alexander zieht. Diesen Vorschlag lehnte Marie jedoch vehement ab und Sophie musste schweren Herzens einsehen, dass ihre Mutter nicht aus dem Haus zu bewegen war.

Sophie war bei Tassilos Anblick erleichtert, auf den ersten Blick schien alles in Ordnung.

Sie half Alexander in den Rollstuhl und unter wilder Belagerung Tassilos gingen sie hinüber zur Eingangstür. Sophie versuchte den Schlüssel umzudrehen, doch er ließ sich noch nicht einmal ganz in das Schlüsselloch stecken.

„Probier du es mal!“, forderte sie Alexander auf und reichte ihm den Schlüssel hinunter. Doch auch ihm gelang es nicht, die Tür zu öffnen.

„Ich glaube, Marie hat den Schlüssel von innen stecken lassen“, stellte Alexander fest und klopfte dabei mit der Faust leicht gegen die Tür. Wieder war nichts im Haus zu hören. Alexander schlug nun fester gegen die Tür und endlich nahmen sie einen Schatten war, der sich der Eingangstür näherte und sie öffnete.

„Da bist du ja, Mama! Wir haben uns schon Sorgen gemacht!"
„Entschuldigt, aber ich lasse jetzt immer den Schlüssel stecken, weil ich mich so sicherer fühle."
Marie lächelte und half ihrer Tochter, den Rollstuhl über die Schwelle zu schieben. Sophie beobachtete dabei ihre Mutter und bemerkte, dass Maries Finger zitterten. Und auch der restliche Anblick ihrer Mutter bereitete Sophie große Sorgen. Marie sah sehr blass und dünn aus. Ihre Wangenknochen, die sonst unter den runden und immer leicht geröteten Backen lagen, stachen heraus, sodass sich unter ihnen eine tiefe Furche gebildet hatte. Ihre stets frisierten Haare, hingen fettig und strähnig an ihrem Kopf herunter, ihre Augen flackerten nervös und waren mit einem roten Rand umzogen, sodass Sophie vermutete, ihrer Mutter hatte seit Tagen keinen Schlaf gefunden. Auch Alexander musterte Marie und warf Sophie einen besorgten Blick zu, während sie sich im Wohnzimmer auf der großen Couch niederließen.
„Mama, ich sage dir das sehr ungern, aber du siehst wirklich nicht gut aus. Was bedrückt dich? Hast du nachgesehen, ob dir irgendetwas fehlt? Sonst benachrichtigen wir noch einmal die Polizei!"
Sophie beobachtete, wie ihre Mutter sich nervös über die Oberschenkel strich und für einen Moment hatte Sophie das Gefühl, ihre Mutter wollte ihr etwas Wichtiges erzählen, etwas was sie so in Angst versetzte.
Tatsächlich überlegte Marie Steinberg in diesem Moment, ob sie ihrer Tochter und Alexander von den unheimlichen Vorkommnissen erzählen sollte. Das Bedürfnis, ihr ganzes Herz auszuschütten, ihnen von ihrer unsagbaren Angst zu erzählen und dem unerträglichen Wunsch, dass der ganze Spuk nicht endlich ein Ende finden würde und sie wieder friedlich und glücklich hier leben könne, war in diesem Moment so groß, dass es Marie nur mit vereinten Kräften gelang, den Weinkrampf, der in ihrem Körper brodelte und um jeden Preis hinauswollte, zu unterdrücken.

Sie wich dem besorgten Blick ihrer Tochter aus und ging hinüber in die Küche, um Kaffee aufzubrühen und sich zu beruhigen. Sie wusste, wenn sie von dem, was sich in ihrem Haus vor sich ging, erzählen würde, sie für verwirrt oder gar verrückt erklärt werden würde. Ihre Tochter würde sie umgehend zur Kur schicken und sie niemals hier in dem Haus lassen. Aus diesem Grund gab es nur eine Lösung, sie musste abwarten, bis der ganze Spuk ein Ende gefunden hatte.

Marie hatte geglaubt, dass das verschwundene Bild ein Einzelfall gewesen war.

Nach langem Überlegen war sie zu dem Ergebnis gekommen, dass wahrscheinlich ein Polizist, als er das Haus durchsucht hatte, das Bild versehentlich heruntergeschmissen hatte und es, aus Angst vor den Konsequenzen seiner Nachlässigkeit, einfach mitgenommen hatte. Daran hatte sie geglaubt. Bis zu dem Freitagabend, an dem Marie vom Wochenmarkt nach Hause kam und die Tür aufschloss.

Bereits im Eingangsbereich merkte sie, dass etwas nicht stimmte. Tassilo, der sonst immer fröhlich durchs Haus lief, zog seinen Kopf zurück und begann leise zu knurren. Während Marie hinüber in die Küche ging, um ihre Einkäufe zu verstauen, wich ihr Tassilo nicht von der Seite. Als sie die Treppe erreicht hatte und gerade in die Küche abbiegen wollte, erstarrte sie. Der Einkaufskorb fiel mit einem lauten Knall auf die Fliesen und verteilte seinen gesamten Inhalt auf den Fliesen.

Der Schwindel breitete sich mit rasender Geschwindigkeit in ihrem Kopf aus. Ihr Körper zitterte und sie war von einem Augenblick zum anderen so geschwächt, dass sie sich nicht mehr auf den Beinen halten konnte. Sie ließ sich auf eine Stufe fallen und strich mit ihren Händen über ihren Magen, der sich so heftig zusammenzog, dass sich ihr Körper unweigerlich zusammenkrümmte und sie wie ein Embryo auf den Stufen lag. Jeden Moment würde sich übergeben und sie konnte nicht fassen, was sie so in Panik versetzte. Sie hatte das Gefühl ihr

gesamter Körper sog diesen furchtbaren Geruch auf, diesen furchtbaren süßlichen Duft von frischem Rasierwasser. Sie saß auf der Treppe, weinte und schrie und atmete nur noch durch den Mund ein, denn sie hatte das Gefühl, sie würde an dem Duft ersticken. Er ist wieder hier gewesen!
Sie presste ihren Kopf gegen das Geländer und kurz danach entleerte sich ihr Magen auf den kalten Fliesen.
Erschöpft lehnte sie sich zurück und spürte, dass ihre Beine langsam wieder Kraft fanden. Der Geruch des frisch Erbrochenen breitete über den des Rasierwassers aus und verschlang ihn völlig. Marie richtete sich auf, eilte zu dem gegenüber liegendem Fenster und riss es auf. Sie schloss die Augen und sog die frische Luft ein, bis sie das Gefühl hatte, ihrer Lungen waren von der Luft völlig gesäubert. Sie wusste nicht warum, aber plötzlich verspürte sie den Drang hinauf in Sophies Zimmer zu gehen und nachzusehen, ob noch alles an seinem Platz war.
Da das Zimmer ihrer Tochter mit jedem Detail in ihrem Kopf gespeichert war, bemerkte sie es sofort. Das seidene türkisfarbene Halstuch, was über dem Rand des Spiegels des Schminktisches hing, fehlte.
Marie ließ sich auf dem Bett fallen und weinte. Was hatte das alles bloß zu bedeuten?

„Mama, was ist denn mit dir?“ Sophie stand in der Küche hinter ihrer Mutter und beobachtete, wie diese das kochende Wasser in die schon volle Kaffeekanne füllte, diese überquoll und sich in einer großen Pfütze auf dem Boden sammelte. Marie zuckte zusammen.
„Entschuldige, ich bin nur etwas übermüdet. Ich habe seit Tagen nicht richtig geschlafen. Vielleicht sollte ich mich etwas hinlegen ...“
Sophie nahm ein Küchentuch aus dem Schrank und beseitigte das Wasser vom Fußboden.
„Mama, ich weiß, du möchtest das nicht. Aber vielleicht würde es dir wirklich gut tun, ein paar Wochen auszuspannen. Ich glaube, die letzten

Monate waren ein bisschen viel für dich. Dann der Tod von Papa, der auch schwer für dich ist ... Lass dich doch einmal richtig verwöhnen. Alexander und ich kommen dich auch jedes Wochenende besuchen!"
Gespannt guckte Sophie ihre Mutter an, die ihrem Blick auswich und den Kopf schüttelte.
„Ich weiß, du meinst es gut, Schatz. Aber mir geht es hier in dem Haus wirklich am besten. Du weißt doch, ich mag keine fremde Umgebung und noch weniger mag ich es, wenn ich bedient werde. Ich hätte dann das Gefühl, noch älter zu sein, als ich wirklich bin. Ich verspreche dir, mich mehr zu schonen. In ein paar Tagen geht's mir sicher wieder besser ... Komm lassen wir Alexander nicht so lange warten!"
In diesem Moment hatte sich ihre Mutter umgedreht und auf den Weg ins Wohnzimmer gemacht. Sophie beruhigten die Worte ihrer Mutter allerdings nicht, im Gegenteil, dieser Besuch hatte ihre Sorgen noch gestärkt.

11

Thomas Savigny saß in seinem Schreibtisch, biss genüsslich in ein Schinkensandwich und studierte die Tageszeitung. Seit Wochen empfand er heute zum ersten Mal wieder so etwas wie gute Laune und so ließ er sich selbst dazu verleiten, ein Liedchen zu summen, nachdem er einen kräftigen Schluck aus dem Kaffeebecher genommen hatte.
Es klopfte an der Tür und Clara von Rothe betrat sein Büro. Etwas unsicher blickte sie sich um.
„Setzen sie sich, ich habe sie bereits erwartet!"

Savigny faltete die Tageszeitung zusammen und lud die Frau mit einer überschwänglichen Handbewegung ein, auf dem gegenüber liegendem Sessel Platz zu nehmen.

Er blickte die zarte und traurig wirkende Gestalt an. Erstaunlicherweise musste er feststellen, dass ihr Anblick keinerlei Abneigung oder gar Hass mehr in ihm auslöste. Zwar empfand er auch keine Sympathie oder gar Mitleid für diese Frau; es war schlichtweg Gleichgültigkeit, was sich seit ein paar Minuten in seinem Körper ausgebreitet hatte.

„Ich habe mir erlaubt, ein paar Unterlagen meines M ... Meines verstorbenen Mannes mitzubringen. Vielleicht finden sie Zeit, einen Blick hineinzuwerfen ...“, schüchtern überreichte Clara von Rothe ihm dabei einen bis zum Rand gefüllten Aktenordner.

„Selbstverständlich! Das habe ich ihnen ja zugesagt!“, erwiderte er und nahm die Unterlagen in Empfang. Dabei fiel ihr Blick auf Savignys Hand, um die ein dicker Verband gewickelt war.

„Oh, haben sie sich verletzt? Ich hoffe, nichts Ernstes.“

Er lächelte und rieb sich mit der Hand über den Verband.

„Nein, nein nur eine kleine Sportverletzung!“ Sein Gesicht verzog sich dabei in eine grinsende Fratze. Mit Wohlwollen dachte er an die Situation, bei der er sich diese Verletzung zugezogen hatte.

Es war ein kleiner geschmacklos eingerichteter Raum, in dem die blonde Prostituierte ihre Freier empfing. Überall im Raum waren rote Lichter aufgestellt und an der Decke über dem mit Leopardenmuster übergezogenem Bett, befand sich ein großer mit Gold umrandeter Spiegel. Als wenn man sich dieses hässliche Miststück auch noch von oben angucken möchte, wenn sie ihre strohigen Haare nach hinten wirft und ihre Titten, die viel zu groß und schlaff waren, abartig umherwackeln, hatte Savigny gedacht, als er sich die fragwürdige, in seinen Augen völlig geschmacklose Einrichtung ansah. Ausgerechnet an seinem ersten Abend, an dem er ein Bordell besuchte, musste er so ein hässliches Weib erwischen. Ein Wunder, dass er überhaupt einen hoch bekommen hatte. Das nächste Mal würde er eine bessere Wahl treffen, überlegte er und genoss den etwas verwirrten Anblick Claras, die ihm gegenübersaß und die Unterbrechung des Gespräches nicht richtig einordnen zu können schien.

Er wusste nicht mehr genau, was plötzlich seine Wut ausgelöst hatte. Vielleicht lag es an dem schlechten Sex, der ihn nicht befriedigt hatte, vielleicht war es auch der erbärmliche Anblick der Frau, die auf dem Bett saß und ohne sich zu waschen oder zu duschen, wieder in ihre Arbeitskleidung stieg und dabei, das Geld verstaute, was er ihr vor dem Akt übergeben hatte. Blitzschnell stand er vor der Frau, ergriff ein Büschel Haare und riss ihren Kopf zurück, während seine Faust in ihr Gesicht schnellte und mit so einer Wucht auf dem Nasenrücken aufprallte, dass ein dicker Blutstrahl aus der Nasenhöhle hervorschoss und über ihre Lippen rann.

Ihre Augen, die hinter angeklebten künstlichen Wimpern hervorglotzten, hatten ihn voller Entsetzen angestarrt. Aus ihrem Mund, aus dem eben noch stöhnende Laute der Lust kamen, löste sich ein greller Schmerzensschrei. Er musste zugeben, dass das der erste Moment an diesem Abend war, der ihn zutiefst befriedigt hatte. Und als die dreckige Hure in ihrer billigen roten Reizwäsche vor ihm kniete und bettelte, er solle sie in Ruhe lassen und versprach, sie werde niemandem davon erzählen. Ja, in diesem Moment fühlte sich Savigny glücklich und er hatte Gnade walten lassen mit dieser jämmerlichen Kreatur.

Allerdings merkte Savigny auch, nachdem er Clara erlöste und sie verabschiedete, dass seine gute Laune und die Zufriedenheit, die er seitdem verspürt hatte, langsam nachzulassen schien und sich eine innere Unruhe in ihm ausbreitete. Er nahm die Tageszeitung, die er vorhin zur Seite gelegt hatte, und machte sich auf die Suche.

Er wurde erst unterbrochen, als Sophie das Zimmer betrat.

„Frau Sommer, was gibt es? Haben sie nichts zu tun oder was verschafft mir die Ehre? Sonst finden sie ja nur selten den Weg in mein Büro!“
„Herr Savigny, ich habe etwas mit ihnen besprechen. Vielmehr möchte ich ihnen eine Entscheidung mitteilen, damit sie entsprechend reagieren können.“
Savigny, der sich bis eben noch gemütlich im Sessel zurückgelehnt hatte, setzte sich nun auf und fixierte Sophie.
„Ich höre!“
„Nun. Sie haben mir damals das Mandat von Herrn Stern übertragen, was ich sehr gerne übernommen habe. Nur die Zusammenarbeit mit ihm erweist sich mittlerweile als sehr schwierig. Es ist sogar so, dass ich für die Zukunft keine professionelle Vertretung mehr zusichern kann ...“
„Was haben sie denn angestellt?“, unterbrach er Sophie und rieb sich dabei genervt über die Stirn.
„Ich habe nichts angestellt, ich fühle mich von ihm nur zunehmend belästigt!“ Sie berichtete von den eindeutigen Angeboten, die ihr machte, den Blumengruß, der sie jede Woche in ihrem Büro erwartete und das sein ganzes Verhalten völlig unseriös und anmaßend sei.
Herr Savigny folgte ihrem Vortrag gespannt. Sein Gesicht war inzwischen mit roten Flecken überzogen, und als Sophie fertig war und ihm mitteilte, dass sie das Mandat abgeben werde, schwieg er eine Weile, bevor er antwortete.
„Meine liebe Frau Sommer. Herr Stern ist seit Jahren einer unserer besten Mandanten. Vor allem sein seriöses und außerordentlich diskretes Verhalten schätze ich an ihm sehr. Vielleicht sollten sie aufhören, ihm schöne Augen zu machen und zu denken, mit ihrem Aussehen, jeden Mann betören zu müssen. Ich bezahle sie nicht, dass sie mit unseren Mandanten anbändeln, sondern, dass sie diese qualifiziert beraten!“

Sophie begriff nicht, was sie da hörte. Sie blickte ihm Augen und sah, welche Genugtuung ihm diese Worte gaben, dass er förmlich darauf wartete, dass sie niedergeschlagen und gekränkt das Feld räumen werde. Nur da irrte er sich. Sie holte tief Luft, und bevor sie sprach, lächelte sie ihm beschämend zu, so, als hätte er einen etwas zu ordinären Witz zum Besten gegeben.

„Ich weiß, dass sie ja nicht allzu viele Kontakte mit uns Frauen haben. Unter diesem Gesichtspunkt verzeihe ich ihnen einmal, dass wir nicht unbedingt den gleichen Humor teilen und über die gleichen Dinge lachen können. Was ich im Übrigen sehr bedauerlich finde. Ich bin mir aber sicher, dass sie mich als Kollegin und vor allem als einer ihrer besten Mitarbeiterinnen in ihrer Kanzlei schätzen. Und ich bin mir auch sicher, dass es ihnen sehr am Herzen liegt, mich als Anwältin zu behalten ...“

Sophie war wollte gerade ausführen, dass sie keine Probleme damit hätte, sich nach einem geeigneteren Arbeitsplatz umzusehen, als er ihr ins Wort fiel.

„Ja, ja schon gut. Nur, es ist doch nicht mein Problem, wenn sie mit dem Mandanten nicht zu Recht kommen. Wenn er eine Nummer zu hoch für sie ist, gut, was soll ich da machen? Überfordern möchte ich sie natürlich nicht.“

Sophie merkte, dass es ihm nicht um ein sachliches Gespräch ging. Er wollte sie herausfordern, sie zum Aufgeben bewegen und es bereitete ihm anscheinend große Freude, ihre Kompetenz infrage zu stellen. Allerdings war das Letzte was Sophie sich heute noch antun wollte ein Kräftemessen mit ihrem streitsüchtigen Chef.

„Herr Savigny ich weise sie ungern darauf hin, aber ein Blick auf meine Zeugnisse, die im Übrigen um einige Punktzahlen besser sind als ihre, dürfte ihnen die Gewissheit geben, dass ich sicher nicht überfordert bin. Magnus Stern belästigt mich. Also, wie gedenken sie das Problem zu lösen?“

Sophie blickte ihm offen in die Augen und wappnete sich für den Gegenangriff. Savigny lehnte sich jedoch wider Erwarten im Sessel zurück und schenkte sich ein Glas Wasser ein.
„Nun gut, Frau Sommer. So einfach, wie sie sich das vorstellen, ist es nicht. Ich kann nicht einfach so, mir nichts, dir nichts, das Mandat einem anderen Anwalt übertragen. Das geht definitiv nicht. Aber ich mache mir Gedanken und lasse sie es wissen, wenn ich eine Lösung gefunden habe ... Und nun entschuldigen sie mich bitte, ich habe zu tun.“
Er nahm dabei demonstrativ eine Akte und vertiefte sich in diese. Sophie war etwas enttäuscht, denn sie war fest entschlossen, das Mandat abzugeben. Da sie aber während des hitzigen Streitgesprächs überhaupt nicht mit einem Entgegenkommen gerechnet hatte, entschloss sie, es für heute dabei zu belassen.
Sie ging hinüber in ihr Büro, holte ihre Sachen und machte sich auf dem Weg nach Hause.

Als sie die Wohnungstür öffnete, drang ihr schon das laute Getöse des Fernsehers entgegen. Beim Blick in das Wohnzimmer musste sie schmunzeln, denn Alexander und Martin lümmelten wie zwei junge Teenager auf dem Sofa und amüsierten sich über einen wilden Actionfilm, der der Geräuschkulisse nach zu beurteilen, nur aus Pistolenschüssen, Verfolgungsjagden und halsbrecherischen Autocrashs zu bestehen schien. Sophie trat um das Sofa herum und schlang ihre Arme um Alexander, der sie noch nicht bemerkt hatte.
„Jetzt hast du ja endlich jemanden gefunden, der mit dir diese fürchterlichen Filme ansieht!“, flüsterte sie ihm zärtlich ins Ohr, denn sie konnte sich diese Filme nicht länger als zehn Minuten ansehen, ohne Kopfschmerzen zu bekommen und anschließend Alexander so lange zu

nerven, dass er es mittlerweile aufgegeben hatte, solche Filme überhaupt in ihr abendliches Videoprogramm aufzunehmen.

„Oh Schatz, ich habe dich gar nicht kommen hören, ich war so vertieft in den Film!“, entschuldigte sich Alexander und wäre dabei fast vom Sofa gefallen, da Martin sich über die plötzliche Anwesenheit Sophies so erschreckt hatte, dass er blitzartig aufgesprungen war und sich jetzt nervös über den Hinterkopf strich.

„Ach, bleib doch bitte sitzen! Ich wollte eure Videostunde wirklich nicht unterbrechen. Guckt den Film in Ruhe zu Ende, ich bereite in der Zeit das Abendessen zu ...“

Sophie tat es in diesem Moment fast etwas Leid, dass sie diese harmonische Atmosphäre zerstört hatte, drückte Alexander nur noch flüchtig einen Kuss auf die Stirn und ging hinüber in die Küche. Nach wenigen Minuten hörte sie allerdings, dass der Fernseher ausgestellt wurde und sich Schritte der Küche näherten.

„Ich wünsche ihnen noch einen schönen Abend ... dann bis morgen!“, verabschiedete sich Martin und machte sich bereits auf den Weg zur Eingangstür. Sophie, die immer noch ein wenig das schlechte Gewissen plagt, folgte ihm ein paar Schritte in den Flur.

„ Martin, magst du nicht zum Essen bleiben? Wir haben uns noch gar nicht richtig kennengelernt, dabei bist du mittlerweile ein wichtiger Teil in unserem Leben?“, erwartungsvoll blickte Sophie Martin an, der jedoch die Türklinke herunterdrückte, sodass ein kalter Luftstrom durch den Flur zog.

„O nein, vielen Dank. Ich bin heute leider schon verabredet und muss mich jetzt wirklich beeilen. Vielleicht ein anderes Mal!“ Schnell schlüpfte er durch die Tür und war verschwunden. Und, obwohl Sophie nicht wusste, warum, war sie sich sicher, dass es mit ihm kein gemeinsames Essen geben wird. Etwas verwirrt ging sie hinüber ins Wohnzimmer, um Alexander in die Küche zu holen.

„Ist Martin schon weg?“, erkundigte sich dieser und verstaute dabei wieder den Film in seiner Verpackung.
„Ja leider. Ich hatte ihn zum Essen eingeladen, aber er hat heute schon eine Verabredung und musste sich beeilen.“
„Komisch, vorhin schien es mir nicht so, dass er heute noch etwas vorgehabt hätte“, etwas erstaunt blickte Alexander seine Frau an.
„Du bist doch den ganzen Tag mit ihm zusammen und meintest, ihr hättet ein ganz gutes Verhältnis. Ich finde Martin sehr nett, habe nur das Gefühl, er ist in letzter Zeit etwas durch den Wind. Meinst du, ihn belastet etwas?“
„Mmm ... Ja, ich habe auch den Eindruck, dass er am Anfang etwas offener war, mehr von sich erzählt hat. In letzter Zeit wirkt er in der Tat etwas abwesend. Als ich ihn darauf angesprochen habe, meinte er es sei alles in Ordnung. Na ja, und als er ein bisschen erzählt hat, meine ich herausgehört zu haben, dass eine Frau dahinter stecken könnte. Ich glaube unser guter Martin hat seinen ersten Liebeskummer!“
„Ach der Ärmste“, erwiderte Sophie, die sich auch nur ungern an ihren ersten Liebeskummer erinnerte. Es war in der fünften oder sechsten Klasse und sie hatte sich unsterblich in Henning verliebt. Henning ging bereits in die Oberstufe und fast jede Pause trafen sie sich auf der großen Wiese hinter dem Sportplatz, unterhielten sich und lachten über nervige Mitschüler und anstrengende Lehrer. Nur einmal kam Henning nicht zu einer Verabredung und sei machte sich auf die Suche nach ihm. Nie wird Sophie den Moment vergessen, als sie ihn Händchen haltend und knutschend auf dem Rauerschulhof gesehen hatte, in dem Bereich, wo nur volljährige Schüler ihre Pause verbringen durften. Ihre Rivalin hatte lange dunkle Haare und der Anblick der exotischen Schönheit mit der bereits ziemlich fraulichen Figur, die in den Armen ihres geliebten Hennings über den Hof stolzierte, hatte ihr fast das Herz herausgerissen und es war wohl der einzige Moment in Sophies Leben, in dem sie so etwas wie Neid empfunden hatte. Ja, Liebeskummer tat

wirklich weh und sie hoffte, dass ihn Martin bald überwunden haben werde, denn sie mochte seine fröhliche und lebensbejahende Art und war sehr glücklich über die Tatsache, dass Alexander so einen qualifizierten Pfleger an die Seite gestellt bekommen hatte.
„Der Arme, das ist wirklich schmerzhaft. Sonst führ doch, wenn sich die Gelegenheit ergibt, ein Gespräch mit ihm und mach ihn darauf aufmerksam, dass es auch andere interessante Frauen gibt. Ich meine, so ein Gespräch von Mann zu Mann!“
„Ich werde es versuchen. “
Alexander blickte Sophie an und ließ seinen Blick über ihren Körper wandern. Heute trug sie ein enges dunkelbraunes Etuikleid, worüber sie ein champagnerfarbenes Strickjäckchen gezogen hatte, das ausgezeichnet zu ihren Perlenohrringen passte.
Er ergriff ihre Hand und zog sie hinab zu sich auf das Sofa. Seine Arme umschlangen ihre Hüfte und wanderten über ihren Rücken hinauf zu ihrer Schulter. Vorsichtig schob er seine Hände unter die dünne Jacke und legte ihre warme Schulter frei, auf der sich jetzt eine leichte Gänsehaut bildete. Sophie schloss die Augen und zuckte leicht zusammen, als seine Lippen über ihren Hals fuhren.
„Ich hoffe, ich werde nie deinetwegen Liebeskummer haben ...“, flüsterte er ihr ins Ohr und beide begannen zu lachen.
Nachdem sie sich über eine Stunde geliebt hatten, ging Sophie erschöpft, aber auch glücklich hinüber in die Küche, um das Abendessen zuzubereiten.

12

Es war ein warmer Septembermorgen, der zu schön war, als ihn zu Hause mit unnützen Dingen zu verbringen. Johanna und Sophie wollten zum ersten Mal seit langer Zeit wieder gemeinsam zum Tennisspielen. Bevor Alexander den furchtbaren Unfall hatte, waren die Frauen regelmäßig auf dem Tennisplatz, denn der Sport stellte einen wunderbaren Ausgleich zu ihrem Job dar, der fast ausschließlich am Schreibtisch stattfand. Da Johannas Wohnung direkt auf dem Weg zum Sportzentrum lag, hatten sie schnell beschlossen, dass Sophie ihrer Freundin von zu Hause abholte und sie später beim Gericht absetzen werde. Gut gelaunt erreichten sie bereits gegen kurz nach acht ihr Ziel und machten sich auf dem Weg zu einem der großzügig angelegten Plätze. Der Geruch der Halle und die sportbegeisterten Menschen, die sich trotz der frühen Stunde schon auf den Plätzen befanden, brachte die Frauen zu dem Erkenntnis, dass sie schon viel zu lange auf den Sport verzichtet hatten und sie es jetzt wieder fest in ihren Wochenplan aufnehmen werden.

Nach einem hitzigen ersten Satz, in der sich die Frauen keine Punkte schenken wollten, ließen sie sich erschöpft am Rand auf eine Bank fallen.

„Meine Güte, du bist aber gut in Form, ich habe das Gefühl, ich kippe jeden Moment um, meine Kondition ist ja wirklich im Keller!“ Johanna keuchte und nahm einen kräftigen Schluck aus der Wasserflasche.

„Oh, da täuschst du dich aber. Ich habe nur versucht mit dir mitzuhalten und bin jetzt auch völlig aus der Puste!“ Dankend nahm sie die Wasserflasche in Empfang, die ihr Johanna entgegenreichte.

„Wie geht es Alexander?“ Erkundigte sich Johanna, nachdem sie wieder einigermaßen Luft bekam.

„Ach den Umständen entsprechend geht es ihm gut. Ich glaube, er ist etwas niedergeschlagen, dass die Reha erst wenig Erfolg zeigt. Er ist den ganzen Tag in der Klinik und kann immer noch nicht laufen ...“

„Na ja, das dauert wahrscheinlich seine Zeit. Alexander lag im Koma und seine Wirbelsäule war verletzt ...“

„Ja, das sage ich ihm auch. Dr. Hansen meint, es sei ganz normal, dass der Heilungsprozess so schleppend vorangeht. Trotzdem ist Alexander in letzter Zeit sehr niedergeschlagen. Deshalb habe ich für und im Winter einen Urlaub in St. Moritz gebucht. Ich hoffe, er freut sich.“

„Das tut er ganz sicher. Das Schlimmste habt ihr ja schon hinter euch!“, aufmunternd schaute Johanna Sophie an, die das Thema nachdenklich machte und nun entschloss, es an diesem Punkt zu belassen.

„Ich hatte übrigens neulich Maximilian im Kaufhaus getroffen. Wie läuft es denn bei euch?“

„Wir hatten einen ziemlichen Streit ... na ja eine kleine Meinungsverschiedenheit. Aber jetzt ist wieder alles in Ordnung, wir wollen uns am Wochenende treffen, vielleicht in den Zoo. Was wollte er denn von dir?“ Erwiderte Johanna und Sophie merkte, dass ihre Freundin etwas nervös zu werden schien.

„Ach im Grunde nichts Besonderes. Wir haben uns ein bisschen über die Arbeit unterhalten, er hat sich für das Essen bedankt und er hat mich, natürlich ganz beiläufig gefragt, ob du einen Anderen hast!“

Schmunzelnd dachte Sophie an das rührende Bild Maximilians, der wie ein frisch verliebter Teenager vor ihr saß.

„Ich glaube, er hat sich wirklich in dich verliebt!“, bestätigend schaute Sophie zu ihrer Freundin, die jetzt unruhig auf der Bank hin und her zu rutschen begann.

„Und was hat er noch gefragt?“

„Gar nichts. Er hat sich nur Gedanken gemacht, ob du einen Anderen hast, weil du etwas schüchtern seist. Das habe ich natürlich verneint. Ich hoffe, du bist nicht sauer, dass ich mich mit ihm über dich unterhalten habe?“ Erschrocken blickte Sophie ihre Freundin an und machte sich jetzt in der Tat erste Vorwürfe, dass sie etwas von Johanna preisgegeben hatte.

„Nein, nein natürlich bin ich nicht sauer. Fand Maximilian mich irgendwie komisch? Hat er gesagt, dass er nicht mehr mit mir zu tun haben möchte?“

Johannas Augen zuckten gehetzt und sie schien mittlerweile völlig aufgelöst.

„Er hasst mich, stimmt´s?“Sprudelte es mit einer Heftigkeit aus ihr heraus, dass Sophie ungewollt etwas zur Seite rückte.

„Was redest du denn, Hanna? Wieso sollte dich Maximilian denn hassen? Ich glaube, gerade das Gegenteil ist der Fall. Er hat einfach verunsichert, vielleicht hat er genauso wenig Erfahrung wie du. Ich fand es sehr niedlich ... Oder hat er recht mit seiner Vermutung?“

Sophie lächelte nervös, das Verhalten ihrer Freundin, verunsicherte sie zunehmend.

„Nein, natürlich habe ich keinen Anderen! Was denkst du denn von mir?“Fuhr Johanna Sophie wütend an und strich sich mit einem Handtuch den Schweiß vom Gesicht.

„Entschuldige Johanna. Aber ich bin nur etwas erschrocken über deine Reaktion. Ich hatte einfach erwartet, dass du dich freust, wenn ich dir erzähle, wie verliebt Maximilian in dich ist. Wenn ich dir zu nahe getreten bin ... entschuldige bitte.“ Verstört über den plötzlich unangenehmen Verlauf ihres Gesprächs, blickte Sophie zu Boden. Sie ärgerte sich, dass sie das Thema überhaupt angesprochen hatte, denn mit Johanna hatte sie noch nie über Männerbekanntschaften gesprochen, da ihre Freundin ganz offensichtlich mit ihr über so intime Dinge nicht sprechen wollte. Obwohl ihre Freundschaft sonst von so ehrlichem Vertrauen und Offenheit geprägt war, war dieses Thema ein unausgesprochenes Tabu zwischen ihnen gewesen. Dass sie dieses Tabu auf so unsensible Art gebrochen hatte, machte sie zornig. Aus

irgendeinem Grund wollte Johanna ihr Liebesleben für sich behalten und das hatte sie zu akzeptieren und vor allem respektieren.
Johanna sah ihre Freundin an und nahm erst jetzt wahr, wie sie sie aus der Fassung gebracht hatte. Sie fühlte sich augenblicklich so schlecht, dass sie versöhnend beide Hände auf Sophies Bein legte.
„Mir tut es furchtbar leid, Sophie. Ich habe dich ganz ohne Grund angefahren. Maximilian und ich hatten nur so einen blöden Streit, und als du mich auf ihn angesprochen hast, kam die Situation wieder hoch mit den ganzen Gefühlen. Und ich war für einen Moment wieder so wütend."
„Wütend auf Maximilian?" Fragte Sophie vorsichtig nach.
„Nein, wütend auf mich!" Dabei sprang Johanna von der Bank auf und zog Sophie mit sich.
„Komm, lass uns noch einen Satz spielen, sonst kühlen wir völlig aus!"
Sophie war zwar erleichtert, dass Johanna in ihre alte Stimmung zurückgefunden hatte, doch obwohl sie sich beide große Mühe gaben, kam das Spiel nicht richtig in Gang. Johanna schien völlig unkonzentriert und ihre Schläge waren oft so hart, dass sie weit über die Schlusslinie hinauszielten. Nach einigen Minuten gaben sie schließlich auf.
„Ich glaube, ich bin heute einfach zu kaputt. Ich gehe schon mal vor, duschen. Danach geht's sicher etwas besser..."
Johanna schnappte sich ihre Sporttasche und machte sich zügig auf den Weg zu den Umkleidekabinen. Verwirrt ließ sich Sophie auf die Bank fallen und machte sich Gedanken, sie hätte wahrscheinlich gar nicht mit Maximilian einen Kaffee trinken gehen dürfen. Johanna fühlte sich sicher hintergangen, es war ein Fehler, den sie dringend wider gut machen wollte, nur dieses Mal würde sie sich sensibler verhalten.
Als sie kurze Zeit später in den Duschraum kam, konnte sie Johanna nirgends entdecken. Sie ließ sich das heiße Wasser über den Körper

laufen und erst, als sie sich in ihr Handtuch wickelte, kam auch Johanna in die Duschkabine.

„Da bist du ja endlich! Ist alles in Ordnung mit dir?“

„Ja danke, es ist alles in Ordnung. Ich war nur noch kurz auf der Toilette und da habe ich eine Kollegin getroffen, und wie das so ist, mich natürlich festgequatscht!“ Zu Sophies Erleichterung schien Johanna mittlerweile wieder die Alte zu sein. Sie überlegte kurz, entschloss dann jedoch, das Thema ruhen zu lassen, sie wollte nicht Gefahr laufen, wieder ein Fettnäpfchen zu erwischen. Als sie gerade den Duschraum verlassen wollte, rutschte ihr die Seife auf der Hand und glitt über den glitschig nassen Boden.

„Mist!“, fluchte Sophie und versuchte sich auf dem feuchten Boden zu bücken, um an das Seifenstück zu gelangen, das mittlerweile den Abfluss erreicht hatte, der sich unter Johanna Füßen zu einem Wirbel geformt hatte. Als sie die Seife endlich fest in ihren Händen hielt, bemerkte sie eine komische rötliche Färbung, mit der das Wasser im Abfluss verschwand. Suchend folgte sie der Quelle und erschrak, als sie die Ursache für diese merkwürdige Verfärbung sah.

„Hanna, dein Bein blutet!“

Johanna zuckte zusammen und fuhr herum. Auf der Mitte ihres Oberschenkels befand sich eine tiefe Wunde, aus der frisches Blut rann.

„Oh, das habe ich gar nicht bemerkt! Es ist aber halb so schlimm!“

Hektisch löste Johanna den Duschkopf von dem Gestänge und hielt ihn in die Wunde, solange, bis die Blutung gestillt war. Sophie hüllte ihrer Freundin in das Badetuch.

„Wie ist das denn passiert?“, fragte sie besorgt, während sie ihre Freundin trocken rubbelte.

„Keine Ahnung. Ich muss mich irgendwo gestoßen haben. Es tut aber nicht mehr weh. Komm, lass uns schnell anziehen, mir ist etwas kalt!“

Eilig ging Johanna hinüber in die Umkleidekabinen und schlüpfte in ihre Kleidung. Sophie folgte ihr nachdenklich und überlegte, wo man

sich hier in der Anlage bloß so gefährliche Verletzungen zuziehen konnte, denn die Wunde auf Johannas Oberschenkel war ein tiefer Schnitt, der von einem scharfen Gegenstand stammen musste.
„Wo bist du denn gewesen, Hanna? Die Wunde sah richtig gefährlich aus!“
Sie kramte aus ihrer Tasche ein großes Pflaster heraus und reichte es Johanna hinüber, die es unachtsam auf die Wunde klebte.
„Ich weiß es nicht Sophie, wahrscheinlich bin ich irgendwo gegengelaufen. Ich habe das wirklich nicht gemerkt. Aber beeil dich jetzt bitte, sonst komme ich zu spät zum Gericht!“
Während sich Sophie anzog und sich vor dem Spiegel schminkte, beobachtete sie ihre Freundin aus dem Augenwinkel. Johanna kämmte sich hektisch die Haare und schaute jede Minute auf ihre Armbanduhr, obwohl sie noch über eine Stunde Zeit hatten, bis Johanna beim Gericht sein müsste.
Auf der Rückfahrt holten sich die Frauen noch schnell beim Fast Food Restaurant etwas zu essen und Johanna war inzwischen so entspannt und ausgelassen, dass Sophie den Vorfall in der Dusche vergaß und sie sich gleich für die nächste Woche wieder zum Tennis verabredeten.

Als Sophie wenig später in ihr Büro kam, entdeckte sie einen kleinen Notizzettel auf ihrem Schreibtisch, der sie wissen ließ, dass Magnus Stern sie um 13 Uhr in seinem Büro erwartete. Sie rief Frau Grünling an, um einige Details zu erfahren, bekam aber nur die kurze und schnippische Antwort, dass sie nichts Näheres wisse und Sophie sich selbst erkundige oder doch einfach den Termin wahrnehmen solle. Da sie von Herrn Savigny noch keine Antwort gehört hatte und Magnus Stern somit noch ihr Mandant war, wählte sie seine Büronummer. Am anderen Ende war seine Sekretärin, die Sophie freundlich begrüßte und mitteilte, dass Herr Stern bedauerlicherweise außer Haus ist und erst gegen Mittag zurück sein werde. Sophie seufzte mit einer leichten

Enttäuschung. Das Treffen gänzlich abzusagen, war nicht ihre Art, denn eine gewisse Souveränität auch gegenüber schwierigen Mandanten war ihr sehr wichtig und diesen Vorsatz wollte sie auch nicht für Magnus Stern brechen. So bedankte sie sich und stellte fest, dass sie den Termin wohl oder über wird wahrnehmen müssen. Um ihre Laune wieder aufzubessern, versuchte sie Alexander auf seinem Handy zu erreichen, hörte aber bereits kurze Zeit später seine warme Stimme auf der Mailbox und hinterließ ihm eine kurze Nachricht. Obwohl sie sich es nur schwer eingestehen wollte, machten sie die Gedanken an den bevorstehenden Termin unruhig, und wenn sie ehrlich mit sich war, löste das Zusammentreffen mit Magnus Stern ein wenig Angst in ihr aus. Sophie versuchte, sich zu beruhigen. Natürlich war er aufdringlich, keine Frage. Und seine Annäherungsversuche waren unverschämt und anmaßend, aber trotzdem hatte er nichts Gefährliches an sich. Er war einfach nur ein primitiver Macho und Schürzenjäger.
Doch auch diese Gedanken konnten ihre innere Unruhe nicht zähmen. Sie nahm den Hörer und wählte die Nummer ihrer Mutter.
„Hallo Mum, wie geht's dir?“ Sophie lauschte in die Stille des Hörers, hörte aber nur ein leises Schluchzen.
„Hey Mama, bist du das? Was ist mit dir?“ Sophie hatte sich jetzt im Sessel aufgerichtet und presste den Hörer an ihr Ohr.
„Sophie ... o Sophie ...“, hörte sie jetzt ihre Mutter schluchzen.
„Was ist denn los? Geht es dir nicht gut?“
„Doch, ich meine, nein. Ich bin gerade nach Hause gekommen und wieder fehlt ein Bild von dir ... das kann doch nicht sein!“Hörte Sophie ihre Mutter, deren Stimme so weinerlich klang, dass sie kaum ein Wort verstand.
„Ich verstehe nicht, Mama. Was meinst du denn mit meinem Bild?“
„Ach, ich weiß nicht, was das alles zu bedeuten hat ...“

„Jetzt beruhig dich erst mal und erzähl mir ganz in Ruhe, was du meinst. Ich verstehe nämlich gar nichts!“ Angespannt presste sie den Hörer an ihr Ohr.
„Sophie, ich bin so durcheinander. Ich lege mich erst einmal hin. Lass uns später noch einmal telefonieren ...“ und bevor Sophie noch etwas erwidern konnte, hatte ihre Mutter auch schon aufgelegt. Beunruhigt wählte sie erneut die Nummer ihrer Mutter, jedoch ohne Erfolg. Quälende Sorgen und ein schlechtes Gewissen breiteten sich in Sophie aus. Sie kümmerte sich viel zu wenig um ihre Mutter, der der ganze Stress einfach zu viel zu werden schien. So durcheinander und aufgewühlt kannte sie ihre Mutter nicht. Sie wählte erneut, doch auch dieses Mal nahm ihre Mutter nicht ab. Sophie hinterließ ihr auf dem Anrufbeantworter eine Nachricht, dass sie gleich nach der Arbeit bei ihr vorbeikommen werde.
Ein Blick auf die Uhr verriet ihr, dass es bereits kurz nach zwölf war. In Gedanken verstreut machte sie sich auf dem Weg.

Als sie aus dem Fahrstuhl stieg, der sie ins obere Stockwerk gebracht hatte, sah sie schon die Sekretärin, die mit einem breiten Lächeln auf sie zueilte.
Das Namensschild, was an der Bluse befestigt war, verriet, dass sie auf den einfachen Namen Katy hörte und Sophie fand, dass dieser Name ausgezeichnet zu ihr passte.
„Herr Stern erwartet sie bereits am Hinterausgang! Sie können die Unterlagen im Büro lassen.“
Mit einer aufsteigenden Gereiztheit brachte Sophie ihren Aktenkoffer in das Büro und folgte widerwillig Katys Aufforderung wieder in den Fahrstuhl zu steigen.
„Was soll ich denn bitte am Hinterausgang?“, fragte Sophie, während sie sich neben die Frau in den Fahrstuhl stellte.

„Näheres weiß ich leider auch nicht. Herr Stern hat mich nur gebeten, sie nach unten zu begleiten!"
Sophie blickte in das breite Lächeln der attraktiven Frau, die jetzt den Knopf fürs Erdgeschoss drückte und während der Fahrt ihre frisch rot lackierten Fingernägel betrachtete. Ein weiteres Gespräch mit ihr schloss sie spontan aus, denn manche Menschen sind zwar unheimlich schön, was jedoch ihre Einfältigkeit leider nicht wettmachen konnte. So schwiegen sie die Fahrt über und, als sich im Erdgeschoss die Fahrstuhltür wieder öffnete, setzte Katy wieder ihr versteinertes Lächeln auf.
„Bitte folgen sie mir!"
Sie durchquerten die lange Einganshalle und kamen an eine Tür, dessen Betreten durch ein Schild nur fürs Personal ausgezeichnet war. Katy kramte einen Schlüssel hervor und schloss unverändert lächelnd die Tür auf. Nun befanden sie sich in einem Labyrinth von Gängen. Immer noch ratlos und mit einem leichten Kopfschmerz, der langsam aufzukeimen begann, folgte Sophie der Frau durch lange Lagerräume, bis sie wiederum vor einer großen Tür standen.
„Herr Stern müsste sie schon erwarten. Ich wünsche ihnen einen schönen Tag!" Eilig drehte sich die Sekretärin um und stöckelte zurück zum Hauptgebäude. Sophie stand vor der großen Tür, die als Notausgang gekennzeichnet war und zögerte. Spätestens in diesem Moment bereute sie, dass sie den Termin nicht abgesagt hatte. Langsam begann ihr Körper zu frösteln, in den Hallen herrschte eine unangenehme Kälte und sie schnürte ihren dünnen Mantel noch enger um ihren Körper. Schließlich, was blieb ihr auch anderes übrig, gab sich einen Ruck und öffnete die Tür, die nach draußen führte.
Groß und anmutig stand die weiß lackierte Limousine vor ihr. Verwirrt aber bereits ahnend, was Magnus Stern vorhatte, stand Sophie vor dem ausdrucksvollen Fahrzeug. In diesem Moment öffnete sich die hintere Tür und er stand in einem schwarzen, samtartigen Anzug vor ihr.

„Da sind sie ja endlich! Steigen sie ein, ich habe eine Überraschung für sie vorbereitet!"

Leichte Musik tönte aus dem Inneren der Luxuslimousine und edle Ledersitze auf denen seidene Kissen lagen, luden förmlich dazu ein, sich in ihnen niederzulassen. Sie war fassungslos und fragte sich im gleichen Moment, wie viele Frauen wohl schon auf diese Show reingefallen waren. Magnus Stern zog wirklich alle Register, sie rumzubekommen. Als sie wieder Worte fand und in das erwartungsvolle Gesicht von schaute, stieg die Wut in ihr auf.

„Sind sie jetzt völlig übergeschnappt!?", fauchte sie ihn an, der von der lauten Stimme so erschrocken war, dass er fast zurück in die Limousine fiel.

„Wir gehen jetzt umgehend in ihr Büro und besprechen die letzten Dinge, denn ich werde ihr Mandat abgeben, oder besser noch, sie zeigen mir den Weg, wie ich zu meinem Auto zurückkomme!"

Sie war dabei wieder zum Notausgang gegangen, stellte aber, nachdem sie mit aller Gewalt versuchte die Tür zu öffnen, fest, dass sich diese natürlich nicht von außen öffnen ließ.

„Frau Sommer, jetzt beruhigen sie sich erst mal. Haben sie denn keine Lust auf ein kleines Abenteuer?"

Magnus Stern hatte jetzt die Tür zu der Limousine zugeschlagen, die Situation mit ihrer dramatischen Entwicklung wurde selbst ihm vor dem Chauffeur sichtlich unangenehm, er stand nun direkt neben ihr, sodass Sophie ihn mit den Augen fixieren konnte.

„Nein! Ich habe keine Lust auf irgendwelche Abenteuer. Ich bin ihre Anwältin und ich bin glücklich verheiratet. Also lassen sie diesen pubertären Mist einfach!"

Die Szene hatte zu seinem Bestürzen inzwischen nicht unerhebliches Aufsehen erregt, Passanten, die vorher noch die Limousine bestaunt hatten, folgten jetzt neugierig dem vor sich ihnen abspielenden Streit. Magnus Stern öffnete blitzschnell die Hintertür, warf dem Chauffeur

einen Blick zu, dass dieser sich umgehend entfernen solle und bugsierte Sophie wieder zurück in die Lagerhallen.
„Ich wusste ja nicht, dass sie gleich so hysterisch werden. Lassen sie uns zurück in mein Büro ...“ Ein herumstehender Karton, den er mit einem heftigen Tritt getroffen hatte, rutschte durch die Halle und knallte gegen einen andern Stapel aufgereihter Behälter.
„Sie sollten aufhören zu denken, sie können sich mit ihrem Geld alles kaufen! Es gibt Dinge im Leben, die werden sie nie besitzen! Ihr Machogehabe ist einfach nur lächerlich. Denken sie, ich mache mit ihnen einen Ausflug, während mein Mann zu Hause sitzt. Was denken sie sich eigentlich?“, schrie sie ihn an, während er so eilig die Hallen durchquerte, dass es ihr nur mit viel Mühe gelang Schritt zu halten.
Ihm blieb keine Gelegenheit etwas zu erwidern, denn sie hatten bereits die Empfangshalle erreicht. Erst als sie nebeneinander im Fahrstuhl standen, platze die angestaunte Wut aus ihm heraus.
„Ich wusste ja nicht, dass sie so prüde sind, Frau Sommer!“, stachelte er und fuhr sich dabei durch seine Haare.
„Ich bin nicht prüde! Ich bin verheiratet mit einem Mann, den ich liebe und den ich respektiere!“
Plötzlich, mit einem kräftigen Ruck, blieb der Fahrstuhl stehen. Unfähig in dem kahlen Raum Halt zu finden, verlor sie das Gleichgewicht und knallte mit den Knien auf den Boden. Er hatte den Knopf für den Nothalt gedrückt; sekundenschnell war er wieder gefasst, hatte einen neuen Plan ausgeheckt und streckte er ihr selbstgefällig die Hand entgegen.
„Was soll das? Warum halten sie den Fahrstuhl an?“, keuchend versuchte Sophie sich wieder aufzurichten, bemerkte dabei allerdings nicht, dass Magnus Stern sich so dicht über sie gestellt hatte, dass sie jetzt zwischen seinen Armen nach oben kam und sein Gesicht dicht neben ihren war. Sie spürte, wie sein Atem über ihr Gesicht fuhr.

„Nichts ist unmöglich. Ich weiß, dass sie ein ganz besonderer Mensch sind. Und besondere Menschen verdienen besondere Maßnahmen. Mögen sie mich denn gar nicht? Nicht ein bisschen ...“, flüsterte er ihr ins Ohr, während er seinen Oberkörper gegen ihren Busen presste.
Sie blickte in seine Augen und unweigerlich musste sie wieder an einen Adler denken, der seine Beute umkreiste. Die Situation erregte ihn so sehr, dass sich sein Atem beschleunigte und sein gesamter Körper augenblicklich unter erwartungsvoller Anspannung stand. Sophie merkte, wie der Schwindel sich in ihrem Körper ausbreitete und die Situation ihr die Kräfte raubte. Sie schloss die Augen.
„Starten sie sofort wieder den Fahrstuhl, Herr Stern!“
Er zeigte sich wenig beeindruckt; im Gegenteil, wie in Zeitlupe fuhr er Sophie über ihr Haar, zwirbelte eine Strähne zwischen seine schlanken Finger. Sophie schlug seine Hand zur Seite und ihre Wut hatte wieder die Kontrolle übernommen.
„Nehmen sie ihre Finger weg! Wie sehr wollen sie ihre Frau und ihren Sohn eigentlich noch demütigen? Was sind sie bloß für ein Mensch?“, zischte Sophie ihn an und versuchte seine Arme von der Wand zu lösen, stellte aber fest, dass das nicht mehr nötig war, denn Magnus Stern hatte plötzlich von ihr abgelassen.
„Ach, was wissen sie schon von meiner Frau! Mischen sie sich nicht in meine Privatangelegenheiten. Meine Familie geht sie nichts an!“
Wütend setzte er den Fahrstuhl in Bewegung und verschränkte seine Arme vor seinem Körper. Sophie atmete tief durch. Hatte sie eben noch panische Angst vor ihm, merkte sie, dass sich seine offene Begierde an ihr in Zorn gewandelt hatte. Sie hatte seinen Schwachpunkt erwischt.
„Ich weiß nur, dass sie verheiratet sind und einen fantastischen Sohn haben. Sie sollten wissen, dass sie viele darum beneiden, eine Familie zu haben und sie sollten sich schämen, wie sie das alles mit Füßen treten!“

Sie waren jetzt im oberen Stockwerk angelangt und Sophie eilte an der sprachlosen Katy vorbei ins Büro, um ihre Sachen zu holen. Er folgte ihr und blieb versperrte ihr für einen kurzen Moment den Weg.
„Vielleicht bin ich heute etwas zu weit gegangen. Das tut mir Leid. Nur Frau Sommer, wenn ich eines im Leben gelernt habe, dann, dass es nichts gibt, was für die Ewigkeit ist. Auch, wenn man es sich wünscht, alles ist vergänglich! Und ich denke, man sollte sein Leben einfach jeden Tag genießen."
Wortlos nahm Sophie ihre Sachen und verließ sein Büro.
Zurück in die Kanzlei zu kehren, erschien ihr bei ihrer momentanen psychischen Verfassung als ausgeschossen und so entschied sie kurzerhand, erst bei ihrer Mutter vorbeizufahren und zu sehen, was mit ihr war. Vielleicht konnte sie einen schönen Spaziergang machen, wo sie Gelegenheit finden würde, sich zu sammeln.
Als sie auf die Hofeinfahrt fuhr und aus ihrer Limousine stieg, stand ihre Mutter bereits in der Eingangstür und winkte ihr zu, während Tassilo wild von der Pforte und zurück zur Eingangstür lief. Dieser Anblick entspannte Sophie und obwohl ein riesiger Haufen Akten auf ihrem Schreibtisch auf sie wartete, war sie froh, sich für einen Besuch bei ihrer Mutter entschieden zu haben.
„Hallo Mama, geht's dir etwas besser?", mit einem Kuss auf die Wange begrüßte sie Marie und folgte ihr in die Küche.
„Ach Sophie, es tut mir Leid, wenn ich dich in Angst und Schrecken versetzt habe, hast du schon gegessen. Ich wollte mir gerade ein Steak braten und frischen Salat machen. Hast du Hunger?"
„Oh gerne, ich habe heute noch gar nicht gegessen!"
Langsam begann sich Sophie von dem unangenehmen Vorfall zu erholen und verspürte einen riesigen Appetit.
„Lass uns doch erst einmal hinsetzen. Was meinst du denn vorhin am Telefon? Du warst ja völlig fertig ... du hattest irgendetwas von einem Bild erzählt, was meinst du denn damit?"

„Von *deinem* Bild..!“, verbesserte sie ihre Mutter, und während sie nun begann, Fleisch in der Pfanne zu braten und Tomaten für den Salat in Scheiben zu schneiden, berichtete sie ihrer Tochter, von den Gegenständen, die spurlos aus ihrem Haus verschwinden und sie sich das nicht erklären könne.
„Hast du denn mittlerweile irgendwelche Einbruchspuren entdeckt?“, wollte Sophie wissen, während ihr ihre Mutter einen vollen Teller entgegen reichte.
„Nein, das habe ich nicht. Das ist es ja, was mich so verrückt macht!“ Gedankenverloren stocherte Marie in dem Salat herum. Der Blick zu ihrer Tochter, verriet ihr, dass sie ihr nicht glaubte.
„Hast du denn irgendwem noch einen Schlüssel gegeben?“
„Nein nur du hast noch einen Schlüssel! Trotzdem bin ich mir ganz sicher, dass jemand hier gewesen ist!“ Verunsichert legte sie das Besteck zur Seite und schenkte sich ein Glas Wasser ein. Wenn sie sich nicht ganz sicher wäre, hätte sie sich wahrscheinlich auch für verrückt erklärt.
„Mmm ... vielleicht sollten wir noch einmal die Polizei kommen lassen, damit sie dein Haus gründlich auf den Kopf stellen!“, schlug Sophie vor, die besorgt auf den noch gefüllten Teller ihrer Mutter sah, ihre Hand über den Tisch streckte und ihn über Maries legte.
„Du hast ja ganz kalte Finger! Was hältst du davon, wenn wir uns Tassilo schnappen und einen schönen Spaziergang machen! Die frische Luft tut uns beiden gut!“
„Ja gerne!“, strahlte Marie, die sich ersichtlich über den Vorschlag freute und Sophie augenblicklich traurig machte, denn sie wusste, dass ihre Mutter viel zu oft alleine war. Wahrscheinlich macht sie sich deshalb so viele Gedanken.
Wie ersehnt tat der Spaziergang beiden Frauen gut. Sie hatten sich zu einer gut zweistündigen Tour entschlossen, die beim Wald, der hinter dem Haus begann, vorbei an den kleinen Seen im Naturschutzgebiet

und schließlich zurück über den Damm führte. Der Wald, der vorwiegend aus Mischgehölzen befand, färbte sich durch den herannahenden Winter langsam in ein dunkles Rot; die Laubbäume hatten einen Großteil ihrer Blätter abgeworfen, auf denen die Sonnenstrahlen fielen und ein wunderschönes sattes Geld hervorbrachten. Tassilo tollte auf ihnen herum und wirbelte einen riesigen Berg Blätter auf, die wie feine Goldplättchen wieder zu Boden fielen. Unter ihren Schuhen knackten die heruntergefallenen Tannenzapfen und die feinen Pumps von Sophie waren durch den feuchten Boden bereits völlig durchtränkt, was sie jedoch nicht besonders störte. Wie immer, wenn sie in der Natur spazieren ging, hatte sie diese in den Bann gezogen und sie beobachtete die Vögel, die sich langsam auf den Bäumen für ihre Winterreise sammelten und lauschte gespannt einem Specht, der mit lauten Pochen die Würmer aus dem Stamm jagte.
Nach gut einer Stunde gelangten sie an die kleinen Seen, die völlig von Schilf umrankt waren und in dessen Inneren sich tausend Nester verschiedener Wasservögel befanden. Sophie dachte an ihre Kindheit, wo sie oft mit ihrem Vater hier gewesen ist, sich auf die Lauer gelegt hatten, um stundenlang die verschiedenen Tiere an den Seen zu beobachten oder sich einen kleinen Kahn ausgeliehen hatten, um in die Mitte des Gewässers zu fahren, in der Hoffnung, ihrer Mutter einen kleinen Fisch zum Abendessen präsentieren zu können. Was in der Regel allerdings erfolglos blieb, denn neben ihrem Vater konnte die kleine Sophie nicht eine Minute still sein; sie hatte immer so viel zu erzählen, dass sie nach kurzer Zeit beschlossen, das Boot als Sprungbrett zu benutzen und schwimmen gingen.
Amüsiert beobachtete sie Tassilo, der einer Ente hinterher jagte und beleidigt vor dem Gewässer stehen blieb, auf dem sich der Vogel jetzt niederließ und triumphierend seine Runden drehte. Es gab für Sophie nichts Schöneres als die Natur und dies war der einzige Ort, an dem sie wirklich zur Ruhe kommen konnte. Die satten klaren Farben, die

einfache Schönheit, der unverbrauchte Geruch waren alle so unverfälscht, dass nichts, was der Mensch herstellen konnte, die Einzigartigkeit der Natur ersetzen konnte.
„Schön, ist es hier, nicht?“, schwärmte Sophie und umarmte ihre Mutter, die unter der Berührung leicht zusammenzuckte.
„Ja hier ist es wirklich schön ...“
„Du bist immer noch mit den Gedanken ganz woanders, stimmt´s?“, hakte Sophie nach, während sie die Richtung zum Damm einschlugen.
„Ich weiß, das klingt alles so absurd, aber ich bin mir einfach ganz sicher, dass jemand in mein Haus kommt und Sachen aus deinem alten Kinderzimmer mitnimmt. Erst war es ein Bild. Jetzt ist schon ein Zweites, weißt du, dass an dem du gerade dein Examen erworben hattest, und dein Lieblingshalstuch ... das ist auch verschwunden. Oder hast du es vielleicht aus deinem Zimmer mitgenommen?“ Erwartungsvoll blickte Marie ihre Tochter an. Dieser Gedanke war ihr erst jetzt gekommen und er wäre endlich die Lösung für die ganzen schlaflosen Nächte, die sie hinter sich hatte.
„Nein, natürlich habe ich nichts mitgenommen. Das hätte ich dir doch gesagt. Vielleicht hast du sie einfach an einen anderen Ort gestellt. Ich verlege auch oft Dinge, wenn ich in Gedanken bin. Und irgendwann finde ich sie wieder und wundere mich, dass sie dort liegen und wie sie dahin gekommen sind!“ Sophie hatte gehofft, diese These könnte ihre Mutter beruhigen. Leider war gerade das Gegenteil der Fall, Marie brach in Tränen aus und schluchzte.
„Siehst du, du denkst ich bin verrückt und verwirrt und glaubst mir nicht. Ich habe die Bilder nicht weggenommen! Seit Jahren stehen die in deinem Zimmer!“
„Ich halte dich doch nicht für verrückt. Du hast mich falsch verstanden ... Pass auf, wenn wir zu Hause sind, rufe ich noch einmal bei der Polizei an und bitte sie, dein Haus noch einmal gründlich zu durchsuchen. Wenn jemand dort gewesen ist, werden sie auch Spuren

finden!“ Aufmunternd ärmelte sich Sophie bei ihrer Mutter unter und sie machten sich auf den Heimweg. Doch Marie wusste, dass die Polizei auch dieses Mal nichts finden würde, der Albtraum war noch nicht zu Ende.

13

Der Golfplatz von München erstreckte sich über eine unüberschaubare Fläche von Hügeln, Teichen und künstlich angelegten Sandflächen, und war aufgrund seiner hervorragenden Bedingungen und der sorgfältigen Pflege ein Paradies für jeden Golfspieler. Zumindest traf diese Aussage für diejenigen Golfspieler zu, die sich ernsthaft für diesen Sport interessierten. Aber an diesem Samstagnachmittag befand sich eine Person auf dem Platz, die mussmutig und fast schon aggressiv mit seinem Schläger den Ball malträtierte. Thomas Savigny hatte die Hälfte des Platzes erreicht und beschloss eine kleine Pause einzulegen, um die weitere Vorgehensweise zu planen. Sein Ziel war ein älteres Ehepaar, was sich bereits drei Loch vor ihm befand und bei denen es ihm leider noch nicht gelungen war, näher an sie heranzukommen. Ginge er zu schnell und forsch vor, könnte er den Anschein erwecken, er suche bewusst den Kontakt. Die Leute könnten ihn womöglich für aufdringlich halten und das wäre die größte Blamage für Savigny. Allerdings konnte er sich diese Chance auch nicht entgegen lassen. Objekt seines Interesses war Professor Dr. Ralf Schönhäuser. Einer der erfolgreichsten und anerkanntesten Strafrichter am Oberlandesgericht und wenn man ihn zu seinem Bekanntenkreis zählen durfte, war man in der gesellschaftlichen Hierarchie um mindestens einen Platz nach oben

gestiegen. Obwohl Savigny jedes Wochenende hier war, hatte er immer vergebend gehofft Dr. Schönhäuser anzutreffen, denn es war allgemein bekannt, dass Richter aufgrund ihres doch flexiblen Arbeitstags, der fast nur vormittags stattfand, die Nachmittage in der Woche nutzten, um mit ihren Ehefrauen zum Golfspielen oder Tennis zu gehen.
So stützte er sich auf seinem Schläger ab und ließ seinen augenscheinlich entspannten Blick über den Platz streifen. Wenn er sich jetzt nicht beeilte, würden sie ihm entwischen und das würde ihm noch Wochen schwer im Magen liegen. Er musterte den Verlauf des Platzes und, als sein Blick auf den kleinen Teich fiel, der sich links neben ihm befand, verzog er sein Gesicht zu einem zufriedenen Grinsen. Wenn er jetzt statt noch zwei Löcher südwärts gleich den Schuss über das Gewässer wagen würde, wäre er genau noch ein Loch von den Schönhäusers entfernt; und da sich momentan kein anderer Spieler in unmittelbarer Nähe befand, nutzte er die Chance und schoss mit aller Kraft den Ball über den Teich, der im hohen Bogen auf die andere Seite flog und, da Savigny ein miserabler Golfspieler war, nicht, wie erhofft, etwa 20 m neben dem Ehepaar landete, sondern direkt vor ihren Füßen aufkam. Vertieft in ihren geplanten Schuss, blickten sie erschrocken auf und erkannten nun eine Gestalt, die aufgeregt um den Teich herumlief und mit den Armen fuchtelnd auf sie zusteuerte.
„Oh nein, das tut mir so außerordentlich leid! Ich bin auf den feuchten Boden ausgerutscht und habe den Schlag völlig verzogen! Wie unangenehm, ich hoffe, sie haben sich nichts getan?“, keuchend und mit hochrotem Kopf stand er vor dem Ehepaar. Der Professor bückte sich zu dem Ball hinunter und reichte ihn dem peinlich berührten Savigny entgegen.
„Ich hoffe, das war kein Attentatversuch! So gezielt, wie der Ball auf uns zugeschossen kam, könnte man fast glauben, sie wollten uns angreifen!“ Professor Schönhäuser lachte und auch seine Frau, die sich etwas von dem Geschehen abgewandt hatte, stimmte ein.

„Aber nein..nein! Natürlich war das keine Absicht! Ich weiß auch nicht, wie mir das passieren konnte. Ich bin ein ausgezeichneter Golfspieler. Aber der Rasen vor dem Teich war etwas feucht und ich bin weggerutscht ...“, stammelte Savigny, der sich wünschte, ein großes Loch würde sich vor ihm auftun, durch das er so plötzlich wie er gekommen war auch wieder verschwinden konnte.

„Machen sie sich nichts draus. Das war auch nur ein kleiner Scherz. Wir haben es ja überlebt!“, wandte sich Professor Schönhäuser an ihn und zwinkerte seiner Frau von der Seite zu, die immer noch amüsiert kicherte.

„Sind sie nicht Anwalt? Ich meine, sie mal bei einer Verhandlung gesehen zu haben?“

„Der bin ich. Thomas Savigny, meine Kanzlei zählt zu den zehn Größten in der Stadt“, haspelte er und war erleichtert, dass das Gespräch einen anderen Verlauf zu nehmen schien.

„Ach sie sind ja Professor Dr. Schönhäuser. Ich hatte sie eben in ihrer Sportkleidung gar nicht erkannt! Das tut mir furchtbar leid! Ich bin immer so in mein Spiel vertieft, dass ich die anderen Spieler gar nicht wahrnehme, wie dumm von mir ...“ Die Selbstsicherheit war nun zu Savigny zurückgekehrt und er überlegte, wie er das Gespräch am besten fortführen konnte, schließlich musste er so viel mit Professor Schönhäuser reden, dass sie sich bei der nächsten Gelegenheit grüßen würden, sodass Savigny ihn zu seinem Bekanntenkreis zählen konnte. Dem Professor war es jedoch augenscheinlich nicht besonders angenehm, sofort erkannt zu werden.

„Ja, ja meine Identität kann ich wohl schlecht leugnen. Meine Frau und ich sind sonst immer unter der Woche hier. Dann haben wir unsere Ruhe. Am Wochenende sind zu viele Bekannte hier und wir werden so oft in ein Gespräch verwickelt, dass wir gar nicht zum Spielen kommen. Das ist natürlich etwas lästig ...“

„Oh ja, das kann ich mir gut vorstellen. Manche Spieler scheinen auch nur aus diesem Grund hier zu sein!“ Savigny warf seinen Kopf leicht zurück und lachte laut, was er jedoch im gleichen Moment bereute, denn vielleicht brächte er Dr. Schönhäuser damit auf dumme Gedanken. Doch glücklicherweise stimmte der Professor ihm zu. Nur seine Frau stand mittlerweile wieder etwas entfernt bei der Golfausrüstung und warf Savigny einen ernsten Blick zu. Was für eine biedere Ziege, dachte er und eine leichte Nervosität stieg in ihm auf, denn Frau blickte immer noch sehr trübsinnig und er hatte das Gefühl, ihr reichte das Gespräch mit ihm, denn auch ihr Mann, der zu seiner Frau hinüber blickte, merkte, dass diese an einer weiteren Konversation nicht interessiert zu sein schien, sondern lieber das Spiel fortsetzen wollte. Wie typisch, selbst eine so ausgezeichnete Koryphäe wie Professor Dr. Schönhäuser stand unter der Fuchtel seiner Frau, was er bloß an ihr fand, ging es Savigny durch den Kopf. War Ralf Schönhäuser ein ausgesprochen attraktiver Mann und für sein gesetztes Alter noch von guter Statur, mit einem markanten Gesicht und klugen Augen, stellte seine Frau das misslungene Gegenstück zu ihm dar. Etwa zwei Köpfe kleiner als er, mit ausladenden Hüften, die sie dadurch zu kaschieren versuchte, in dem sie sich einen rosafarbenen Ralf-Lauren Pulli über ihr breites Hinterteil spannte. Ihr Gesicht war schmal und die ganze Aufmerksamkeit fiel auf die lange und schmale Hakennase, die wie ein spitzer Berg aus ihrem sonst sehr unscheinbaren Gesicht ragte. Ihre ursprünglich blonden Haare waren bereits völlig ergraut und zu einem strengen Pferdeschwanz zurückgebunden. Auch ihre teure und sehr modische Sportbekleidung konnte dieses triste Bild nicht aufbessern. Nein, Frau Schönhäuser war keine Frau, die zu dem Professor passte und trotzdem wusste Savigny auch, dass sie der einzige Weg war, an sein Ziel zu kommen. Plötzlich, wie ein guter Geistesblitz, fiel ihm der Bericht ein, den er in der Zeitung über Frau Schönhäuser gelesen oder besser überflogen hatte, denn der Kulturteil der Zeitung interessierte ihn nicht besonders. Gleichwohl hatte er jedoch erfahren, dass Frau eine ziemlich erfolgreiche Archäologin war.

„Ich entschuldige mich noch einmal vielmals. Ich muss mich jetzt auch langsam auf den Weg machen, ich habe heute Nachmittag noch ein wichtiges Gespräch mit einem Mandanten ... Ach, Frau Schönhäuser ich hatte ihren Bericht über die Ausgrabung in Italien gelesen. Das war sehr interessant, sie haben wirklich einen sehr aufregenden Beruf!"

Diese Worte hatte Savigny bereits im Weggehen gesagt, sie verfielen jedoch nicht ihrer geplanten Wirkung. Entzückt blickte sie Savigny an, der kurz stehen blieb.

„Ah vielen Dank! Das war wirklich eine ganz besondere Ausgrabung. Wir sind wahrscheinlich in Rom auf die Hölle von Romulus und Remus gestoßen. Ein außergewöhnlicher Fund!" und zum ersten Mal wandte sie sich dabei direkt an Savigny.

„Ja, das ist wirklich außergewöhnlich und ich wünschte ich hätte mehr Zeit, mich mit kulturellen Dingen zu beschäftigen. Vor allem die römische und griechische Geschichte interessieren mich sehr!", schwärmte er und beobachtete dabei ihr Gesicht, das jetzt vor Begeisterung errötete.

„Ja, vielleicht haben viel mehr Menschen Interesse an diesen Dingen, als man manchmal denkt … Heute Abend veranstalte sich einen kleinen Diavortrag bei uns zu Hause über die Ausgrabung. Wenn sie Lust und Zeit haben, sind sie herzlich eingeladen!", erwartungsvoll blickte Frau Schönhäuser ihn an und bemerkte dabei nicht, welche gierige Anspannung sich bereits in seinem Gesicht ausgebreitet hatte.

„Mmm ... wenn der Termin heute nicht so lange dauert, komme ich sehr gerne", erwiderte er und nahm die Visitenkarte entgegen, die Frau Schönhäuser hervorgeholt hatte.

„Ja machen sie das!", lächelte sie, auch der Professor schien mit der spontanen Einladung seiner Frau einverstanden zu sein und nickte zustimmend.

Mit breiten Schultern überquerte Savigny jetzt wieder den Golfplatz, um seine Sachen zusammenzupacken. Er hatte nicht vor, sich noch weiter diese fürchterliche Rumfuchtelei anzutun, denn er hatte erreicht, was er wollte. Er blickte auf die Visitenkarte und grinste. In der Hand hielt er seine Eintrittskarte zu der höheren Gesellschaft.

Da er keinesfalls der erste Gast sein wollte, hatte er noch die Nachrichten gesehen und erreichte gegen kurz nach halb neun die Stadtvilla der Schönhäusers. Er war tatsächlich der letzte Gast und die Gastgeberin öffnete ihm nervös und etwas aufgedreht die Tür.
„Schön, dass sie es doch noch geschafft haben. Die anderen sitzen schon im Wohnzimmer! Kommen Sie!"
Savigny trat in die elegant eingerichtete Eingangshalle und überreichte einem Hausmädchen seinen Mantel. Frau Schönhäuser führte ihn nun wie angekündigt hinüber ins Wohnzimmer und er fand, dass das schwarze lange Leinenkleid, was sie an diesem Abend trug, ihr etwas vorteilhafter stand. Schwarz sollte ja bekanntlich die Menschen etwas schlanker erscheinen lassen, allerdings missfiel ihm bei näherer Betrachtungsweise die Gesamterscheinung der kleinen Frau, die vor ihm ins Wohnzimmer stakste immer noch; der relativ schlanke Oberkörper mündete in einer breiten unförmigen Kugel, an die sich kurze O-förmige Beine anschlossen. Entgeistert wandte er seinen Blick von ihr ab und ließ ihn in den Raum fallen. Frau Schönhäuser hatte in dem großen hellen Wohnzimmer einige Stühle hintereinander aufstellen lassen, die bereits, bis auf einem Platz, den sie jetzt ihm zuwies, alle besetzt waren. Während sie anschließend das Licht im Raum dämmte, hatte Savigny die Gelegenheit, sich die Gesellschaft etwas näher anzusehen.

Links neben ihm saß ein junges Pärchen, das sich verliebt an den Händen hielt und sich auf die Vorführung zu freuen schien und bevor nun der Vortrag begann, gab der junge sehr gepflegt und attraktiv aussehende Mann, Savigny schätzte ihn auf Ende zwanzig, seiner Freundin, die für seinen Geschmack sehr unscheinbar war, einen Kuss und schmiegte sich an ihren Arm. Später erfuhr er, dass es sich bei dem Pärchen um die einzige Tochter Melanie der Schönhäusers handelte, die mit ihrem Verlobten extra aus der Schweiz angereist war, um einige Tage mit ihren Eltern zu verbringen. Das andere Paar, was neben ihm saß, kannte Savigny nicht.
Die Reihe vor ihm war da schon um einiges interessanter. Direkt vor ihm saß das Ehepaar Julius und Lisa von Prettin. Selbst ein nicht Insider hätte dieses Paar erkannt, weil beide Anwälte durch unzählige Wohltätigkeitsprojekte und Veranstaltungen auf sich aufmerksam gemacht hatten und, so gut wie jeden Monat in der Tageszeitung für ihr Arrangement gelobt und ausgezeichnet wurden. Auf der Linksseite hatte ein etwas älteres Ehepaar Platz genommen und bereits an der wilden grauen Mähne des Mannes, die ihm ungestüm vom Kopf abstand, erkannte Savigny, dass es Professor Castede vom Lehrstuhl der Universität war, der immer wieder durch waghalsige Thesen zum Strafvollzug auffiel und sich hiermit einen Namen gemacht hatte. Eine mindestens genauso imposante Erscheinung war seine Frau, Monique Castede, eine für ihren Scharfsinn bekannte Staatsanwältin, die ihr rot gefärbtes Haar kinnlang trug, was sich in unzählige Locken um ihren Kopf kräuselte. Am ausdrucksvollsten waren allerdings ihre, fast schon giftgrünen Augen, die aus ihrem etwas blassen und mit Sommersprossen verziertem Gesicht hervorstachen. Und genau diese Augen fixierten jetzt Savigny, der für einen kurzen Moment so von dem Äußeren der Frau angetan war, dass er gar nicht bemerkt hatte, dass diese sich etwas umgewandt hatte und sich über seinen starren Blick stirnrunzelnd zu wundern schien. Blitzartig wand er seinen Blick ab

und schaute spielend gespannt auf die aufgestellte Leinwand, auf die gerade die ersten Bilder projizierte. Kein Wunder, dass Monique Castede so eine bissige Staatsanwältin war, ihr entging anscheinend nichts, ärgerte er sich still. Die restliche Zeit des Vortrags, der Savigny noch mehr langweilte, als er erwartet hatte, vermied er noch einmal in ihre Richtung zu schauen und war mehr als erleichtert, als endlich wieder das Licht anging und ein lauter Applaus ihn aus seinen Gedanken riss. Von dem Vortrag hatte er so gut wie nichts mitbekommen und, als sie nun alle an der großen Speisetafel Platz nahmen und sich seine Stimmung gerade zu bessern schien, nahm Monique Castede direkt gegenüber von ihm Platz und nickte ihm, ohne dabei das Gesicht zu verziehen, zu. Ausgerechnet die, dachte er verärgert und ließ sich erst einmal ein Glas Wein einschenken, was ihm von einem Hausmädchen angeboten wurde. Frau Schönhäuser hatte ein Drei-Gänge-Menü für ihre Gäste zubereiten lassen, was allen ersichtlich schmeckte und auch nach Savignys Geschmack ausgezeichnet zubereitet war. Die erste Zeit drehte sich das Gespräch am Tisch natürlich um den eben gesehenen Vortrag. Von jeder Seite war etwas wie „das war wirklich sehr beeindruckend“ oder „so ein faszinierender Vortrag“ zu hören, woran sich Savigny gerne beteiligte und Frau wieder einmal glaubhaft versicherte, wie interessant er doch ihren Beruf fand. Nur, als dann einige detaillierte Fragen gestellt und in die Geschehnisse des Römischen Reichs eingegangen wurde, hielt er sich lieber an die gebratene Ente, die ihm soeben serviert wurde.

„Sie sind ja heute alleine hier. Ist ihre Gattin heute verhindert?“, hörte er plötzlich, während er sich gerade ein Stück Fleisch zwischen die Zähne geschoben hatte. Als Savigny aufblickte, merkte er, dass die Frage an ihn gerichtet war und Monique Castede ihn direkt in die Augen blickte.

„Ich bin nicht verheiratet ...“, erklärte er, der mittlerweile den Mund geleert hatte und ihm zum ersten Mal bewusst wurde, dass er tatsäch-

lich der einzige Single in der Runde war. Alle anderen waren Pärchen oder wahrscheinlich sogar Eheleute.
„Aber sie haben doch sicher eine Partnerin ...“, fuhr Monique unverändert gelassen fort und hatte dabei ihr Besteck zur Seite gelegt.
„Na ja, ich bin so stark beschäftigt, da ist es sehr schwer, überhaupt ein Privatleben aufzubauen. Manchmal muss man halt Prioritäten setzen und bis jetzt habe ich leider noch nicht die Passende gefunden, die zu meinem Lebensrhythmus passt. Sie wissen sicher, wie das ist!“, erwiderte Savigny, der diese Erklärung sehr plausibel fand und hoffte, dass das leidige Thema damit beendet war. Denn das Letzte, was er wollte, war sich mit einer herrischen und ziemlich neugierigen Staatsanwältin über sein nicht vorhandenes Privatleben zu unterhalten. Zu seinem Entsetzen stellte er fest, dass das Thema für sie jedoch noch nicht zufriedenstellend abgehandelt wurde.
„Nein, ich kann das leider nicht nachvollziehen. Ich denke, um erfolgreich zu sein, braucht man auch ein intaktes Privatleben. Jemand, der einem den Rücken stärkt. Ich habe die Erfahrung gemacht, dass es nicht nur ein Sprichwort ist, sondern dass hinter jedem erfolgreichen Mann eine starke Frau steht!“
Jetzt lächelte Monique ihn offen an und auch ihr Mann, der bis eben noch in ein Gespräch mit seinem Tischnachbarn vertieft war, wandte sich interessiert der Konversation seiner Frau zu. Savigny war mittlerweile der Schweiß ausgebrochen. Diese Frau schien ein abnormes Talent dafür zu besitzen, die Schwächen ihrer Mitmenschen sofort zu durchschauen, um sich dann Respekt zu verschaffen, indem sie gekonnt diese Schwäche gegen ihren Gesprächspartner ausspielte. Kein Wunder, dass sie so gefürchtet war. Was für ein durchtriebenes Biest, kochte er innerlich und wusste gleichzeitig, dass er keine Chance gegen sie hatte und dass sie ihn, würde er sich auf diesen Machtkampf einlassen, verbal niedermetzeln würde. Das Einzige, was ihm blieb, war der Rückzug.

„Mmm, da mögen sie recht haben. Es ist ja nicht so, dass es in meinem Leben überhaupt kein weibliches Wesen gäbe ...“
Während er sich vom Tisch erhob, versuchte er ein zufriedenes Lächeln aufzusetzen, was ihm allerdings nicht gelang, denn sein gesamtes Gesicht war mit roten Flecken überzogen und er erinnerte an einen kleinen Jungen, der beim Stehlen erwischt wurde.
„Entschuldigen sie mich bitte kurz, ich muss noch ein wichtiges Telefonat führen.“ Ohne Monique Castede noch eines Blickes zu würdigen, sputete er hinüber in die Eingangshalle.
„Ja, sicher, bis gleich!“, hörte er sie triumphieren säuseln und es gab selten Momente, in denen sich Savigny so klein und winzig gefühlt hatte.
Weibliche Wesen. Er hatte genau den Ausdruck benutzt, den Frau Sommer immer für eine Frau benutzte, wenn sie über sein Privatleben scherzte; den Ausdruck, den er hasste, und er spürte den mitleidigen und gleichzeitig selbstzufrieden Blick Frau Castedes in seinem Nacken. Vom ersten Moment an mochte er diese Frau nicht und jetzt war es Hass, was ihn zornig machte. Dieses Biest versaute ihm den ganzen Abend.
Er verbrachte eine Ewigkeit auf der Toilette und, als er nach fast einer halben Stunde wieder in den Speisesaal trat, hatten sich die Gäste bereits von ihren Plätzen erhoben und sich zu kleinen Gruppen zusammengefunden, um sich in Ruhe unterhalten zu können. Frau Castede war leider nicht zu übersehen, denn sie hatte sich direkt neben der großen Tür aufgestellt, sodass sie sein Wiederkommen sofort entdecken würde. Konsequent befolgte er jetzt seine Strategie, die er sich auf der Toilette überlegt hatte. Ohne Frau Castede wahrzunehmen, durchquerte er den Raum, ergriff im Vorbeigehen ein Glas Champagner, was ein Hausmädchen auf einem Tablett hielt und stellte sich rücklings zu Frau Castede zu der kleinen Gruppe, die sich am Ende des Raums gebildet hatte und aus Frau Schönhäuser selbst, ihrer

Tochter, sowie noch einem weiteren Pärchen bestand, das wohl aus dem Bekanntenkreis der Gastgeberin stammte.
„Und wie hat ihnen der Vortrag gefallen. Wurden ihre Erwartungen erfüllt?“, wandte sich Frau an Schönhäuser an ihn, der sich langsam entspannte, denn die Staatsanwältin schien in sicherer Entfernung.
„Ja sehr. Für meinen Geschmack war er fast etwas zu kurz. Wenn man einmal angefangen hat, sich darauf einzulassen und sich in die Zeit zurückversetzt, kann man ja gar nicht wieder aufhören!“, säuselte er und Frau Schönhäuser stand die Begeisterung für diese Erkenntnis ins Gesicht geschrieben.
„Ja, so geht es mir auch! Schon als Mädchen wollte ich Archäologin werden. Sie glauben nicht, wie einzigartig dieser Moment ist, wenn man auf Funde unserer Vergangenheit stößt und man sich ausmalt, wie die Menschen damals gelebt haben. Es ist wie ein Puzzle, das man langsam zusammensetzt, bis es ein großes Ganzes ist und man irgendwann bildlich vor Augen hat, wie das Leben damals gewesen sein muss. Manchmal, wenn ich schon viele Wochen auf einer Ausgrabung bin, habe ich das Gefühl, ich könnte sogar fühlen, wie die Menschen damals empfunden haben. Ich nehme die Gerüche wahr und fühle mich, als wäre ich Mitglied dieser Zeit! Verrückt, nicht?“
In der Tat, dachte Savigny, der wider einmal die Bestätigung fand, dass Frauen zu Gefühlsduseleien neigten und völlig den Bezug zur Realität verlieren. Wie man sich für alte, vergammelte Gegenstände interessieren konnte und sogar Bewunderung für diese aufbringen konnte, wollte Savigny nicht in seinen Kopf, zu so etwas Überflüssigem waren wahrscheinlich wirklich nur Frauen in der Lage.
„Das klingt ja spannend. Wenn sie so davon erzählen, bekommt man richtig Lust, auch einmal mitzukommen. Das muss eine einzigartige Erfahrung sein!“ Savigny verdrehte träumerisch die Augen und sah aus dem Augenwinkel, dass sie völlig entzückt war.

„Das ist es, glauben sie mir. Ich kann sie ja das nächste Mal informieren, wenn wieder eine Ausgrabung stattfindet. Vielleicht können sie sich freinehmen. Mein Mann begleitet mich auch fast bei jeder Unternehmung!“ Überzeugt von dieser Idee schaute Frau Schönhäuser ihn erwartungsvoll an. Savigny hingegen war während ihres Monologs unruhig von einem auf das andere Bein getreten und fuhr sich gehetzt mit der Hand durch die Haare, was weniger an der aufkommenden Befürchtung lag, dass er seinen Jahresurlaub opfern müsse, um irgendwo an einem verlassenen Ort in der Erde rumzubuddeln, als vielmehr an der Tatsache, dass sich Frau Castede in der Zwischenzeit von einer Gruppe zur nächsten vorgearbeitet hatte und immer wieder versuchte, seinen Blick aufzunehmen und einen neuen Kampf einzuläuten. Gleich hätte sie das Ende des Raums erreicht und stand sie erst einmal neben ihm, würde es ihm sicher nicht mehr so leicht gelingen, sich aus ihren Fängen zu befreien.

„Geht es ihnen nicht gut?“, erkundigte sich nun Frau Schönhäuser, die besorgt in sein inzwischen totenblasses und mit Schweiß überzogenes Gesicht schaute.

„Ich weiß nicht genau. Mir geht es wirklich nicht besonders. Mir ist plötzlich etwas übel und ich fühle mich schwindelig!“, entgegnete Savigny, der sich wirklich in diesem Moment krank fühlte.

„Legen sie sich doch in eines unserer Gästezimmer! Ich bringe ihnen gleich ein Glas Wasser!“, schlug Frau Schönhäuser fürsorglich vor, die hoffte, dass die plötzliche Übelkeit ihres Gastes nicht von ihrem Essen herrührte.

„Oh nein, das kann ich wirklich nicht in Anspruch nehmen. Ich mache mich am besten auf den Weg nach Hause und lege mich dann gleich hin!“

„Das macht uns wirklich keine Umstände!“, fuhr Frau Schönhäuser hastig fort, bemerkte aber, dass Savigny ihre Gastfreundschaft auf keinen Fall in Anspruch nehmen wollte.

„Dann bringe ich sie noch zur Tür!“ Und schon folgte sie ihm, der sich soeben an der erstaunten Monique Castede vorbeigedrückt hatte, die ihre Gruppe mittlerweile erreicht hatte und sich jetzt neugierig an Frau Schönhäuser wandte.

“ Herr Savigny möchte schon gehen?“

„Ja, ihm ist ganz plötzlich übel geworden. Ich hoffe, es geht ihm bald wieder besser!“, erwiderte Frau Schönhäuser leicht niedergeschlagen und eilte Savigny hinterher, der bereits die Eingangshalle erreicht hatte.

„Zu schade ...“, stellte Monique Castede lächelnd fest und vertiefte sich daraufhin in ein Gespräch mit Melanie Schönhäuser.

Wieder hatte im so ein Miststück den Abend verdorben! Er hatte noch nicht einmal die Möglichkeit gehabt, mit dem Professor persönlich zu sprechen, weil es diese kampflustige Henne es auf ihn abgesehen hatte. Wütend und voller Verachtung vor Monique Castede fuhr er zurück zu seinem Appartement. Das durfte alles nicht wahr sein. Ein bisschen ärgerte er sich auch über sich selbst, dass er widerstandslos das Feld geräumt hatte, aber sein übriger Zorn, und der war inzwischen ins Unendliche gestiegen, galt dieser zudringlichen und unverschämten Staatsanwältin. Was fiel ihr überhaupt ein, sich so in sein Privatleben zu mischen und ihn so bloß zu stellen? Er war ein toller Mann und dazu noch ein ausgesprochen Erfolgreicher. Wenn er wollte, könnte er so manche Frau haben. Er musste sich sicher nicht vor so einem vorlauten Miststück rechtfertigen! Savigny steigerte sich so sehr in seine Wut, dass er gar nicht die Ampel bemerkte, die bereits seit einigen Sekunden auf Rot umgesprungen war. Erst als die Scheinwerfer des anderen Fahrzeugs in ins Gesicht blendeten und ihm ein lautes bedrohliches Hupen entgegenschallte, riss er das Lenkrad herum und blieb auf dem Seitenstreifen stehen. Jetzt hätte er auch beinahe noch einen Unfall ihretwegen gebaut. Er schlug mit der Faust gegen das Lenkrad und stellte sich vor, dass es der vorlaute Mund dieser Staatsanwältin war, die sie mit ihren grünen Augen verdutzt ansah. Aber auch diese Vorstellung konnte seinen Hass nicht bändigen. Auf dem Beifahrersitz lag die Tageszeitung, die er heute Morgen am Bahnhof besorgt hatte. Unentschlossen begann er diese durchzublättern, bis er auf die Seite mit den eindeutigen Anzeigen gelangte. Von blond, über braun, bis hin zu rothaarig, vollbusig oder knabenhaft, devot oder dominant; in den erdenklichsten Kombinationen gab es hier Angebote verschiedener Liebesdienste. Minutenlang ging er Annonce für Annonce durch, konnte sich aber einfach nicht entscheiden. Plötzlich fiel sein Blick auf eine Anzeige, die sich fast am Ende der Seite befand und sein Gesicht hellte sich blitzartig auf, er war fündig geworden. Laut und fast schon poetisch, so als würde er ein Gedicht vortragen, las er die kleine Anzeige.

Monique, 35
Erfahren, reif und bereit, dir jeden Wunsch zu erfüllen.
Ich erwarte dich ...

So ein Pech für Monique, grinste Savigny, während er die angegebene Nummer wählte.
„Ja, bitte?", raunte bereits nach wenigen Sekunden eine tiefe Frauenstimme in den Hörer. Savigny, der sich plötzlich nicht mehr ganz so selbstbewusst fühlte, schwieg für einen kurzen Moment.
„Hallo?", sprach die Frau am anderen Ende wieder und zog das Wort dabei verführerisch in die Länge.

„Ja, hallo. Ich würde ...Ich würde gerne einen Termin vereinbaren!“, haspelte Savigny, der sich über seine eigene Unsicherheit ärgerte, schließlich war es nur eine kleine Nutte, mit der er sprach.
„Soso, einen Termin ...“, erwiderte die Frau amüsiert „Wann passt es ihnen denn?“
„Am besten jetzt gleich! Wenn das kein Problem für sie ist!“, bestimmte er und wollte das Gespräch so schnell es ging hinter sich bringen.
„Ja eigentlich habe ich so kurzfristig keine *Termine*. Aber es ist gerade ein Kunde abgesprungen, sodass ich jetzt Zeit hätte ...“
„Welche Adresse?“ Savigny war mittlerweile ungeduldig, denn auf lange Diskussionen mit einer Prostituierten hatte er sicher keine Lust. Ohne weitere Umschweife gab die Frau ihm eine Privatadresse durch und er stellte bei Eingabe in sein Navigationssystem erleichtert fest, dass sich diese in einem Vorort befand und dazu noch in einem ziemlich verrufenen, sodass er nicht Gefahr lief, einem bekannten Gesicht zu begegnen. Ohne eine Verabschiedung legte er auf und brauste los.

Ihm war wenig später, nachdem er in der Plattensiedlung vor einem der unzähligen Hochhäuser geparkt hatte und fluchend die vielen Treppenstufen durch ein mit Graffiti verschmiertes Treppenhaus hinausgestiegen war, die Enttäuschung ins Gesicht geschrieben, als die Frau die Tür zu ihrem Appartement öffnete, auf die eher die Bezeichnung Behausung passte. Sie hatte keinerlei Ähnlichkeit mit Monique Castede. Und obwohl er nicht bewusst drüber nachgedacht hatte, merkte er, dass er die Hoffnung gehegt hatte, vor ihm werde ein Verschnitt der dominanten Staatsanwältin stehen. Vielleicht weil man manchmal fälschlicherweise davon ausging, dass Menschen, die den gleichen Namen trugen, auch zwangsläufig Ähnlichkeit aufweisen mussten. Außer, dass beide Moniques ungefähr die gleiche Körpergröße hatten, erinnerte die Frau, die sich jetzt lässig in den Türrahmen lehnte und ihre Hüfte zur Seite streckte, überhaupt nicht an die verhasste Staatsanwältin. Im Gegensatz zu ihr trug die Prostituierte kurzes pechschwarzes Haar, das sie mithilfe einer strassbesetzten Spange zurückgeklemmt hatte, was das runde, sehr kantige Gesicht freilegte und ihre breite fleischige Nase unvorteilhaft zur Geltung brachte. Ihre Augen umrankten breite Krähenfüße und auch ihre sonstige Haut hatte schon einmal straffere Tage erlebt. Das Einzige, was Savigny einigermaßen passabel fand und den Grund darstellte, nicht einfach wieder umzukehren, war ihre doch sehr schlanke und ansehnlich Figur. Sie hatte einen rundgeformten Busen, einen straffen Bauch und auch ihre Beine, die in schwarzen Strapsen und hohen Stiefeln steckten, machten einen passablen Eindruck.

„Wollen sie nicht reinkommen? Oder wollen sie im Flur fest wachsen?“, scherzte die Prostituierte, die ihren Witz so gut zu finden schien, dass ihr lautes kräftiges Lachen durch den Flur hallte und schließlich in einem röchelnden Husten endete. Savigny drängte sich durch die Tür und bemerkte anhand des fast unerträglichen Nikotingeruchs, warum die Frau wie ein Pferd mit Erkältung klang.

„Hier entlang!“, befahl ihm die Frau, die von der teuren Kleidung und dem gepflegten Äußeren ihres Freiers begeistert zu sein schien. Wahrscheinlich steigen hier nur die letzten Proleten ab, schoss es Savigny beim Bemerken ihres gierigen Blicks durch den Kopf und er folgte ihr leicht angewidert in ein kleines, nur mit einem einzigen Fenster versehendes Zimmer, indem es glücklicherweise angenehm nach Vanille duftete und der einzige Raum zu sein schien, indem sie auf das Rauchen verzichtete. Außer einem großen Bett, das mit rotem Satin bezogen war, einer gleichfarbigen Stehlampe und einem kleinen Nachtisch, auf dem ein Sortiment von Dildos, Gleitcreme und diverse Sexspielzeuge aufgereiht waren, befand sich nichts in dem Raum.

Wie ein Aal ließ sich Monique, oder wie sie auch immer heißen mochte, auf das Bett gleiten, spreizte ihre Beine und fuhr sich mit ihren Fingern über ihre rot geschminkten Lippen.
„Magst du es dir nicht ein bisschen gemütlich machen? Ach, ich nehme übrigens 100 Euro die Stunde. Leg es mir einfach aufs Schränkchen, Schätzchen!“, flüsterte sie und fuhr mit ihrem Fuß über seinen Unterschenkel. Savigny kramte das Geld hervor und begann sich langsam auszuziehen. Je mehr Kleidungsstücke er ablegte, desto schmutziger und ordinärer feuerte sie ihn dabei an. Nackt setzte er sich neben sie auf die Bettkante und spürte, wie sich ihre Schenkel um seinen Bauch schlangen und sie mit der Hand etwas vom Nachtisch fischte.
„Magst du etwas ausprobieren? Was gefällt dir denn, Schätzchen?“, fispelte sie ihm ins Ohr und er fühlte sich zwangsläufig wie in einem billigen Softporno, in dem er bedauerlicherweise die Hauptrolle spielte. Die Frau zog wahrscheinlich zehnmal am Tag diese Nummer ab, jede Bewegung, jeder offensichtlich einstudierte Satz von ihr machten ihn nur noch aggressiver.
„Halt einfach dein dummes Maul, du Miststück!“, zischte Savigny und warf sie zurück aufs Bett.
„Oh, du magst es wohl auf die harte Tour!“, antwortete Monique spielend erregt und schlang ihren Arm um seinen Hals.
„Ich werde dir zeigen, wie ich es mag, Monique!“, erwiderte er wütend, denn die kleine Nutte schien ihn nicht für voll zu nehmen. Er griff mit der Hand um ihr Handgelenk und drehte ihren Arm um 90 Grad.
Grad, sodass sie laut aufschrie.
„Aua! ...Nicht ganz so heftig!“, forderte sie ihn verärgert auf, während ihr die Situation und sein grobes Verhalten langsam unheimlich vorkam.
„Ich sage hier, was Sache ist und du hältst einfach dein verlogenes dreckiges Maul!“, schrie er, presste mit einem heftigen Ruck ihre Beine auseinander und drang gewaltsam in sie ein. Nach wenigen Minuten

war er fertig und blickte in das von Tränen verschmierte Gesicht. Statt Befriedigung war es immer noch rasende Wut, was er empfand. Das hatte sie davon, wenn sie ihn nicht ernst nahm.
„Gehen sie! Verschwinden sie, sie Bastard!“, fauchte Monique und versuchte sich von dem schweren Körper, der auf ihr lag, zu befreien. Blitzschnell und ohne, dass sie auch nur die Chance gehabt hätte, auszuweichen, knallte seine geballte Faust auf ihren geöffneten Mund und brach die Spitze des Schneidezahns ab, der blutbeschmiert auf die Bettdecke fiel. Bestürzt starrte die Frau auf das viele Blut, was aus ihrem Mund auf die Bettdecke tropfte.
„Ich hatte gesagt du sollst einfach deinen dummen Mund halten, das kann doch nicht so schwer sein!“ Er schien jetzt völlig beflügelt von dem Blutrausch und die Macht, die er in diesem Moment über die Frau hatte, ließen ihn langsam zur Ruhe kommen. Er packte mit der Hand in ihr kurzes Haar, zehrte sie vom Bett und knallte ihren Kopf mit einem kräftigen Ruck auf den kleinen Nachtisch. Frisches Blut spritzte auf den Tisch und verteilte sich in einem wilden Muster an die Wand, rann über die gesamte Fläche des Tisches und durchtränkte selbst die Sexutensilien, die durch den Aufprall auf dem Boden verteilt hatten.
Die Prostituierte lag mit ihrem Kopf leblos auf dem kleinen Tisch, und bevor sie von alleine zur Seite fiel, gab Savigny ihr einen Tritt mit der Fußsohle, sodass sie auf ihre Schulter prallte und auf dem Rücken neben dem Bett liegen blieb. Aus der Wunde an ihrer Stirn schoss bedrohlich viel Blut, das sich in einer großen Lache auf dem Teppich verteilte. Von ihrem Kopf war, außer einer roten unbestimmbaren Masse nicht mehr viel zu erkennen. Während er sich wieder anzog und ärgerte, dass etliche Blutspritzer sein weißes Hemd ruiniert hatten, fragte er sich, ob er sie vielleicht etwas zu hart rangenommen hatte, denn die Frau lag immer noch bewusstlos auf dem Rücken und gab kein Lebenszeichen von sich. Unschlüssig blieb er eine Weile auf dem Bett sitzen, und kurz bevor ihm das Warten zu viel wurde, hörte er ein

leises Röcheln, dass irgendwie wie ein verstopfter Abfluss klang, durch den langsam wieder Wasser rann. Er seufzte erleichtert.
Ohne noch einmal nach der Frau zu sehen, verließ Savigny das Appartement.

14

„Magst du noch ein Brötchen?“, fragte Sophie und nahm sich dabei ein frisch aufgebackenes Sesambrot aus dem Frühstückskorb.
„Nein, danke, ich glaube, ich bin fürs erste satt!“, entgegnete Alexander, der seine Frau verliebt über den Esstisch anblickte, dann jedoch leicht die Stirn runzelte.
„Was ist eigentlich mit deiner Mutter? Hast du inzwischen mit ihr geredet? Wie geht es ihr denn, ich habe das Gefühl, sie zieht sich mehr und mehr zurück.“
Sophie ließ die Gabel sinken und seufzte.
„Ja du hast Recht. Sie isoliert sich immer mehr und jedes Mal, wenn ich mit ihr telefonierte, scheint sie noch ängstlicher und verschreckter zu sein. Sie ist der festen Überzeugung, dass ein Fremder bei ihr ein und aus geht und Dinge aus meinem alten Kinderzimmer entwendet ...“
„Hat denn die Polizei derweil Spuren oder sonst irgendetwas finden können, was ihre Vermutung bestätigen konnte?“, wollte Alexander wissen, der sich jetzt doch noch ein weiteres Brötchen aufschnitt.
„Nein, das ist es ja. Ich hatte gestern Abend mit dem Kommissar gesprochen, der auch das letzte Mal die Untersuchung vorgenommen

hatte und sie haben auch dieses Mal keinerlei Spuren entdecken können. Ich habe auch das Gefühl, dass er mittlerweile etwas, ja genervt von der Sache zu sein scheint, denn er hält es nicht für nötig, das Haus nach fremden Fingerabdrücken oder DNA- Spuren zu untersuchen."

Sophie strich sich nachdenklich Butter auf eine Brötchenhälfte.

„Was denkst du denn, meinst du Marie bildet sich das alles nur ein oder geistert tatsächlich jemand in ihrem Haus herum? Ich frage mich nur, wie er ins Haus gelangt. Außer uns und sie hat doch niemand einen Schlüssel und ihr Haus wurde doch gerade sicherheitstechnisch generalüberholt ...", spekulierte Alexander.

„Das ist es auch, was mich zweifeln lässt. Vielleicht ist sie einfach so überlastet und verwirrt, dass sie zu oft in der Vergangenheit schwelgt und sich einbildet, dass Gegenstände verschwinden ..."

„Ich hatte Dr. Hansen das letzte Mal um Rat gefragt und ihm die Geschichte geschildert. Er ist der Meinung, dass Marie vielleicht auch an Depressionen leiden könnte. Der Verlust ihres Ehemannes, mein Unfall, das ständige Alleinsein, das kann wirklich an die Psyche gehen."

Sophie quälte bei den Worten das schlechte Gewissen.

„Ich weiß, aber was sollen wir tun? Sie will partout nicht aus dem Haus ausziehen, geschweige denn unsere Hilfe annehmen. Bis vor ein paar Wochen machte sie auch immer einen ausgeglichenen lebensfrohen Eindruck und ich glaube, Mama ist niemand, der schlecht allein sein kann"

„Na ja Sophie, wer ist schon gerne allein? Vielleicht brauchte es seine Zeit, damit es ausbricht und jetzt ist sie mit ihren Nerven völlig am Ende. Dr. Hansen hatte vorgeschlagen, sie doch einmal zur Kur zu schicken. Dort sind qualifizierte Ärzte, die sich um sie kümmern und der Ortswechsel tut ihr sicher auch gut!", berichtete Alexander, der sich ernsthaft Sorgen zu machen schien.

„Ja, ich halte das auch für eine gute Idee. Ich würde mich auch gerne um sie kümmern. Nur wie soll ich das, ich kann unmöglich wieder so lange ausfallen ...“
„Nein, wir können das nicht leisten, Schatz. Der Arzt hatte mir von einer wunderschönen Klinik an der Nordsee erzählt, die einen ausgezeichneten Ruf besitzt und die er persönlich kennt ...“
„Die Nordsee? Das ist aber schon weit, Alexander. Wir könnten sie dann gar nicht so oft besuchen. Meinst du, es gibt keine Klinik bei uns in der Nähe!“, schlug Sophie vor, der der Gedanke ihre Mutter könnte sich am anderen Ende des Landes aufhalten, missfiel.
„Bei einer anderen Klinik wären wir uns aber nicht sicher, ob Marie wirklich die bestmöglichste Betreuung bekommt. Dr. Hansen kennt die Ärzte in der Klinik persönlich und hat mir versichert, dass er sich darum kümmern werde, dass alles zu ihrer Zufriedenheit ablaufen werde.“
Sophie überlegte und kam nach kurzer Zeit auch zu dem Schluss, dass die Betreuung ihrer Mutter an erster Stelle stand, auch wenn ihr die weite Entfernung nicht gefiel.
„Nun gut, ich werde noch einmal versuchen, mit ihr zu reden. Vielleicht kannst du heute Dr. Hansen um ein paar Unterlagen zu dieser Klinik bitten“, antwortete Sophie und erhob sich dabei vom Tisch, da es an der Tür geklingelt hatte.
„Hallo Martin, na, wie geht’s dir?“, begrüßte sie den Pfleger und nahm ihren Mantel von der Garderobe.
„Ach danke, mir geht es gut. Bin ich zu spät?“, wunderte sich Martin, der meistens erst eintraf, wenn Sophie bereits in der Kanzlei war.
„Nein, nein. Ich gehe heute später zur Arbeit, weil ich noch etwas Dringendes mit meinem Mann besprechen musste!“
„Ach so ...“, erwiderte Martin, der jetzt etwas unbeholfen seine Jacke über die Garderobe klemmte und unschlüssig im Flur stehen blieb.

„Dann wünsche ich euch einen schönen Tag!", rief Sophie bei der Verabschiedung und machte sich auf.

Dieses Mal waren es weiße Lilien, die erhaben auf ihrem Schreibtisch thronten und ihre Köpfe, der durch das Fenster fallenden Morgensonne entgegen streckten. Obwohl Herr Stern sich die letzten Tage mit seinen Annäherungsversuchen zurückgehalten hatte und sich die Telefonate, die sie mit ihrem missliebigen Mandanten geführt hatten, ausschließlich um geschäftliche Dinge gedreht hatten, hatte er bedauerlicherweise noch nicht davon abgesehen, den wöchentlichen Blumengruß zu unterlassen. Zum ersten Mal erwog Sophie den Strauß in ihrem Büro stehen zu lassen, denn die Blüten waren eine ihrer Lieblingsblumen, entschied sich dann aber dagegen. Wie jede Woche überreichte sie den Strauß Frau Grünling, damit diese den Tresen verschönern konnte, was sie auch bereitwillig und kommentarlos ausführte. Aus diesem Grund machte Sophie auch gleich wieder kehrt, um in ihr Büro zurückzukehren, stockte dann jedoch, weil Frau offensichtlich ein Gespräch mit ihr suchte.

„In der Kanzlei tuscheln sie schon, sie hätten eine Affäre, Frau Sommer. Nicht, dass mich das etwas anginge, aber vielleicht interessiert sie das ja" Sophie konnte sich ein spöttisches Lächeln nicht verkneifen, denn es waren ganz sicher nicht ihre Kollegen, die dieses Gerücht zu schüren versuchten, sondern allein Frau Grünling, die ihre Neugierde nicht zügeln konnte. Auch Dr. Kroll, der gerade den Kopierer hinter dem Empfang bediente und als Fachanwalt für Insolvenzrecht in der Kanzlei tätig war, warf Sophie einen bedauernden und solidarischen Blick zu und verdrehte dabei die Augen, um Sophie zu signalisieren, dass er von der Tratschlust der Sekretärin auch reichlich genervt war.

„Bei ihrer Hilfsbereitschaft Frau Grünling haben sie doch sicher das Gerücht gleich aus der Welt geschafft, oder nicht? Sie wissen ja, dass ich eine glückliche Ehe führe.“

Gekränkt von der offensichtlichen Ironie, über die sich Sophie über sie lustig machte, fuhr sie gereizt fort.

„Ihr Privatleben geht mich doch nichts an ... obwohl ich es auch etwas komisch finde, dass sie jede Woche einen riesigen Blumenstrauß bekommen!“

„Na ja, dafür, dass sie mein Privatleben nichts angeht, interessieren sie sich aber ziemlich genau dafür!“, stellte Sophie belustigt fest.

„Die Sprüche finde ich wirklich sehr anzüglich. Ich weiß nicht, welcher vernünftige Mann einer verheirateten Frau solche Karten schreibt. Und dann die Blumen, die sind ja auch nicht ganz billig ...“

Obwohl sich Sophie sicher war, dass Frau Grünling die Karten, die jedes Mal in dem Strauß steckten und mit eindeutigen Komplimenten versehen waren, vor ihrem Eintreffen las, war sie doch überrascht, dass die Sekretärin dies so scheinbar selbstverständlich zugab. Da ihr das Gespräch jetzt zunehmend an ihren Nerven nagte, beschloss sie nicht weiter darauf einzugehen.

„Das stimmt natürlich, die Blumen kosten sicher ein kleines Vermögen. Am besten sie stellen sie jetzt schnell ins Wasser. Wäre doch wirklich schade, wenn sie eingehen würden ...“ Dabei drehte sich Sophie um und ließ die mürrische und enttäuschte Frau zurück, die jetzt die Blumen in eine Vase stopfte und leise über ihren Misserfolg fluchte.

Wenige Minuten später betrat Savigny ihr Büro und setzte sich unaufgefordert an ihren Schreibtisch.

„Was kann ich für sie tun?“, fragte Sophie, die jetzt von einer Akte aufsah.

„Sie können sich sicher denken, warum ich hier bin!“

Lässig lehnte er sich im Sessel zurück und Sophie fiel auf, dass er heute ausgesprochen gute Laune zu haben schien.

„Ich hoffe, sie haben eine Lösung wegen Magnus Stern gefunden? Wer von den Kollegen übernimmt denn das Mandat?“ Aufmerksam musterte Sophie ihren Vorgesetzten, denn je früher sie ihn abgeben konnte, desto erleichterter war sie.

„Na, na so schnell geht es auch nicht, Frau Sommer. Ich habe mir die Unterlagen noch mal durchgesehen. Die laufenden Verkäufe mit den notariellen Bekundungen sind, so wie ich das einschätze, bis zum Frühjahr auch alle in trockenen Tüchern, dann werde ich das Mandat wieder persönlich übernehmen. Aber früher ist ein Wechsel nicht möglich.“

„Mmm, erst im Frühjahr, ich hatte gehofft, es ließe sich schon früher realisieren.“ Unzufrieden klopfte Sophie mit einem Bleistift auf den Schreibtisch.

„Aber anders geht es nicht, Frau Sommer. Wir machen es so oder gar nicht. Sie können sich es ja noch überlegen und mir dann Bescheid geben.“ Dabei hatte sich Savigny wieder vom Sessel erhoben, um zurück an seinen Arbeitsplatz zu kehren.

„Nein, da brauche ich nicht zu überlegen. So machen wir das. Bis Frühjahr werde ich versuchen, alle Verträge so weit es möglich ist abzuwickeln und dann gebe ich das Mandat an sie ab. Savigny nickte bloß und verließ ihr Büro. Obgleich er, wie es seine Art war, sehr herrisch und kompromisslos verhandelt hatte, war Sophie sehr verwundert, dass er überhaupt so schnell zu einer Lösung gekommen war. Sie hatte fest damit gerechnet, ihn Woche für Woche an sein Versprechen erinnern zu müssen und war trotz seines harten Tons erleichtert, dass eine Lösung des Problems in greifbare Nähe gerückt war.

15

Um 21.20 Uhr Ortszeit tauchten die Lichter der kleinen Hafenstadt Korfu unter dem riesigen Flugzeug auf, das sich bereits im Landeanflug auf den dortigen Flughafen befand. Wenige Minuten später setzte die Maschine sicher auf einer der beiden Landeflächen auf, was die Passagiere mit lautem Applaus belohnten. Johanna ergriff erleichtert Maximilians Hand, denn sie war heilfroh, dass sie sicher auf der gleichnamigen griechischen Insel angekommen waren. Maximilian umschloss ihre Hände und wunderte sich, dass diese eisig waren, von ihrer Flugangst hatte er nämlich keine Ahnung.

„Alles in Ordnung mit dir, Hanna? Du siehst etwas blass aus!", wandte er sich jetzt besorgt seiner immer noch sehr angespannt wirkenden Freundin zu.

„Ja, ja Max, mit mir ist alles in Ordnung. Ich freue mich nur riesig auf ein paar ruhige Tage mit dir und bin einfach fürchterlich aufgeregt!", erklärte sich Johanna, während sie ihr Handgepäck aus den oberen Ablagen herunter holten.

„Ich freue, mich auch. Ich hoffe, die kleine Finka meiner Eltern wird dir gefallen!" Er konnte es wirklich kaum erwarten, ein verlängertes Wochenende mit Johanna zu verbringen. Insgeheim war sein größter Wunsch, dass sie sich endlich für ihn öffnen würde, denn obwohl sie sich ausgezeichnet verstanden und völlig vernarrt ineinander waren, waren Intimitäten oder gar Sex noch immer ein unausgesprochenes Tabu zwischen ihnen. Maximilian war inzwischen der festen Ansicht, dass irgendein traumatisches Erlebnis hinter ihrer Angst vor Zärtlichkeiten stecken musste und hoffte, wenn sie viel Zeit miteinander verbringen und sie Vertrauen zu ihm fassen werde, er hinter dieses Geheimnis kommen würde.

„Natürlich wird sie mir gefallen!", erwiderte Johanna bestätigend und sie verließen Hand in Hand das Flugzeug. Nachdem sie ihr gesamtes Gepäck eingesammelt hatten, telefonierte Maximilian mit einem befreundeten Ehepaar seiner Eltern, die seit 15 Jahren auf der Insel lebten und die dem Paar ein Mietwagen besorgen wollten. Kurze Zeit später wurden sie durch lautes Hupen gebührend empfangen, dem sich eine herzliche Umarmung der beiden Auswanderer anschloss. Auch Johanna wurde in dieser innigen Weise begrüßt und sie schloss das junggebliebene Ehepaar, was sich nur als Anne und Roland vorstellte, sofort in ihr Herz. Wie zwei fröhliche Hippies, die gerade eine Zeitreise hinter sich hatten, standen die beiden nun vor ihnen und Johanna hatte den Eindruck, sie waren etwas enttäuscht, dass sie ihnen nur die Schlüssel für den Mietwagen überreichen durften, denn wenn sich Johanna in einer Sache sicher war, dann, dass das Ehepaar gerne den Abend mit den Neuankömmlingen verbracht hätte. Auch Maximilian entging deren freudige Erwartung nicht, ihm war es jedoch wichtiger jede freie Minute allein mit Johanna zu verbringen, und so nahm er es schweren Herzens in Kauf, seinen Freunden vor den Kopf zu stoßen.
„Wir würden mit euch gerne noch etwas unternehmen, aber Hanna und ich sind schrecklich müde, wir mussten heute beide noch arbeiten und sind einfach froh, wenn wir endlich da sind!", entschuldigte Maximilian während er die Schlüssel für den Mietwagen in Empfang nahm. Natürlich waren die beiden enttäuscht, hatten aber bei dem Anblick der beiden wirklich sehr erschöpft aussehenden Gestalten ein Nachsehen.
„Da sind wir jetzt aber traurig, Max. Da kommst du einmal in zehn Jahren hierher und wir haben trotzdem nichts von euch. Dann fahrt bitte vorsichtig, du weißt ja, der Weg durch die Berge ist nicht ganz ungefährlich! Und bevor ihr wieder abreist, sehen wir uns aber noch mal, versprochen?", wandte sich die Frau in den quietschbunten Klamotten jetzt an Johanna, da sie von einer Frau mehr Solidarität zu erwarten schien.

„Natürlich sehen wir uns noch mal! Wir sind heute nur einfach furchtbar müde!",versuchte Maximilian schnell wieder gut zu machen und beschloss dabei, am letzten Tag doch noch bei dem freundlichen Paar vorbeizufahren.
„Wir können ja alle zusammen zu Mittag essen, morgen oder übermorgen. Das wäre doch wirklich schön!", schlug nun Johanna vor, denn sie fand die beiden sehr sympathisch.
„Oh ja, wie wunderbar! Jetzt macht euch aber auf den Weg! Je schneller ihr in eurem müden Zustand ankommt, desto besser!" Antworte Anne begeistert und es folgte wieder eine überschwängliche Verabschiedung.

„Magst du die beiden nicht? Also, ich finde sie wirklich sehr nett", forschte Johanna nach, nachdem sie endlich in dem kleinen Fiat saßen und über die Straße fuhren, die stadtauswärts führte.
„Doch natürlich mag ich die beiden! Wie kommst du auf die Idee? Ich bin nur wirklich sehr müde, Hanna." Johanna blickte ihren Freund an und nahm zum ersten Mal die dunklen Augenringe wahr, die sich in den letzten Stunden unter seinen Augen gebildet hatten. Liebevoll strich sie ihm über den Unterarm.
„Soll ich nicht fahren? Ich fühle mich noch einigermaßen fit", fragte sie Maximilian, der jedoch entschlossen den Kopf schüttelte.
„Nein, vielen Dank, das geht schon noch. Außerdem kennst du den Weg nicht, und wie Anne ja bereits schon erwähnt hat, der Weg über die Berge ist wirklich nicht zu unterschätzen!"
„O.K. Aber dann unterhalten wir uns die ganze Zeit, nicht, dass du am Steuer einschläfst!", orderte Johanna, was im Grunde eigentlich überflüssig war, denn wenn die beiden zusammen waren, gab es nur wenige Momente, in denen sie sich nichts zu sagen hatten.
Wie erwartet ging der Fahrt über die Serpentinen nur schleppend voran. Aufgrund der bereits eingesetzten Dunkelheit und der schlechten

Begrenzung kamen sie manches Mal sogar zum Stehen und erreichten erst nach einer gefühlten Ewigkeit das kleine Tal des Pantokrátor, dem höchsten Berg Korfus, in dem sich das kleine Städtchen Paleokastrítsda befand. Über einen langen sandigen Feldweg gelangten sie schließlich an ihr Ziel, der kleinen aus Sandstein erbauten Finka, von der in der Nacht allerdings nur die Umrisse zu erkennen waren.

„Endlich!“, stöhnte Maximilian erleichtert und schloss ohne das Gepäck mitzunehmen das kleine Haus auf. Mit Erleichterung stellte er fest, dass das Licht einwandfrei funktionierte, denn es war schon mehrmals vorgekommen, dass seine Eltern anreisten und die Elektrizität aufgrund der gelegentlich auftretenden starken Winde ausgefallen war.

„Oh wie gemütlich!“, bewunderte Johanna das Innere des Gebäudes. Wie es in Griechenland typisch war, bestanden die meisten Möbel aus Holz. Die Gardinen, ein kleiner Teppich und die Bezüge für das runde Sofa waren alle in landestypischen Stoffen hergestellt und in der Ecke befand sich ein kleiner Kamin, vor dem ein Haufen Holzschneide aufgetürmt war. Eine urige Kochnische mit einem im Verhältnis zum Raum sehr großzügig ausgefallenen Esstisch rundete das Bild ab und legte gleichzeitig offen, wo sich der Mittelpunkt des täglichen Geschehens abspielte. Johanna erinnerte sich, dass Maximilian ihr erzählt hatte, dass seine Eltern oft Freunde oder Bekannte aus dem Ort zum Essen einluden und sie bis zum frühen Morgen guten griechischen Wein tranken und so manche Freundschaft hier entstanden war. Aus diesem Grund hatten seine Eltern auch wenig Bedenken, die Finka manchmal Monate zurückzulassen, denn hatte man einmal eine Freundschaft mit einem Griechen schließen dürfen, wachten diese über das kleine Grundstück der Deutschen, wie über ihr eigenes.

Links des Eingangs führte eine Tür über, die der ein eisernes Kruzifix wachte in das Schlafzimmer, rechts gelangte man in das Badezimmer, was ebenfalls durch eine kleine Tür vom Hauptraum abgetrennt war.

Obwohl hier seit Wochen niemand gewesen war, fühlte sich Johanna sofort wohl und der Raum strahlte eine unheimliche Wärme und Behaglichkeit aus.
Maximilian schlang seinen Arm um ihre Schultern.
„Ich hoffe, es gefällt dir? Es ist nicht besonders groß, aber meine Eltern sind ja meistens alleine hier ..."
„Das finde ich gerade so schön!", erwiderte Sophie und legte ihre Jacke, die sie sich wegen der angenehmen Temperaturen ausgezogen hatte, auf eine Seite des Doppelbettes.
„Ich hole schnell das Gepäck!" beschloss Maximilian, denn plötzlich herrschte im Zimmer eine verlegene Stille, die, ohne dass sie es aussprechen mussten, von der Tatsache herrührte, dass beim Anblick des schmalen Ehebettes sich beide zum ersten Mal Gedanken machten, wo sie die Nacht verbringen werden, denn obwohl Maximilian schon mehrmals bei Johanna übernachtet hatte, hatte er sich sein Bettlager stets im Wohnzimmer auf der großen Couch hergerichtet. Und so stellte er auch jetzt sein Gepäck neben das Sofa und begann eine Wolldecke, die er in einem der Wandschränke entdeckt hatte, auf der Liegefläche auszubreiten.
„Das Sofa ist viel zu schmal für dich. Komm doch rüber, in dem Bett ist doch genug Platz." Johanna hatte sich bereits umgezogen und trug ein bis zu den Knöcheln reichendes seidenes Negligé. Ihre braunen langen Haare hatte sie locker hochgesteckt und Maximilian entdeckte in ihrem Gesicht eine leichte von der Müdigkeit aufkeimende Blässe.
Er nickte lächelnd und ging hinüber ins Bad. Wenig später schlüpfte er mit einer Boxershort bekleidet unter die Decke. Er überlegte kurz, ob er den Arm um Johanna legen sollte, die bereits die Augen geschlossen hatte und gleichmäßig atmete, drehte sich dann jedoch zur anderen Seite. Dass sie bereit war, ihn so nah an sich ranzulassen, dass er mit ihr ein Bett teilen durfte, war bereits ein wichtiger Schritt und er wollte dies um keinen Preis kaputtmachen. Erschöpft schloss er die Augen und

genoss den flüchtigen Duft, der ihm von Johannas Körper entgegenströmte.
„Schlaf schön, Max. Ich freu mich auf morgen“, hörte sein Unterbewusstsein ihre Stimme, bevor der Schaf ihn überwältigte, so schnell, dass er nicht bemerkte, dass Johanna sich umgedreht und ihren Kopf an seinen Rücken geschmiegt hatte.

Bereits um sieben Uhr war Johanna am nächsten Morgen wach, schob die Decke von ihren Beinen und setzte sich in dem winzigen hölzernen Bett auf. Sie hatten am Vorabend die Vorhänge im Schlafzimmer nicht zugezogen und die warmen Sonnenstrahlen, die ins Zimmer drangen und schließlich in ihrem Gesicht haften blieben, hatten sie behutsam aus ihren Träumen gerissen. Maximilian schien noch zu schlafen und so schlich sie sich lautlos hinüber ins Wohnzimmer. Am Vorabend war ihr gar nicht aufgefallen, dass sich am Ende des Raumes der Ausgang zu der Terrasse befand. Begeistert stand sie nun auf dem terracottafarbenden Steinboden und blickte in einen Hain von unzähligen Olivenbäumen.
„Ein Bauer in der Nachbarschaft erntet jedes Jahr hier die Oliven für meine Eltern und stellt frisches Öl her, was meine Eltern dann unseren Freunden in Deutschland mitbringen. Das Einzige, was meine Eltern dafür erbringen müssen, ist kiloweise Marzipan. Der alte Bauer ist verrückt nach dieser süßen Masse und ist der festen Überzeugung, dass kein anderes Land in der Lage ist, so gutes Marzipan herzustellen. Tja, hier lebt man tatsächlich noch vom Tauschhandel!“, scherzte Maximilian, der Johanna nach kurzer Suche auf der Terrasse entdeckt hatte.
„Ich wusste gar nicht, dass Korfu so fruchtbar ist. Die meisten griechischen Inseln sind doch ziemlich trocken und felsig ...“, wunderte sich Johanna, die sich insgeheim wünschte, den lustigen Bauern, der so dem deutschen Marzipan verfallen war, persönlich kennenzulernen.

„Im Gegensatz zu den anderen griechischen Inseln regnet es hier in den Wintermonaten ziemlich häufig, sodass der Boden Wasserreserven für die heißen Sommermonate speichern kann und eine wunderbare Vegetation entstehen konnte.“

„Das wusste ich gar nicht, das ist ja interessant ...“, erwiderte Johanna, die langsam zu frieren begann, denn die morgendliche Luft war noch ziemlich frisch.

„Ja, ich glaube es gibt auf der Insel sogar mehr Olivenbäume als Menschen!“, lachte Maximilian, der vorsorglich die Wolldecke aus dem Wohnzimmer geholt hatte.

„Die brauche ich nicht. Ich wollte mich jetzt eh fertigmachen. Mein Magen knurrt nämlich ganz fürchterlich. Wie sieht es bei dir aus?“

„Ich könnte auch ein Frühstück vertragen ...“, entgegnete Maximilian und eine halbe Stunde später standen sie beide angezogen in der Küche und entschlossen beim Betrachten der gähnenden Leere des Kühlschrankes in den kleinen Ort zu fahren, um in der einzigen Gastwirtschaft ihr Frühstück zu sich zu nehmen.

Wenig später verzehrten sie genießerisch das reichhaltige Frühstück, was ihnen die wohlgenährte und sehr liebenswürdige Gastwirtin aufgetischt hatte, denn Maximilian war trotz seiner raren Besuche als einziger Sohn der Deutschen im Ort bekannt.

„Was wollen wir denn heute machen?“, fragte Johanna, nachdem die anhand des ziehenden Magendrucks diagnostizierte hatte, dass sie keinen Bissen mehr zu sich nehmen konnte.

„Ich hatte mich erkundigt und es wird im Ort eine kleine Bootsfahrt zur Nachbarinsel Páxos angeboten, die sehr schön sein soll. Danach können wir uns noch ein bisschen Korfu ansehen und morgen nach Korfu Stadt rein fahren und einen Bummel durch die Altstadt zu machen!“, schlug Maximilian vor und bestellte sich noch einen doppelten Espresso, denn auch ihm schien das gehaltvolle Frühstück zugesetzt zu haben.

„Du hast ja die Tage komplett durchgeplant. Das klingt alles sehr aufregend!“, lachte Johanna erheitert, die den Vorschlag, sich die schönsten Ausflugsziele anzusehen, für ausgezeichnet befand.
Sie beschlossen, ihren Wagen im Dorf stehen zu lassen und die Strecke von etwa einem Kilometer zum Anlegeplatz zu Fuß zurückzulegen. Obwohl es bereits Mitte Oktober war, herrschten immer noch wohlige Temperaturen auf der Insel und die Jacken, die sie vorsichtshalber mitgenommen hatten, konnten sie sich locker um die Hüften binden.
Das Boot, was sie zur Nachbarinsel Páxos bringen sollte, glich eher einer Fähre, auf der bereits einige Touristen, aber auch viele Einheimische eingefunden hatten und ungeduldig auf die letzten Passagiere warteten. Sie fanden einen freien Platz zwischen zwei holländischen älteren Damen, die sich während der gesamten Fahrt unentwegt unterhielten und jeweils mindestens vier Käsebrote verdrückten. Auf der anderen Seite saß ein junger Grieche, von dem sie erfuhren, dass er übers Wochenende immer in einem Restaurant auf der Insel arbeitete und sich so sein Medizinstudium finanzierte. Nach gut zwei Stunden, wo sie außer dem klaren Wasser des Ionischen Meeres und ein paar Fischerbooten nichts zu sehen bekamen, erreichten sie den kleinen Hafen Gáios, der sich zwischen zwei kargen Bergen befand, die die anlegenden Schiffe vor den starken Winden schützten. Über einen relativ schmalen Fahrweg gelangten sie vom Hafen in die kleine Innenstadt, die aus vielen verschlängelten Gassen bestand, vor denen sich Souvenirhändler zusammengefunden hatten und in engen aber durchaus ansprechenden Geschäften typisch griechische Waren angeboten wurden. Da die Saison bereits ihren Ausklang fand, waren Johanna und Maximilian nur mit wenig anderen Touristen auf der Insel und sie konnten in aller Ruhe das kleine Städtchen nach einem passenden Andenken durchstreifen. Maximilian entschied sich schließlich für zwei Flaschen ausgezeichneten und nicht ganz günstigen Rotwein, den ein Weinbauer selbst und in nur geringer Anzahl herstellte, um ihn dann,

vorwiegend an Touristen, verkaufte. Da Maximilian aber ein ausgezeichneter Weinkenner war, erkannte er an dem wunderbar leichten Abgang und dem trotzdem kräftig blumigen Geschmack, dass der Tropfen sein Geld wert war. Johanna hatte sich für ein hölzernes Kruzifix entschieden, auf dem Jesus ihrer Meinung nach besonders ausdrucksstark und nicht ganz so schrecklich leidend dargestellt wurde. Obgleich Johanna ihren Glauben nicht öffentlich auslebte und auch selten eine Kirche betrat, bezeichnete sie sich als überzeugte Katholiken, denn ihre Eltern hatten sie streng nach den christlichen Werten erzogen und Glauben hatte ihrer Meinung nach wenig mit festen Ritualien als viel mehr mit der inneren Einstellung und Lebensweise zu tun.

Nach einem kurzen Fußmarsch durch die Stadt standen sie vor der kleinen Kapelle, die plötzlich inmitten des Labyrinths von Gassen aufgetaucht war und, ohne Maximilian vorzuwarnen, betrat Johanna das Gotteshaus. Bunt mit einer nicht zu leugnenden Liebe zum Detail waren Bilder an die Wand gebracht, die Maria sowie die zwölf Apostel abbildeten und so gut erhalten waren, dass man den Anschein hatte, sie wären erst gestern auf die Wände gemalt worden. Johanna legte Maximilian den Zeigefinger auf die Lippen, der gerade im Begriff war, ihr seine eigene Bewunderung für diese Kunstwerke mitzuteilen, und gab ihm so zu verstehen, dass sie diese einzigartige Aura still und wortlos genießen wollte. Sie ließen sich auf eine der hinteren Bänke. Andächtig, jeder auf seine Art, verließen sie wenig später wieder die Kirche und fanden in einer urigen Taverne direkt am Wasser einen schönen Platz zum Mittagessen, denn die frische Meeresluft hatte inzwischen den Hunger bei den beiden hervorgelockt.

Nachdem sie frischen Fisch und beide ein Glas einheimischen Wein zu sich genommen hatten, machten sie sich auf, die kleine Insel zu erkunden, die vorwiegend aus steinigen Hügeln, kleinen Wäldern und schönen Buchten bestand und in gut drei Stunden zu umwandern war.

Sie genossen umringt vom Meer zu sein und die Ruhe, die auf der kleinen Insel herrschte. Erschöpft gelangten sie schließlich zurück zur Fähre, auf der sie sich erst einmal eine große Flasche Wasser besorgen mussten, denn die intensive Exkursion hatte beide ziemlich durstig gemacht. Auf der Rückfahrt, in der sich Johanna müde in seine Arme kuschelte, unternahm Maximilian zum ersten Mal einen Versuch, etwas über Johannas Vergangenheit zu erfahren.

„Warst du mit deinen Eltern eigentlich oft im Urlaub?“, fragte er gespielt beiläufig und strich ihr mit der Hand über ihren Oberarm.

„O ja! Meine Eltern sind beide gebürtige Schweden, und sagt man denen eher nach, sie seien sehr heimisch und sesshaft, trifft das auf meine Eltern absolut nicht zu. Jedes Jahr sind wir mit unserem Caravan in die Welt hinausgezogen und ich glaube, ohne übertreiben zu wollen, mit sechszehn habe ich bereits fast ganz Europa gesehen!“, berichtete Johanna, die sich gerne an diese Zeit zurückzuerinnern schien.

„Und als sich deine Eltern getrennt haben, bist du dann immer noch mit ihnen verreist?“, wollte Maximilian wissen, der jedes Wort von ihr fast eine Diagnostik unterzog, um ja kein Anzeichen zu überhören.

„Na ja, als meine Eltern sich getrennt haben und sich mein Vater beruflich nach Deutschland hat versetzen lassen, sind wir natürlich nicht mehr so viel verreist. Mein Vater hat sich in die Arbeit gestürzt und hatte wahrscheinlich wenig Lust zu verreisen. Und meine Mutter, die ja immer nur halbtags als Deutschlehrerin gearbeitet hatte, fehlte das Geld, um noch große Reisen zu unternehmen ...“, seufzte Johanna, die scheinbar ganz offen über die Trennung ihrer Eltern reden konnte.

„Und verstehst du dich mit beiden noch gut? Du bist ja zu deinem Vater nach Deutschland gegangen. Hatte das einen bestimmten Grund?“ Behutsam tastete sich Maximilian vor und hoffte, endlich einen Anhaltspunkt für Johannas verschlossenes Verhalten zu finden.

„Nein, eigentlich nicht. Ich habe mich mit beiden gleich gut verstanden und das ist auch heute noch so. Auch, wenn viele Kinder die Trennung ihrer Eltern als etwas Schlimmes erleben, war es für mich eher eine Erlösung. Wenn du als Kind mitbekommst, dass deine Eltern sich nur bekriegen und dir versuchen, eine heile Welt vorzuspielen, das macht einen ganz schön fertig. Kinder sind schlauer als man denkt, sie haben sehr feine Antennen dafür, wenn in der Beziehung ihrer Eltern etwas im Argen ist. Ich war jedenfalls heilfroh, als mein Vater ausgezogen war und beide ihr eigenes Leben hatten. Es war so, als hätte man sie von einem gewaltigen Ballast befreit, der schon viel zu lange auf ihren Schultern lastete. Nein, für die Beziehung zu meinen Eltern war die Trennung der beiden nur positiv."

Natürlich freute sich Maximilian über diese Tatsache, trotzdem hatte er nichts heraushören können, was auf ein erschütterndes Erlebnis hinweisen könnte. In dem Verhältnis zu ihren Eltern schien also das Problem ihres Traumas nicht zu liegen und, während sie wieder den Anlegeplatz von Paleokastrítsda erreichten, dachte er über andere Möglichkeiten nach.

Der Abend war bereits herangebrochen und, da es jetzt wenig Sinn hatte, sich noch wie ursprünglich geplant die Insel anzusehen, machte Johanna den spontanen Vorschlag eine Flasche Wein zu besorgen und den Abend auf der Terrasse ausklingen zu lassen.

Schnell überwältigte sie die Müdigkeit, der Tag war anstrengend gewesen und sie hatten beide so viel geredet, dass es jetzt einer Erholung glich, der angenehm lauen Abendluft zu lauschen, die leise durch die Olivenbäume zog. Nachdem der schwere Rotwein sein übriges getan hatte, fiel Maximilian Johannas ernstes Gesicht auf. Sie starrte in die Bäume und schien in Gedanken versunken. Als sie seinen Blick bemerkte, erhob sie sich von der hölzernen Gartenbank und schlug vor, schlafen zu gehen.

„Ich bin furchtbar müde vom Tag...", raunte sie, als er ihr durch das Wohnzimmer folgte und er hatte das Gefühl, dass plötzlich eine unangenehm kalte Stimmung zwischen Ihnen herrschte. Als sie dann wenig später im Bett nebeneinander lagen, fasste er sich ein Herz.

„Bist du eigentlich gerne mit mir zusammen, Hanna?“

„Was ist das denn für eine Frage? Sonst wäre ich wohl kaum hier!“, antwortete Johanna gereizt und drehte sich dabei zur Seite.

„Ich weiß manchmal gar nicht, wie ich mich dir gegenüber verhalten soll, Hanna. Weißt du, ich mag dich sehr. Ich würde sogar sagen, dass ich dich ...“

„Max, schlaf jetzt einfach! Du bist betrunken. Wir reden morgen weiter!“, unterbrach Johanna ihn wirsch und Maximilian war von der abweisenden Stimme so erschrocken, dass er das Gefühl hatte, schlagartig stocknüchtern zu sein. Bevor die Situation womöglich noch eskalierte, biss er sich auf die Lippen, er wollte sie auf keinen Fall mit seinen Gefühlen unter Druck setzen.

Er hörte ihren leichten regelmäßigen Atem, ihm blieb schließlich noch ein ganzer Tag.

Bereits um kurz nach acht machten sie sich am nächsten Morgen auf den Weg in das kleine Dorf, um in dem einzigen Supermarkt ein paar Brötchen sowie frischen Schinken und etwas Käse fürs Frühstück zu besorgen. Außerdem kauften sie noch einen Liter Milch, ein Paket Nudeln, Soße, frische Tomaten, Obst und etwas Salat, da sie den heutigen Abend zu Hause verbringen wollten. Hungrig kehrten sie nach einer halben Stunde in die Finka zurück und, nachdem sie das einfache, aber trotzdem sehr schmackhafte Essen verzehrt hatten, entschlossen sie nach Korfu Stadt zu fahren, denn von Anne und Horst hatten sie erfahren, dass vor allem die Altstadt einen Besuch wert war.

Sie packten etwas Verpflegung ein, und nach einer erlebnisreichen Fahrt über die Serpentinen, bei dem sie an einer kleinen Parkbucht anhielten, die oberhalb des glasklaren, türkisfarbenen Meeres gelegen war und bei dem einmaligen Panorama über den Paleokastritsda bereuten, keinen Fotoapparat mitgenommen zu haben, erreichten sie nach zwei Stunden die beschauliche Hafenstadt, in der zu dieser Mittagszeit ein reger Verkehr herrschte.

Ihr erster Weg führte sie über die lange Esplanade, die in früheren Zeiten einmal als Exerzierplatz für venezianische und britische Soldaten diente, in das Zentrum der Stadt, die aus vielen eng aneinandergereihten Geschäften und Boutiquen bestand. Zwangsläufig geriet man auf die Arkadenstraße Listón, dem Lieblingsplatz der Korfioten, der, so berichtete jetzt Maximilian, einst von den Franzosen als in Anlehnung an die elegante Rue de Rivoli in Paris errichtet wurde. Entlang der gesamten Straße hatten sich zahlreiche Cafés und Restaurants eingerichtet, die ihre Tische und Stühle auf den Gehsteigen aufgestellt hatten und an denen viele Griechen, hauptsächlich Geschäftsleute und Mitarbeitern, die in den umliegenden Läden beschäftigt waren, saßen, ihr Mittagessen verspeisten und ein lautes Stimmenwirrwarr erzeugten. Schon gestern war Johanna aufgefallen, dass die Griechen ein sehr redseliges Volk zu sein schienen und ihre Freundlichkeit und die Ausgelassenheit, mit der sie ihren Tag bestritten, imponierten ihr sehr.

„Im Griechischem gib es für *Fremder* und *Gast* nur ein Wort!“, informierte Maximilian, nachdem Johanna ihm mitgeteilt hatte, wie sehr sie vom griechischen Volk angetan sei.

„Wenn man dich dabei hat, braucht man überhaupt keinen Reiseführer! Außerdem ist deine Gesellschaft um einiges angenehmer!“, bemerkte Johanna, die Maximilians Wissen und Genauigkeit, mit der er sich über seine Reiseziele informierte, sehr anziehend fand. Vor allem mit seiner Intelligenz und Leidenschaft für fremde Länder und Kulturen hatte er sie in seinen Bann gezogen und sie lächelte ihn nur glücklich an, als er enthusiastisch mutmaßte, dass die Altstadt sicher noch um einiges interessanter war, denn dort sei noch die byzantinische Kunst und Architektur zu finden, vor allem in den gut erhaltenen Kirchen fänden

sich zahlreiche Ikonen. Und so musste sich Johanna nicht lange überreden lassen, die Jasonke-Sossipatros-Kirche zu besichtigen, die die bedeutendste der Insel sein sollte.
Doch zuvor mischten sie sich ins Gedränge des Zentrums und fanden einen gemütlichen Platz in einem Straßencafé, in der sie sich beide einen landestypischen Frappé bestellten und dem bunten Trubel, der an ihnen vorbeieilenden Menschen beobachteten. Nach einer guten Stunde machten sie sich auf in die Altstadt, die im Gegenteil zum Zentrum an ein charakteristisches Bild Griechenlands, wie sich es Johanna vor ihrer Reise vorgestellt hatte, erinnerte. Zwischen den Gassen, die einem Straßenlabyrinth glichen, hatten griechischen Hausfrauen die Wäsche zum Trocknen aufgehängt, heimatlose Katzen liefen auf Nahrungssuche durch die Straßen und an den Ecken hatten sich alte Frauen und Männer zusammengefunden, unterhielten sich angeregt über den neusten Tratsch oder erzählten stolz von ihren Kindern und Großkindern, die zum großen Teil die Insel verlassen hatten und jetzt in Athen oder einer der anderen großen Städte des Festlandes lebten. In der Luft lag ein angenehmer Geruch von frischen Kräutern und getrockneten Pflanzen. Johanna, die aus dem Stadtleben eigentlich nicht so viele natürliche Gerüche gewohnt war, schloss die Augen und es gelang ihr voller Stolz Kamille, Thymian und Salbei aus den unzähligen Duftnoten herauszufiltern. Maximilian, der Johannas Begeisterung bemerkte, wusste hier, dass vor allem die ältere Generation noch überzeugt von der Heilkraft dieser Gewächse war und dieser Ritus soweit ging, dass die Einwohner glaubten, die Wirkung der Pflanzen könne sich erst voll entfalten, wenn sie am Tag des richtigen Schutzheiligen gepflückt wurden.
Obwohl der heilige Johannes bereits am 14. September verehrt wurde, dem Fest der Kreuzerhöhung, wurden vor den Häusern noch eine Menge Basilikum zum Verkauf angeboten, für den sich auch Maximilian und Johanna entschieden, denn sie freuten sich auf den

bevorstehenden Abend. Nachdem sie die wunderschön bunte Jasonke-Sossipatros- Kirche bewundert hatten, erkundeten sie, nach einer etwas planlosen Suche durch die Gassen, das Andivouniótissa-Museum, das, laut Tafel am Eingang, von der damaligen Kunstministerin Melina Mercouri eröffnet wurde und vorwiegend Ikonen aus dem 17. und 18. Jahrhundert, sowie alten Wandfresken beherbergte.
Nach diesem eindrucksvollen Ausflug in die griechische Kunstgeschichte traten sie vollgesaugt von Informationen und Eindrücken wieder hinaus auf den kleinen Vorplatz des Museums.
„Siehst du das?“ Mit aufgerissenen Augen blickte Johanna plötzlich in eine kleine Gasse und streckte dabei ihren Kopf weit nach vorne.
„Was meinst du denn?“, fragte Maximilian irritiert, der, außer einem herumstreuenden Hund und einer Frau, die gerade den Platz überquerte, nichts entdecken konnte.
„Na, da drüben, in der kleinen Gasse!“, antworte Johanna und ihre Stimme hatte einen gefährlich klingenden schrillen Unterton. Maximilian kniff die Augen zusammen, denn die Sonne blendete ihn so sehr, dass er nur die Umrisse der Gebäude erkennen konnte.
„Jetzt guck doch!“, schrie Johanna ihn an und versetzte Maximilian in eine leichte Panik, die ihn ein paar Schritte auf die Gasse zu trieb. Endlich erkannte er einen jungen Griechen, der sich an der Häuserwand aufstützte und einen wütenden Monolog führte. Oder nein, beim näheren Hinsehen erkannte Maximilian, dass zwischen den Armen des Mannes eine eingeschüchterte Frau stand, der der Wutausbruch galt und die ihren Kopf abwehrend zur Seite gedreht hatte. Maximilian verstand einige Brocken, denn er hatte in der Schule Latein gehabt, von dem er viele romanische Wortstämme ableiten konnte.
„Ich glaube, wir sind Zuschauer eines Eifersuchtsdramas, soweit ich das beurteilen kann. Tja, auch in Griechenland scheinen die Menschen die gleichen Probleme zu haben, wie bei uns“, versuchte Maximilian

sie zu beruhigen und machte wieder kehrt, denn es war nicht seine Absicht, sich in Privatangelegenheiten zu mischen.

„Aber siehst du nicht, dass er sie bedroht!“, fuhr Johanna ihn so heftig an, dass er erschrocken zusammenzuckte und fassungslos Zeuge wurde, wie seine Freundin auf den jungen Mann zustürmte, ihn mit einem heftigen Ruck zur Seite zerrte und mit der Einkaufstüte, in denen sich die Kräuter und Lebensmittel befanden auf den Griechen einschlug. Stöhnend und völlig überrascht von dem plötzlichen Überfall ging dieser in die Knie. Johanna, die auf diesen Moment gewartet zu haben schien, stieß so kräftig mit ihrer Schuhspitze in seine Genitalien, dass er wie ein heulender Wolf aufheulte.

„Du elendiges Schwein! Woher nimmst du dir das Recht, ihr das anzutun? Nur weil du ein Mann bist?“, schrie sie ihn an und Maximilian sah voller Entsetzen, dass sie weiter auf den Mann eintrimmte, während die junge Frau, die eben noch Opfer der Eifersucht ihres Freundes gewesen war, weinend die Hände in die Höhe streckte und Johanna anflehte, von ihm abzulassen. Doch diese tat genau das Gegenteil und trat weitere unzählige Male auf den zusammengekrümmten Mann am Boden ein, dem es nur mühsam gelang, sich hinter eine am Rand stehende Mülltonne zu retten. Dieser Schutz gab ihm wieder so viel Kraft sich aufzurichten, Johanna blitzartig an den Armgelenken zu fassen und ihre Hände auf den Rücken zu drehen. Nun brüllten beide, der Grieche und seine Freundin auf Johanna ein und Maximilian musste kein griechisch beherrschen, um zu verstehen, dass es sich bei dem zischenden lauten Gebrüll um üble Beschimpfungen handelte. Schnell, von seiner Starre befreit, eilte er auf das Geschehen zu und entriss Johanna aus dem festen Griff der beiden Griechen, die ihr einen kräftigen Stoß versetzten, dass sie neben Maximilian auf den Boden stürzte. Während er ihr aufhalf, und sich in einem Mix von englisch und griechisch für sie entschuldigte, zog er die jetzt völlig zitternde Johanna vom Geschehen und, erst als sie sich in sicherer

Entfernung des Tatorts befanden, ließ er Johanna auf eine kleine Bank nieder.

Minutenlang saßen sie schweigend nebeneinander, bis Maximilian das Zittern ihres Körpers nicht mehr ertragen konnte und beruhigend seinen Arm um sie legte.

„Kannst du mir erklären, was eben mit dir los war?“, flüsterte Maximilian unsicher, denn er wusste, dass diese Szene einen Umriss der tiefen Verletzungen ans Tageslicht gebracht hatte, die sich auf Johannas Seele befanden.

„Was mit mir los war? Ich frage mich eher, was mit dir los war! Da wird ein junges Mädchen angefallen und du stehst tatenlos daneben. Und damit nicht genug, du hilfst mir noch nicht mal!“, wandte sich Johanna entsetzt an ihn.

„Aber Hanna, soweit ich das beurteilen kann, ist er überhaupt nicht handgreiflich geworden. Er war vielleicht in seinem Ton etwas laut, das war sicher nicht in Ordnung. Aber ich glaube, die Südländer sind einfach etwas impulsiver als wir. Da gehen Auseinandersetzungen schon mal etwas lautstark zur Sache.“

Beschwichtigend blickte er Johanna an, die jetzt wütend befreite.

„Das ist ja interessant, wie du die Sache siehst! Da wird eine junge Frau von einem Mann genötigt und du entschuldigst das mit dem südländischen Temperament! Oh, und hätte er sie auf offener Straße vergewaltigt, hättest du das wahrscheinlich noch mit dem etwas freizügigeren Sexualleben der Griechen gerechtfertigt! Das ist einfach das Letzte Maximilian!“

Noch nie hatte er sie so böse und völlig außer sich erlebt, selbst wenn sie sich über die jährliche grundlose Diätenerhöhung der dekadenten Politiker beschwerte, behielt sie immer eine sachliche Distanz zu dem Thema, die sie davor bewahrte, nicht die Fassung zu verlieren. Nur davon war jetzt keine Spur mehr. Fast schon hasserfüllt blitzte Johanna ihn an. Trotzdem fühlte er sich jetzt so nah an dem Punkt, der ihm endlich Klarheit verschaffen konnte, der ihn vielleicht sogar zu ihr führen konnte, dass er es auf einen Streit ankommen ließ.

„Ich denke, du hast die Situation einfach falsch beurteilt, Hanna. Jeder Frau in Not würde ich sofort helfen. So viel steht fest. Ich glaube, das Problem liegt eher bei dir. Kann es vielleicht sein, dass du ein Problem mit uns, na ja, ich meine uns Männern hast. Mich lässt du ja auch nicht an dich ran?"

Wie ungeschickt er sich ausgedrückt hatte, ärgerte sich Maximilian im selben Moment, er hätte es kaum unsensibler ausdrücken können und als er verlegen zu Johanna hinüberblickte, hatte er das Gefühl, gleich hier auf der Straße hingerichtet zu werden. Empört und in rasendem Zorn sprang sie von der Bank auf, verschränkte ihre Arme vor ihren Körper und sprach so laut und in einer von Maximilian bei ihr noch nie gehörten tiefen Tonlage, dass die an ihnen vorbeikommenden Passanten, neugierig stehen blieben.

„Hah, wie typisch! Wenn es darum geht, Fehler zuzugeben, beschuldigt man einfach den anderen, ein Problem zu haben, nur weil du unfähig bist und feige!"

„Vielleicht bin ich das Hanna, aber das erklärt nicht, warum du mich nicht an dich ranlässt! Wir gehen miteinander um, als wären wir Geschwister!" Den Kopf geneigt, wartend auf seine Köpfung, hörte er, wie sie ihn anschrie, kaum noch zu wissen, wo sie sich befand.

„Jetzt kommst du endlich auf den Punkt! Endlich zeigst du dein wahres Gesicht! Das Einzige, was du willst, ist mich flach zu legen! Und dafür gibst du dir die ganze Mühe. Diese verlogene Heuchelei! Ihr Männer habt doch gar kein Gehirn, geschweige denn ein Herz, ihr seid doch zu wahrer Liebe gar nicht fähig! Das Einzige, was sich bei euch zu einer Frau hingezogen fühlt, ist euer Schwanz! Alles, was ihr uns geben könnte, befindet sich in eurer Hose! Tut mir leid, das ist mir einfach zu wenig, Maximilian! Und jetzt geh und such dir eine, die mit dir ins Bett steigt, du widerst mich an!"

Johanna drehte sich um und lief die Straße hinunter. Erst als er nichts mehr von ihr erkennen konnte, wurde ihm bewusst, dass sie sämtliche Schlüssel und auch sein Portemonnaie bei sich hatte. Ihm blieb nichts anderes übrig, als zu ihrem Mietwagen zu gehen, in der Hoffnung, sie würde auch dorthin zurückkehren. Niedergeschlagen und getroffen von ihren Worten schleppte er sich durch die Stadt und stellte mit Erstaunen fest, dass Johanna bereits am Auto stand und auf ihn wartete.
„Ich möchte zurück zur Finka!“, forderte sie ihn auf und, ohne eine Antwort abzuwarten, ergriff sie die Schlüssel und sie fuhren den langen Weg schweigend zurück nach Peleokastrítsa.

Unruhig lief Maximilian am Abend durch die Olivenbäume und überlegte, kam aber immer wieder zu dem Schluss, dass es gegen ihren Dickkopf keine Chance haben wird. Schließlich kehrte er in die Finka zurück und klopfte vorsichtig an die Tür zum Badezimmer, hinter der sich Johanna fast schon zwei Stunden verschanzt hatte.
„Es tut mir leid, Hanna. Vielleicht hätte ich dich vorhin doch unterstützen sollen. Verzeihst du mir? Ich war wahrscheinlich überfordert mit der Situation. Bitte komm raus und wir vergessen die ganze Sache. Ich habe mich wirklich unsensibel verhalten, wie ein Trottel.“
Erwartungsvoll horchte Maximilian in das Innere der Tür und, als ihn schon die Befürchtung kam, Johanna könnte ihn durch die dicke Holztür nicht verstehen, drehte sich das Türschloss um.
„In Ordnung, lass uns den Streit vergessen“, entgegnete Johanna etwas verlegen und blieb in der Türschwelle stehen.
„Ich wollte dich nicht beleidigen. Das tut mir leid. Vielleicht habe ich auch überreagiert. Wie auch immer, das sollte nicht der Grund sein, dass wir uns den Abend vermiesen.“
Vorsichtig legte sie ihre Arme um seinen Körper und schmiegte ihren Kopf auf seine Schulter.

„Du bist ein toller Mensch und sicher kein Trottel. Ich bin froh, dass ich dich kennengelernt habe. Ich hoffe, du weißt das?“, flüsterte Johanna und Maximilian merkte, dass ihre Stimme belegt war. Wäre er nicht selbst dabei gewesen, hätte er nicht geglaubt, dass die hysterische, aggressive Frau heute Nachmittag und die wundervolle Frau jetzt in seinen Armen dieselbe waren.
„Ich bin auch froh, dass ich dich kennengelernt habe, Hanna“, antwortete er zärtlich und erwiderte ihre Umarmung. Nach einigen Augenblicken schob er sich dann vorbei ins Bad, denn ihre Flucht auf die Toilette hatte mittlerweile ein dringendes Bedürfnis in ihm anstauen lassen, dass er nicht länger unterdrücken konnte.
Erleichtert über die Versöhnung ging Johanna hinüber in die Küche, bereitete das Abendessen zu und deckte sorgfältig mit vielen Kerzen den Tisch.
„Sag mal, hast du dich verletzt? Neben dem Waschbecken ist ein großer Blutfleck?“, hörte sie ihn plötzlich, während er aus dem Bad kam und seine Arme von hinten um sie schlang.
„Ach, ich habe mich nur am Arm gestoßen. Manchmal bin ich etwas ungeschickt!“, wich Johanna aus und holte dabei die Gläser aus dem Schrank, wobei sich ihre weiße Bluse an den Armen etwas hochschob und am linken Unterarm eine tiefe Schnittwunde freilegte.
„Das kannst du nicht so lassen, Hanna! Ich hole schnell ein Pflaster aus dem Bad!“, bemerkte Maximilian besorgt, als er die Wunde entdeckte.
„Ich mach das schon! Lass uns jetzt essen!“ Hastig nahm sie das Pflasterband aus Maximilians Hand, versorgte lieblos ihre Wunde und drückte ihm den vollen Topf Nudeln in die Hand, wobei es ihm nur mit viel Mühe gelang, den heißen Topf an den Tisch zu balancieren. Während sie aßen, beobachtete er sie und kam zu der Erkenntnis, dass Johanna wieder völlig entspannt aussah und die Situation in der Stadt wirklich verdaut zu haben schien. Er genoss den schönen Abend, an dem sie später eine Flasche Wein öffneten und sich vor den Kamin

kuschelten. Obwohl Maximilian sich fragte, wo sich Johanna so eine tiefe Wunde zugezogen hatte, brannte sich eine andere Frage heftiger und unaufhörlich in sein Gehirn. Welcher Mann hatte in Johanna solche Ängste ausgelöst, dass er einfach nicht an sie ran kam? Er wusste, dass sie sich noch mehr von ihm entfernen würde, würde er sie noch einmal mit seiner Neugierde und den eindeutigen Fragen bedrängen. Nein, auch wenn er es sich sehr gewünscht hatte, sie würde ihm nicht helfen; wenn er Johanna nicht verlieren wollte, musste er alleine herausfinden, welcher Mann aus Johannas Vergangenheit ihr etwas so Schreckliches angetan hatte, dass ihre Seele sich entschlossen hatte, sich niemals mehr an einen Mann zu binden. Und genauso wusste er, dass der Mann, würde er ihn finden, seine gerechte Strafe erhalten werde.

16

Die zwei, bis zum letzten Winkel gefüllten Koffer standen genauso unentschlossen in der großen Eingangshalle wie ihre Besitzerin, die auf der großen Holztreppe saß und unbeholfen, geistesabwesend in ihrer Handtasche kramte und zum dritten Mal überprüfte, ob sie ihren Personalausweis und genügend Bargeld eingesteckt hatte. Marie Steinberg konnte sich nicht erklären, was sie dazu bewogen hatte, einem Klinikaufenthalt zuzustimmen und wäre nicht schon alles arrangiert und ihre Tochter auf dem Weg, sie abzuholen, würde sie alles absagen, sich in ihr Bett verkriechen und hoffen, dass sich das Problem irgendwann, möglichst schnell, von alleine erledigen werde. Nur das tat es irgendwie nicht und Marie Steinberg hatte eingesehen, dass es nicht nur

eine Phase war, eine vorübergehende Situation oder gar Einbildung, sondern eine Tatsache; in ihrem Haus ging ein Fremder ein und aus, und obwohl sie nicht wusste, wie er ins Haus gelangte und keine Spuren hinterließ, konnte sie seine Anwesenheit spüren und leider allzu oft riechen, wenn sie von dem Wochenmarkt oder einem Spaziergang zurückkehrte. Sie wusste, dass ihre Tochter an eine Überlastungsdepression glaubte und aus Angst, nie mehr in ihr Haus zurückkehren zu können, ließ sie sie in dem Glauben. Nur sie hatte andere Motive, die sie zu dieser Reise bewogen hatte. Sie benutzte dabei ausdrücklich den Begriff *Reise*, denn eine Kur oder etwa Klinikaufenthalt hätte sie womöglich eines Tages noch selbst daran glauben lassen, dass sie ein ernsthaftes psychisches Problem hatte. Natürlich hatte sie auch dem Drängen Sophies nachgegeben, doch ihr Beweggrund, das Haus zu verlassen, war der sehnliche Wunsch, nach einigen Wochen zurückzukehren und festzustellen, dass alles beim Alten war und sie ihr einfaches, aber sehr geliebtes Leben wider hatte.
Es klingelte an der Tür und zum ersten Mal freute sich Marie nicht ihre Tochter zu sehen.
„Hallo Mama. Na, alles gepackt für die große Reise?“, begrüßte Sophie ihre Mutter und lud dabei einen der großen Koffer in ihre Limousine, denn sie waren bereits spät dran und Sophie wollte ungern in den Feierabendverkehr geraten.
„Ja, habe ich. Dann lass uns los“, antwortete ihre Mutter, die widerwillig die Tür abschloss und einen letzten Blick in ihren Garten warf.
„Du achtest aber schön auf die Rosen Sophie! Nicht das Sie vertrocknen und wenn der erste Frost kommt, musst du sie abdecken, so wie ich es dir erklärt habe!“
„Ja, Mama, das haben wir doch schon mehrmals besprochen. Komm, wir haben eine lange Fahrt vor uns!“
Auch Sophie fiel es sehr schwer, ihre Mutter ans andere Ende des Landes zu bringen, nur der Zustand ihrer Mutter ließ ihr keine andere

Wahl und sie malte sich nur ungern die Schuldgefühle und Vorwürfe aus, wenn ihrer Mutter in der alten Villa etwas zustoßen würde, nur weil sie mit einer gewissen Gleichgültigkeit akzeptiert hatte, dass ihre Mutter das Haus nicht verlassen wollte.

„Wenn alles gut geht und wir in keine größeren Staus geraten, sind wir heute gegen Mitternacht in Hamburg. Ich habe dort ein Hotelzimmer reserviert und morgen, mit einem der ersten Züge, setzen wir dann über nach Sylt. Das wird ganz sicher eine schöne Zeit für dich Mama, auch, wenn du jetzt nicht daran glauben kannst!“, versuchte Sophie ihre Mutter aus der Melancholie zu befreien, die sich bereits wenige Meter entfernt von der Villa über sie ausgebreitet hatte und sich in der Form zeigte, dass Marie aus dem Fenster starrte, ihre Hände im Schoß verschränkte und ihre Augen, die ins Leere zu starren schienen, waren nach kurzer Zeit so feucht, dass sich zwei schwere Tränen lösten und hinunter über ihre Wangen liefen.

„Ja, das hoffe ich auch. Mir fällt es einfach unheimlich schwer, hier wegzugehen. Ich war seit dreißig Jahren nie länger als eine Woche im Urlaub. Du weißt ja, Papa hatte nicht so oft frei. Jetzt für so einen langen Zeitraum alles zurückzulassen, ich hoffe, ich schaffe das.“

Behutsam zupfte Marie sich ein Taschentuch aus ihrer Handtasche und wischte die Tränen aus ihrem Gesicht.

„Natürlich schaffst du das. Und wenn es gar nicht mehr geht und das Heimweh zu arg wird, dann holen wir dich einfach wieder ab!“

Sie hatten mittlerweile die Autobahn erreicht, wo sich Sophie auf der linken Spur einfädelte, denn die Bahn war zu dieser Uhrzeit noch angenehm leer.

„Apropos wir. Ich dachte, Alexander wollte auch mitkommen. Ist ihm etwas dazwischen gekommen? Oder geht es ihm wieder schlechter?“, fragte Marie, der die Abwesenheit ihres Schwiegersohns erst jetzt aufgefallen war.

„Nein, es geht im nicht schlechter. Ich hatte mich ehrlich gesagt auch etwas gewundert, dass er nicht mitgekommen ist. Ich hatte die letzen Tage sogar den Eindruck, dass er sich auf den Ausflug freut. Aber gestern, als er von der Reha kam, war er so niedergeschlagen und bestand darauf, zu Hause zu bleiben."
Sophie hatte sich bemüht, das Ganze halbwegs ruhig und sachlich wieder zu geben. Doch beim Gedanken an die Situation am Abend zuvor, die sich beinahe zu einem handfesten Streit entwickelt hatte, merkte sie, dass sie, obwohl sie schließlich doch zu einer Einigung gekommen sind, immer noch enttäuscht und traurig war. Seine Freude über ein Wochenende am Meer in einem schönen Hotel, ein Ortswechsel, das alles war plötzlich in völliges Desinteresse umgeschlagen, was soweit ging, dass Sophie unterschwellig, trotz seiner liebevollen Verabschiedung, den Eindruck nicht los wurde, dass Alexander sogar erleichtert war, als sie heute Morgen das Haus verließ und sie ihn erst Montagabend wieder sehen werde. Noch nie hatte sie diese Seite von Alexander kennengelernt, dieser gnadenlose Wille und Entschlossenheit ihre Pläne über den Haufen zu werfen, ohne ihr auch nur einen plausiblen Grund nennen zu können.
„Vielleicht wäre diese Reise auch zu anstrengend für ihn. Ihr habt ja noch alle Zeit der Welt. Dann kann er sich zu Hause ausruhen und du erholst dich auch ein bisschen."
Marie, die ihre Tochter natürlich durchschaut hatte und es für das Beste hielt, sie abzulenken, als ihre Ängste oder Bedenken zu stärken, strich ihr aufmunternd über die Wange.
„Wenn man liebt, muss man auch loslassen können, Sophie. Und Abstand tut einer Beziehung manchmal besser als man denkt."
Sophie lachte auf und drehte ihren Kopf etwas zur Seite, als hätte sie einen schlechten Witz gehört, der in einem völlig unpassenden Moment vorgebracht wurde. Ihre Mutter konnte ja nicht wissen, dass es genau dieser Spruch war, den sie heute in ihrem Blumengruß gefunden hatte

und sofort im Müll entsorgt hatte. Sie fragte sich nicht mehr, warum Magnus Stern so penetrant war, sie nahm es einfach mit einer Gleichgültigkeit hin. Meistens schenkte sie den Karten keinerlei Beachtung, vergaß sie sogar aus dem Strauß zu nehmen und ärgerte sich später, dass Frau Grünling jedem, der es hören wollte, die eindeutigen Botschaften in einem theatralischen Wortfall vortrug.

Aber manchmal, und das wurde ihr erst jetzt mit einer gewissen Selbstverachtung bewusst, guckte sie absichtlich in die kleinen Karten, las mit Neugier die eindeutigen Liebeserklärungen und, obwohl es keine Freude war, was sie empfand, konnte sie nicht abstreiten, sich beim Lesen der Karten etwas besser zu fühlen. Allein dieser Zustand hätte sie sich nicht selbst hassen lassen. Wären es nicht Momente gewesen, in denen es mit Alexander nicht so gut lief, an denen sie gestritten hatten oder eine bedrückende Stimmung zwischen ihnen herrschte. Das war nicht oft der Fall, doch immerhin so häufig, dass sie jetzt den festen Entschluss fasste, nie wieder eine Karte zu lesen und daran auch keinen Gedanken mehr zu verschwenden.

„Ja, es muss ja auch jemand auf Tassilo aufpassen und Martin hat mir versprochen, das Wochenende bei uns zu bleiben. Ich denke, auf ihn kann man sich verlassen“, erklärte Sophie immer noch geistesabwesend und war ein bisschen erleichtert, dass ihre Mutter mittlerweile eingenickt war und sie ihren Gedanken nachhängen konnte.

Um kurz nach halb eins in der Nacht erreichten sie das Hotel, in dem Sophie ein Zimmer reserviert hatte und fielen müde ins Bett, denn bereits um acht würde sie das Rezeptionspersonal aus den Federn schmeißen, wenn sie noch eine frühe Überfahrt erwischen wollten. Trotzdem schafften sie noch zu frühstücken und machten sich um halb neun auf den Weg zum Ablegerhafen. Erstaunlich schnell wurden sie auf den Autozug verladen und nach einer halben Stunde tauchte die

Marsch neben ihnen auf, was ein Zeichen dafür war, bald am Ziel zu sein.

Da Westerland und auch die übrige Insel gut beschildert waren, standen sie bereits wenige Minuten später vor dem großen Gebäude, das wirklich mehr an ein gehobenes Hotel erinnerte, als an eine Klinikanlage. Nur das Personal, was vereinzelt in der großen Parkanlage mit ihren Patienten spazierte, stach mit ihren weißen Kitteln hervor und zerstörten die Illusion, es könnte sich in der Tat um eine Urlaubsunterkunft handeln.

„Na, habe ich zu viel versprochen? Du musst schon zugeben, hier ist es doch wirklich schön!", wandte sich Sophie an ihre Mutter, die zu ihrer Beruhigung einen halbwegs glücklichen Eindruck machte und nickte.

Bevor sie selbst die Koffer aus dem Auto hoben, eilte schon ein Angestellter aus dem Haus und half ihnen beim Ausladen. Dieser Service war sicher nicht selbstverständlich, dachte Sophie und war sich sicher, dass Alexander vor ihrer Ankunft das Klinikpersonal eingespannt hatte, ihnen ja jeden Wunsch zu erfüllen. Diese Art erinnerte sie wieder sehr an ihn und sie verspürte bereits jetzt eine unheimliche Sehnsucht nach ihm. Doch bevor sie ihn anrief, würde sie sich um alle Formalien kümmern müssen und ihre Mutter auf ihr Zimmer begleiten. Ein Blick an die Rezeption, an der Marie von zwei Pflegern umringt war, gab ihr die ruhige Gewissheit, dass es ihr hier sicher an nichts fehlen werde und sie beruhigt werde abreisen können.

„Komm, Sophie, mein Zimmer ist im zweiten Stock!" Mit einer Handbewegung forderte Marie sie auf, zur Treppe zu kommen, und, obwohl die Klinik selbstverständlich mehrere Fahrstühle besaß, entschloss ihre Mutter den gesamten Aufenthalt die Stufen zu nehmen, ein wenig Fitness würde ihr schließlich nicht schaden.

Das Zimmer war größer als erwartet und hatte Sophie vor dem Hereintreten die leise Befürchtung, es könne doch eine kalte Krankenhausatmosphäre herrschen, war sie jetzt umso erstaunter, dass es, außer ein

paar Kleinigkeiten, im Grunde ein ganz normales Wohnzimmer war, an das sich ein separates Badezimmer anschloss.
Auch Marie konnte sich in diesem Moment ein überraschter Laut nicht verkneifen und eine Liegeprobe auf dem zweischichtigen komfortablen Bett löste sogar ein zufriedenes Lächeln in ihrem Gesicht aus.
„Ja, es hätte wirklich schlimmer kommen können. Hier werde ich es sicher eine Weile aushalten", stellte sie fest und blieb noch einige Minuten auf dem Bett liegen.
„Und erst der Ausblick! Du hast freien Blick auf die Dünen, hinunter zum Strand und über das Meer. Sogar den kleinen Leuchtturm kannst du von hier erkennen!", schwärmte Sophie und schaffte es, dass ihre Mutter sich von ihrem Platz erhob und nach draußen sah.
„Ja, das ist mehr als ich erwartet habe. Lass uns doch später einen Spaziergang machen. Nur sei mir nicht böse, ich würde mich gerne etwas hinlegen, ich habe heute Nacht nicht allzu gut schlafen können."
Und schon hatte Marie ihre Schuhe ausgezogen und lag wieder auf der wohlig weichen Matratze. Das Bett hat es ihr wirklich angetan, bemerkte Sophie amüsiert und nach einer kurzen Verabschiedung entschloss sie hinunter in den Park zu gehen und endlich Alexander zu benachrichtigen, dass alles gut geklappt hatte, sie war sich sicher, dass er bereits auf ihren Anruf wartete, auch wenn er, aus welchem Grund auch immer, allein sein wollte.
„Frau Sommer! Ich hatte sie gar nicht so früh erwartet. Schön, dass sie gut angekommen sind!"
„Herr Dr. Hansen, was machen sie denn hier?" Verdutzt blickte Sophie den Arzt an, der sie jetzt mit einem Handschlag begrüßte.
„Hat ihnen ihr Mann nichts gesagt? Ich hatte ihm versprochen, hier nach dem rechten zu sehen und mit den Ärzten zu reden, damit ihre Mutter die bestmöglichste Behandlung bekommt." Etwas verunsichert fuhr sich Dr. Hansen durch sein Haar.

„Nein, das hat er mir nicht gesagt, er hat es wahrscheinlich einfach vergessen. Aber die Hauptsache ist, dass sie hier sind, das gibt uns ein beruhigendes Gefühl“, erwiderte Sophie, die sich zum zweiten Mal in kürzester Zeit über das Verhalten von Alexander wunderte. Natürlich war keine große Sache, ihr nicht zu sagen, dass Dr. Hansen hier sein wird, trotzdem informierte er sie sonst über jede Kleinigkeit, und wieder breitete sich Enttäuschung in ihr aus.
„Ich wollte gerade in den Park. Haben sie nicht Lust mitzukommen. Ich habe noch ein paar Fragen zu der Behandlung, die meine Mutter hier erwartet. Oder haben sie noch etwas zu tun?“
Das Bedürfnis, Alexander anzurufen, war ihr mit einem Schlag vergangen und, bevor sie ihm ihren Missmut mitteilen würde, wollte sie sich erst einmal um ihre Mutter kümmern, aus diesem Grund war sie schließlich hier.
„Ja natürlich, ihretwegen bin ich ja hier ... damit sie ihre Mutter hier in guten Händen wissen!“
Der Anblick der wunderschön angelegten Parkanlage ließ Sophie ihren Ärger fast vergessen und Dr. Hansen informierte sie detailliert über die nächsten Behandlungsschritte, die bei ihrer Mutter geplant waren.
„Bei ihrer Mutter liegt, soweit ich das beurteilen kann, kein physisches, als vielmehr ein psychisches Problem vor, was sich natürlich zwangsläufig auf das körperliche Wohlbefinden auswirkt. Es kommt nicht selten vor, dass Patienten traumatische Erlebnisse, wie den Verlust eines geliebten Menschen, augenscheinlich gut verarbeiten und einige Zeit später, das können manchmal sogar Jahre sein, bricht die ganze Verzweiflung und Trauer, die man immer so gut unterdrücken konnte, aus einem heraus. Meistens, wenn noch andere psychische Belastungen dazu kommen.“
„Ja, da könnten sie Recht haben. Meine Mutter schien den Tod meines Vaters relativ gut verkraftet zu haben. Nur als Alexander den schweren

Unfall hatte, ging es los, dass es ihr immer schlechter ging und sie sich sogar einbildete, dass ein Fremder in ihrem Haus herumspukt."

Zustimmend nickte Dr. Hansen mit dem Kopf.

„Wissen sie, ich arbeite neben meinem Job im Krankenhaus als Psychologe und betreue Strafgefangene, die bereits früh auffällig waren und ihre Strafe hinter Gittern absitzen müssen. Das ist ziemlich aufreibend, aber man kann diese Menschen auch nicht völlig sich selbst überlassen. Oft, wenn ein Mensch ein unnormales Verhalten zeigt oder sogar kriminell wird, steckt dahinter ein nicht überwundenes Trauma."

Gespannt hatte Sophie dem Arzt gelauscht, sie hatte nicht gewusst, dass er auch Psychologie studiert hatte und plötzlich empfand sie den Wunsch, mit ihm über Alexander und sein merkwürdiges Verhalten zu sprechen. Schließlich sahen sie sich fast täglich bei der Reha und sie war sich sicher, dass Dr. Hansen bereits, bewusst oder unbewusst, eine umfassende Analyse über ihren Mann erstellt hatte.

„Wie geht es eigentlich mit der Therapie meines Mannes voran? Sein Unfall ist schon einige Monate her. Da macht man sich natürlich Gedanken. Meinen sie, er wird bald wieder laufen können?"

Überrascht von dem plötzlichen Themenwechsel, runzelte Dr. Hansen die Stirn, überlegte kurz und fuhr dann gefasst fort.

„Ja, da bin ich mir sicher. Verletzungen an der Wirbelsäule verheilen nur sehr schleppend, und wenn man zu schnell zu viel möchte, kann es zu schlimmen Komplikationen kommen. Geben sie ihm einfach noch ein wenig Zeit."

„Das mache ich ja. Ich habe nur das Gefühl, das ihm die Situation mehr und mehr zusetzt. Eigentlich wollten wir zusammen meine Mutter in die Klinik bringen, doch gestern hat er sich plötzlich dagegen gesträubt. Das ist sonst gar nicht seine Art ..." Übermannt von der Traurigkeit, die sich auf einmal verspürte, wischte sie sich eine Träne aus dem Gesicht.

„Sie dürfen nicht vergessen, dass ihr Mann seit Monaten an den Rollstuhl gefesselt ist. Am Anfang ist das vielleicht noch zu ertragen, aber je agiler er wird, desto unerträglicher wird das Ganze, sagen wir, die für ihn gefühlte persönliche Tragödie. Wenn man vorher völlig selbstständig war und jetzt immer auf fremde Hilfe angewiesen ist, da bekommt der lebensfrohste Mensch einmal Depressionen ... Geben sie ihm nicht das Gefühl, eine Belastung zu sein, unternehmen sie möglichst viel mit ihm, so fällt es ihm sicher leichter, die nächsten Wochen zu überstehen."
Sophie nickte und blickte zu Dr. Hansen, als wolle sie sich auch visuell von seinen Worten überzeugen.
„Ja, das habe ich mir auch gedacht. Ich versuche auch, ihn abzulenken. Vielleicht sollte ich wirklich noch mehr mit ihm unternehmen, das es quasi zu einer Selbstverständlichkeit wird und nicht zu einer Ausnahme, vor der er sich drücken kann."
Ihr tat das offene Gespräch mit Dr. Hansen gut, der ihr bestätigte, dass es das beste Mittel war, Alexander so normal wie möglich zu behandeln und der Gedanke, dass eine Winterreise nach St. Moritz auf sie wartete, gaben ihr wieder Kraft und vertrieben den Groll, den sie noch vor wenigen Augenblicken auf ihren Mann hatte.
Dr. Hansen hielt ihr die große Tür auf, denn sie hatten derweil wieder den Eingangsbereich erreicht.
„Wenn sie möchten, können wir heute Abend noch zusammen essen und noch einmal in Ruhe über das Thema reden. Nur ich müsste jetzt noch dringend etwas mit den Ärzten besprechen, nicht, dass doch noch etwas schief läuft."
„In Ordnung, wir warten dann um acht hier am Ausgang", bestätigte Sophie, die sich fragte, ob es Alexander überhaupt Recht war, dass sie mit seinem Arzt sprach. Da sie es jetzt lange genug herausgeschoben hatte, entschloss sie sich ein ruhiges Plätzchen zu suchen und ihn endlich anzurufen.

„Hallo?", ertönte es nach wenigen Rufzeichen am anderen Ende.
„Hallo Schatz, ich bin´s!", begrüßte Sophie ihren Mann und hatte sich dabei an einen kleinen Bistrotisch gesetzt, der etwas abseits der Information aufgestellt war.
„Ach hallo Frau Sommer, hier ist Martin. Sie möchten sicher ihren Mann sprechen?"
„Ja, ja sicher möchte ich das. Wurde denn meine Nummer nicht übermittelt?", fragte Sophie irritiert und merkte, dass sich ihr Magen leicht zusammenzog.
„Doch, schon ... aber warten sie, ich hole ihn schnell!" Sie hörte eilige Schritte über den Flur laufen und nach einem kurzen Getuschel, von dem sie kein Wort verstand, hörte sie endlich Alexanders vertraute Stimme am anderen Ende.
„Hallo Sophie. Seid ihr gut angekommen?"
„Ja, danke, das sind wir! Hast du nicht gesehen, dass ich es bin? Seit wann geht denn Martin bei uns an den Apparat?", forschte Sophie, die nicht wusste, wie sie diese Tatsache einordnen sollte.
„Nein, nein das war eine Ausnahme. Ich konnte nicht rangehen ... ich habe geschlafen", antwortete Alexander, der wirklich sehr müde und niedergeschlagen klang. Und beinahe hätte ihm Sophie auch geglaubt, wenn nicht im Hintergrund die Stimmen aus dem Fernseher zu hören gewesen wären und sie daran dachte, dass Alexander es hasste, bei nur irgendeiner Geräuschkulisse zu schlafen. Er brauchte stets absolute Ruhe, sein Kopf erhole sich dann immer von dem ganzen Lärm und Stress des Tages.
„Ich wollte mich melden und Bescheid geben, dass alles soweit in Ordnung ist. Die Anlage ist wirklich schön und auch Marie scheint es hier gut zu gefallen."
Sophie war so verunsichert, dass sie noch nicht mal wusste, ob Alexander das überhaupt interessierte.

„Freut mich, dass alles geklappt hat. Ich hatte heute früh extra noch einmal angerufen, damit das Klinikpersonal Bescheid weiß. Und bei dir? Ist bei dir alles in Ordnung?“ Diese Worte ähnelten wieder ihrem Alexander, wenn sie auch etwas monoton, beinahe aufgesetzt klangen.
„Ja mir geht es gut. Ich finde es nur sehr schade, dass du nicht hier bist. Ich vermisse dich ...“, flüsterte sie in den Hörer, zum ersten Mal hatte sie Angst, er könne ihre Liebeserklärung nicht erwidern.
„Du fehlst mir auch, aber so kann ich hier auf Tassilo aufpassen und du hast auch endlich ein paar Tage Abstand von deinem gehandicapten Mann.“
„Wieso sagst du das? Mich stört es überhaupt nicht, dass du im Rollstuhl sitzt, ich meine momentan. Ich habe sogar beschlossen, dass wir in Zukunft viel mehr unternehmen sollten. Ich komme ja gut mit dem Rollstuhl zurecht und wir könnten doch öfter ins Kino oder uns mit Freunden treffen!“, schlug sie vor, mit einer gespielten Euphorie, in der die fast verzweifelte Hoffnung hing, es würde sich die gewohnte Vertrautheit zwischen ihnen einstellen. Und als sie ein zustimmendes Raunen von ihm hörte und er ihr sagte, dass er sich auf Montag freue, wenn sie wieder käme, breitete sich eine noch nie zuvor empfundene Erleichterung in ihr aus. Es gab noch nie einen Moment, indem Sophie nach der Liebe von Alexander lechzen musste. Sie war es gewohnt, von seinen Gefühlen übersättigt zu werden und der plötzliche Entzug hatte ihr einen Eindruck von Unsicherheit gegeben. Ein Gefühl, was sie noch nie in ihrer Beziehung empfunden hatte.
„Ich denke, ich werde gegen sechs Uhr zurück sein. Machen wir uns dann einen schönen Abend?“ Erst Stille, dann hörte sie wieder sein bestätigendes Brummen, was sie fast wie eine Erlösung empfand.
„In Ordnung, ich muss jetzt auch zu Marie, sie wartet sicher schon ... Alexander?“
„Ja?“
„Ich liebe dich.“

„Ich dich auch. Dann bis Montag!“

Sie hatte ganz vergessen, ihn auf Dr. Hansen anzusprechen, war darüber aber auch nicht unbedingt unglücklich, denn einen Streit am Telefon hätte sie, zusätzlich zu den aufkeimenden Zweifeln, schwer verkraften können. Als sie zu ihrer Mutter ins Zimmer kam, saß diese auf dem Bett und hatte eines der Bücher aufgeschlagen, die sie sich für den Aufenthalt mitgenommen hatte.
„Da bist du ja. Wollen wir jetzt ein bisschen an den Strand?“, fragte ihre Mutter, die sich bereits, so fiel es Sophie in dem Moment auf, wärmere Kleidung angezogen hatte.
„Ja natürlich. Herr Dr. Hansen ist übrigens hier. Ich habe ihm heute Abend zum Essen zugesagt, ich hoffe, das ist dir recht?“
„Ich weiß, er war, kurz bevor du gekommen bist, bei mir. Ich fände es zwar ehrlich gesagt schöner mit dir alleine zu essen, aber ich konnte ihm die Bitte auch nicht ausschlagen.“
Erleichtert über die Zusage, zog sich Sophie ihre dicke Steppjacke über, denn im Park hatte sie gespürt, dass der Wind ziemlich kalt war. Sie würde noch den ganzen morgigen Tag mit ihrer Mutter verbringen und Herrn Dr. Hansen wieder auszuladen hätte sie in Hinblick auf seine übermäßige Hilfsbereitschaft auch schon fast als unverschämt empfunden. Sie wusste, dass es keine persönlichen Gründe waren, die Marie nicht für das Treffen begeistern konnten, sondern die Tatsache, dass ihre Mutter grundsätzlich misstrauisch gegenüber Ärzten war und, nachdem ihr Mann, trotz positiver Diagnose der Mediziner nach kurzer Zeit verstorben ist, beschränkte sie den Kontakt auf das Nötigste. Glücklich, dass ihre Mutter trotzdem zugestimmt hatte, ärmelte sie sie unter und sie machten sich auf dem Weg zum Strand, bei dem sie schon von Weitem bunte Drachen am Himmel entdeckten, die Kinder in die Luft stiegen ließen.

Die salzig, feuchte Meeresluft zog um ihre Gesichter und setzte sich auf ihren Haaren ab, die bald wirr und zerzaust von ihren Köpfen abstanden. Ihre Schuhe tauchten in den weißen, mit kleinen Kieselsteinen durchzogenen Sand und Sophie entdeckte sogar eine Handvoll Muscheln, die sie in ihrer Jackentasche verstaute, denn sie hatte mit Alexander den schönen Brauch erfunden, von jedem Reiseziel ein kleines Stück des jeweiligen Landes in ihr Haus mitzubringen.

Erst am späten Nachmittag kehrten sie in die Klinikanlage zurück und Sophie musste sich beeilen, ihr Gepäck in das Hotel, was sie für sich gebucht hatte, zu bringen und rechtzeitig zum Abendessen wieder da zu sein.

Dr. Hansen hatte einen Tisch in der Osteria reserviert, einem kleinen italienischen Restaurant, was umrankt von Dünen direkt am Meer gelegen war. Sophie vermied es, über Alexander zu sprechen, da ihre Mutter dabei war, suchte sie erheiternde Themen aus. Auch Dr. Hansen begriff die Situation und kümmerte sich fast ausschließlich um die Ermunterung ihrer Mutter. Es schien Sophie bei vorangeschrittenem Abend fast so, als würde Marie sogar eine gewisse Sympathie für den jungen Arzt aufbringen.

Gegen 23 Uhr machten sie sich dann auf den Rückweg, denn bis Mitternacht musste Marie zurück in der Klinik sein. Nachdem sie in Sophies Wagen gestiegen war und auch diese sich gerade ans Lenkrad setzten wollte, hielt sie Dr. Hansen noch kurz am Arm zurück.

„Machen sie sich nicht so große Sorgen, Frau Sommer. Sagen sie ihrem Mann, dass sie viel mit ihm erleben wollen und dass sie sich auf die Zeit freuen, in der er endlich wieder gehen kann! Das wird ihm neue Kraft geben. Und wenn sie einen Rat brauchen, scheuen sie nicht, sich bei mir zu melden!“

Mit einem ungetrübten Lächeln blickte er in ihre Augen.

„Das werde ich machen. Ich danke Ihnen, Dr. Hansen.“

X

Die Rückfahrt am nächsten Morgen empfand sie um einiges anstrengender als die Anreise, wahrscheinlich, weil sie alleine war, ihre Mutter in der Klinik zurücklassen musste und nicht wusste, ob sie sich überhaupt auf zu Hause freuen sollte.
Alexander freute sich auf sie, hatte er jedenfalls gesagt, doch je näher sie München rückte, desto gekünstelt kam ihr der Zustand vor, kein Vergleich zu früheren Situationen, bei denen sie von einer kurzen Reise oder einem auswärtigen Termin wiederkam und, selbst wenn es nur eine Nacht gewesen war, die sie getrennt gewesen sind, hatte die Vorfreude auf Alexander sie komplett eingenommen. Sie war mit überhöhter Geschwindigkeit gefahren, hatte das Radio laut aufgedreht und bei ihrer Ankunft wusste sie nicht, ob sie ihm, oder er ihr öfter versichert hatte, dass der andere so gefehlt hatte. So war es jedenfalls vor Alexanders Unfall gewesen.
Seit dem Telefonat am Nachmittag zuvor hatten sie nicht mehr miteinander gesprochen und, bevor sie in die Straße zu ihrem Apartment einbog, fragte sie sich sogar, ob Alexander überhaupt zu Hause sein würde. Doch schon von Weitem erkannte sie Martins weißen Passat und musste sich eingestehen, dass sie erleichtert war und spätestens jetzt es kaum erwarten konnte, Alexander zu sehen.
„Hallo, ich bin wieder zurück!“
Sophie schloss die Tür auf und klang zu ihrer eigenen Überraschung sehr fröhlich, manchmal musste man sich selbst austricksen, dachte sie und es gelang es mit der überschwänglichen Freude, in die sie versuchte ihren Geist zu versetzen, die traurigen Gedanken aus ihrem Kopf zu verbannen.
Martin kam ihr auf dem Flur mit einer Flasche Rotwein entgegen und lächelte schüchtern.
„Hallo, schön, dass sie da sind, Alex ... ihr Mann erwartet sie schon!“

Sie folgte ihm ins Wohnzimmer und entdeckte, dass der kleine Esstisch liebevoll gedeckt war und, obwohl es draußen erst dämmerte, viele Kerzen den Raum zusätzlich erhellten.
„Magst du noch zum Essen bleiben?“, wandte sie sich an Martin und bereute fast ihre Spontaneität, die sie zu der Einladung getrieben hatte, denn nun rollte auch Alexander ins Zimmer, auf dem Schoß einen Korb mit frischem Brot und blickte sie mit einem verliebten Blick an, der ihre aufgesetzte Freude schlagartig in ein ehrliches Glücksgefühl verwandelte.
„Nein, nein, ich hatte ihrem Mann nur beim Tischdecken geholfen. Ich bin schon weg!“ Er stellte die Weinflasche auf den Tisch und streifte sich seine Jacke über, die im Flur hing. Weder Alexander noch sie versuchten ihn dieses Mal zum Bleiben zu bewegen und schienen beide befreit, als die Tür ins Schloss fiel.
„Ich freue mich, dass du wieder da bist, du hast mir gefehlt. Es tut mir leid, dass ich dich nicht begleiten konnte.“
Sophie ließ sich vorsichtig auf seinen Schoß nieder, schlang ihre Arme um seinen Hals und gab ihm einen Kuss.
„Ist mit Marie alles in Ordnung?“
„Marie geht es dort bestens, denke ich zumindest, und ich habe ihr versichert, sie jederzeit wieder abzuholen, wenn es anders sein sollte.“
„Bist du noch sehr böse auf mich, ich meine, du hattest ein Hotelzimmer für uns reserviert ...“ Er blickte betroffen zu Boden.
„Ich bin und war nie böse auf dich. Ich war nur enttäuscht ... aber mittlerweile verstehe ich dich sogar. Wenn ich mir vorstelle, wochenlang, Tag und Nacht an einen Rollstuhl gefesselt zu sein, ich wäre schon durchgedreht. Ich bewundere deine Stärke, Alexander. Zum Glück bist du dieses Ding bald los!“
Mühsam stemmte sie sich aus dem Rollstuhl hoch, für zwei war dieses Gefährt definitiv zu eng. Alexanders Gesicht verfinsterte sich und sie fragte sich augenblicklich, ob sie ihm unbewusst wieder das Gefühl

gegeben hatte, eine Belastung für sie zu sein. Sie ergriff seine Hände und lehnte sich zurück, sodass sich sein Oberkörper leicht nach vorne schob.

„Zeig mir doch mal, wie gut du schon laufen kannst, ich bin mir sicher, du schaffst schon ein paar Schritte!"

Langsam erhöhte sie den Druck auf seinen Körper und blickte ihn herausfordernd an.

„Lass das Sophie, das ist noch zu früh, ich kann nicht gehen!"

„Bloß keine falsche Bescheidenheit, Schatz, das ist doch ein Klacks für dich. Komm, bis zum Tisch schaffst du es!"

„Ich kann nicht laufen!" Gereizt befreite er sich von ihrem Händegriff und rollte den Rollstuhl ein paar Zentimeter nach vorne. So schnell wollte Sophie allerdings nicht aufgeben, sie stellte sich vor ihn und beugte sich hinab, mit ihren Lippen streifte sie seinen Hals und legte sie zärtlich an sein Ohr.

„Wenn du mir zeigst, wie gut du schon laufen kannst, dann zeige ich dir, was ich heute drunter trage, es wird dir gefallen ...", flüsterte sie ihm ins Ohr und versuchte ihn erneut aus seinem Sitz aufzurichten.

„Was soll das Sophie? Wieso quälst du mich so? Ich habe gesagt, ich kann nicht gehen, wieso akzeptierst du das nicht?"

Blitzschnell und ohne Rücksicht darauf zu nehmen, dass ihr Knie gegen die Armlehne des Rollstuhls stieß, lenkte er um und fuhr hinüber in die Küche. Erschrocken rieb sie sich über die schmerzende Stelle und eilte ihm hinterher.

„Es tut mir leid Alexander! Ich hatte nur gedacht, du wärest vielleicht auch stolz, mir zu zeigen, welche Fortschritte du machst ..."

„Du hast gedacht! Die schlaue, allwissende Sophie Sommer hat gedacht! Wie wär´s, wenn du einfach mal akzeptierst, was ich dir sage? Als mir mit deinem unerträglichem Optimismus auf die Nerven zu gehen?"

Nur schwer konnte sie die Tränen unterdrücken und rang verzweifelt nach Worten.
„Ich ... Ich ... Ich will nicht, dass du denkst, dass du eine Belastung für mich bist! Vielleicht war mein Verhalten dumm, idiotisch, aber ich liebe dich und ich möchte einfach, dass alles so wird wie früher zwischen uns!“
Nun rannen die Tränen wie ein unbändiger Fluss über ihre Wangen und sie wagte nicht, ihn anzusehen.
„Entschuldige ... Sophie, bitte entschuldige ...“
Als sie aufsah, erschreckte sie bei seinem Anblick, von einen auf den anderen Moment war er totenblass geworden und konnte wohl selbst nicht begreifen, woher diese plötzliche Aggression gekommen war.
„Komm, lass uns jetzt essen.“
Während sie dem Rollstuhl ins Wohnzimmer folgte, wischte sie sich die Tränen aus dem Gesicht.
Beide bemühten sich in die Normalität zurückzukehren, der Situation die Dramatik zu nehmen, doch ihr Lachen klang hohl, ihre Stimme monoton und abwesend. Als das Essen schließlich kalt war und außer der Flasche Wein, alles unberührt geblieben war, räumte Sophie den Tisch ab.
Zeit, auch, wenn sie es schwer ertragen konnte, brauchte es vermutlich noch Zeit, bis die gewohnte Vertrautheit zwischen ihnen zurückgekehrt war.

17

Jeden Samstag hatte Savignys Weg ihn zu dem großen Trödelmarkt auf dem Marktplatz geführt, wo er durch die unzähligen Stände strich und gespannt lauschte, wenn ein Händler mit einem potenziellen Käufer über den Preis feilschte. Er wusste nicht, was ihn jede Woche an diesen Ort trieb, denn er kehrte jedes Mal mit leeren Händen zurück; dennoch war es eine unbändige Faszination, die dieser Platz auf ihn ausstrahlte und ihn jeden Samstag aus Neue anzog. Vielleicht lag es auch daran, dass er hier ungehindert und so lange er wollte, die vielen Waren betrachten konnte, denn, hatte er sich wieder einmal auf einen Streifzug durch die Stadt gemacht, weil sein Onkel ihn mit der Drohung, nicht vor dem Abendessen zurückzukehren vor die Tür gesetzt hatte, wurde er nach kurzer Zeit von den Verkäufern der teuren Kaufhäuser verscheucht, sobald sie bemerkten, dass der kleine, etwas plump wirkende Junge nichts zu kaufen bereit war.

Nur ein einziges Mal war er schwach geworden. An einem winzigen Stand, der sich auf dem Teil des Marktes befand, der vor allem mittelalterliche und andere Schätze früherer Zeit verbarg. Dort fiel sein Blick in eine kleine Holzkiste, in der einige Eisenwerkzeuge und ein merkwürdig kurbelartiger Gegenstand aufbewahrt wurden. Der Händler, ein alter, weißbärtiger Kauz, erklärte ihm, dass es sich um eine Daumenschraube handelte, die etwa der frühen Neuzeit oder sogar des späten Mittelalters entstammte und die er einem unwissenden Österreicher auf einem seiner Reisen abknüpfen konnte. Erst 1740 zur Zeit Friedrich dem Großen, wurde sie Folter in Deutschland abgeschafft und wenig später auch in Österreich durch Maria Theresia, erklärte ihm der Händler fast stolz.

Doch dieser ganze geschichtliche Hintergrund interessierten Savigny nicht im geringsten, dieser Teil der Zeit heißt Vergangenheit, weil er eben vorbei ist und er lebt jetzt, was interessieren ihn da frühere Ge-

gebenheiten. Nein, seine Bewunderung galt der Erkenntnis, wie effektiv und heimtückisch dieses Gerät war. War es zwischen dem ganzen Werkzeug äußerst unauffällig und gab sogar vor, eines von ihnen zu sein, war es bei seiner Anwendung grausam und für ihr Opfer extrem schmerzhaft, einen ganzen Menschen konnte diese harmlos wirkende Schraube gefügig machen. Der Händler, dem der kleine Junge mittlerweile unheimlich war, versuchte dessen Furcht erregendes Interesse zu bremsen, indem er ihm erklärte, dass das Folterinstrument nicht mehr funktionstüchtig sei, denn die schmalen Schrauben, die die beiden Platten der Zwinge zusammenhielten, waren verloren gegangen, und es war so gut wie unmöglich, sie wiederzubeschaffen. Doch die Gier nach dem Gerät war bei dem jungen Savigny weiter ungezügelt und so zahlte er, dem nun wieder etwas selbstgenügsamen Alten bereitwillig sein gesamtes Taschengeld, was er sich die letzten Monate zusammengespart hatte.

Thomas Savigny hatte diese Errungenschaft aus seiner Kindheit schon fast vergessen, und unerwartet, als er eines Abends in seinem Bett lag, galten seine Gedanken plötzlich dem kleinen Gerät, was ihn damals sein gesamtes Vermögen gekostet hatte. Da er nun nicht mehr schlafen konnte, schlüpfte er in seinen Bademantel und ging hinüber in den Flur, an dessen Decke sich die kleine Luke fand, die zum Dachboden führte. Ächzend krabbelte er die steilen Stufen hinauf und war erstaunt und leicht verärgert, wie viel Unrat sich hier in den letzten Jahren angesammelt hatte. Wenn ihn nichts täuschte, mussten sich die wenigen Erinnerungen, die er aus seiner Kindheit mitgenommen hatte, am Ende des Spitzdaches befinden; und so kroch er fluchend auf allen Vieren in die hintere Ecke des Raumes und zog wenig später zwei große, verstaubte Kartons hervor. Nachdem er den Ersten fast bis zum Boden geleert hatte, hellte sich sein Gesicht auf. In ein weiches Stofftuch, das sein Onkel benutzt hatte, um seine Brille zu säubern und das er ihm in einem unbeobachteten Moment gestohlen hatte, war das Gerät säuberlich eingewickelt und machte genauso so einen vertrauensseligen Eindruck wie damals. Als handele es sich um ein kostbares Schmuckstück befreite es Savigny von seinem weichen Umschlag und, nachdem er es eine Weile stolz betrachtet hatte, steckte er seinen Daumen zwischen die eisernen Platten und versuchte die kleine Kurbel, die in der Mitte der oberen Platte mit einer kleinen Windung befestigt war, herumzudrehen. Dieser Teil des Instruments erinnerte ihn irgendwie an die alte Kaffeemaschine seiner Großmutter, die er nur wenige Male als kleiner Junge gesehen hatte, da sie früh an Typhus starb, dessen Diagnose damals noch das Todesurteil bedeutete. Doch an die alte Kaffeemühle konnte er sich besser erinnern, denn seine Mutter und eigentlich jeder der damals den Luxus besaß, Kaffee trinken zu können, hatte ihm eingebläut, dass Kaffee sehr teuer und wertvoll sei, und so hatte er andächtig dem leisen Knacken der Bohnen gelauscht, wenn sie mit der Mühle zerkleinert wurden und sich schließlich ein braunes, wohlriechendes Pulver in der kleinen Auffangschale sammelte.

Zu seinem Bedauern hatte sein Kurbeln allerdings keinen Erfolg und die Platten blieben unverändert an ihren Platz. Der alte Händler hatte also recht gehabt, ohne die beiden Schrauben an beiden Seiten der oberen Platte war das Instrument völlig unbrauchbar. Aus dem vorderen Regal holte er seinen Werkzeugkasten und stellte fest, dass sich hierin eine Vielzahl von verschiedenen Gewinden und Schrauben befand, irgendeine würde passen; doch je mehr er ausprobierte, desto gereizter kam er zu dem Schluss, dass es tatsächlich ein Format war, was nicht mehr hergestellt zu werden schien.

Sorgsam wickelte er die Schraube wieder in das Tuch, und als er gerade die Treppe hinabsteigen wollte, blieb sein Blick an dem klapprigen Büchergestell hängen, das er letztes Jahr als Restposten gekauft hatte, um die Zeitschriften zu verstauen, die nicht mehr in sein Arbeitszimmer passten. Es war ein billiges Fabrikat, irgendwo aus Südkorea oder

Thailand und er war der Meinung, die Stäbe, die den Schrank nicht auseinanderfielen, ließen, hatten in etwa den Umfang der Löcher, die sich auf der Platte befanden. Vorsichtig legte er das Foltergerät auf einer Treppenstufe ab und stapelte die Zeitschriften aus dem Gestell, bis es in seiner kargen Schlichtheit vor ihm stand. Mit einem Handgriff hatte er es längs auf den Boden gelegt und die Gewinde aus den Blechwänden gedreht. Die Aufregung stieg in ihm auf und beinahe wäre ihm die Daumenschraube heruntergefallen, als er langsam die schmalen Stäbe an die Öffnungen anlegte und feststellte, dass diese tatsächlich passten. Triumphierend wiederholte er diesen Vorgang und um sich ganz sicher zu sein, steckte er erneut seinen Daumen in die Zwinge und drehte behutsam die Kurbel herum, die sich jetzt langsam und etwas zäh auf seinen Finger legte und erst, als Savigny sie zufrieden in die andere Richtung drehte, sich wieder von diesem löste.
Ohne das Chaos zu beseitigen, was er auf dem Dachboden angerichtet hatte, kehrte er in sein Schlafzimmer zurück und legte das Folterinstrument, wie eine gerade errungene Trophäe neben sich auf den Nachttisch.
Glücklich schloss er die Augen und war sich sicher, heute einen besonders ruhigen und festen Schlaf zu finden. Doch trotz dieser Erwartungen kam sein Körper nicht zur Ruhe und immer wieder fiel sein Blick hinüber zum Nachtisch. Nach kurzem Zögern gestand er sich schließlich ein, zu aufgeregt zu sein, um in nächster Zeit schlafen zu können und nachdem er sich in das Wohnzimmer auf den großen Lesesessel gesetzt und vergeblich versucht hatte, sich auf einen Bericht aus der Juristenzeitschrift zu konzentrieren, ergab er sich schließlich dem sehnlichen Wunsch, das wieder funktionstüchtige Gerät endlich auszuprobieren. Er schaute hinüber zur Wanduhr und stellte fest, dass es erst kurz nach elf war, an einem Freitagabend. Ohne noch länger zu überlegen, zog er sich an und machte sich zunächst ziellos auf die nächtlichen Straßen. Er würde in eine der kleinen Vorstädte fahren, von

denen er wusste, dass sie zumindest einen verruchten Ortsteil besaßen und in dem er noch nicht gewesen war.
Nach einer guten Stunde war er schließlich fündig geworden und bog in eine schmale Seitenstraße ein, in denen zwar ausschließlich triste graue Wohnblöcke nebeneinander standen, von denen jedoch bekannt war, dass fast jedes dieser Häuser als Bordell umfunktioniert worden war und die Prostituierten vor den Türen auf ihre Freier warteten. Savigny fühlte sich nicht ganz wohl, eine eindeutige Anonymität wäre ihm lieber gewesen, trotzdem war er sich sicher, dass diese Einrichtungen nicht mit Kameras versehen waren, wie es sonst im besseren Bordell der Fall war.
Im Grunde hatte er auch nichts zu befürchten, außer einmal entdeckt zu werden und sein Ruf ruiniert wäre, eine Nutte war schließlich gewohnt, härter ran genommen zu werden und, dass man eine Prostituierte vergewaltigen konnte, war für Savigny ein absurder Widerspruch in sich.
Von diesen Gedanken beruhigt, verstaute er die Daumenschraube in seiner Jackentasche und betrat ein Haus, was sich ganz am Rande der Straße befand.
Die Zimmer im ersten Stock waren belegt, was man an den leeren Stühlen vor den Türen erkennen konnte. Erst als Savigny die Treppen des dritten Stockwerks erreicht hatte, hockt am Ende des Raumes eine rothaarige Frau, die sich bei seinem Bemerken aus ihrer trägen Haltung aufraffte, ihren Rücken durchdrückte und ihren Kopf verführerisch zur Seite drehte. Ihre langen Haare fielen ihr über die Schulter und Savigny musste bei der roten Farbe unweigerlich an Monique Castede denken, was für ein schöner Zufall.
Er betrat unaufgefordert das kleine Zimmer, was an Spärlichkeit kaum zu übertreffen war. Das Bett war nicht größer als die Rückbank seines Wagens und er fragte sich, wie zwei Menschen darauf Platz finden sollten. Zu seinem Bedauern stellte er auch fest, dass die rothaarige

Nutte, die er beim Vorbeigehen noch einigermaßen attraktiv empfunden hatte, dem Bild nun, wo sie die Tür schloss und sich aufs Bett legte, nicht mehr standhalten konnte. Ihm war schon nach wenigen Besuchen aufgefallen, dass Prostituierte irgendwie fahlere Haut, als andere Frauen hatten, fast so, als hätte man das gesamte Blut aus den Adern ihres Gesichts gezogen und diese Nutte vor ihm erinnerte ihn sogar an eine Kraterlandschaft, denn zu den tiefen Furchen in ihrer Haut, kamen, als wäre das nicht schon schlimm genug, hässliche Narben hinzu, die von einer schlimmen pubertären Akne stammen mussten.
Es war allerdings der Anblick ihres Slips, aus dem rothaarige Schamhaare hervorquollen und den unwiderlegbaren Beweis für die Echtheit der Rothaarigen lieferten, der ihn zu dem Entschluss brachte, heute auf den Sex zu verzichten und gleich zum Wesentlichen zu kommen. Dass sich dieses Miststück noch nicht mal pflegen konnte, machte Savigny wütend.
Wenn andere Freier diese Abneigung dazu bewegt hätten, sich eine andere Prostituierte zu suchen, dachte Savigny keinen Moment darüber nach, das Zimmer zu verlassen. Es war nicht der Verkehr, der ihn zu diesen Besuchen trieb oder sexuelle Begierde, er empfand den Sex sogar fast als einen Zwang, weil man sich schließlich bei einer Nutte befand, nein, erst der Schmerz der Frauen, die Gewalt, die er über sie ausüben konnte, stellten für ihn Befriedigung dar und so war er erleichtert, dass er in Hinblick auf die schmutzig wirkende Nutte auf das lästige sexuelle Vorspiel verzichten konnte.
„Wie lange möchtest du denn bleiben? Ich koste fünfzig Euro die Stunde“, hörte er ihre ungeduldige, kratzige Stimme. Aus seiner Brieftasche zog er einen Geldschein und begann, um nicht gleich Misstrauen hervorzurufen, sein Hemd auszuziehen.
„Ich denke, ich brauche nicht sehr lange, eine Stunde müsste reichen.“
Er zeigte keine Gegenwehr, als sie ihn von seiner Hose befreite, und begann seinen Schritt, mit ihren langen, mit Kunstnägeln verzierten

Händen, zu massieren. Als sie nach wenigen Minuten merkte, dass seine Genitalien noch immer schlaff waren, beugte sie ihren Kopf hinunter, um ihn oral zu befriedigen. Doch bevor ihr Mund zwischen seinen Schenkeln angekommen war, schnellte sein linkes Knie nach oben und traf sie frontal ins Gesicht. Savigny hatte schon einige Nasen brechen hören, meistens war es fast lautlos, manchmal ein kurzes Knirschen, so als würde man mit der Hand eine Nuss zwischen den Fingern brechen, aber diese Nase spaltete sich mit einem lauten Knacken in zwei Hälften und er hörte, wie der Knochen auf dem Nasenbein aufkam und dieses ebenfalls teilte. Ihre Augen liefen plötzlich merkwürdig rot an, denn der abgebrochene Knochen drückte sich gegen die Augäpfel und bohrte sich durch die kleinen faserigen Äderchen.

Überrascht und fast enttäuscht, dass dieser Stoß der Nutte so zugesetzt hatte, kam Savigny plötzlich die Befürchtung, eine Ohnmacht könnte seinen Plan vereiteln. Langsam legte er sie auf Bett ab und stopfte die dünne Satindecke unter ihre Beine. Mit einem Taschentuch wischte er das frische Blut aus ihrem Gesicht und er spürte eine tiefe Erleichterung, als ein lautes Stöhnen aus ihrem Mund trat und sie mit der Hand über ihr zertrümmerte Nase fühlte.

„Sind sie verrückt geworden? Was haben sie mit meinem Gesicht gemacht?“

Taumelnd versuchte sich die Prostituierte aufzurichten, Savigny drückte sie aufs Bett zurück, zwirbelte seinen Gürtel aus seiner Hose und schnürte ihre linke Hand an den Bettpfosten.

„Machen Sie mich sofort los! Sind sie pervers? Sie glauben doch nicht, dass ich jetzt noch Lust habe, mit Ihnen zu vögeln!“ Wütend ruckte sie an dem festgeschnürten Arm.

„Wenn du nicht sterben willst, hältst du jetzt einfach dein dummes Maul!“

Er nutzte den Moment ihrer Fassungslosigkeit, zog die eiserne Daumenschraube aus der Jackentasche und präsentierte ihr wie ein kostbares Präsent das Folterwerkzeug. Die Prostituierte begriff mit einer stets befürchteten, aber nun eintretenden Gewissheit, dass er nicht einer ihrer gewöhnlichen Freier war. Verstört und gelähmt von der panischen Todesangst, die ihren Körper plötzlich in eine leblose Masse verwandelte, ließ die sie ihren Daumen in die Zwinge führen und, erst als sie die obere Platte fast ihre Hand erreicht hatte, zuckte sie zusammen, zog ihre Hand zurück und stellte mit Erschrecken fest, dass er sie mit seiner Faust am Handgelenk gesichert hatte. Ein gellender Hilfeschrei hallte durch das Haus, ängstlich, verzweifelt und ahnend, dass es für sie jetzt kein Entrinnen mehr gab.

Savigny hielt inne, Zorn stieg in ihm auf. Die verbale Gegenwehr, die sein Opfer natürlich aufbringen werde, hatte er völlig vergessen! Blitzschnell riss er das Satinbettuch auseinander, was eben noch unter ihren Beinen lag und zog es so kräftig um ihren Mund, so fest, dass sich ihre Augäpfel, die sich in einer undefinierbaren roten Kugel befanden, unter die Lider schoben. Nun war nur noch ein dumpfes Stöhnen zu hören und er setzte die Daumenschraube erneut an.

Die Platte wanderte ihren Weg hinab, als hätte es nie eine Jahrhundert währende Pause gegeben und, als sie den Finger erreicht hatte, stockte sie für einen kurzen Moment; auch, wenn ihn dieser weitere Teil mehr Kraft kostete, genoss er jede Sekunde, in der er die Kurbel nun langsam weiter drehte, bis sich die Fingerkuppe langsam nach oben drehte und sich zögernd, aber der Kraft des Eisens unterlegen, senkrecht nach oben bog. Gebannt folgte Savigny diesem Schauspiel und ließ sich erst ablenken, als er den kalten Schweiß der Prostituierten spürte, die von ihrem Oberkörper, über ihren Bauch, auf seinen Arm lief. Ihr Stöhnen hatte sich kaum verändert, vielleicht lag das auch daran, dass er ihren Knebel etwas zu fest gezogen hatte, aber ihr Körper sah jetzt ziemlich mitgenommen aus. Er war von Schweiz überzogen, ihr Gesicht hatte eine merkwürdige bläuliche Färbung und ihre Gliedmaßen zuckten in unregelmäßigen Abständen zusammen, was ihn an einen sterbenden Fisch erinnerte. E konnte es kaum erwarten, die Zwinge noch fester zu spannen, er genoss diesen Augenblick, diesen Moment, kurz bevor der Knochen den eisernen Platten nachgab und in einem kurzen Knacken, fast in der Tonlage, in der eine Nase bricht, auseinandergerissen wird. Er schloss die Augen und lauschte dem verzweifelten und quälend klingelnden Ächzen.

Nach wenigen Minuten hatte ihr Körper dem unsagbaren Schmerz nachgegeben und sich in eine Ohnmacht geflüchtet und Savigny, der die Daumenschraube von den Hautfetzen und Blut befreite, dachte, obwohl er eigentlich Sprichwörter hasste, daran, dass es Momente gab, in denen man sich wie neu geboren fühlte.

18

„Die stehen da hinten, letzter Gang rechts, hinter dem Lesesaal!"
Die Frau an der Information im zweiten Stock der Universitätsbibliothek warf Maximilian einen entnervten Blick zu und vertiefte sich gleich darauf wieder in eine ihrer skandalüberladenen Frauenzeitschriften.
Während er sich auf den beschriebenen Weg zu den Jahresbüchern der Hochschulabsolventen machte, fragte er sich, warum mache Menschen einen Beruf wählten, für den sie ganz offensichtlich ungeeignet waren. Der Lesesaal war bis auf den letzten Platz besetzt, da in wenigen Wochen die Abschlussprüfungen der Betriebswirte anstanden.
Die Jahresbände waren nicht zu übersehen, fast zwei Gänge nahmen die Bücher ein, die je nach Jahr immer in einer anderen Farbe gehalten und chronologisch aufgestellt waren.
Johanna musste 1999 oder 2000 ihr Examen abgelegt haben und so zog Maximilian erst letzteres Band aus dem Regal. Schon nach kurzem Durchblättern hatte er sie entdeckt, ein warmes Lächeln zog sich über sein Gesicht. Ihre Seite gab nicht viele Informationen über sie Preis, hatten andere ihrer Studenten die Chance der Veröffentlichung genutzt und unzählige Sprüche, Bilder, Fotos und sonstige Andenken, die sie als einzigartig auszeichnen sollten, auf ihre Seite abdrucken lassen, enthielt Johannas Profil nur die wichtigsten Informationen über ihre Person, so wie einige Sprüche von Studenten, die die Universitätszeit mit ihr sehr genossen zu haben schienen und ihr Wünsche für die Zukunft hinterlassen hatten. Maximilian blätterte bis in das hintere Drittel des Bandes, dort, wo sich die Fotos einiger Veranstaltungen, Partys oder einfach nur lustige Campusszenen abgebildet waren und tatsächlich fand er dort, wonach er gesucht hatte. Ein Bild zeigte Johanna beim juristischen Abschlussball, in einem eleganten rosafarbenen Abendkleid. An ihrer rechten Seite stand ihr Tanzpartner, ein

blonder gut aussehender junger Mann. Dem Text unter dem Foto entnahm er, dass die beiden Zweite bei der Wahl der Ballkönigin und des Ballkönigs geworden waren, aber noch interessanter fand er die Information über die Identität ihres Partners; Oliver Pätzold hieß also der Mann, der damals eine wichtige Rolle in ihrem Leben gespielt haben musste.

Er notierte sich den Namen in seinen Kalender und stellte das Band, wie ein fertig gelesenes Buch, wieder zurück an seinen Platz.

Da er die Mitarbeiterin an der Information ungern erneut bei ihrer lebensnotwendigen Lektüre stören wollte, entschied er gegenüber der Universität in eine der Telefonzellen zu gehen, um nachzusehen, ob dieser Oliver vielleicht noch in der Stadt lebte und eine Telefonnummer angegeben war.

Leider hatte er bei dieser Suche jedoch kein so schnelles Glück, es gab zwar einige Pätzold in der Stadt, allerdings keinen Oliver und auch keine Abkürzung, die auf den Gesuchten schließen lassen konnte. So blieb ihm nichts anderes übrig, alle angegebenen Teilnehmer durchzutelefonieren, in der Hoffnung, einen seiner Verwandten, vielleicht sogar seine Eltern an den Apparat zu bekommen.

Und tatsächlich meldete sich nach einigen erfolglosen Versuchen ein älterer Herr, der ihn höflich, aber auch leicht stutzig fragte, was Maximilian von seinem Sohn wolle.

„Ich bin ein alter Schulfreund von Oliver und organisiere ein Schultreffen. Leider hat er uns keine aktuelle Nummer hinterlassen, sodass ich mir erlaubt habe, bei Ihnen nachzufragen“, log Maximilian.

Nach einem kurzen Zögern hörte er mit ziemlicher Erleichterung ein kurzes Brummen, womit der Alte signalisierte, dass er ihm seine Lüge abgenommen hatte.

„Mein Sohn lebt mittlerweile in Karlsruhe. Er ist dort ein angesehener Anwalt, sogar für den Bundesgerichtshof zugelassen. Wissen sie, das Privileg kommt nicht jedem Juristen zugute, nur den Besten!“

„Das höre ich gerne, sehr beeindruckend. Ich bin nämlich auch Anwalt, da haben wir uns sicher viel zu erzählen!“
Wieder brummte der Alte, allerdings kam es Maximilian dieses Mal fast wie eine akustische Geringschätzung vor, die ihm unmissverständlich zu verstehen gab, dass sein Sohn sich wohl kaum mit einem einfachen Juristen, wie er es sei, abgeben werde.
„Mmm, ich weiß gar nicht, ob mein Sohn für so einen Firlefanz Zeit hat“, raunte sein Gesprächspartner nun und Maximilian bereute, sich einen so lapidaren Vorwand ausgesucht zu haben.
„Na ja, nicht nur ich werde da sein, sondern auch viele andere seiner alten Schulfreunde. Ihr Sohn war sehr beliebt in unserem Jahrgang und ich bin mir sicher, Oliver würde sich freuen, ein paar von Ihnen wider zu sehen!“ Wieder eine nervöse Stille, bis der Alte sich endlich überwunden zu haben schien.
„Ja, das stimmt, mein Sohn war schon immer sehr beliebt, das ist auch heute noch so! Nun gut, was sollte er auch gegen ein altes Schultreffen haben ... Haben sie einen Stift zur Hand?“
Eilig, bevor er es sich wieder anders überlegen konnte, notierte Maximilian die Nummer und legte auf.
Was für eine schwere Geburt, dachte er, wenn sein Sohn auch so eine schwierige Person war, wartete noch ein ziemlicher Kampf auf ihn. Er überlegte kurz, das Telefonat hinauszuschieben, lehnte den Gedanken jedoch entschlossen ab und wählte die Nummer, mehr als einfach auflegen konnte er ja nicht. Nach dem dritten Klingeln sprang die Mailbox an und Maximilian hinterließ eine kurze Nachricht, seine Nummer, mit der Bitte um Rückruf.
Obwohl er auf den Hinweg die Straßenbahn genommen hatte und die Strecke zurück zur Kanzlei fast zu weit war, um sie zu Fuß zurückzulegen, wollte sich Maximilian um keinen Preis in einen der überfüllten Wagen quetschen, er brauchte Platz, Platz zum Atmen und seine Gedanken zu ordnen. Gerade als er darüber nachdachte, wie es wohl

sei, den vielleicht potenziellen Täter am Telefon zu haben, seine Stimme zu hören, klingelte sein Handy. An der Nummer erkannte er, dass es Oliver Pätzold war. Eine nervöse Anspannung stieg in ihm auf, und war er sonst in jeder noch so verzwickten Situation gelassen, konnte er sich jetzt nur schwer beruhigen.

„Ja, bitte!“ Als hätte er die Nummer auf dem Display nicht wahrgenommen, drückte er sein Handy ans Ohr.

„Guten Tag, Oliver Pätzold hier! Sie hatten mich um einen Rückruf gebeten?“

„Ach, Herr Pätzold, ja. Ich bin ein ehemaliger Mitschüler, vielleicht erinnern sie sich nicht mehr an mich, ich bin erst in der zwölften Stufe in die Klasse gekommen ... Ihr Vater war so nett, mir ihre Nummer zu geben. Um nun auf den Punkt zu kommen, ich organisiere ein Schultreffen und bin dabei die Einladungen zu verschicken. Wenn sie möchten, lasse ich ihnen auch eine zukommen!“

Maximilian wartete auf das leise Klicken, mit dem die Leitung jeden Moment unterbrochen werden würde, und wusste selbst nicht, warum er plötzlich so unüberlegt forsch vorgegangen war.

„Das klingt aufregend! Im italienischen Garten 3, in Karlsruhe! Haben sie das?“

Verdutzt, dass ihm der fremde Mann ohne jedes Zögern oder Nachfragen seine Privatadresse gegeben hatte, war Maximilian für einige Augenblicke sprachlos.

„Haben sie das? Ich habe nämlich nicht viel Zeit, ein Mandant wartet!“, fragte Oliver Pätzold, der sich über den Anruf nicht im Geringsten zu wundern schien.

„Ja, habe ich notiert, danke. Und bis bald!“

Ungläubig über den mühelos errungenen Erfolg überlegte er, wie er nun am besten vorgehen solle. Ihn einfach zu überfallen, war nicht seine Art, er empfand dies sogar als sehr geschmacklos, allerdings war ihm das Risiko, Oliver Pätzold könne ihn beim nächsten Mal am Telefon

abwürgen, zu hoch und ließ ihn zu dem Schluss kommen, dass es wirklich das Beste war, ihn aufzusuchen, stand er erst einmal vor seiner Tür, wäre er nicht mehr so leicht abzuwimmeln.
Es war jetzt kurz nach drei, würde er sich beeilen, die restlichen Termine, die eigentlich noch auf ihn warteten auf morgen verlegen, könnte er gegen Abend in Karlsruhe sein. Nun war es auch zu spät, überhaupt noch etwas anderes in Erwägung zu ziehen, er war viel zu aufgeregt, den Mann zu treffen, der vielleicht der Schlüssel zu seinem Problem war. Den restlichen Weg zur Kanzlei legte er in einem leichten Dauerlauf zurück, holte seinen Wagen aus der Tiefgarage und eine halbe Stunde später befand er sich auf der Autobahn Richtung Pfalz.
Das letzte Mal, als er sich zu so einer spontanen Reise entschieden hatte, war im Pfadfinderlager, als er gerade 15 war und so furchtbares Heimweh hatte, dass er in einer Nacht- und Nebelaktion aus dem Kamp schlich und per Anhalter, was seine Eltern noch heute in ängstlicher Erinnerung war, zurück nach München trampte.
Und nun saß er genauso intuitiv in seinem Wagen, auf dem Weg zu einem Mann, von dem er im Grunde nicht mehr wusste, als dass er bei Johannas Abschlussball ihr Tanzpartner gewesen war.
Um Viertel vor acht erreichte er das Wohnviertel, in dem Oliver Pätzold, vermutlich mit seiner Familie leben musste. Es befand sich in einer ruhigen, gepflegten Wohngegend, in dem die Autofahrer durch Schilder aufgefordert wurden, auf Kinder Rücksicht zu nehmen und ihre Fahrweise dementsprechend anzupassen und viele Grünflächen verhinderten, dass das Gebiet einer Pflasterlandschaft glich. Einfamilienhäuser mit großzügigen Gärten vervollständigten das Bild einer noch existierenden heilen Welt und, als Maximilian vor der Adresse stand, die er sich in seinen Kalender vermerkt hatte, hielt es fast für absurd, dass hinter diesem gepflegten, rot verklickerten Haus ein potenzieller Gewalttäter leben sollte.

Unschlüssig parkte er seinen Wagen in einer Anliegerbucht, die sich gegenüber dem Haus befand und rührte sich nicht, erst als ein Nachbar aus seinem Haus trat und dem Auto, mit dem fremden Kennzeichen einen skeptischen Blick zu warf, öffnete er die Tür und überquerte die Straße.

Nach dem zweiten Klingeln öffnete sich die Tür einen Spalt, hinter dem ein kleines blondes Mädchen ihren Kopf steckte.

„Hallo, ich bin Luise, und wer bist du?“ Freundlich lächelte sie den fremden Mann an und legte dabei eine beachtliche Zahnlücke frei, in der vor ein paar Tagen noch ein Milchzahn gethront haben musste.

„Hallo, ich bin Maximilian. Ist dein Vater vielleicht da?“ Bevor die Kleine antworten konnte, erschien auch schon ein Mann, der das Mädchen liebevoll auf den Arm hievte.

„Das ist er! Was kann ich für sie tun?“ Oliver Pätzold sah fast noch genau so aus, wie auf dem Bild. Seine strohblonden Haare hatte er modisch kurz geschnitten und seine blauen Augen strahlten eine wachsame Freundlichkeit aus. Nur auf seiner Stirn und um seinen Mund hatten sich leichte Mimikfalten gebildet, die aus dem sonst sehr jugendlichen Mann, einen verantwortungsvoll wirkenden Erwachsenen machten.

„Ich bin Maximilian Konradius, wir hatten vorhin telefoniert.“

„Ja richtig und dann bringen sie mir die Einladung gleich persönlich? Das wäre aber nicht nötig gewesen.“ Erstaunt blickte er Maximilian an.

„Nein, deshalb bin ich nicht hier. Ich wollte sie nur persönlich sprechen, ich hoffe, sie nehmen mir das nicht übel. Ich bin wegen einer anderen Sache hier. Ich würde gerne mit Ihnen über Johanna Windlund sprechen!“ Achtsam beobachtete Maximilian sein Gesicht, keine verräterisch wirkende Veränderung, die ihr Name bei ihm auslösen konnte, würde ihm entgehen. Oliver Pätzold runzelte jedoch nur irritiert die Stirn.

„Über wen? Ich kenne keine Johanna Windlund!“, stellte er nun fest, und ließ dabei seine Tochter hinunter, die gelangweilt von der Unterhaltung auf seinem Arm quengelte.
„Johanna Windlund ist mit Ihnen zur Schule gegangen! Sie waren sogar zusammen beim Abschlussball!“
„Ach, sie meinen Hanna! Ja, natürlich kenne ich sie. Was ist denn mit ihr?“ Neugierig blickte er Maximilian an.
„Ich bin ihr Lebensgefährte und habe ein paar Fragen zu der damaligen Zeit, die sie mit ihr verbracht haben. Ich weiß, das ist sehr ungewöhnlich, ich bitte sie aber trotzdem, sie mir zu beantworten!“
Minuten vergingen, in denen sich Oliver Pätzold zu fragen schien, ob er einen Verrückten vor sich hatte oder tatsächlich den Partner von Johanna, seiner damaligen Mitschülerin. Obwohl er als Anwalt wusste, dass man sich nicht von Äußerlichkeiten leiten lassen sollte, hatte er das Gefühl, dieser gut gekleidete, seriös wirkende Mann, der um acht Uhr abends mitten in der Woche vor seiner Tür stand, ehrliche Absichten hatte.
„Nun gut, ich sage kurz meiner Frau Bescheid, dann können wir ein bisschen um den Block gehen, das Wetter ist ja noch angenehm warm.“
Selbst, wenn dieser Mann kriminelle Absichten hatte, würde er ihn wohl kaum in einem belebten Wohnviertel überfallen.
Sie überquerten die Straße und bogen in eine Nebenstraße ein, die außer ihrem Namen, den anderen im Viertel zum Verwechseln glich.
„Was möchten sie denn wissen, ich kannte Hanna im Grunde gar nicht so gut.“
„Wieso, sie waren doch zusammen auf dem Abschlussball?“
„Ja, aber das war mehr ein Zufall, denn sie war eigentlich mit einem anderen Jungen verabredet. Sie hatten, glaub ich, Streit. Auf jeden Fall kam eine Freundin von Johanna, einen Tag vor dem Abschlussball zu mir und flehte mich förmlich an, Johanna zu begleiten. Ich hatte damals selbst keine Tanzpartnerin, ich wollte eigentlich auch gar nicht auf

diesen blöden Ball. Meine damalige Freundin Olivia und jetzige Frau war als O-Pair für sechs Monate in die USA gegangen, was mir fast das Herz gebrochen hätte ... Aber irgendwie habe ich mich dann doch breitschlagen lassen."

Maximilian folgte seiner Erzählung, auch, wenn er nicht mit so einer Geschichte gerechnet hatte, hakte er nach.

„Und wie haben sie sich mit Hanna verstanden?"

„Mit Hanna konnte man sich nur gut verstehen. Ich weiß nicht, ob sie sich sehr verändert hat, damals war sie eine sehr lebensfrohe Person, sehr höflich, stets gut gelaunt und auf eine erfrischende Art mit einer mädchenhaften Naivität gesegnet. Wir haben uns wirklich gut verstanden. Irgendwann hatte sich der Streit mit ihrem Freund gelegt und wir haben, als meine Freundin aus den USA wieder kam, ein paar Mal etwas zu viert unternommen ... leider ist kurze Zeit später der Kontakt abgebrochen. Ich bin nach Karlsruhe gegangen, um Jura zu studieren und hatte nur noch wenig Zeit, die alten Freundschaften zu pflegen."

Maximilian nickte. Seine Geschichte klang überzeugend und er hatte keinen Grund an ihrer Richtigkeit zu zweifeln, trotzdem hatte sie eine neue Frage aufgeworfen.

„Wissen sie noch, wie ihr damaliger Freund hieß?"

„Ich wusste, dass sie mir diese Frage als Nächstes stellen werden und ich überlege schon die ganze Zeit. Joachim ... Joachim ... Wendtland! Ja genau, sein Name war Joachim Wendtland!"

Schnell kramte Maximilian ein Stück Papier aus seiner Hosentasche und notierte den Namen, um ihn auf dem restlichen Weg nicht zu vergessen.

„Warum möchten sie das eigentlich alles wissen?", fragte er und blickte Maximilian von der Seite an.

„Weil ich Johanna Windlund liebe", antwortete er mit einer überzeugenden Bestimmtheit, die Oliver Pätzold bis eben empfundene

Skepsis in die klare Gewissheit verwandelte, dass ihm der fremde Mann, die Wahrheit sagte.

19

Es kam so unverhofft, dass Sophie es einen Bruchteil des Moments für eine Einbildung hielt. Doch Alexanders unverändert versteinertes Gesicht, nahm ihr die Illusion dieses Trugbilds und wie ein Bergsteiger, der bis eben noch an dem steilen Felsen hing, stürzte sie ungesichert in die Tiefe. Ihre Glieder wurden schwer, ihr Atem flach und ihr Kopf, den sie nur noch als ein pochendes Objekt wahrnahm, schmerzte so sehr, dass sich um ihre Augen ein grauer Schleier bildete und sie ins Taumeln geriet.

„Wie meinst du das, dich trennen?“, haspelte sie und versuchte verzweifelt, die Tränen zu unterdrücken.

„So, wie ich es gesagt habe, Sophie. Ich möchte, dass wir uns trennen, bitte mach es uns nicht so schwer!“ Alexander schob den Rollstuhl ins Wohnzimmer und packte demonstrativ ein paar Bücher vom Regal in seine Reisetasche.

„Was meinst du mit trennen? Möchtest du eine Zeit alleine sein? Was ist denn los mit dir?“ Sie eilte hinter ihm her, packte seinen Rollstuhl, der mit einem Ruck stehen blieb.

„Nein, ich möchte nicht nur eine Zeit alleine sein, ich möchte, dass wir uns endgültig trennen! Ich werde die Scheidung einreichen.“

Die nächsten Augenblicke kamen Sophie wie ein inszeniertes Drama vor, an dem sie nicht teilnahm, sondern als Zuschauer beobachtete, wie die Frau vor dem Rollstuhl auf die Knie fiel, dem Mann um die Beine griff und ihn verzweifelt anflehte, sie nicht zu verlassen. Doch der Mann blieb hart, obwohl es ihm nicht leicht zu fallen schien.
„Sophie steh bitte auf, das hat doch alles keinen Sinn. Ich werde meine Entscheidung nicht ändern.“
„Aber wieso? Ich verstehe dich nicht! Hat es mit deinem Unfall zu tun? Ich weiß, dass die Situation schwer für dich ist, aber Alexander bitte komm zur Vernunft, wir haben jetzt schon so viel geschafft. Das kannst du doch nicht alles wegschmeißen!“
Liebevoll mit zitternden Händen strich sie über seine Wange und versuchte ihm einen zarten Kuss zu geben, doch er drehte seinen Kopf zur Seite, was sich für sie wie eine rüde Ohrfeige anfühlte.
Noch nie war Alexander so mit ihr umgegangen, natürlich hatte er sich in den letzten Wochen verändert, hatte sich zurückgezogen und auch die vielen Ausflüge, die sie mit ihm unternahm, hatten nichts an dieser Stimmung verändert. Doch Sophie war sich immer sicher gewesen, dass die Situation daran schuld war, dass Alexander im Rollstuhl saß und es hasste, ständig, rund um die Uhr auf fremde Hilfe angewiesen zu sein.
Oft hatte sie sein Verhalten verletzt, denn es wurde häufiger, dass er ihre Nähe nicht ertragen konnte und sich immer mehr vor gemeinsamen Aktivitäten drückte, aber sie hatte das immer mit einer gewissen Selbstlosigkeit hingenommen und den Tag herbeigesehnt, an dem Alexander endlich wieder werde gehen können. An diesen Gedanken gekrallt, dass ab dem Tag alles wieder gut werden würde, hatte sie die letzten Wochen überstanden. Dass er sich von ihr trennen wollte, es für sie keine gemeinsame Zukunft mehr geben werde, kam ihr wie eine irreale Farce vor, für die sie keine Erklärung hatte.

„Aber warum? Ich verstehe das einfach nicht! Oder hast du eine andere Frau kennengelernt?“ Dass ihr plötzlich dieser Möglichkeit in den Sinn gekommen war, empfand sie als absurd, denn wo sollte Alexander, gefesselt an seinen Rollstuhl eine andere Frau kennen gelernt haben. Auch Alexander schüttelte verärgert den Kopf und rieb sich über die Stirn.

„Hast du Kopfschmerzen? Komm, leg dich ein bisschen hin, ich hole dir ein Glas Wasser! Und, wenn du ausgeschlafen hast, reden wir noch mal in Ruhe ... über die Sache.“

Überreizt zerrte Sophie an der Wolldecke, die über dem Sofa lag, und gab Alexander ein Zeichen, sich auf das Sofa zu legen.

„Was soll dieser Quatsch? Hast du mir nicht zugehört? Martin müsste gleich hier sein, ich habe ihn gebeten, mich abzuholen. Ich werde erst einmal im Hotel schlafen, bis ich etwas Neues gefunden habe.“

„Aber warum Alexander? Wieso willst du mich verlassen?“

Seine Antwort traf sie, als würde sich ein spitzer Dolch in ihr Herz rammen und ihr die Luft zum Atmen nehmen.

„Weil ich dich nicht mehr liebe, Sophie.“

In einem halb wachen, halb ohnmachtartigem Zustand liefen die weiteren Szenen vor ihrem Gehirn ab, in denen es bei ihnen an der Tür klingelte, Martin hineinkam, Alexander sie mit einer kühlen Umarmung verabschiedete, und beide mit seiner Reisetasche das Apartment verließen.

Ohne eine Erklärung, als hätte er einen schwierigen Termin hinter sich gebracht, hatte er sie hier alleine zurückgelassen.

Ihr Körper krümmte sich zusammen, sie ließ ihn auf den Boden gleiten und presste ihren Kopf an die Lehne des Sofas. Mit einem verzweifelten Weinkrampf übermannte sie die Verzweiflung, ihre Gliedmaßen waren fast leblos und schienen nur durch das zitternde Schluchzen am Leben gehalten zu werden, kein Gefühl schaffte es, sie aus dieser Hoffnungslosigkeit zu befreien, nur der Schmerz, dieser unsagbare Schmerz, der ihr die Kehle zuschnürte, bohrte sich immer tiefer in ihren Körper.

Sie wusste nicht, ob sie tatsächlich das Bewusstsein für einen kurzen Moment verloren hatte, oder ob ihr Gehirn sich einfach geweigert hatte, diesen Zustand weiter zu ertragen, erst als es draußen zu dämmern begann und das Winseln Tassilos, der den ganzen Tag noch nicht draußen gewesen war, zudringlicher wurde, tauchte sie zurück in die Gegenwart und raffte sich stöhnend vom Boden auf, ihre Glieder schmerzten und sie brauchte dringend eine Kopfschmerztablette.

Sie trug noch den feinen Hosenanzug, den sie sich erst letzte Woche in einer kleinen Boutique gekauft hatte, und der jetzt so zerknittert aussah, dass er auch ohne Weiteres aus einem Second- Hand Geschäft stammen konnte. Achtlos streifte sie ihn im Wohnzimmer ab und schlüpfte in einen ausgebeulten Trainingsanzug, der mit einer großen Kapuze versehen war, den sie sich über den Kopf zog. Am liebsten hätte sie sich ins Bett verkrochen oder wäre einfach dort auf dem Boden liegen geblieben, aber Tassilo konnte schließlich nichts für ihre Situation, und ein Blick in seine treuen braunen Augen gab ihr Kraft, vor die Tür zu treten und einen kurzen Spaziergang durch den Park zu machen. Frische Luft, die schöne Parkanlage und der Anblick ihres Hundes, der fröhlich über den Rasen tollte, waren das beste Mittel gegen Kummer und ein sicherer Garant, dass es Sophie nach einem Spaziergang besser ging; nur dieses Mal hatten diese Komponenten genau die gegenteiligere Wirkung. Die gepflegte Anlage, die noch genauso aussah wie immer, als hätte sich in ihrem Leben nichts verändert, das alte, immer noch verliebte Rentnerehepaar, dass jeden Abend seinen Abendspaziergang durch den Park machte und in denen Sophie immer lächelnd und mit einer tiefen Gerührtheit sich und Alexander im Alter erkannte, waren nach kurzer Zeit so unerträglich, dass sie, anstatt den Sandweg zurück zum Eingang zu nehmen, direkt über die Rasenfläche lief und erst anhielt, als sie wieder kurz vor ihrem Apartment angekommen war.

Tassilo war ihr leicht irritiert, aber begeistert von dem unerwarteten Lauf gefolgt und sprang nun aufgeregt an ihr hoch.
„Tassilo, es tut mir leid. Ich kann einfach nicht mehr!“
Obwohl er ihre Worte nicht verstand, hatte er diese einzigartige Intuition für Stimmungen, die nur Tieren vergönnt war, sie ließ sich aufs Sofa fallen, und der braune Labrador breitete sich vor diesem aus und legte seine Schnauze auf ihren herunterhängenden Arm.
Sie schloss die Augen, außer einem stechenden Schmerz war ihr Körper betäubt und sie fühlte nichts, eine tiefe emotionale Leere. Ihre Gedanken, die in ihrem Kopf wild durcheinanderwirbelten, riefen ihr abwechselnd die entsetzliche Szene der Trennung und Fetzen von schönen Erlebnissen mit Alexander in Erinnerung. Sie presste ihre Hände gegen ihr Gesicht und schlug mit der Faust gegen ihre Stirn. Diese Gedanken mussten aufhören! Noch mehr Erinnerungen würden sie umbringen und wenn nicht das, würde sie nach kurzer Zeit wahnsinnig werden.
Sie setzte sich auf, ging hinüber in die Küche und füllte Tassilos Napf mit Futter. Sie nahm noch einen Schluck Wasser und plötzlich fiel ihr ein, dass sich noch irgendwo im Haus Schlaftabletten befinden mussten. Alexander litt in letzter Zeit an Schlafstörungen und Dr. Hansen hatte ihm ein leichtes Mittel aufgeschrieben. Hoffentlich hatte er es nicht mitgenommen! Sie riss den Küchenschrank auf, in dem sie im oberen Fach die Medikamente aufbewahrten, aber außer ein paar Kopfschmerztabletten und Hustenbonbons befand sich hierin nichts mehr. Sie eilte die Treppe hinauf und jeder Schrank im Badezimmer wurde akribisch auseinandergenommen, solange bis sich sämtliche Drogerieartikel und schließlich der gesamte Inhalt der Schränke auf den Fliesen ausgebreitet waren, doch keine Schlaftabletten. Aufgelöst und den Tränen nahe lief sie hinüber ins Schlafzimmer und endlich, in der hintersten Ecke seines Nachtschranks wurde sie fündig. Es war noch fast eine volle Packung, Alexander musste sie beim Packen übersehen

haben. Schnell drückte sie eine Pille aus ihrer Verpackung und schluckte sie hinunter. Als sie die Restlichen wieder verstauen wollte, überkam sie plötzlich panische Angst, die Tablette könnte nicht schnell genug wirken, sobald sie sich hingelegt hatte, würden sie wieder diese furchtbar wirren Gedanken zerfressen. Sie nahm noch eine weitere Tablette aus seiner dünnen Hülle und spülte sie mit einem Schluck Leitungswasser hinunter. Schon nach wenigen Augenblicken merkte sie den hemmenden Wirkstoff des Medikaments. Da sie heute kaum etwas gegessen hatte, entfaltete es rasend schnell seine Wirkung und Sophie schaffte es nur wankend zurück ins Schlafzimmer, ließ sich auf ihr Bett fallen und fiel in einen komatösen traumlosen Schlaf.

Wieder war es Tassilo, der sie etwas unsanft weckte, indem er mit seinen spitzen Zähnen in ihren Fuß zwickte und laut winselte. Mühsam öffnete sie die Augen, kniff sie wieder zu, um sie dann vorsichtig an das Licht zu gewöhnen, das ins Schlafzimmer fiel. Als sie sich die wirren Haare aus dem Gesicht strich und hinüber zum Wecker blickte, zuckte sie zusammen. Es war fünf Uhr am Abend, sie hatte fast 24 Stunden geschlafen! Dafür, dass es nur ein leichtes Schlafmittel war, hatte es eine explosive Wirkung und selbst jetzt schien ihr Körper den Wirkstoff noch nicht ganz verarbeitet haben. Sie ließ sich wieder auf die Kissen fallen und hätte sie nicht die Befürchtung, Tassilo würde sein Geschäft im Apartment erledigen, wäre sie auf der Stelle wieder eingeschlafen. Fluchend schleppte sie sich ins Badezimmer und hielt ihren Kopf unter den Hahn. Eiskalt und stechend floss das Wasser über ihre Haare, eine Gänsehaut zog sich über ihren Körper. Sie rubbelte ihre Haare trocken, tupfte ihr Gesicht ab und putzte sich die Zähne, denn in ihrem Mund herrschte ein klebriger fahler Geschmack. Über die feuchten Haare stülpte sie wieder die Kapuze, sie hatte nicht vor, den Trainingsanzug in der nächsten Zeit zu wechseln. Schläfrig ging sie hinunter in den Flur und sah, dass der Anrufbeantworter blinkte. Zwei Anrufer hatten eine Nachricht hinterlassen. Und bevor die Hoffnung in ihr aufkeimte, einer von Ihnen könnte Alexander gewesen sein, hörte sie ihre Mutter, die um Rückruf bat und Johanna, die sich Sorgen zu machen schien, da sie nichts von ihrer Freundin hörte.

Sophie hatte keine Kraft zu telefonieren, sie war unfähig, über die Trennung zu sprechen, selbst ihre beste Freundin war sie nicht in der Lage anzurufen; obwohl Sophie vom grausamen Gegenteil überzeugt war, heftete sie sich für einen kurzen Moment an die Vorstellung, dass es nur eine Kurzschlussreaktion von ihm gewesen und Alexander bald zu ihr zurückkehren würde. Bei dem Gedanken an ihren Mann empfand sie so eine tiefe Sehnsucht, dass sie den Hörer nahm und seine Nummer wählte. Nach kurzer Zeit ertönte seine Stimme auf dem Anrufbeantworter. Spätestens jetzt war wieder der Schmerz gegenwärtig und Sophie konnte sich nicht dagegen wehren, dass ihr Körper zu zittern begann und der beißende Schmerz ihr die Tränen in die Augen trieb. Sie hinterließ ihm eine stotternde, verweinte Nachricht, dass er sich bitte bei ihr melden solle, und ließ sich dann aufs Sofa fallen.

Ein Knurren, mit dem ihr Magen langsam zu rebellieren begann, rief ihr in Erinnerung, dass sie außer ein paar Schluck Wasser in den letzten Stunden nichts zu sich genommen hatte; Sie war entkräftet und trotzdem unfähig, etwas Festes zu sich zu nehmen. Sie dachte an den Liter Milch, der sich noch in ihrem Kühlschrank befand, ging hinüber und leerte ihn zur Hälfte. Um nicht Gefahr zu laufen, auf dem Sofa einzuschlafen, schnappte sie sich die Leine von der Garderobe und trat, gefolgt von ihrem Hund ins Freie. Da um diese Uhrzeit viele Spaziergänger im Park unterwegs waren, entschied sie sich, trotz der herannahenden Dunkelheit in den etwa ein Kilometer weiten Wald zu laufen, dort war sie sich sicher, allein zu sein.

Tassilo schien der ungewöhnliche Ausflug Spaß zu machen und so rannte er wenig später, immer einen anderem fremden Geruch folgend durch den dichten Wald. Die Einsamkeit tat ihr gut, denn sie spiegelte wieder, wie sich Sophie seit wenigen Stunden fühlte, einsam, verzweifelt und leer. Und, obwohl es kein weniger quälender Zustand war, merkte sie, dass langsam die Fähigkeit für Empfindungen zurückkehrte und der Schmerz, der immer noch eisern in ihrem Körper hauste, Platz für Gefühle freigab. Natürlich hatte es schon Momente in ihrem Leben gegeben, in denen sie eine tiefe Trauer empfunden hatte, sie erinnerte sich an den Tod ihres Vaters, dieser war auch erschreckend früh, plötzlich, begleitet mit einer schmerzenden unfassbaren Leere gekommen aber dieser Verlust kam ihr, auch wenn es fast grotesk war, endgültiger und unwirklich vor. Vielleicht weil man mit dem sicheren Bewusstsein lebte, irgendwann Abschied von seinen Eltern nehmen zu müssen, es war ein Schicksal, was in der Natur der Sache lag, aber Alexanders Verlust überstieg ihre psychische Belastbarkeit, es war, als hätte ihr jemand den Boden unter den Füßen weggerissen, sie befand sich im freien Fall, ohne zu wissen, ob es einen glimpflichen Ausgang für sie geben werde.
Die letzten Schritte hatten sie ins Unbekannte geführt, denn außer der Hand vor Augen, konnte sie in der eingetretenen Dunkelheit nichts mehr erkennen. Sie pfiff Tassilo heran, und als er sich an ihr Bein schmiegte, leinte sie ihn an und ließ sich aus dem Wald führen. Als sie die Tür aufschloss, war es bereits kurz nach acht, sie war über zwei Stunden unterwegs gewesen und nahm sie selbst keine Erschöpfungserscheinungen wahr, konnte sie an Tassilo erkennen, der hungrig vor seinem Napf saß, dass es ein langer Fußmarsch gewesen sein musste. Sie fütterte ihn und legte sich aufs Sofa. Die quälenden Gedanken, die sich nun zwangsläufig in ihr Gehirn drängten, konnte sie mittlerweile etwas besser ertragen. Abwechselnd hörte sie im Unterbewusstsein erst das Festnetztelefon, dann ihr Handy klingeln. Die Nummern verrieten

ihr, dass es wieder ihre Mutter und Johanna waren und auch Frau Grünling aus der Kanzlei versuchte in diesem Moment sie zu erreichen.
Zögernd nahm sie ab und teilte der leicht gereizten Frau mit, dass sie die nächste Woche krank sei und nicht zur Arbeit kommen werde, nach dieser einseitigen Information legte sie auf und unterbrach damit die immer noch zeternde Sekretärin. Danach schickte sie sowohl ihrer Mutter als auch Johanna eine SMS, in denen sie ihnen mitteilte erkrankt zu sein, mit der Versicherung, sich nächste Woche bei Ihnen zu melden.

Da sie nach wenigen Minuten nicht wusste, was sie mit sich anfangen sollte, entschied sie sich hinauf ins Bett zu gehen, eine Tablette zu nehmen und zu schlafen. Die Zeit, in der ihr Körper ruhte, verging am schnellsten und war dazu die erträgliche, je mehr Zeit verging, desto größer wurde die Chance, dass Alexander auch etwas wie Sehnsucht für sie empfand und zu ihr zurückkehrte.

In diesem Rhythmus verbrachte sie die nächsten Tage, in denen sie gegen Mittag aufstand, versuchte eine Kleinigkeit zu sich zu nehmen, mit Tassilo spazieren ging und sich früh ins Bett legte, manchmal, wenn die Gedanken zu sehr quälten, eine Tablette nahm und bis zum nächsten Morgen schlief. Sie hatte Alexander noch einige Male angerufen, doch irgendwann festgestellt, dass er sein Telefon ausgestellt hatte, und wahrscheinlich auch die Nachrichten nicht abrief. Da jeder Anruf ihr das Gefühl gab, sich den Schmerz, der ohnehin unerträglich war, selbst zuzufügen, stellte sie die Anrufe schließlich ein. Sie wusste nicht, in welchem Hotel er sich einquartiert hatte, ihr blieb nichts anderes übrig als abzuwarten.

Es war Donnerstagabend, als es plötzlich an der Tür klingelte, Sophie war gerade von dem Spaziergang zurückgekehrt und lag lustlos auf dem Sofa, blitzschnell sprang sie auf, sie wusste nicht, warum, aber sie spürte, dass es Alexander war, der Moment, auf den sie die ganzen

letzten Stunden, Tage gewartet hatte. Sie schwang die Tür auf, und die Enttäuschung war so heftig, dass sie sofort in sich zusammensackte.
„Sophie! Was ist denn mit dir? Du siehst ja schrecklich aus!"
Johanna erschrak vor der Gestalt, die ihr die Tür geöffnet hatte. Sophies Haare klebten strähnig und fettig an ihrem Kopf, ihr Gesicht war blass, mit tiefen Ringen unter den Augen und das sackartige Gewand, in dem sie steckte und was seit Tagen nicht gewechselt geworden zu sein schien, ließ ihre Freundin wie eine von Tieren zerrupfte Vogelscheuche aussehen.
„Ach Johanna, ich dachte es wäre Alexander. Hast du meine Nachricht nicht bekommen?"
„Doch habe ich, ich mache mir nur große Sorgen um dich, Sophie! Du siehst wirklich grauenvoll aus!"
„Mir geht es nicht so gut."
Obwohl Johanna an der abwehrenden Haltung ihrer Freundin merkte, dass sie alleine sein wollte und nicht gewillt war, sie hereinzubitten, war es für sie unmöglich sie in diesem Zustand zurückzulassen.
„Ich weiß, du wärest lieber allein, aber ich komme trotzdem rein, so kann es nicht weiter gehen, Sophie."
Sie drückte sich an ihr vorbei und sah nun erst das ganze Ausmaß der Katastrophe. Über den gesamten Flur verteilt, in der Küche, im Wohnzimmer lagen leere Getränkeverpackungen, Tüten, und Hundefutterkonserven. Sophie schien alles, was sie anfasste, am selben Ort, wo sie es benutzte, liegen zulassen; nur Tassilo, der auf dem weißen Flokatiteppich lag, machte einen zufriedenen und gepflegten Eindruck.
„Sophie, ich verstehe, dass es dir schlecht geht, aber bitte lass dich nicht so gehen! Nimm ein schönes Bad, zieh dir vernünftige Sachen an und ich räume in der Zwischenzeit ein bisschen auf!"
Sophie, die nicht das Bedürfnis hatte, an ihrem Zustand etwas zu ändern, fügte sich dennoch der Bitte Johannas, denn ihr Ton war scharf und bestimmend und sie wusste, dass ihr für eine Auseinandersetzung

die Kraft fehlte. Statt eines heißen Bades entschied sie sich allerdings für eine Dusche und, nachdem sie ihre Haare gewaschen, ihren Körper mit einer nach Jasmin duftenden Duschcreme gesäubert und eine leichte Körperlotion auf ihre mittlerweile ausgetrocknete Haut aufgetragen hatte, schlüpfte sie in eine dunkelblaue Jeans und zog sich einen wollweißen Kaschmirpullover über den Kopf. Ihre Haare föhnte sie zu leichten Wellen und, da sie nun zum ersten Mal ihre tiefen Schatten unter den Augen im Badezimmerspiegel bemerkte, legte sie noch ein leichtes Make-up auf, das die krank wirkende Blässe aus ihrem Gesicht verschwinden ließ. Auf dem Weg nach unten hörte sie den Staubsauger brummen und sah die blaue Mülltüte im Eingang stehen, in dem Johanna mittlerweile den gesamten Müll aus ihrem Apartment entfernt hatte.

„Das musst du nicht machen, Hanna, ich möchte nicht, dass du meinen Dreck wegräumst!“, sagte sie, nachdem Johanna mit dem Staub saugen fertig war und das Gerät zurück in die kleine Wäschekammer stellte.

„Das ist doch kein Problem ... So gefällst du mir schon besser!“

Die Dusche und der Kleiderwechsel hatte fast wahre Wunder vollbracht und wieder Sophies Schönheit hervorgeholt, von der vor nicht mehr viel zu erkennen gewesen war.

„Ich mache uns schnell einen Tee und du erzählst mir in aller Ruhe, was passiert ist!“ Johanna ging hinüber in die Küche, und während sie den Tee aufbrühte, befreite sie die Küche mit einem frischen Tuch von den letzten Essensresten.

„Alexander hat mich verlassen, das ist los!“ Sophie setzte sich an den Küchentisch, die körperliche Säuberung schien ihr neue Kraft gegeben zu haben, dass sie zumindest in der Lage war, zum ersten Mal darüber zu sprechen.

„Mmm, hat er denn gesagt warum?“

An ihrem ruhigen, verräterischen Unterton merkte Sophie, dass ihre Freundin bereits Bescheid wusste.

„Er hat schon mit dir geredet, stimmt´s?“
„Ja, das stimmt. Ich habe mir Sorgen gemacht Sophie, denn selbst, wenn du krank bist, meldest du dich immer bei mir und, als mich vorhin noch Alexander angerufen hat und mir erzählt hat, dass ihr euch getrennt habt, bin ich natürlich sofort zu dir gekommen!“
„Nicht wir haben uns getrennt, sondern er sich von mir!“
Die Tatsache, dass er sich erst Tage später bei ihrer Freundin gemeldet hatte, und das wahrscheinlich nur, um sein schlechtes Gewissen zu beruhigen, er noch nicht einmal angerufen hatte, um zu fragen, wie es ihr ging, das alles schmerze sie unerträglich.
„Ich freue mich, dass du hier bist. Es tut mir leid, dass ich mich nicht früher gemeldet habe, aber ich konnte einfach nicht. Es tut so weh Hanna, so weh.“
Sie begann zu weinte. Johanna setzte sich neben sie und legte die Arme um ihre Freundin.
„Natürlich tut das weh, er ist deine große Liebe, aber bitte hör auf zu weinen, ich kann das gar nicht ertragen, sonst weine ich gleich mit!“
Sie wischte sich die Tränen von den Wangen und guckte Johanna offen an.
„Du hast doch mit ihm geredet! Hat er die etwas gesagt, warum er sich getrennt hat?“
„Nein, das hat er nicht, ich wusste bis eben noch nicht mal, dass *er* sich von *dir* getrennt hat. Er hat mich nur gebeten, na ja, er hat mich gebeten, nach dir zu gucken, was ich natürlich ohnehin gemacht hätte!“
Sie hatte also recht, er hatte es noch nicht mal für nötig gehalten, sie selbst zu fragen. Wenn sie an Alexander dachte, war es fast so, als dachte sie an einen Fremden und trotzdem war die Sehnsucht so stark, dass sie nicht wusste, wie ein Leben ohne ihn weiter gehen sollte.
„Ich kann nicht ohne ihn leben, das geht einfach nicht. Meinst du, ich sollte um ihn kämpfen, meinst du er könnte mich wieder lieben?“
„Hat er denn gesagt, dass er es nicht mehr tut?“

„Ja und zwar eindeutig. Wenn ich wüsste, dass es wirklich so ist, dass er einfach keine Liebe mehr für mich empfindet, dann würde ich ihn loslassen, das würde ich ihm niemals antun. Aber ich habe das Gefühl, es hängt mit der Situation zusammen, die Zeit im Rollstuhl hat ihn verändert, Hanna."
„Ja, das kann ich mir vorstellen. Nur er hat mir gegenüber kein Wort über den Grund eurer Trennung Preis gegeben. Woher soll man wissen, was seine wahren Motive für diese Entscheidung waren? Wenn das einer weiß, dann nur Alexander allein."
Sophie überlegte ein weiteres Mal bei Alexander anzurufen, ein ehrliches Gespräch war er ihr schuldig, doch sie wusste, dass er dazu nicht bereits sein würde, für ihn schien die Sache abgeschlossen zu sein.
Aber vielleicht gab es doch jemanden, der ihr weiterhelfen konnte. Sie dachte an den Tag, an dem sie ihre Mutter nach Westerland gebracht hatte, Dr. Hansen hatte ihr gesagt, sie könne sich bei ihm melden, wenn sie Hilfe brachte, und das brauchte sie jetzt mehr als je zuvor.
„Alexanders Arzt, Dr. Hansen hatte mir angeboten, ihn anzurufen, wenn ich mit der schweren Situation mal nicht zu Recht komme. Er ist doch fast jeden Tag mit Alexander zusammen und betreut ihn bei der Reha. Meinst du, ich könnte ihn um Rat bitten?"
Johanna, die diese Idee nicht für die Schlechteste hielt, nickte, vielleicht steckte ein psychisches Problem hinter Alexanders plötzliche Veränderung und, bevor Sophie ihren Mann aufgab, sollte sie dies nicht kampflos tun.

X

Zu Sophies Erleichterung hatte Dr. Hansen einem Gespräch sofort zugestimmt, sie hatte sogar das Gefühl, dass ihr Anruf ihn nicht überraschte. Er hatte sie gebeten nach Dienstschluss ins Krankenhaus zu kommen, das war um 21.30 Uhr und Sophie konnte sich sicher sei, nicht Alexander über den Weg zu laufen, dieser musste seit über zwei Stunden die Klinik verlassen haben. Der lange Gang zum Schwesternzimmer fiel ihr schwer, zu viele Erinnerungen hingen hier in dem Gebäude und so war sie heilfroh, dass ihr Dr. Hansen bereits auf der Hälfte des Weges entgegenkam.

„Hallo Frau Sommer! Sie haben Glück, ein Kollege hat den Notfall übernommen, der gerade reingekommen ist, sonst hätte ich sie leider warten lassen müssen.“

Sophie lächelte und wollte erst gar nicht dran denken, wie es gewesen wäre, hier womöglich Stunden lang auf den Arzt zu warten.

„Ich bin aber nur unter einer Bedingung zu einem Gespräch bereit!“, sagte er, während er sich von seinem Kittel befreite. Sophie blickte ihn fragend an.

„Dass sie mit mir diese furchtbare Klinik verlassen und wir irgendwo etwas leckeres Essen gehen. Ich bin seit fast 24 Stunden in diesem Verlies und wenn ich nicht endlich etwas Vernünftiges zu essen bekomme, kann ich für nichts mehr garantieren!“ Sie lächelte beruhigt, er wusste nicht wie gelegen ihr dieser Vorschlag kam.

„Das ist eine gute Idee. Was halten sie von dem Italiener in der Buchenstraße, da bin ich mir sicher, dass er noch bis mindestens 23 Uhr warme Speisen zubereitet.“

„Gerne fahren wir mit einem Wagen?“ Sophie setzte sich neben Dr. Hansen, das Restaurant lag etwas weiter nördlich vom Krankenhaus, so konnte er sie auf dem Rückweg wieder hier absetzen und sie hatte länger die Gelegenheit, etwas aus ihm herauszubekommen.

Die Pizzeria war nicht gerade das, was man eine einladende Gastwirtschaft nannte, es glich mehr einem Schnellimbiss und, wenn Sophie ehrlich war, kannte sie den Italiener lediglich aus einem der Werbeprospekte, die täglich in ihrem Briefkasten landeten, von dem sie aber zumindest wusste, dass das Essen ganz passabel schmeckte.

Dr. Hansen schien diese gewöhnungsbedürftige Atmosphäre nichts auszumachen, er schlug ihr einen Platz am Ende des Raumes vor, wo sie nicht ständig vom Laufverkehr gestört wurden.
„Sie wollten mich sicher wegen ihres Mannes sprechen", begann er das Gespräch, nachdem sie sich beide für eine einfache Pizza Hawaii entschieden hatten.
„Ja, deswegen bin ich hier. Sie hatten es mir angeboten, damals auf Sylt ..."
Unsicher nippte Sophie an ihrem Wasser, was ihr gerade ein Kellner an den Tisch gebracht hatte.
„Nein, so war das nicht gemeint, mein Angebot damals war absolut ernst gemeint! Ich habe mir ganz ehrlich auch gedacht, dass sie mich in den nächsten Tagen anrufen werden. Herr Sommer hatte mir von ihrer Trennung erzählt, für mich kam das auch völlig überraschend ..." Er schnitt sich ein großes Stück Pizza ab, die gerade serviert worden war, und guckte Sophie mit einer Mischung von Mitgefühl und Ermutigung an.
„Für mich war und ist es immer noch, wie eine Katastrophe. Alexander und ich, nie hätte ich gedacht, dass wir uns jemals trennen würden. Wir lieben uns, zumindest dachte ich das, bis vor ein paar Tagen noch. Ich hatte in den ganzen Jahren nie einen Zweifel daran, dass er mich genauso liebte, wie ich ihn. Für mich war unsere Beziehung das größte Glück, ein Wunder, was ausgerechnet mir widerfahren war. Wenn ich andere Paare gesehen hatte, hatte ich das Gefühl, auch, wenn das jetzt etwas überheblich klingt, Alexander und mich hält mehr zusammen, eine unbeschreiblich einzigartige Verbindung, die anderen Paaren leider nicht vergönnt ist, die wahre Liebe eben. Und jetzt, auf einmal soll das alles nur eine Täuschung gewesen sein, eine ganz gewöhnliche Beziehung, die wie jede gewöhnliche Beziehung einmal zu Ende geht. Es fühlt sich so unwirklich an, verstehen sie mich?"

Sie blickte zu Dr. Hansen und sah, dass er sein Besteck zur Seite gelegt hatte und eine Anspannung in seinem Gesicht lag, von der Sophie nicht wusste, woher sie so plötzlich gekommen war. Er nahm einen großen Schluck Wasser, wobei er sich verschluckte und hustete.

„Ich wusste nicht, dass sie das so mitnimmt, ich möchte sie nicht mit meinen Problemen belasten!"

„Nein, das ist es nicht, ich beschäftige mich gerne mit den Problemen anderer Menschen, das war auch der Grund, warum ich sechs Semester Psychologie studiert habe. Nur ihre Worte haben mich sehr beeindruckt, es gibt wenige Menschen und noch weniger Frauen, die so eine edle Einstellung haben wie sie."

„Edel? Ich liebe Alexander, ich würde alles für ihn tun! Sie sind doch jeden Tag mit ihm zusammen, kennen ihn sicher mittlerweile ziemlich gut. Was könnte denn der Grund dafür sein, dass sein Wesen sich so verändert hat?"

„Was genau meinen sie denn mit verändert hat?"

„Wie ich Ihnen ja schon bei unserem letzten Gespräch gesagt habe, hat sich Alexander von Woche zu Woche, am Ende sogar von Tag zu Tag verändert. Er hat sich zurückgezogen, kaum noch meine Nähe gesucht, fast teilnahmslos haben wir nebeneinander hergelebt, ich habe es einfach nicht mehr geschafft, ihn aus diesem Loch zu ziehen."

Sophie starrte auf die noch unberührte Pizza vor sich und schaute er auf, als er das Wort ergriff.

„Wissen sie, ihr Mann hat eine Erfahrung gemacht, die nur wenige Menschen machen, er hat damals bei seinem Unfall dem Tod ins Gesicht geschaut, wie man so schön sagt. Wir Psychologen nennen so etwas eine Grenzerfahrung. Eine Situation, die einem ins Bewusstsein ruft, dass man ein sterbliches Wesen ist und das Leben schneller vorbei sein kann, als es einem lieb ist. Diese Erfahrung mache ich auch immer wieder bei meiner Betreuung mit den jungen Strafgefangenen, die monatelang, jahrelang in ein paar Quadratmeter gesperrt werden, und erst jetzt merken, wie kostbar die Freiheit und letztlich das Leben an sich ist. Natürlich sitzen sie dort nicht unverschuldet, trotzdem ist die Situation vergleichbar“ Er stockte kurz und sah, dass sie ihm angespannt folgte. Während er sich ein wenig zu ihr herüber lehnte, fuhr er fort „Einige Menschen, die eine solche Grenzerfahrung erleben und in ihr altes Leben zurückkehren, entwickeln das sehnliche Bedürfnis, ihr bisheriges Dasein auf den Kopf zu stellen, mit allem, was ihnen bis dato etwas bedeutet hat, was ihr Lebensinhalt darstellte, zu brechen. Sie trennen sich von ihrer Familie, um ihr restliches Leben zu pilgern oder ein Mensch, der vorher noch nie Sport getrieben hat, entschließt sich den Mount Everest zu erklimmen. Für einige von Ihnen ist das eine positive Kehrtwende in ihrem Leben, die Grenzerfahrung war somit die Chance, etwas aus ihrem Leben zu machen. Für andere ist diese Erfahrung mit viel Schmerz verbunden, denn empfindet der Betroffene es als Befreiung, sein Leben radikal zu verändern, bedeutet dies für die Angehörigen einen schweren Verlust, Ratlosigkeit und Verzweiflung.“

Sophie folgte ihm gespannt und trotzdem konnte sie sich nicht vorstellen, dass ein psychologisches Phänomen der Grund für ihre Trennung sein konnte.

„Ich verstehe, was sie sagen und ich kann mir gut vorstellen, dass Alexander genau diese Erfahrung gemacht hat, dass ihm viele Dinge, die er bis jetzt getan hat, sinnlos vorkamen, dass sie für ihn keine Bedeutung mehr hatten. Aber die Liebe, die kennt solche Veränderungen nicht, die Grenzen, die wir Menschen uns durch unsere Erfahrungen setzten und die Regeln, die wir uns jeden Tag aufs Neue aufstellen, dass alles kennt die Liebe nicht. Sie lässt sich nicht einfach so auslöschen, nur weil man eine *Grenzerfahrung* gemacht hat, sondern sie ist einfach da, unabhängig davon, was einem Menschen widerfährt, vielleicht ist es sogar so, und davon bin ich überzeugt, dass sie selbst unseren den Tod überlebt. Ich weiß, dass ich Alexander immer lieben werde, egal welche Erfahrungen ich auch immer machen werde.“

Voller Respekt, beinahe würdevoll blickte er sie an. Obwohl er immer eine gewisse emotionale Überlegenheit über seine Gesprächspartner empfand, war die Frau vor ihm, die jetzt ein Taschentuch aus ihrer Tasche kramte und sich die Tränen von den Wangen strich, so rein und unverfälscht in ihrem Wesen, dass er eine tiefe Begeisterung für sie empfand. Viele Minuten saßen sie sich schweigend gegenüber, bis er schließlich Worte fand.

„Die Liebe kennt in der Tat keine Regeln oder Gesetze, ja es scheint sogar so zu sein, dass sie in der Lage ist, alle diese Gesetze außer Kraft zu setzen ... aber ich weiß nicht, was ihr Mann für sie empfindet, wir reden über solche persönliche Dinge bei der Reha nicht. Und selbst wenn er sich mir anvertrauen würde, sie wissen ja, wie das mit der ärztlichen Schweigepflicht ist.“

„Natürlich, ich habe sie auch nicht um ein Gespräch gebeten, um sie über meinen Mann auszuhorchen. Nur, wenn ich den Grund wüsste, warum er sich so plötzlich verändert hat, wenn ich wüsste, dass er mich wirklich nie ehrlich geliebt hat, dann könnte ich versuchen, damit abzuschließen.“

„Das verstehe ich.“

„Würden sie mir einen Gefallen tun?“, fragte sie ihn und er wusste bei ihrem verzweifelten Blick, dass er ihr keinen Wunsch werde abschlagen können.

„Würden sie für mich herausfinden, ob hinter Alexanders oberflächlichen Veränderung vielleicht noch ein Funken Liebe für mich existiert, oder vielleicht sogar ein wenig mehr?“

Dr. Hansen nickte und ließ gleich darauf die Rechnung an den Tisch bringen. Sie konnte kaum noch ihre Augen offen halten, ihr schien es sehr schlecht zu gehen und das Gespräch hatte ihr die letzte Kraft geraubt, soweit es in seiner Macht stände, würde er ihr helfen.

„Ich melde mich bei Ihnen, sobald ich etwas herausgefunden habe“, verabschiedete er sich, als er sie wenig später bei ihrem Auto absetzte.

„Vielen Dank, Dr. Hansen. Ich warte auf Ihren Anruf!" Schnell notierte sie noch ihre Handynummer auf einen kleinen Zettel und reichte sie ihm hinüber.
„Unter dieser Nummer können sie mich jederzeit erreichen, egal, wie spät es ist!"
Während er die Nummer sorgsam in seinem Portemonnaie verstaute, blickte er ihr nach, bis ihr Wagen vom Parkplatz fuhr und in die Nacht verschwand.

20

Mit 16 Jahren merkte Ulla Mayer, die sich in Zukunft nur noch Chantal nannte, dass Männer diesen wunden Punkt hatten, diese Unvollkommenheit, die sie oft einem läufigen Tier ähneln ließ, als einem erwachsenen Menschen, der seine Triebe unter Kontrolle hatte oder sie bei seiner Partnerin auslebte. Sie gehörte zu den Mädchen in ihrer Klasse, die bereits mit vierzehn eine weibliche Figur und ein Jahr später keine Probleme hatte, in eine Diskothek zu gelangen, dessen Eintritt nur volljährigen Jugendlichen gestattet war. Sie entsprach keinem Schönheitsideal oder wurde gar als hübsch bezeichnet, trotzdem stach sie aus der Masse hervor, ihre langen blonden Haare, ihren Hüftschwung, den sie sich vor dem Spiegel in ihrem Zimmer antrainiert hatte und den manchen Leuten die Schamesröte ins Gesicht steigen ließ. Und so stellte sie mit einer leichten Irritiertheit fest, dass sich fast jeder Mann nach ihr umdrehte und es nicht selten mit einem Pfeifen oder einem eindeutigen Angebot verbunden war. Es war nicht so, dass es ihr nicht geschmeichelt hätte, doch mischte sich auch ein leichtes Unbehagen dazu, denn die, die offen ihr Gefallen an ihr zeigten, waren nicht selten Männer, deren Frauen sich für einen kurzen Moment umgedreht hatten, die sich unbeobachtet fühlten; es waren nicht selten Männer, an deren Finger ein goldener Ehering blitzte.

Ihr Vater hatte sie und ihre Mutter verlassen, als sie noch ein Säugling war, für ein billiges Flittchen aus der Stadt, wie ihre Mutter immer schimpfte. Aber auch die späteren Beziehungen ihrer Mutter waren nicht von Bestand, und hatte sie am Anfang noch versucht die Namen und Gesichter auseinanderzuhalten, die in ihrer kleinen Zwei-Zimmer-Wohnung ein und aus gingen, nannte sie nach kurzer Zeit jeden neuen Partner ihrer Mutter nur noch *Mamas Stecher,* auch, wenn es dafür nicht selten eine saftige Ohrfeige gab.

Die Schule hatte sie irgendwann abgebrochen, dieses frühe Aufstehen war nichts für sie, zweimal hatte sie schon die achte Klasse wiederholen müssen, ein neues Sitzenbleiben kündigte sich bereits an, und so entschied sie eines Tages einfach im Bett liegen zu bleiben. Natürlich redeten alle auf sie ein, was jetzt bloß aus ihr werden solle, ohne Schulabschluss bekäme man heut zutage nie einen Job, sie solle sich ein Beispiel an den andern Schülern nehmen und nicht so faul in den Tag hineinleben. Doch das alles prallte an dem Mädchen ab, denn sie wusste ganz genau, womit sie Geld, viel Geld verdienen konnte. Sie würde die Schwäche der Männer ausnutzen, und ihren Körper gewinnbringend verkaufen. Nie wäre sie so naiv und würde den verhängnisvollen Fehler begehen, sich einem dieser untreuen Typen an den Hals zu werfen.

Es war keine generelle Abneigung, was Ulla Mayer für Männer empfand, doch es war für sie klar, dass dieses Geschlecht für die Monogamie, von der so viele Frauen vergeblich träumen, einfach nicht geschaffen war und für sie gab es nichts Verwerfliches an der Tatsache, aus dem Bedürfnis der Männer ihren Profit zu ziehen.

Leider sahen das die Menschen in ihrem kleinen Ort, in dem sie seit ihrer Geburt lebte, anders, und als bekannt wurde, dass in ihrer kleinbürgerlichen Idylle eine Prostituierte ihr Unwesen trieb, machten die Bewohner ihrer Mutter das Leben zur Hölle, brachen den Kontakt ab, beschimpften sie auf offener Straße und schlitzen nachts ihre Autoreifen auf; so lange, bis ihre Mutter die Schikanen nicht mehr ertragen konnte und ihre einzige Tochter vor die Tür setzte.

Anfangs war sie tierisch sauer auf ihre Mutter gewesen, dass sie sich diesen kleinkarierten Spießern beugte, doch bereits wenige Wochen später empfand sie eine Art Dankbarkeit, denn in dem kleinen Vorort Münchens, in den es sie nun verschlug, hatte sie bereits nach kurzer Zeit einen festen Kundenstamm und, obwohl die Miete hier immens hoch war, blieb immer noch genug übrig, um sich chice Klamotten und einen Kleinwagen zu leisten. Zur Versöhnung hatte sie ihre Mutter ein paar Mal zum Kaffeetrinken eingeladen, sie sollte sehen, dass aus ihrer Tochter etwas geworden ist, doch sie war nie gekommen.

Sie ahnte nicht, dass ihre Mutter es noch viele Jahre später zu tiefst bereuen würde, ihre Tochter nie besucht zu haben, nie versucht hatte, sie zu einem anständigen Beruf zu bewegen oder ihr so etwas wie Werte und Moral vermittelt hatte, diese Selbstvorwürfe ihre Mutter in tiefe Depressionen trieb, die in einem frühen Tod endeten, denn an diesem Abend war es das letzte Mal, dass Ulla Mayer einen Freier empfing.

Eigentlich wollte sie den Abend gemütlich vor dem Fernseher verbringen, ihr Kunde heute Mittag, ein bulliger Kerl, der als Lagerarbeiter in einem großen Automobilkonzern im Schichtdienst arbeitete, war ziemlich kräfteraubend gewesen. Als es dann aber an ihrer Tür klopfte und sie durch den Spion einen gut gekleideten Mann, mit seltsam roten Flecken im Gesicht sah, witterte sie noch eine gute Partie und öffnete die Tür. Sie hatte ein Auge für teure Dinge und so erkannte sie gleich,

dass seine silberne Rolex kein billiges Imitat und sein feiner Anzug maßgeschneidert war. Ihr Preis pro Stunde lag eigentlich bei 150 Euro, sein Anblick trieb sie aber kurzerhand dazu, von ihm das Doppelte zu fordern, womit er sich kommentarlos einverstanden erklärte.
„Ich bin übrigens Chantal! Wie hättest du es denn gerne?“ Sie nahm ihn an die Hand und führte ihn in ihr Schlafzimmer, was sie zu ihrer persönlichen Lustoase umgewandelt hatte. Den Männern gefiel diese Bezeichnung und so hatte sie sich bemüht den Raum einen orientalischen Tatsch zu verleihen, bunte Lichter aufgestellt, und über ihr Bett einen rotfarbenen Baldachin angebracht.
„Ich habe ein kleines Spielzeug mitgebracht, was ich mit dir ausprobieren will!“ Er zog ein eisernes Gerät aus seiner Jackentasche. Sie fand es etwas altmodisch, dieses Ding, was mehr an ein Werkzeug erinnerte, als an ein Sexspielzeug, ein merkwürdiger Schraubenmechanismus, von dem vier Metallschenkel abgingen und von seiner Form einer Birne glich.
Savigny entging der abfällige Blick der Nutte nicht, die, trotz ihrer Anpreisung in der Anzeige, nicht sehr experimentierfreudig zu sein schien. Sie konnte ja nicht ahnen, was für einen Aufwand ihn dieses Gerät gekostet hatte. Nicht nur finanziellen, sondern vor allem zeitlichen. Dass er die Daumenschraube damals auf einem Trödelmarkt entdeckte, war für ihn nach den Erfahrungen, die er die letzten Wochen gesammelt hatte, schon fast ein vorbestimmtes Schicksal, denn die Museen und Burgenbesitzer rissen sich um die antiken Folterinstrumente, die aufwendig restauriert und ausgestellt wurden und sich nur noch in wenigen Privathänden befanden. Er hatte sich einen ganzen Tag freigenommen, erst nach vielen ergebnislosen Anrufen hatte er endlich einen bestechlichen Museumswärter gefunden, der für viel Geld bereit war, ihm ein Gerät aus den Hallen zu schmuggeln. Einen ganzen Tag hatte ihn die Fahrt nach Luxemburg gekostet und, wenn er an den Betrag dachte, den er dem listigen Wärter zahlen

musste, wurde er zornig, und hoffte, dass das Instrument sein Geld wert war.
Die Nutte war kurz verschwunden und stand jetzt in einer schwarzen Lackwäsche vor ihm, ihre Lippen hatte sie in einem grellen Rot nachgezogen.
„Ich hoffe, ich gefalle dir so!“ Sie schmiegte sich von hinten an seinen Rücken und schwang ihren Schenkel um seine Hüfte.
Diese billigen Sprüche, die bei allen Schlampen die gleiche ordinäre Leier war, gingen ihm auf die Nerven, viel zu sehr drängte der Gedanke, seine teure Anschaffung auszuprobieren.
„Sei einfach still und leg dich hin!“ Mit einem Schritt war er nach hinten getreten und hatte sie aufs Bett gestoßen. Seine gefühllose Art schien sie in keiner Weise zu verstimmen, und so ließ sie es über sich ergehen, mit den Händen an den Pfosten geschnürt zu werden und ein Stofffetzen um ihren Mund gewickelt wurde.
Erst als das merkwürdige Gerät, was dazu noch unangenehm kalt war, sich seinen Weg in ihren Körper bahnte den Punkt erreichte, den nur Männer erreichten, die sehr gut ausgestattet waren, überkam sie die Befürchtung, das Ding könnte mit Schmerzen verbunden sein, und bei aller Offenheit, die sie gegenüber neuen Sexpraktiken hatte, hörte die Lust bei ihr an dem Punkt auf, wo sie echte Schmerzen verursachten. Und genau das war es, was sie in diesem Moment empfand. Dieses Gerät, was sie mittlerweile nur noch verabscheute, schien sich in ihrem Körper auszudehnen, erst langsam, dann bereits so weit, dass es gegen ihre Vaginalwände drückte und kleine Risse in sie ritzte. Sie begann zu schreien, doch es war nur ein dumpfer Laut, lächerlich leise, und mit Entsetzen sah sie, dass ihn diese Situation zu tiefst befriedigte. Er saß dicht neben ihr, sein Blick fiel abwechselnd in ihren Intimbereich, aus dem seit wenigen Augenblicken frisches Blut floss und in ihr Gesicht, das sich schmerzverzerrt zusammenzog.

Savigny hatte noch nie einen Menschen sterben sehen, er hatte es sich schlimmer, spektakulärer vorgestellt. Aber außer, dass ihre Pupillen, die eben noch wie Pink-Ponk Bälle wirr umhergehüpft waren, erstarrten, und ihr Körper, der während der Prozedur abwechselnd zusammenzuckte oder reglos liegen blieb, plötzlich kein Aufbäumen mehr zeigte, war der Todeseintritt an sich wenig aufsehenerregend. Er war überrascht, wie schnell der Tod gekommen war und enttäuscht, dass der Wärter ihm nicht gesagt hatte, wie gefährlich dieses Instrument war. Hätte er gewusst, dass er ein Mordwerkzeug in den Händen hielt, wäre er behutsamer vorgegangen. Es war nicht seine Absicht, sie zu töten, doch es war auch kein Bedauern, was er empfand, vielmehr riefen die Gedanken, er müsse die Leiche nun auch noch wegschaffen, starke Kopfschmerzen in ihm hervor. Glücklicherweise befand sich die Wohnung der Prostituierten im Erdgeschoss.

Er wickelte den leblosen Körper in das rote Betttuch, was nicht zum Vorschein brachte, dass sich mehrere Liter Blut in ihm aufgesogen hatten, nur die weiße Matratze, die nun freigelegt wurde, glich einer Schlachtbank. Savigny strich mit einem Tuch über die Stellen, wo sich seine Fingerabdrücke befinden konnten, warf die verschnürte Leiche auf den Rücken und verließ die Wohnung.

Wenig später erreichte er einen kleinen See, am Rande eines Waldstücks, sein gesamter Kofferraum war von Blut durchtränkt. Fluchend stemmte er den schweren Knäuel aus seinem Wagen und schmiss ihn in das dunkle Wasser, wo er augenblicklich unterging. Als er gerade wieder in sein Auto steigen wollte, fiel ihm ein, dass er unmöglich das Tatwerkzeug bei sich behalten konnte. Widerwillig ging er zurück zum See, er trennte sich nur ungern von dem Instrument, denn seit der letzten Stunde empfand er ehrlichen Respekt vor diesem harmlos wirkenden Mordinstrument.

21

Nach fünf endlos langen Tagen, in denen das schwarze kleine Mobiltelefon ihr ständiger Begleiter wurde, sie tunlichst darauf achtete, dass der Akku aufgeladen war und sie es selbst nachts neben sich aus Kopfkissen legte, kam am Donnerstagmorgen der Anruf, den sie sich so herbeigesehnt hatte.
„Ja, Hallo?“
„Guten Morgen, Frau Sommer, hier ist Dr. Hansen, ich hoffe, ich habe sie nicht geweckt?“ Erleichtert schloss sie für einen kurzen Moment die Augen.
„Nein, nein haben sie nicht, ich habe ihren Anruf schon erwartet. Gibt es etwas Neues? Haben sie mit meinem Mann reden können?“ Sie lauschte gespannt.
„Ich habe ihnen ja schon gesagt, dass ich ihn natürlich nicht über seine Ehe aushorchen werde, wenn er nicht selbst darüber reden möchte, und ich kann Ihnen natürlich nicht alles sagen, was ich mit ... ihrem Mann bei der Reha bespreche ... aber sein Verhalten und das, was er über sich preisgibt, haben mich schon zu einem Schluss kommen lassen.“
„Ja?“ Er war durch ihren lauten Ton etwas zurückgeschreckt, sprach dann jedoch weiter.
„Was halten sie davon, wenn wir uns heute Abend wieder gegen Dienstschluss treffen, dann können wir uns in Ruhe unterhalten.“
Sophie war etwas enttäuscht, wollte Dr. Hansen aber auch nicht weiter löchern. Sie war schon dankbar, dass er sich überhaupt gemeldet hatte.
„In Ordnung! Dann bin ich heute gegen halb zehn am Krankenhaus!“
„Ja, dann bis heute Abend.“
Eine leise Hoffnung keimte in ihr auf, seinem Tonfall hatte sie nicht entnehmen können, ob es eine gute oder eine schlechte Nachricht war, die er ihr überbringen, wollte aber dieses Quäntchen Zuversicht, was seit ein paar Minuten in ihr nistete, wollte sie nicht durch schwarz-

malerische Spekulationen zerstören und so stellte sie sich unter die Dusche und ließ das warme Wasser über ihren Körper fließen. Sie hatte heute einen anstrengenden Tag vor sich, nachdem gestern die erste Abmahnung ihrer Kanzlei in ihrem Briefkasten lag, konnte sie keinen Tag länger unentschuldigt bei ihrer Arbeit fehlen, eine Kündigung war das Letzte, was sie in der jetzigen Situation brauchte. Das kurze Telefonat hatte ihr ein wenig Stärke gegeben, den Tag halbwegs zu überstehen.

Das marineblaue Kostüm, was sich sonst immer an ihrem Körper entlang schmiegte, hing wie ein nasser Sack an ihr herunter, sie hatte in den letzten Tagen mindestens drei Kilo abgenommen, so konnte sie unmöglich unter die Leute gehen. Aus dem hintersten Winkel ihres Schrankes kramte sie einen beigen Hosenanzug hervor, der ihr mindestens eine Nummer zu klein war und als klassischer Fehlkauf seit Jahren auf seine Aussonderung gewartet hatte, der jetzt aber zu ihrem eigenen Schrecken passte. Sie musste sich in Zukunft dazu zwingen, wieder regelmäßig zu essen, denn wenn jetzt auch noch ihre Gesundheit sie im Stich lassen würde, würde sie nie aus dem tiefen Loch heraus kommen, in dem sich bereits ihre Psyche befand.

Frau Grünling bereitete ihr wie immer einen passenden Empfang, als Sophie wenig später das Büro betrat.

„Frau, Sommer, dass ich sie noch einmal sehe, wir wollten schon eine Vermisstenanzeige aufgeben ... Ich brauche übrigens ihre Krankenbescheinigung, sonst kann ich leider ihr Gehalt nicht abrechnen!“ Sie schien heute wieder in Hochform zu sein, dachte Sophie und bemerkte beim Blick auf den Empfangstresen, dass die Sekretärin die Blumen, die immer noch jede Woche an Sophie geschickt wurden, selbstständig zu sich gestellt hatte. Rote Rosen waren es wieder einmal und Sophie nahm schon von Weitem den zart süßlichen Geruch wahr. Sie liebte diese Blumen, aber der Anblick der stolzen Pflanzen, die zu wissen schienen, welche Wirkung sie auf Menschen hatten, konnte sie heute nicht ertragen. Nichts, für was sie sich sonst begeisterte, konnte sie in ihrer Gegenwart ertragen, ohne Alexander schienen die schönen Dinge im Leben ihren Glanz verloren zu haben. So machte sie sich gleich auf den Weg in ihr Büro.

„Was ist denn jetzt mit ihrer Arztbescheinigung, Frau Sommer? So geht das doch nicht!“, hörte sie Frau Grünlings krähende Stimme.

„Die reiche ich in den nächsten Tagen nach und ich möchte die nächsten Stunden nicht gestört werden!“ Sie schlug die Tür zu ihrem Büro zu, sie würde Dr. Hansen um ein Attest bitten, schließlich war er in letzter Zeit so was wie ihre ärztliche Betreuung.

Bevor sie sich in ihre Arbeit stürzte, die ihr Frau Grünling natürlich auf ihren Schreibtisch gestapelt hatte, ließ sie das Bild von Alexander in einer Schublade verschwinden und so gelang es ihr sich die nächsten Stunden mit der angehäuften Arbeit abzulenken, wobei sie feststellte, dass einige Unterlagen aufgrund der bereits anberaumten Gerichtstermine überfällig waren und nicht länger auf ihre Bearbeitung warten konnten.

Gegen Mittag klopfte es an ihrer Tür, verwundert blickte sie auf, denn sie hatte Frau Grünling ausdrücklich um Ruhe gebeten und auch Herr Savigny hatte sich heute für den gesamten Tag abgemeldet.

„Ja, bitte?“

„Hallo, Frau Sommer! Ich habe mir erlaubt, gleich persönlich vorbei zu kommen, als mir ihre Sekretärin verraten hat, dass sie wieder im Büro sind!“ Magnus Stern betrat selbstgefällig ihr Büro und ließ sich an ihrem Schreibtisch nieder.

„Haben sie Lust etwas essen zu gehen. Ich muss zugeben, sie sehen etwas blass um ihre schöne Nasenspitze aus!“

Ihr fiel es unsagbar schwer, nicht die Fassung zu verlieren, ihren penetranten Verehrer, der eigentlich in ihren Hinterkopf gewandert war, saß nun direkt in ihrem Büro und wie ein Tier, das Witterung auf-

genommen hatte, blickte er mit seinen tiefeinliegenden Augen zu ihr herüber.
„Nein, danke, ich habe schon gegessen", log sie.
„Was kann ich denn für sie tun, Herr Stern?"
Er grinste und beugte sich etwas zu ihr hinüber.
„Sie wissen ja, dass ich nicht lange um den heißen Brei herumrede und mir ist zu Ohren gekommen, dass sie sich von ihrem Mann getrennt haben. So wie sie von ihm geschwärmt haben, kann ich mir vorstellen, dass sie etwas geknickt sind und ich dachte mir, ich muntere sie ein wenig auf!" Es war ihr ein Rätsel, wie Frau Grünling an die Information gekommen war, doch nur sie konnte dahinter stecken und mittlerweile war sie sich sicher, dass ihre Sekretärin eine lebendige Hexe sein musste.
Doch momentan plagte sie ein anderes Problem, so schnell es ging musste sie Magnus Stern loswerden, der sie immer noch offen fixierte und nun seine Hände hinter dem Kopf verschränkte.
„Habe ich es Ihnen nicht gesagt, nichts ist für die Ewigkeit, nicht mal die Liebe, die hochgepriesene Liebe, die meines achtens so wie so völlig überschätzt wird. Dieses Geschwafel von der *ganz großen Liebe* dieses ganze Bla Bla, irgendwann hat man eh genug von seinem Partner, der ewig gleiche Trott ist doch unerträglich. Nichts ist schlimmer als diese eintönige Gewohnheit."
Sophie wunderte sich inzwischen nicht mehr, warum Magnus Stern in kürzester Zeit zu einem der erfolgreichsten und wohlhabendsten Männer des Landes aufgestiegen war. Dort, wo andere Menschen mit einer mehr oder weniger ausgeprägten emotionalen Intelligenz ausgestattet wurden, schien er bei deren Vergabe vergessen worden zu sein; dafür hatte er ein überdurchschnittliches Maß an Abgebrühtheit, Egoismus und Skrupellosigkeit mitbekommen, der Grund dafür, sich alles und jeden zu nehmen, wie und wann er es wollte.
Sie erhob sich von ihrem Sessel und ging hinüber zum Fenster.

„Ich liebe meinen Mann, daran wird sich in diesem Leben nichts mehr ändern, Herr Stern. Und, wenn sie nichts Geschäftliches mit mir zu besprechen haben, möchte ich sie bitten, mich wieder meiner Arbeit nachgehen zu lassen."
Sie hatte nicht bemerkt, dass er ihr gefolgt war und kaum einen Schritt entfernt hinter ihr stand. Sie starrte hinaus und plötzlich stieg ihr der Geruch in die Nase, dieser Geruch, den sie nur allzu gut kannte. Sie hatte Alexander die kleine Flasche von Bulgary Parfüm zu Weihnachten vor fünf Jahren geschenkt. Schon im Geschäft erlag sie dieser aufregenden Mischung von herbem Moschus und Zimt, verbunden mit einem Hauch von Pfirsichöl und Mandelblüte; und als sich dieser Duft mit dem Geruch von Alexanders weicher Haut vermischte, war diese Kombination zu ihrer persönlichen Droge geworden. Sie schloss die Augen und die Sehnsucht nach Alexander war jetzt so stark, dass sie plötzlich unzählige Erinnerungsfetzen in ihr Gehirn drängten und sie das Gefühl hatte, ihm ganz nah zu sein. Erst als sie warme Lippen auf ihrem Hals spürte, glaubte sie nicht mehr an die Echtheit ihres Traums und drehte sich erschrocken um. Magnus Stern grinste sie an.
„Ich scheine Ihnen mehr zu gefallen, als sie zugeben wollen!", raunte er und versuchte erneut ihren Hals zu liebkosen. Mit einem lauten Knall landete ihre flache Hand in seinem Gesicht. Gleichzeitig entglitt ihr eine Entschuldigung, denn die Ohrfeige war mehr ein Reflex, als eine bewusste Bewegung gewesen.
„Gehen sie jetzt!" Sie eilte zur Tür und warf ihm einen ernsten Blick zu.
„Ist ja schon! Sie hören von mir Frau Sommer", verabschiedete er sich etwas benommen, mit der Hand an der Wange. Allerdings entging Sophie auch sein triumphierendes Grinsen nicht, das sich beim Umdrehen aus seinem Gesicht ausbreitete.
Er hatte heute das gleiche Parfüm wie Alexander getragen, ob das nur ein dummer Zufall war? Dass ein einziger Duft sie so aus der Fassung

bringen konnte, war unbegreiflich und, obwohl noch eine starke Wut über Herrn Sterns Unverschämtheit in ihr brodelte, war auch wieder der Schmerz da, so lebendig, dass sie sich an ihren Schreibtisch fallen ließ und weinte.

Als die Tränen leicht versiegt waren, arbeitete sie weiter an ihren Akten, doch so sehr sie versuchte, sich auf die Fälle zu konzentrieren, desto stärker drängte sich Alexanders Gesicht in ihr Bewusstsein. Sie guckte auf die Uhr, wenn sie sich beeilte, würde sie ihn noch am Krankenhaus erwischen; nicht, dass sie ein Gespräch mit ihm suchte, ihr erschien das zu riskant, bevor sie nicht den heutigen Abend abgewartet hatte, aber sie hatte das unbändige Bedürfnis, ihn zu sehen, mit der Gewissheit, dass es die Wunder wahrscheinlich noch tiefer reißen würde. Sie packte ihre Sachen zusammen und machte sich auf den Weg zum Krankenhaus. An der rechten Vorderfront sah sie Martins weißen Passat, sie waren also noch hier. Sie parkte zwischen zwei schräg gegenüberliegenden Autos, direkt vor ihr befand sich noch ein hoher Betonfeiler, sie war sich sicher, nicht entdeckt zu werden. Und es dauerte nicht lange, bis sie den Rollstuhl über den Parkplatz kommen sah, dem wenige Schritte dahinter Martin folgte. Alexander sah schlecht aus, blass und um Jahre gealtert. Seine Augen starrten ins Leere und an der Konversation, die Martin mit ihm führte, schien er nicht teilzunehmen. Er tat ihr Leid, am liebsten hätte sie ihn in den Arm genommen, ihm versichert, dass alles gut werden würde, aber sie musste Geduld haben, und obwohl ihr sein Zustand wehtat, gab er auch der Hoffnung neue Nahrung, dass er bald zu ihr zurückkehren werde.

Der weiße Passat parkte aus und fuhr vom Parkplatz, sie hatte noch fast drei Stunden Zeit, sie drehte den Zündschlüssel herum und ohne länger darüber nachzudenken, folgte sie dem Wagen, immer in sicherer Entfernung. Sie durchquerten fast die halbe Stadt und gelangten dann in ein Stadtviertel, indem sie vorher noch nie gewesen war. Komisch, dass sich Alexander in so einer abgeschiedenen Gegend ein Hotel ausgesucht hatte. Aber bevor sie dieses erreichten, hielt der Wagen vor einem kleinen Reisebüro, in das jetzt beide gingen und erst nach einer Stunde wieder hinaustraten. Sie konnte sich nicht vorstellen, dass er in seinem Zustand verreisen wollte, vielleicht hatte auch eine Reise für die Zeit gebucht, in der er wieder gehen würde, trotzdem irritierte sie sein Verhalten und sie dachte während der weiteren Fahrt darüber nach, wohin er wohl reisen wollte. Seine Eltern waren bereits früh bei einem Flugzeugabsturz ums Leben gekommen, er wuchs bei seinen Großeltern auf, die sich zwar liebevoll um ihren Enkel kümmerten, aber ebenfalls seit einigen Jahren verstorben waren. Seine einzige Schwester Luise lebte in Kanada, sie hatten seit dem Tod ihrer Eltern und einem nervenzerreißenden Streit um das Erbe, welcher im Grunde von Luisas Mann, einem arbeitslosen Kraftfahrer entfacht und ausgetragen wurde, keinen Kontakt mehr. Oft hatte Alexander versucht, den Kontakt wieder herzustellen, er hängt sehr an seiner kleinen Schwester, aber ihr Mann untersagte ihr jeglichen Kontakt, und da sie ihn liebte, was mehr einer Hörigkeit glich, fügte sie sich und reagierte auf keine von Alexanders Briefe und Anrufe. Sophie konnte sich nicht vorstellen, dass sich das Verhältnis zwischen den Geschwistern so plötzlich verändert haben konnte.

Wenig später erreichten sie dann das Hotel und Sophie Verwunderung glitt in eine Ratlosigkeit, das Hotel konnte nicht sein Ernst sein. Nicht, dass er ständig nur in Luxusressorts abstieg, aber dieses Hotel hatte den Charme eines Stundenhotels und sie konnte kaum ertragen, ihn hier zurückzulassen. Nach einer halben Stunde, in dem sie gegenüber dem grau steinigen Hotel, an dem bereits der Putz abbröckelte, gewartet hatte, kam nur Martin wieder aus dem Gebäude und machte sich vermutlich auf den Heimweg. Wenn sie jetzt zu ihm hoch ginge, könnte er ihr nicht ausweichen, er müsste sich endlich erklären; und trotzdem verwarf sie diese verlockende Aussicht und blieb im Auto sitzen. Alexander war kein Mensch, der sich in die Enge treiben ließ, im

Gegenteil, bedrängte ihn ein Gesprächspartner so sehr, dass er es als Belästigung empfand, machte er dicht und war auch in Zukunft zu keiner weiteren Diskussion bereit. Er sagte immer, es sei respektlos, ein Gespräch zu erzwingen, weil man auf diese Art nie die Wahrheit erfahren würde.

Schweren Herzens machte sie sich auf den Rückweg und da sie nicht am ersten Tag mit dem Versprechen, was sie sich gegeben hatte, brechen wollte, kehrte sie auf halber Strecke in einem Fast Food-Restaurant ein und bestellte sich ein Maxi-Menü, was sie im Restaurant verzerrte, denn sie hatte noch über eine Stunde Zeit, bis sie mit Dr. Hansen verabredet war.

Dieser wartete bereits, als sie um kurz vor halb zehn auf den Parkplatz fuhr und ihr zuwinkte. „Haben sie etwas dagegen, wenn wir wieder etwas essen gehen? Ich habe nämlich einen riesigen Hunger."

„Nein, gerne. Haben sie einen Vorschlag?" Obwohl sie noch gesättigt von dem fettigen Burger war, hatte sie gegen ein zweites Essen nichts einzuwenden, denn sie musste dringend ein paar Pfunde zunehmen.

Dieses Mal landeten sie bei einem Chinesen, der sich in einem pyramidenförmigen Gebäude befand, das durch die plätschernden Springbrunnen, etlichen bunten Drachen und Lampen und den originalen Trachten, die alle Kellner trugen, wirklich einem kleinen asiatischen Reich ähnelte. Sophie war hier noch nie gewesen, es gefiel ihr auf Anhieb, dennoch wäre es ihr lieber gewesen, in einem etwas einfacheren Lokal zu speisen, die bunten Farben, die leise Musik, die fröhlichen Gesichter der Asiaten, das alles konnte ihre Psyche, die sich ein wenig erholt hatte, kaum ertragen. Dr. Hansen merkte, wie unsicher Sophie in dieser Umgebung wurde, und blickte sie entschuldigend an.

„Wenn sie möchten, können wir auch woanders essen! Ich dachte nur, ein wenig Abwechslung tut uns gut. Oder mögen sie kein Chinesisch?"

„Doch, sicher! Es ist wunderbar hier." Sie suchte sich einen Tisch aus, der ganz am Rand des Lokals lag.

Erst, als sie beide ihre Teller zur Hälfte geleert hatten, begann sie das Thema anzusprechen. Seit sie sich gegenübersaßen, merkte Sophie, dass sie Angst hatte, Angst, dass sie nicht das hörte, wonach sie sich mehr als alles in der Welt sehnte.

„Sie hatten am Telefon gesagt, sie seihen zu einem Schluss gekommen ...“ Sie traute sich kaum von ihrem Teller aufzusehen und hörte, wie er sich verlegen räusperte.

„Ja, das bin ich ... und ich weiß leider auch, dass er ihnen nicht gefallen wird.“

Mit ein paar, fast harmlos klingenden Worten hatte er mit einem Schlag ihre gesamte Hoffnung, die sich während des Tages fast zu einer zuversichtlichen Erwartung entwickelt hatte, zerstört. Sie war sich nicht sicher, ob sie mehr überhaupt hören wollte, überhaupt fähig war, diese Enttäuschung zu verkraften, vorsichtig blickte sie in seine Augen.

„Er hat seine Entscheidung nicht geändert?“

„Ich fürchte, nein. Ich wünschte, ich könnte Ihnen etwas anderes sagen, aber ihr Mann, Herr Sommer macht bereits Zukunftspläne, in denen sie nicht vorzukommen scheinen. Er möchte bald wieder anfangen zu arbeiten, erst halbtags, dann wieder voll, sobald er wieder laufen kann und unsere Therapie beendet ist. Außerdem ... na ja, er plant sich ins Ausland versetzen zu lassen, bereits in ein paar Wochen.“

Selten hatte Dr. Hansen einen so tief verzweifelten und gleichzeitig entsetzen Menschen gesehen. Sophies Körper begann zu zittern und überzog sich mit einer kalten Schweißschicht. Ihre Augen flimmerten und ihre Lider schlossen und öffneten sich so schnell hintereinander, dass er das Gefühl hatte, sie würde jede Sekunde vom Stuhl kippen.

„Entschuldigen sie mich ...“, krächzte sie in einem unverständlichen Laut und rannte, dass sich die Gäste nach ihr umdrehten, auf die Toilette.

Mehrmals, mit einem gurgelnden Husten entleerte sich ihr Magen in der Schüssel und, als sie ihren Mund mit frischem Wasser zu spülen versuchte, spukte er auch dieses wieder aus. Es gab keine Hoffnung mehr, die ganzen Jahre mit Alexander, die ganzen wunderbaren Erlebnisse, ihre Zukunftspläne, alles, was ihr so viel wert war, hatte seine Bedeutung verloren. Sie hatte keine andere Wahl, wenn sie überleben wollte, musste sie Alexander loslassen.

Dr. Hansen fühlte sich hilflos, natürlich wusste er, dass es sie treffen würde, dass sie am Boden zerstört sein wird, aber als Psychologe wusste er, dass es noch schlimmer war, die Person an eine Illusion glauben zu lassen, auch wenn die Wahrheit oft wehtat, sie war der einzige Weg, sein Schicksal jemals zu verarbeiten. Als er aber die jämmerliche Gestalt neben sich auf dem Beifahrersitz sitzen sah, konnte er ihren Zustand kaum ertragen, hatte er sonst immer eine emotionale Distanz zu seinen Patienten, bereut er schon fast, das Gespräch, das er mit ihr geführt hatte, aber er sah keine andere Möglichkeit in dieser Situation.

„Ich lasse sie hier ungern allein, soll ich sie nicht nach Hause fahren?"

„Nein danke, ich schaffe das schon. Ich werde heute Nacht bei einer Freundin schlafen, machen sie sich keine Sorgen."

Wieder sah er ihr nach, als sie vom Parkplatz fuhr.

Tassilo wartete sicher schon auf sie, das schlechte Gewissen plagte sie, doch der Gedanke, die Nacht alleine in dem großen Bett zu verbringen, in dem sie und Alexander wunderschöne Zeiten verbracht hatten, brachte sie fast um den Verstand. Sie bog in die Melissenstraße und hielt vor Johannas Wohnung.

„Kann ich vielleicht bei dir übernachten, Hanna? Wenn Maximilian hier ist, gehe ich sofort wieder."

„Rede keinen Quatsch Sophie, das ist doch ganz egal. Und Maximilian ist eh auf einer Geschäftsreise. Sie zog ihre Freundin am Ärmel in die Wohnung und schaute in das von Tränen aufgelöste Gesicht.

„Alexander?"

Sophie nickte und fiel ihrer Freundin in den Arm.

22

Maximilian hasste es Johanna anzulügen, ihm blieb aber keine andere Wahl. Die Anschrift von Joachim Wendtland hatte er über das Internet in Erfahrung gebracht. Dieser Mann lebte in Zürich und betrieb dort ein Café namens *Chez Nous*. Die Adresse hatte ihm dann die Auskunft verraten und er beschloss, dieses Mal ohne vorherigen Anruf in die Schweiz zu fahren.

Vorsichtshalber hatte er sich gleich zwei Tage freigenommen, denn er wusste nicht, zu welcher Tageszeit Joachim Wendtland in seinem Lokal aufhielt und so hatte er genügend Zeit, einen günstigen Moment abzupassen.

Nach zwei Stunden Autofahrt hatte er endlich die Grenze passiert und nach einer weiteren Stunde die Stadt erreicht. Er quartierte sich in einem Hotel ein, das nur zwei Straßen vom *Chez Nous* entfernt lag. Nachdem er sein weniges Gepäck im Zimmer verstaut hatte, machte er sich auf den Weg zum Café, vielleicht hatte er Glück und Joachim Wendtland war noch so spät am Nachmittag dort.

Beim Betreten des Lokals fiel ihm auf, dass es trotz seiner Bezeichnung als Café, eher den Charakter eines Bistros hatte, die Wände waren in einem warmen Rot gestrichen, an denen viele Erinnerungsfotos chronologisch nach ihrer Zeit, in dem das Gebäude noch als altes Krämergeschäft gedient hatte bis hin zu Aufnahmen, die die Renovierung und Neueröffnung zeigten, liebevoll in goldene Rahmen zur Geltung gebracht wurden. Mit dem ausladenden Tresen, der in verschiedenen Holzkörben ein vielfältiges Angebot von frischen Madeleines, Torten, Brötchen und Croissant anbot, die individuellen Blechbehälter, die noch handschriftlich auf ihren Inhalt hinwiesen, wurde eine fast perfekte Imitation einer Pariser Brasserie geschaffen. Begleitet von einer unbekannten französischen Sängerin, die im Hintergrund furchtbar herzzerreißende Chansons schmetterte, wählte Maximilian einen

Tisch in der Mitte des Raumes und bestellte bei der freundlichen Bedienung, ein schwarzhaariges zierliches Mädchen, die mit einem authentisch klingenden französischen Akzent seine Bestellung entgegennahm, einen Café au laite. Außer dieser Bedienung befand sich nur noch ein weiterer Angestellter in dem Lokal, was auch abends gut besucht zu sein schien. Doch der Mann hinter dem Tresen, der die Getränke zubereitete und das Gebäck ausgab, konnte unmöglich Joachim Wendtland sein. Zwar hatte ihm Oliver Pätzold beschrieben, dass er dunkelhaarig und in etwa so groß wie er war, und diese Merkmale trafen auch auf den Mann hinter dem Tresen zu, dieser hatte jedoch eine südländische Hautfarbe und konnte unmöglich ein gebürtiger Deutscher sein, Maximilian ordnete ihn eher nach Spanien oder Portugal, vielleicht sogar Südamerika zu. Trotzdem vergewisserte er sich noch bei der jungen Kellnerin, die ihn gerade fragte, ob er noch etwas zu trinken wünschte, ob Herr Wendtland heute im Haus war.

„Der Chef ist immer vormittags hier, so bis drei, dann macht er die Abrechnung ...", antworte das junge Mädchen, die ihm wenig später das Baguette an den Tisch brachte, was er noch geordert hatte.

Er müsste also morgen noch einmal wieder kommen. Während er das Brot verzehrte, warf er einen Blick in die *Le Monde*, die neben anderen Tageszeitungen mit einem Holzrahmen befestigt, an der Wand hing, stellte aber wenig später fest, dass sein Französisch zu schlecht geworden war, als dass er noch das Tagesgeschehen Frankreichs nachzuvollziehen konnte. Er bezahlte und kehrte in sein Hotel zurück. Zu gern würde er jetzt Johanna anrufen, sie wartete sicher bereits auf seinen Anruf, nur er war sich sicher, dass sie sich erkundigen würde, wie sein Geschäftstermin gewesen war und spätestens dann wäre er nicht mehr in der Lage seine Lüge aufrecht zu erhalten. So verfasste er eine SMS, dass der Termin sehr anstrengend war und er gleich ins Bett gehen würde, sich aber darauf freute, morgen wieder zurückzukommen.

Hoffentlich war sie nicht all zu enttäuscht über diese unpersönliche Nachricht.

Er schlief schlecht, denn er wusste, dass Johanna nichts mehr verabscheute als Unaufrichtigkeit und er konnte nur hoffen, dass seine Suche nach dem Mann, der ein Trauma bei ihr ausgelöst hatte, Erfolg haben werde, dass er ungefragt in ihrer Vergangenheit wühlte, er wusste nicht, ob sie bereit wäre, ihm das zu verzeihen.

Um kurz nach neun konnte er es nicht länger in seinem Zimmer aushalten, obwohl das Café erst um zehn öffnete, verließ er das Hotel und machte einen Spaziergang durch die Einkaufsstraßen, die gerade von großen Reinigungswagen der Stadt vom letzten Müll des Vortages gereinigt wurden. Um kurz vor zehn führte ihn sein Weg dann direkt zum Chez Nous, neben einem alten Mann war er der einzige Gast im Lokal. Er bestellte bei der Bedienung, dieses Mal einer blonden Studentin, einen Kaffee. Sein Blick folgte ihr und hinter dem Tresen entdeckte er schließlich einen Mann, bei dem es sich um Joachim Wendtland handeln musste. Die Blondine, die in der Gegenwart des Mannes fleißig bemüht war, alles ordentlich zu machen und ihn bei jeder ihrer Handgriffe mit einem Blick aus dem Augenwinkel überprüfte, ob alles zu seiner Zufriedenheit ablief, hätte auch jeden anderen Beobachter zu dem Erkenntnis gebracht, dass der Mann ihr Vorgesetzter sein musste. Maximilian hatte fast ein wenig Mitleid mit ihr, als er sie aufforderte, ihren Chef sprechen zu wollen und sie fast ängstlich, es könne sich um eine Beschwerde über ihre kellnerischen Fähigkeiten handeln, Joachim Wendtland die Bitte überbrachte. Erstaunt zog dieser die Augenbrauen in die Höhe und eilte zu seinem Tisch, mit einem Gang, den Maximilian bei jedem anderen Mann, der in dieser Weise auf ihn zusteuerte, sofort in die Flucht geschlagen hätte. Seine Schritte hatten etwas Wippendes, Beschwingtes an sich und für einen Mann, der normalerweise seine Brust immer ein paar Zentimeter zu weit herausdrückte, hatte die Haltung von Joachim Wendtland irgend-

wie etwas Weibliches, Weiches an sich. Jetzt runzelte auch Maximilian die Stirn und fragte sich, ob der Mann überhaupt der war, nach dem er suchte.
„Joachim Wendtland?“, fragte er unsicher.
„Der bin ich, höchstpersönlich!“ Er setzte sich an die andere Seite des Tisches und nun konnte nichts mehr darüber hinwegtäuschen, dass Joachim Wendtland vom anderen Ufer stammte. Er trug ein rosafarbenes mit Blumen bedrucktes Hemd, um seine Hals hatte er ein gleichfarbiges seidenes Halstuch geschlungen, doch am gewagtesten fand Maximilian sein sorgfältig geschminktes Gesicht mit den gezupften und gefärbten Augenbrauen, dem leichten Kajal und dem zarten Rouge, das Joachim Wendtland aufgetragen hatte.
„Sind sie mit irgendetwas unzufrieden? Ist der Kaffee nicht in Ordnung?“
Maximilian merkte, dass er mindestens eine Sekunde zu lang auf sein Gesicht gestarrt hatte. Bevor er ich ihn noch auf falsche Gedanken bringen konnte, wendete er seinen Blick ab.
„Ich bin mir jetzt gar nicht mehr sicher, ob sie überhaupt der Richtige sind. Ich bin wegen Johanna Windlund hier, sagt Ihnen der Name etwas?“ Joachim Wendtland klatschte sich mit der Hand auf deinen Oberschenkel, als hätte er einen guten Witz gehört.
„Natürlich kenne ich Johanna Windlund, die kleine Hanna!“
Maximilian stimmte seinem Lachen nicht ein, das Thema hatte für ihn nichts Lustiges an sich.
„Sie waren doch damals mit ihr befreundet, und ich hätte ein paar Fragen zu der Zeit.“
Joachim Wendtland, der die Stimmung am Tisch plötzlich unerträglich bedrückend empfand, verstummte.
„Das stimmt. Aber wer sind sie, dass ich Ihnen Auskunft geben sollte?“

„ Ich bin ihr Partner, Maximilian Konradius und auch, wenn ich ihnen nicht den Grund nennen kann, warum ich manche Dinge wissen möchte, bitte ich sie mir trotzdem zu beantworten!"
Wendtland überlegte, wenn ihn die Fragen nicht gefielen, konnte er ihn jederzeit aus seinem Café werfen lassen, außerdem hatte der fremde Mann mit der beeindruckend markanten Brille seine Neugierde geweckt.
„Was möchten sie denn wissen?", fragte er.
„Ein ehemaliger Kommilitone hatte mir erzählt, dass Hanna und sie früher so etwas wie ein Paar gewesen sind?" Jetzt hatte sich Maximilian aufgerichtet, in dieser Haltung konnte er ihn besser beobachten.
„Ja das stimmt, auch wenn man sich das bei mir gar nicht mehr vorstellen kann ..."
Sein Gericht errötete leicht und er verdrehte den Mund zu einem verschmitzen Lachen. Als Maximilian nicht einstimmte, fuhr er leicht irritiert fort „Aber Hanna war in der Tat meine erste und auch einzige weibliche Freundin; und ich meine Freundin so mit Händchen halten und heimlichen Kuss auf der Damentoilette. Das war im Übrigen auch schon alles, was unser Liebesleben hergab. Uns verband mehr eine geistige Nähe, wir verstanden wir uns einfach gut, waren irgendwie auf der gleichen Wellenlänge. Wir haben uns in der Theatergruppe kennengelernt. Hanna ist übrigens eine sehr talentierte Schauspielerin, wussten sie das?"
„Nein, das wusste ich nicht. Ich habe gehört, dass sie sich öfter gestritten haben?"
Joachim Wendtland runzelte die Stirn, wurde dann aber durch ein Kopfnicken Maximilians aufgefordert, weiter zu sprechen.
„Ja, das stimmt auch, obwohl man das nicht als Streit im klassischen Sinne bezeichnen konnte, eher als hitzige Meinungsverschiedenheit. Sie hielt zum Beispiel Heinrich Heine für einen genialen Schriftsteller, ich für einen zynischen Pessimisten; meistens führten wir unseren Wort-

krieg über solche banalen Dinge, aber, da wir beide völlig überzeugt von unserer Meinung waren, konnte ein solcher Streit schon mal länger andauern."

„Und warum haben sie sich irgendwann getrennt?"

In diesem Moment betrat der südländische Angestellte vom Vortag das Café und warf Wendtland einen Handkuss zu.

„Als ich ihn, Franco kennengelernt habe! Er ist gebürtiger Spanier und hat ein Auslandssemester bei uns an der Uni absolviert. Nie werde ich den Augenblick vergessen, als ich in seine braunen Augen gesehen habe und da war es um mich geschehen. Ich musste mir selbst eingestehen, dass ich nun mal Männer liebe und so war es eigentlich nur noch ein formeller Akt, dass ich meinen Freunden und meiner Familie verkündet hatte, dass ich schwul bin, denn außer mir schien diese Tatsache schon jeder erkannt zu haben. Franco und ich sind dann zusammengezogen und seitdem sehr glücklich miteinander."

Peinlich berührt, dass ihn der Mann, den er erst seit ein paar Minuten kannte, an dieser sehr pikanten Erfahrung teilhaben ließ, nahm Maximilian einen Schluck Kaffee, der mittlerweile kalt geworden war.

„Und wie hat Hanna die Trennung aufgenommen und auf die Tatsache reagiert, dass sie sch.. dass sie nicht heterosexuell sind?"

In seinem Beruf musste Maximilian viele schwierige Gespräche mit noch schwierigeren Menschen führen, aber dieses war mit Abstand das Schlimmste; mit einem Mann über sein Schwulsein zu reden, es gab nichts Unerträglicheres für ihn.

„Im Grunde hat Hanna reagiert wie alle anderen Personen in meiner Umgebung. Sie war vielleicht etwas traurig, dass ich jetzt fast meine ganze Zeit mit Franco verbrachte, aber wie ich schon gesagt habe, uns verband mehr eine Freundschaft, als eine sexuelle Beziehung. Hanna war nicht so eine Frau, die man als *femme fatale* bezeichnen würde, im Gegenteil, sie hat ein sehr tiefgründiges Wesen, viele musische Be-

gabungen, ich glaube das Wenigste, was Hanna an einem Mann interessiert, sind seine Liebhaberqualitäten."
Maximilian überlegte, er konnte sich kaum eine Möglichkeit vorstellen, warum dieser Mann Hanna etwas angetan haben könnte.
„Und haben sie nach ihrem ... ihrem Outing so etwas wie Abneigung oder sogar Hass gegenüber Frauen empfunden?"
Wendtland blickte ihn verdutzt, leicht verärgert an.
„Hass? Wieso sollte ich denn Frauen hassen? Nur, weil ich nicht mit Frauen ins Bett gehe, wie das vielleicht die Mehrzahl der Männer tut, muss ich doch nicht gleich ein Frauenhasser sein! Nein, es gibt sogar Frauen, die ich zu tiefst bewundere, Romy Schneider war für mich die beste Schauspielerin, die unser Land je hervorgebracht hat, und auch Hanna war nach wie vor eine gute Freundin, bis wir hier nach Zürich gezogen sind und der Kontakt abgebrochen ist."
Maximilian dachte nach, wieder war er in einer Sackgasse gelandet, dieser Mann konnte nicht der Mann sein, der Hanna ein unüberwindbares Trauma zugefügt hatte. Wendtland beobachtete ihn, ihm entging natürlich Maximilians Enttäuschung nicht, der sich jetzt die Brille abnahm und mit den Händen über seine Augen rieb.
„Wenn es einen Menschen gibt, der fast alles über Johanna weiß, dann ist das ihre Mutter. Ihr hat sie alles anvertraut und ich kann mir vorstellen, dass das heute noch so ist. Wenn sie also irgendetwas aus ihrer Vergangenheit wissen müssen, dann fahren sie zu ihrer Mutter!"
Wendtland legte zur Verabschiedung die Hand um seine Schulter, das Café war inzwischen bis auf den letzten Tisch besetzt und er musste dringend seine Gäste versorgen. Maximilian ging zurück zum Hotel, sein nächstes Ziel hieß also Schweden.

23

Am 20.November hatten sie und Alexander geheiratet. Die meisten Paare warteten bis zum Frühjahr um ihren Bund fürs Leben zu besiegeln und entschieden sich nicht für die dunkelste Zeit, die das Jahr zu bieten hatte. Aber ihnen hatte das nichts ausgemacht. Sie konnten er kaum erwarten, sich das Ja-Wort zu geben und da nur im engsten Freundes-und Familienkreises gefeiert wurde, fand das Fest in einem kleinen, ländlichem Gut statt und am nächsten Morgen ging es schon in das hochsommerliche Kapstadt, wo sie drei wunderschöne Wochen verbrachten.

Ausgerechnet auf einen Samstag musste ihr Hochzeitstag fallen, als wäre die Situation nicht schon unerträglich genug. Sophie schob die Bettdecke vom Kopf, es war erst kurz nach acht, da sie in der Woche jetzt wieder früh aufstehen musste und auf die starken Schlaftabletten ganz verzichtete, lieber ein Glas Rotwein am Abend trank, hatte sich ihr innerer Tagesrhythmus wieder auf gewohnte Zeiten eingestellt. Sie hatte schlecht geträumt, etwas Wirres von ihrem letzten Hochzeitstag, den sie ganz gemütlich zu Hause verbracht hatten und abends in der Oper waren. Nur in ihrem Traum war es nicht Goethes Faust, der auf dem Podest stand, sondern Alexander im Rollstuhl, sie hatte versucht, zu ihm auf die Bühne zu klettern, war aber immer wieder abgerutscht uns zurück ins Publikum gefallen. Ein furchtbarer Traum.

Im Pyjama ging sie hinüber zum Kleiderschrank, in der hintersten Ecke bewahrte sie die Geschenke auf, die ihr Alexander im Laufe der Jahre gemacht hatte. Es waren keine materiellen Dinge, sondern Briefe, Karten und ein paar besonders schöne Fotos. Der Tag heute würde ihr alles abverlangen, was sie an Kraft gesammelt hatte und sie hatte einmal gelesen, dass eine Schocktherapie ein gutes Mittel gegen Ängste und Depressionen war. Sie würde sich also alle diese Erinnerungen ansehen und vielleicht hatte diese Konfrontation wirklich diese heilende Wirkung.

Den gesamten Karton breitete sie kopfüber auf der Bettdecke aus und setzte sich in die Mitte. Ihre Finger tasteten zuerst über die vielen Bilder, in den meisten Fällen waren auf ihnen nur ihre Köpfe abgebildet, die sich eng aneinander drängten und glücklich in die Kamera grinsten. Dann nahm sie eine Karte in die Hand, die ihr Alexander von einer der letzten Geschäftsreisen geschrieben hatte, sie hatte sie schon so häufig gelesen, dass sie jede Zeile auswendig konnte, trotzdem hafteten ihre Augen an seinen Worten, während sie las.

Mein Schatz Sophie,

Endlich sitze ich in meinem Hotel in dieser furchtbar großen und trotzdem beengenden Stadt. Die Japaner brauchen irgendwie viel weniger Platz zum Leben, ich fühle mich wie in einem Gefängnis, hier in meinem Zimmer, das noch nicht Mal so groß wie unser Badezimmer ist (und da würdest du jedenfalls in der Badewanne liegen) Tokio würde dir gar nicht gefallen, es ist laut und stickig.

Der Geschäftstermin verlief gut, obwohl mein japanischer Kollege ein ziemlicher Fuchs ist, er trug eine blaue, mit grünen Tupfen übersäte Krawatte. Ich habe mich gleich in sie verguckt, weil sie mich so an deine schönen Augen erinnerte, die haben, wenn man sie von der Seite betrachtet, nämlich auch diese kleinen grünen Sprenkel. Ich konnte mich gar nicht mehr auf das Gespräch konzentrieren. Aber er hat sich partout geweigert, sie mir zu verkaufen!

Jetzt scheint gerade die Sonne in meine Zelle und ich bin ganz neidisch auf sie, denn in ein paar Stunden wird sie zu dir gewandert kommen und dich mit ihren warmen Strahlen wecken, wie gut sie es hat ... Ich freue mich auf dich, Alexander

Schon bei einer ihrer ersten Verabredungen hatte Sophie festgestellt, dass Alexander kein gewöhnlicher Romantiker war, der sie mit roten Rosen überschüttete, ihr herzergreifende Liebeserklärungen machte und ihr versicherte, dass er ohne sie sterben würde und er sie brauchte, wie die Luft zum Atmen; nein, so austauschbar waren seine Botschaften nicht, er verknüpfte die merkwürdigsten Dinge miteinander, zog die absurdesten Vergleiche und an alltäglichen Dingen, die sie noch nicht mal bewusst wahrnahm, formte er die schönsten Liebeserklärungen, die Sophie je gehört hatte, so authentisch und ehrlich, dass sie manches Mal sogar sprachlos war.

Bei ihrem ersten Kinobesuch, an dem Sophie noch bereit war, sich einen Actionfilm anzusehen, handelte dieser von blutrünstigen Dämonen, einer außerirdischen Macht, die am Ende die ganze Welt zerstörte. Als sie dann aus dem Kino kamen und schweigend in ein kleines Weinlokal in der Nähe gingen, bekam Alexander plötzlich ein ernstes Gesicht und blickte sie verärgert an.

„Der Film ist unrealistisch, Sophie!", hatte er gesagt, und sie hatte ihn gelobt, nun auch zu dieser weisen Erkenntnis gelangt zu sein.

„Nein, ", hatte er dann gesagt, „Es ist doch total unrealistisch, dass die Welt überhaupt jemals untergehen wird, dass man alles zerstören kann."

Langsam hatte sie angefangen, sich Sorgen zu machen, dass er den Film nicht verkraftet hatte, doch er fuhr unbeirrt fort "Trotzdem würde doch die Sonne immer wieder aufgehen, weißt du nämlich, wer sie dazu bringt?"

„Nein", hatte sie geantwortet „Gott vielleicht?" Alexander hatte gelacht.

„Nein, nicht Gott. Dein Lächeln! Ich habe noch nie ein so unsterblich schönes Lächeln gesehen wie deins Sophie, dagegen kommt doch niemand an!"

Sie starrte aus dem Fenster, obwohl die Szene Jahre her war, konnte sie sich an jedes Detail erinnern, den grünen Strickpulli, den er an diesem Abend trug, sein Gesicht war noch aus dem letzten Urlaub leicht gebräunt und er hatte noch sehr kurz geschnittenes Haar, was er in den nächsten Jahren auf ihr Drängen hin, länger wachsen ließ. Alexander hatte von Natur aus Locken, die sich, sobald sie eine gewisse Länge erreichten, auf seinen Kopf kräuselten und Sophie war so vernarrt in diesen Anblick, dass er seine Haare nie kürzer als zwei Zentimeter schneiden durfte. Ihre Hände krallten sich an die Decke, Tränen liefen über ihre Wangen und dieser stechende Schmerz, der zwar immer spürbar, aber nicht mehr so lähmend gewesen war, war mit einer Heftigkeit an die Oberfläche gekommen, dass ihr Körper wieder zu zittern begann und sie schluchzend ihren Kopf im Kissen vergrub. Sich an ihrem Hochzeitstag diese ganzen Erinnerungen anzusehen war die schwachsinnigste Idee, die sie haben konnte! Obwohl sie keine Freude mehr am Leben hatte und es in der letzten Zeit mehr einer Qual glich, hatte sie nicht vor, an einem seelischen Selbstmord zu sterben. Sie stopfte die Erinnerungen wieder in den Karton und brachte ihn in das kleine Gästezimmer, wo sie ihn unterm Bett verstaute. Sie streifte ihren Pyjama ab und stieg unter die eiskalte Dusche, das war die Strafe für ihr dummes Verhalten. Nachdem sie in eine frische Jeans und eine blaue Bluse mit passendem Pullunder geschlüpft war, beschloss sie sich heute etwa zu recht zu machen. Wenn es ihre Seele schon so schlecht ginge, war es sicher nicht förderlich, sich auch noch äußerlich so gehen zu lassen, außerdem hatte sie das lange genug getan. Als sie nach einer Stunde hinunter kam, schien auch Tassilo von dem schönen Anblick seiner Besitzerin begeistert zu sein und bellte laut. Der Anrufbeantworter blinkte und Sophie hörte Johannas Stimme, die sie fragte, ob sie nicht Lust hätte mit ihr und Maximilian etwas zu unternehmen. Sie wäre zwar froh über ein Treffen mit ihrer Freundin gewesen, allerdings wollte sie nicht Gefahr laufen mit einem ihrer Weinkrämpfe, die sie

nicht selten und völlig unerwartet überkamen, den ganzen Tag zu verderben. Sie war glücklich, dass Johanna und Maximilian zusammengefunden haben, und hätte mit ihrer Stimmung nur ein Störfaktor dargestellt.
Sie dachte darüber nach, ein paar Tage zu ihrer Mutter zu fahren, sie würde sich sicher freuen und ein Ortswechsel würde sie ablenken, nur ihre Mutter musste sich dringend erholen und, wenn sie sie jetzt selbst in ihrer Kur besuchte, um ihre Trennung zu verarbeiten, war das mehr aus egoistischen Motiven als, dass es ihrer Mutter eine Freude gemacht hätte. Nein, auch diese Möglichkeit schloss sie aus. Aber anrufen würde sie ihre Mutter, die sich hoffentlich noch keine Sorgen machte. Sie wählte die Nummer auf ihrem Zimmer und nach wenigen Rufzeichen nahm ihre Mutter den Hörer ab, sie klang sehr müde.
„Ja, bitte?“
„Hallo, Mama, ich bin ´s.“ Eine Pause, dann hörte sie ihre Mutter, die sehr leise sprach.
„Hallo Sophie, wie geht es dir? Schön, dass du anrufst.“ Maries Stimme klang belegt und beinahe teilnahmslos.
„Sophie, ich bin schrecklich müde, hast du etwas dagegen, wenn wir morgen noch einmal telefonieren?“
„Nein, natürlich nicht, dann ruh dich erst mal aus.“ Ihre Mutter hatte aufgelegt und Sophie fragte sich, ob die Patienten in einer Kurklinik vielleicht später aufstanden, als es in normalen Krankenhäusern der Fall war, sie würde gleich morgen wieder anrufen, vielleicht war ihre Mutter auch gestern einfach ein wenig länger auf gewesen.

Sie schnappte sich Tassilo und machte einen ausgiebigen Spaziergang, bei dem sie sich auf dem Rückweg ein Essen vom Italiener einpacken ließ. Früher hatte sie sich gefreut, von einem ausgiebigen Ausflug zurückzukehren und es sich danach auf dem Sofa gemütlich zu machen. Aber dieses Mal merkte sie, als sie in ihre Straße einbog, dass ihre

Schritte langsamer wurden und sie sich regelrecht weigerte, das Apartment aufzuschließen. Wie eine Wand stand die Einsamkeit hinter der Tür und wartete schon, sie wieder gefangen zu nehmen. Jeder Raum trug so viele Szenen in sich, dass es für Sophie nach kurzer Zeit nicht mehr aushalten war. Abends, wenn sie spät von der Arbeit kam, nahm sie kaum etwas von dieser beklemmenden Atmosphäre wahr, meistens ließ sie sogar das Licht ausgeschaltet und stolperte ins Schlafzimmer, aber jetzt waren alle Räume hell erleuchtet und sie konnte sich nicht dagegen wehren, dass sie anfingen, ihre Geschichten zu erzählen. Angestrengt dachte sie nach, dann nahm sie den Hörer und wählte die Nummer des Clemens Krankenhaus und erkundigte sich, ob Dr. Hansen Dienst hatte, wenig später hatte sie ihn am Apparat.

„Frau Sommer, was kann ich für sie tun?“

„Hallo Dr. Hansen, ich.. Heute ist unser Hochzeitstag, nein das ist es nicht, aber ich fühle mich so furchtbar und wollte sie fragen, ob sie vielleicht ein wenig Zeit für mich haben, die Gespräche mit Ihnen sind mir eine große Hilfe ...“ Sie wusste, warum ihr erster Gedanke war, Dr. Hansen anzurufen, er war die einzige Verbindung, die ihr noch zu Alexander blieb und, wenn sie mit ihm zusammen war, hatte sie das Gefühl, ihm ein wenig nah zu sein.

„Ich habe um drei Pause, dann habe ich zwei Stunden Zeit, bevor die Abendschicht beginnt, passt Ihnen das?“

„Ja natürlich. Danke.“

„Das mache ich gerne, dann bis später.“

Erleichtert legte sie auf, nur noch eine Stunde musste sie überbrücken, dann könnte sie sich auf den Weg zum Krankenhaus machen. Obwohl Tassilo bereits friedlich im Wohnzimmer schlief, entschloss sie sich zu einem weiteren kurzen Spaziergang durch den Park.

Um Viertel vor drei parkte sie auf dem Krankenhausparkplatz, denn sie würde sicher noch einige Zeit waten müssen, sie sah aber wenig später Dr. Hansen aus dem Gebäude kommen und startete wieder den Motor.

„Ich dachte wir könnten in ein gemütliches Kaffee fahren, jetzt ist doch genau die richtige Zeit für ein Stück frischen Apfelkuchen!“, schlug er ihr vor, als er auf den Beifahrersitz Platz nahm.
„Das ist eine gute Idee.“
Wenig später saßen sie in einem alten Kaffeehaus, in dem es angenehm nach frisch gemahlenem Kaffee roch.
„Herr Dr. Hansen, wenn ich Ihnen auf die Nerven gehe, bitte sagen sie mir das. Sie opfern ihre Mittagspause für mich, dabei kennen sie mich kaum und ich bin noch nicht mal eine Patienten von Ihnen“, sagte sie und dachte, dass sie sich entgegen ihrer Behauptung wirklich wie in einer Psychotherapie fühlte. Dr. Hansen lachte.
„Frau Sommer, sie glauben doch nicht, dass mir eine Frau wie sie jemals auf die Nerven gehen könnte, ich bitte sie ...“
„Mir tun die Gespräche mit Ihnen wirklich gut. Heute ist unser Hochzeitstag und ich habe es zu Hause einfach nicht mehr ausgehalten, ich habe das Gefühl, mir fallen die Wände auf den Kopf und jeden Moment kommt Alexander zur Tür rein. Ich fühle mich ganz furchtbar ...“
Er legte seine Hand auf ihre.
„Das klingt zwar komisch, aber es wäre auch unnormal, wenn sie nicht so empfinden würden, ein Verlust ist immer mit Schmerzen verbunden.“
„Aber wie soll ich je wieder in mein Leben zurückfinden, Alexander ist einfach überall, in meinem Kopf, in meinem Herzen, jede Pore meines Körpers ist vollgesogen von ihm. Ohne ihn fühle ich mich wie eine leere Hülle.“
Dr. Hansen sah sie an, natürlich hatte er schon viele Menschen über Liebeskummer reden hören, aber das betraf in den meisten Fällen Beziehungen, die auseinandergegangen sind, weil man merkte, nicht zusammenzupassen, betrogen wurde oder sich auseinander gelebt hatte. Aber bei Sophie Sommer hatte er das Gefühl, sie hatte wirklich einen Teil von sich verloren.

„Auch, wenn ihnen das wenig Hoffnung macht, es wird noch eine Zeit so weiter gehen, eine Trennung, besonders, wenn sie auf ehrlichen Gefühlen basierte, dauert lange, aber irgendwann werden sie es überwunden haben, merken, dass sie wieder Freude am Leben haben, aber das kann nur die Zeit schaffen..“

„Ich hatte keine ehrlichen Gefühle für Alexander, ich habe ihn geliebt und ich liebe ihn noch immer, und es ist so schwer, ihn trotzdem loszulassen ...“ Sophie räusperte sich, denn ein dicker Kloß hatte sich in ihrem Hals gebildet.

„Wenn ich daran denke, gleich wieder in das leere Apartment zu fahren, bekomme ich richtige Panik. Vielleicht sollte ich es verkaufen.“

„Das ist keine schlechte Idee, manchmal ist es das Beste, nicht mehr an Dingen festzuhalten, die in der Vergangenheit mal eine Bedeutung hatten. Aber lassen sie sich etwas Zeit mit der Entscheidung.“

„Ja, momentan habe ich dazu auch keine Kraft, außerdem habe ich einen Hund, und bevor ich umziehe, müsste ich mich um eine Unterkunft umsehen, in der wir uns beide wohlfühlen.“

Dr. Hansen überlegte, dann kramte er in seiner Tasche und zog einen Schlüssel hervor.

„Ich weiß, das ist ein ungewöhnliches Angebot, und ich hoffe, sie verstehen es nicht falsch, aber wenn sie möchten, und sie es wieder einmal bei sich nicht aushalten, können sie gerne in meine Wohnung flüchten, ihr Hund natürlich auch. Ich bin eh so selten da, im Krankenhaus besteht absoluter Notstand. Sie können es sich also in Ruhe gemütlich machen.“

Sophie war völlig perplex, mit so einem Angebot hatte sie in der Tat nicht gerechnet. Früher wäre es völlig ausgeschlossen, dass sie die Annahme überhaupt in Erwägung gezogen hätte, aber der Gedanke, in einer fremden Umgebung nicht ständig diesen schmerzlichen Erinnerungen ausgesetzt zu sein, war so befreiend, dass sie einen kurzen Moment zögerte, dann aber doch den Kopf schüttelte.

„Ich weiß, dass es ein aufrichtiges Angebot von Ihnen ist, aber ich kann das wirklich nicht annehmen. Wir kennen uns kaum, und ich würde mich dabei sehr schlecht fühlen.“
„Mein Name ist Olaf! Sehen sie, jetzt kennen wir uns schon etwas besser, und jetzt nehmen sie den Schlüssel, ich vertraue Ihnen, dass sie meine Wohnung nicht gleich in Brand setzen. Sie haben da ihre Ruhe und ich freue mich auch, wenn sie nicht immer so lange leer steht ...“
Er schob ihr den Schlüssel über den Tisch, dort blieb er noch eine Weile liegen, bis sich Sophie einen Ruck gab und ihn in ihrer Tasche verstaute.
„Danke, das ist wirklich sehr nett von ihnen.“
Sie tranken ihren Kaffee leer und sie setzte ihn wenig später am Krankenhaus ab. Nachdenklich fuhr sie nach Hause. Auch, wenn sie sich etwas unwohl fühlte, spürte sie auch, dass sie der Gedanke an den Schlüssel in ihrer Tasche beruhigte. Da es bereits später Nachmittag geworden war und sie nicht gleich die Gastfreundschaft von Dr. Hansen in Anspruch nehmen wollte, beschloss sie noch eine Flasche Rotwein zu besorgen, mit ihr würde sie den Abend schon überstehen.

Am nächsten Tag wurde sie durch einen stechenden Schmerz im Kopf geweckt, die ganze Flasche zu leeren half zwar für den Moment, hatte aber auch seine Folgen, die Sophie jetzt schmerzlich zu spüren bekam. Sie nahm gleich zwei Kopfschmerztabletten und stellte sich unter die Dusche. Mittlerweile hasste sie die Wochenenden, wieder war es erst früh am Morgen und sie mussten noch den ganzen Tag überstehen. Dr. Hansen hatte ihr gesagt, dass er ab Mittag den gesamten Sonntag wieder Dienst hatte und so stand für sie die Entscheidung fest, für ein paar Stunden in seine Wohnung umzuziehen. Sie hatte noch ein paar Unterlagen zu bearbeiten und dort würde sie sich sicher auf die Arbeit konzentrieren können. Sie frühstückte ungewöhnlich viel und, nachdem

sie noch mit ihm eine Runde im Park gedreht hatte, verlud sie Tassilo im Auto, er würde natürlich mitkommen.
Dr. Hansens Wohnung befand sich etwa eine halbe Stunde Autofahrt entfernt und Sophie war positiv überrascht, dass seine Wohnung, obwohl er scheinbar Junggeselle war, so geschmackvoll eingerichtet war. Sie war nicht besonders groß, aber das dunkle kirschfarbene Parkett mit den weißen Ledersesseln und dem flauschigen Teppich füllten den Raum optimal aus. Eine kleine Küche führte vom Flur ab und sie entdeckte, dass er einen frischen Kuchen auf den Tisch gestellt hatte. Woher er ihn auch besorgt hatte, er musste gewusst haben, dass sie sein Angebot heute in die Tat umsetzen werde. Auch Tassilo schien die Wohnung gut zu gefallen, nachdem er neugierig jeden Winkel inspiziert hatte, lag er nun im Flur und döste.
Sophie packte ihre Akten aus und setzte sich an den kleinen Schreibtisch, der in einer kleinen Nische vom Wohnzimmer abging. Und tatsächlich konnte sie sich in dieser fremden Umgebung besser konzentrieren und legte erst, als es bereits dunkel wurde, den Stift aus der Hand.
In etwa einer Stunde musste Dr. Hansen aus dem Krankenhaus kommen und Sophie hatte sich während des Nachmittags überlegt, auf ihn zu warten, um sich nochmals zu bedanken und eine dringende Sache, dir ihr fast noch wichtiger erschien, zu klären. Um 20 Uhr erschien dann tatsächlich Dr. Hansen.
„Ach, sie sind ja noch da. Ich habe mir schon gedacht, dass sie heute kommen würden, ich hoffe, meine Wohnung ist nicht allzu beengend für sie.“
„Nein, sie ist wirklich sehr schön, aber ich wollte mich noch einmal bei Ihnen bedanken. Und ich würde ganz gerne etwas mit Ihnen besprechen.“
Dr. Hansen nickte und holte ein Prospekt aus der Küche.
„Aber vorher bestellen wir etwas zu Essen, in Ordnung?“

„In Ordnung."
Wenig später wurden die beiden Pizzas geliefert und sie setzen sich an den kleinen Holztisch in der Küche. Zum ersten Mal musterte Sophie ihn jetzt unauffällig und stellte fest, dass er ein ausgesprochen attraktiver Mann war. Dunkelblonde, volle Haare, die er bis zum Kinn in einer gefransten Frisur trug, helle blaue Augen und eine hohe Stirn, die Schwestern im Krankenhaus mussten sich um ihn reißen.
„Ich bin wirklich dankbar, aber ich möchte, bevor irgendwelche Missverständnisse zwischen uns aufkommen, eines klarstellen ..."
Vorsichtig tastete sie sich heran, sie wollte ihn ungern verletzen, doch Dr. Hansen fiel ihr ins Wort.
„Sophie, sie sind eine faszinierende Frau, mit fast so einer faszinierenden Schönheit, und ich würde lügen, wenn ich sagen würde, dass ich mich über ein gewisses Interesse an meiner Person freuen würde. Aber ich weiß, wie sehr sie ihren Mann lieben und deswegen hoffe ich, dass sich zwischen uns vielleicht so etwas wie eine Freundschaft entwickeln könnte ..."
Erlöst von der Last, dass er ihr dieses schwierige Thema abgenommen hatte, lächelte sie ihn an.
„Ich würde mich auch freuen."
Sie aßen ihre Pizza und Sophies Blick fiel auf ein Foto auf dem Dr. Hansen mit einer älteren Dame, wahrscheinlich seine Mutter abgebildet war.
„Meine Mutter! Übrigens momentan die einzige Frau in meinem Leben", stellte er fest.
„Fällt dir die Auswahl so schwer? Sie können sich vor Angeboten doch sicher nicht retten", scherzte sie.
„Es kommt wohl kaum auf die Quantität an, sondern mich interessiert die Qualität einer Frau und glauben sie mir, es ist sehr schwer eine Frau zu finden, die eine gewisse Tiefe besitzt und nicht nur oberflächlich an einem interessiert ist. Vielen Frauen fällt es leichter dein gefülltes

Bankkonto oder deinen neuen Sportwagen zu lieben, als dich selbst. Und das sollte sich niemand antun."

„Da haben sie recht. Aber ich bin mir ganz sicher, dass sie bald die Richtige finden werden."

„Da bin ich mir auch sicher", entgegnete er und begleitete sie noch zur Tür.

24

Eine Woche nach dem Verschwinden der Prostituierten Ulla Mayer entdeckten Polizeitaucher ihre Leiche in einem nahegelegenen See, die Vaginalbirne einen Tag später und aufgrund der winzigen Hautspuren, die noch an dem Gegenstand hafteten, als Mordwaffe identifiziert wurde.

Savigny erfuhr von dem Fund aus der Tageszeitung. Es war nicht etwa als Sensationsnachricht auf der ersten Seite aufbereitet, erst als Savigny die Zeitschrift das zweite Mal durchsah, entdeckte er den kurzen Bericht, der noch nicht mal zehn Zeilen einnahm und mit der Überschrift, *Tod wie im Mittelalter*, auf seinen Inhalt hinwies. Er hatte damit gerechnet, dass die Leiche schnell gefunden werden würde, ein wenig hatte er sich geärgert, sie nicht besser versteckt oder zumindest weiter weggeschafft zu haben. Doch die Tatsache, dass dieses *ungeplante Missgeschick*, dass als Synonym für den grausamen Mord in seinen Überlegungen charakterisiert wurde, den Redakteuren nur einen winzigen Abschnitt wert waren, beruhigten seine Nerven, doch Ärger zu bekommen. Wobei Savigny auch wusste, dass es mit ein wenig Ärger nicht getan wäre, sondern er den Rest seines Lebens als Schwerverbrecher hinter Gittern schmoren müsste. Er faltete die Zeitung zusammen und vertiefte sich in eine Akte, die er später bei einem Gerichtstermin benötigen werde, er hatte beinahe zu seiner gewohnten Gelassenheit zurückgefunden, als sich eine Szene in sein Gedächtnis drängte, von der er gar nicht mehr wusste, dass sie überhaupt noch abgespeichert gewesen war. Er hatte gerade sein Referendariat bei der Staatsanwaltschaft begonnen, es war ein Vortrag im Innenministerium, bei dem den angehenden Juristen die Fahndungs- und Ermittlungsmethoden der Kriminalpolizei näher gebracht werden sollten. Ein schnauzbärtiger Mann, mit finsterem Blick referierte über die schwierige Verfolgung von Mördern und Sexualstraftätern. Obwohl die Täter eine schwere psychische Störung hätten, waren sie in ihrer Vorgehensweise und Verhalten nicht zu unterschätzen, im Gegenteil, sie entwickelten Tötungsmethoden und vertuschten ihre Spuren so geschickt, dass man einigen von ihnen sogar eine gewisse Genialität zusprechen konnte und deshalb könne man nicht einfach wie bei anderen Straftätern vorgehen und sie zur Fahndung aussetzen, sondern müsse ihr grausames Spiel mitspielen und versuchen, sie auszutricksen. Ja, *austricksen,* so hatte es der Kommissar ausgedrückt. Dieses Wort flimmerte jetzt wie ein Werbeschriftzug vor Savignys inneres Auge. Was wäre, wenn in die Polizei auch nur austricksen wollte? Vielleicht wollten sie ihn mit dieser harmlos wirkenden Anzeige in Sicherheit wiegen, ihn dazu treiben ungestört weiter zu machen und er ihnen dann, wie ein zappelnder Fisch in die Leine gehen würde. Unruhig wanderte er durch sein Büro, wenn der Fall doch brisanter war, als die Anzeige in der Zeitung vorgab, würde die Polizei es bei einer normalen Untersuchung des Falls nicht belassen, sie würden Blutspuren untersuchen, Fingerabdrücke nehmen, Telefonate zurückverfolgen, jede kleinste DNA-Spur, und das waren bei einer Nutte sicher nicht wenige, ausfindig machen und ob er dann noch unbekannt war, bezweifelte er. Sie würden ihm einen Mord anhängen, die Behauptung, er hätte die

Prostituierte, die der gesamte Unterleib von innen aufgeschlitzt wurde und die qualvoll verblutete, nicht töten wollen, kam auch ihm lächerlich zweifelhaft vor.
Er nahm sein Telefon, in wichtige Fälle der Mordkommission wurde Dr. Schönhäuser regelmäßig zur Rate gezogen und zu ihm, zumindest zu seiner Frau hatte er ein ausgezeichnetes Verhältnis. Mit sporadischen Anrufen und Einladungen hielt er sie bei Laune. Ohne Zögern wählte er.
„Schönhäuser?"
„Guten Tag, Frau Schönhäuser, Thomas Savigny hier."
„Herr Savigny, schön, dass sie sich melden. Ich hatte ihrer Sekretärin schon eine Nachricht hinterlassen, ob sie im Februar zu einer Ausgrabung mitkommen möchten. Haben sie die Nachricht bekommen?"
„Nein, das hat mir meine Sekretärin noch gar nicht ausgerichtet, sie ist wirklich manchmal etwas nachlässig", log er. „Ich muss nur sehen, dass ich mir freinehmen kann, aber ich habe natürlich großes Interesse."
Er hatte den kleinen Zettel von Frau Grünling ganz vergessen und war so durcheinander, dass ihm keine passende Ausrede eingefallen war.
„Das freut mich zu hören", erwiderte sie mit aufrichtiger Freude.
„Wie geht es denn ihrem Mann, Professor Schönhäuser?", erkundigte er sich gespielt absichtslos.
„Ihm geht es gut, vielen Dank. Aber sie wissen ja, er ist in so viele Projekte und Organisationen involviert, da verliere selbst ich so manches Mal den Überblick ...", lachte sie.
„Ich habe gehört, er arbeitet gerade an einem sehr prekären Fall ..."
„Das kann gut sein, seine Fälle sind ja immer etwas, sagen wir außergewöhnlich." Savigny stand jetzt der Schweiß auf der Stirn.
„Und wie weit sind seine Erkenntnisse, wenn man fragen darf?"
„Ach wissen sie, ich weiß gar nichts Genaues über die Fälle. Ich bekomme nur manchmal ein paar Brocken mit und, ehrlich gesagt, reicht mir das dann schon, um mich nicht weiter dafür zu interessieren",

lachte sie immer noch und schien sich über Savignys offensichtliche Wissbegier nicht zu wundern. Sie würde ihm nicht weiterhelfen können, dachte er verärgert.
„Kommen sie heute Abend auch in den großen Hörsaal der Universität? Mein Mann hält dort einen sehr interessanten Vortrag über jugendliche Straftäter", erkundigte sie sich.
„Ja, das hatte ich geplant."
„Kann ich sonst noch etwas für sie tun?"
„Nein, nein ..."
„Gut, dann bis heute Abend." Frau Schönhäuser legte auf und sie ahnte nicht, dass Savigny in diesem Moment etwas ganz anderes plante.

In einem Baumarkt hatte er sich eine kleine Eisenstange besorgt, und da er noch seinen schwarzen Anzug anhatte, den er im Gericht getragen hatte, musste er lediglich die weiße Fliege vom Hals nehmen, die ihm für sein Vorhaben auch reichlich unpassend vorkam.
Gegen neun, kurz, nachdem die Nachrichten im Radio gesendet wurden, erreichte er die Villa der Schönhäusers und stellte mit Erleichterung fest, dass das gesamte Haus im Dunkeln lag, auch das Hausmädchen bereits nach Hause gegangen sein musste. Er parkte sein Auto zwei Straßen entfernt in einer Nebenstraße und zog sich die schwarzen Lederhandschuhe über. Ein Blick in den Rückspiegel verriet ihm, unbeobachtet zu sein. In einem zügigen Schritt machte er sich durch die Straßen zur Villa. Ohne Mühe gelangte er über den zwar hohen, aber durch die breiten Sprossen, leicht zu überwindbaren Zaun und stand nun im Vorgarten. Das knackende Geräusch, was sich ein bisschen so anhörte, als drücke man frisch gefallenen Schnee platt, ließ ihn wissen, dass er sich wohl in einem Blumenbeet befand. Bei seinem letzten Besuch war ihm die breite Eingangstür aufgefallen und er zog

gleich die Hinterseite in Erwägung, an der er vor zwei schmalen, zur Hälfte aus Glas bestehenden Schwungtüren, stehen blieb. Er konnte kaum etwas erkennen, bis plötzlich die grellen Bewegungsmelder ansprangen, die den gesamten Garten in einen hellerleuchteten Fußballplatz verwandelten. Fluchend drückte er sich gegen die Hauswand und erst, als nach einigen Augenblicken wieder in der sicheren Dunkelheit stand, überlegte er, wie er unbemerkt ins Haus gelangen konnte. Die Bewegungsmelder waren tückisch, eine sehr sinnvolle Investition dachte Savigny, besonders wenn man neugierige Nachbarn hatte, aber ihm schienen sie seinen gesamten Plan zu durchkreuzen und er hatte kein so ausgeprägtes technisches Verständnis, dass er sie mit einem gekonnten Handgriff außer Gefecht setzen konnte. Die beleuchteten Zeiger seiner Rolex zeigten ihm, dass er sich nicht mehr viel Zeit lassen konnte, allzu lange würde der Vortrag nicht dauern und er wollte nicht darüber nachdenken, welche Konsequenzen es hätte, von den Schönhauses entdeckt zu werden. Nachdem er alle Möglichkeiten abgewogen hatte, kam er nur zu einem vernünftigen, wenn auch simplen Schluss. Er musste mit der Eisenstange das Glas der Terrassentüren zerschlagen, die Tür von innen öffnen und beten, dass dann nicht eine heulende Alarmanlage aufschrie. Aber selbst dann hatte er noch die Chance, über den Gartenzaun und zu seinem Wagen zu flüchten.

Das Glas zerbrach mit einem lauten Scheppern, die Lichter des Bewegungsmelders fachten auf, Savigny griff durch das Loch ins Innere, irgendwo musste doch dieser verdammte Hebel sein, in der Nähe bog ein Auto in die Einfahrt, was so bedrohlich nahe klang, dass Savigny der Atem stockte. Er stemmte seinen Oberkörper zurück ins Freie, als sich seine Finger um das kühle Holz des Griffes schlossen und er durch die halb geöffneten Türen ins Wohnzimmer drängte, wenn sie eine Alarmanlage besaßen, dann hatten sie vergessen, sie einzuschalten.

Für ein paar Minuten bewegte er sich nicht vom Fleck, er war tatsächlich bei den Schönhäusers eingebrochen, und dies fühlte sich im

Gegensatz zu seinem ungeplanten Missgeschick wirklich wie begangenes Unrecht an. Er überlegte, dass sich das Arbeitszimmer des Professors sicher im ersten Stock befinden musste und so durchquerte er das gespenstisch wirkende Wohnzimmer, um in die große Eingangshalle zu gelangen, von der eine Art Wendeltreppe ins obere Stockwerk führte. Fluchend stieß er gegen eine mitten in der Eingangshalle stehende Blumenvase, die auf den Steinboden schlug und ihren gesamten Inhalt über den Boden ergoss. Auf dem schmalen Teppich, der sich vor dem Treppenansatz befand, wischte er sich die Schuhe trocken und begann, mehr tastend als sehend seine Suche. Im dritten Zimmer hatte er Glück, durch das Licht des Bewegungsmelders, den wahrscheinlich eine Katze ausgelöst hatte, und das leicht von unten in den Raum fiel, erkannte er die Umrisse eines mächtigen hölzernen Schreibtisches, auf denen ein genauso mächtiger Haufen unzähliger Bücher aufgetürmt war. Er hatte keine Taschenlampe dabei, völlig vergessen, dass es natürlich schon dunkel sein würde und er eine Sehhilfe benötigen werde. Er kniff die Augen fest zusammen, als würde es seine Nachtsichtmöglichkeiten verbessern können, doch außer den verschwommenen Umrissen, erkannte er nicht mehr als vorher. Ihm blieb nichts anderes übrig als die Schreibtischlampe anzuknipsen und zu beten, dass das Glück heute auf seiner Seite stand und ihm seine leichtsinnige Dummheit verzeihen werde. Das Licht war hell, verräterisch hell, und ohne Umschweife begann er, den gesamten Schreibtisch auf den Kopf zustellen, wobei er es vor allem auf Akten abgesehen hatte, dessen Absender darauf hinwies, dass sie von der Kriminalpolizei stammten. Er fischte ein Foto aus dem Umschlag, auf dem das Gesicht des Mädchens fast bis zur Unkenntlichkeit verstümmelt worden war, nur ihre Lippen waren unberührt und säuberlich in einem satten Rot geschminkt. Es gibt schon kranke Irren, dachte Savigny und hielt plötzlich ein Bild in der Hand, dessen Anblick ihm für einen kurzen Moment den Hals verschnürte. Obwohl er ihr Gesicht, außer ihren blau- grauen Augen kaum wahrgenommen hatte, erkannte er sein Opfer wieder, sie war aufgeschwemmt und bläulich und ihre Haut durchsichtig wie ein Blatt Papier, das sich auf die spitzen Wangenknochen gelegt hatte. Er hätte sie lieber so in Erinnerung behalten, wie er sie das letzte Mal gesehen hatte, menschenähnlicher. Mit zitternden Händen schob er das Bild zur Seite und legte ein Blatt Papier frei, auf dem etwa 20 Namen von Freiern aufgelistet waren, mit einem Vermerk, ob bereits das Alibi überprüft worden war. Andere Namen waren rot markiert, sein Name fand er auf der Liste nicht. Doch es hatte nun etwas anderes seine Aufmerksamkeit geweckt, unter der Liste befand sich ein weiteres Bild mit der Mordwaffe. Im Gegensatz zu der anderen Abbildung machte sie aber einen besseren Eindruck, denn die Birne wurde fein säuberlich gereinigt und es waren keine Spuren von Rost oder ähnlichem Dreck mehr zu sehen. Auch hierunter hatte, dieses Mal aber der Professor selbst mit einer markanten Handschrift, Namen vermerkt, keine Privatpersonen, sondern Adresse und Besitzer alter Burgruinen und Museen. Der Professor verstand etwas von seiner Arbeit und Savigny brauchte einen Moment, bis er in der Lage war, die Liste nach dem korrupten Luxemburger Museumswärter durchzusehen. Bei der letzten Adresse beruhigte er sich langsam, es waren ausschließlich inländische Anschriften. Trotzdem befand sich Schönhäuser ohne Zweifel auf dem richtigen Pfad und Savignys Dummheit ging nicht so weit, dass er nicht wusste, dass es vielleicht nur eine Frage der Zeit war.

Er fühlte sich schlecht und beinahe wäre die Übelkeit so unerträglich gewesen, dass er den Tatort, so wie er war, verlassen hätte. Er legte die Akte zurück an seinen Ort, stieß ein paar Bücher vom Tisch und schmiss Gegenstände um, die ihm wahllos zwischen die Hände kamen, dann verließ er wieder über die Terrasse das Haus.

25

Sophie hatte einen großen Karton vom Dachboden geholt, der dort noch von ihrem Umzug lagerte und nutzte den Samstagvormittag, um einige Gegenstände von Alexander, an denen sie tagtäglich vorbeiging und ihr jedes mal aufs Neue einen Stich versetzen, aus ihrer Sicht zu schaffen und sie im Gästezimmer zu verstauen. Seit seinem überraschenden Auszug hatte sie nichts mehr von ihm gehört, manchmal, wenn sie abends im Bett lag und die Sehnsucht sie nicht schlafen ließ, wählte sie seine Mailbox an um die wenigen Worte, die er auf das Band gesprochen hatte, in sich aufzusaugen, sie konnte es mittlerweile besser ertragen seine Stimme zu hören, vielleicht, weil die Angst, ihn für immer zu verlieren größer geworden war und sie sich mit dieser einseitigen Kontaktaufnahme die für überlebenswichtige Illusion schaffte, dass es noch nicht vorbei war. Gegen Mittag wollte sie in die Stadt fahren, um ein paar neue Möbel und Einrichtungsgegenstände zu kaufen, vielleicht würde sie auch die Wände neu streichen, sie wusste es noch nicht genau. Sie hatte beschlossen, das Apartment noch eine Weile zu behalten, es war zwar nach wie vor unerträglich und an den Wochenenden nahm sie regelmäßig Dr. Hansens Gastfreundschaft in Anspruch, trotzdem wollte sie nicht Gefahr laufen, dass es irgendwann zur traurigen Gewohnheit werden würde. Nicht, dass sie an materiellen Dingen besonders hing, aber die Wohngegend war ideal und in München war es nicht leicht, eine Wohnung zu finden, in der ein Hund gestattet und gleichzeitig noch eine naturbelassene Umgebung vorhanden war. Ohne Tassilo wäre sie wohl in die Innenstadt gezogen, irgendwo am Gendarmenmarkt, diese Ecke gefiel ihr besonders gut, aber so schonte sie auch ein wenig ihr Portemonnaie, sie hatten für das Apartment damals ein einmaliges Angebot erhalten, von einem Immobilienmakler, der jetzt ihr direkter Nachbar war, und um jeden Preis das nette Ehepaar neben sich wissen, wollte. Ab und zu lud er sie zum

Essen ein, sonst hatten sie kaum etwas mit ihm zu tun, wahrscheinlich hörte es sich einfach besser an, Akademiker als Nachbarn zu besitzen. Was Alexander wohl an den Wochenenden machte, fragte sie sich, als das Telefon klingelte. Dr. Hansen aus dem Krankenhaus.

„Hallo Sophie, bist du noch zu Hause?“

„Ja, ich räume gerade ein paar Sachen von Alexander weg, ich kann manche Dinge einfach nicht den ganzen Tag vor den Augen haben, obwohl eigentlich das gesamte Apartment voll von Erinnerungen ist ...“

„Ich wollte dich eigentlich nur bitten, ob du vielleicht, wenn es dir nichts ausmacht, die Wäsche aus der Waschmaschine nehmen könntest, wenn du später zu mir fährst. Du weißt ja, nach ein paar Stunden fängst an zu müffeln und ich brauche morgen meinen anderen Kittel, eine Schwester hat versehentlich eine halbe Infusion über meinen Mantel gekippt, ich bin mittlerweile schon als Doktor Frankenstein verschrien, furchtbar!“

„Ich bin mir gar nicht so sicher, ob das wirklich so versehentlich war von der Schwester, vielleicht hat sie einfach darauf spekuliert, dass du dich von dem dreckigen Ding samt der restlichen beschmutzten Klamotten an Ort und Stelle befreien wirst..“

Beide lachten, dann fuhr Sophie leicht bedrückt fort „Ich wollte ehrlich gesagt zu Hause bleiben, ich fahre später noch in die Stadt, räume meine Wohnung etwas um und hoffe, dass der Tag dann zum größten Teil vorüber ist.“

„Schade, heute kommt *Der Pianist.* Ich dachte, wir könnten ihn uns zusammen ansehen.“

„Oh, ich glaube, das verkrafte ich heute nicht, er ist zwar einer meiner Lieblingsfilme, aber ob dieses Drama in meiner Verfassung das richtige ist, bezweifle ich.“

„Ja, sonst sehen wir uns etwas anderes an. Du kannst es dir ja noch mal überlegen, ich bin ab acht zu Hause.“

„In Ordnung, bis dann.“

Sie legte auf, immer, wenn sie mit Dr. Hansen sprach, ging es ihr erstaunlicherweise besser, er hatte ein sehr offenes fröhliches Wesen und er war in den letzten Wochen wirklich so etwas wie ein guter Freund für sie geworden. Nicht so wie Johanna, aber auch eine Freundschaft, von der sie sich vorstellen konnte, dass sie halten würde, im Grunde verrückt, ausgerechnet der Arzt ihres Mannes. Manchmal, wenn er sie von der Seite verstohlen ansah, war Sophie sich sicher, dass er mehr Gefühle für sie hatte, als er zugab und sie fragte sich, ob es egoistisch von ihr war, diese Gefühle zu ignorieren und unter dem Deckmantel einer besprochenen Freundschaft ihre gescheiterte Ehe zu verarbeiten. Doch von ihrer Seite war es eine ehrliche Sympathie, hätten sie sich während ihrer Ehe besser kennengelernt, wäre er sicher ein guter Freund von ihr und Alexander geworden. Um jedoch einen gewissen Abstand zu behalten, der vielleicht in der Lage war, seine Gefühle im Keim zu ersticken, nannte sie ihn stets beim Nachnamen, obwohl er ihr das Du angeboten hatte. Ein bisschen unpassend für eine Freundschaft, dachte sie, aber nicht so unpassend, dass es nicht seinen geplanten Zweck verfehlen konnte. Durch ein Klingeln an der Tür wurde sie aus den Gedanken gerissen, mit jedem hätte sie gerechnet, aber nicht mit Martin, Alexanders Pfleger. Überrascht blickte sie ihn an.

„Guten Tag, Frau Sommer. Ich hoffe, ich störe nicht, aber Alexander ... ich meine ihr Mann hatte mich gebeten, ein paar Sachen abzuholen, die er dringend benötigt.“ Unsicher stand er in der Tür und trat von einem auf das andere Bein. Noch nicht mal um seine Sachen abzuholen, ließ Alexander sich herab, den Kontakt zu ihr zu suchen, diese Ignoranz versetzte ihr einen heftigen Stich, trotzdem bat sie ihn herein.

„Du weißt ja, wo das Schlafzimmer ist, nimm dir, was du brauchst.“

Sie beobachtete, wie Martin mit Alexanders leerer Reisetasche die Treppe zum Schlafzimmer hinauf stieg und nach ein paar Minuten mit der gefüllten wieder herunterkam.

„Ich denke, ich habe alles“, raunte er, denn die Situation schien ihm sichtlich unangenehm. Sophies Schmerz hatte sich mittlerweile in leichte Wut verwandelt. „Wenn mein Mann noch etwas braucht, kannst du jederzeit wieder kommen, er scheint dazu ja nicht in der Lage zu sein.“

Ohne etwas zu erwidern, verließ Martin das Haus und Sophie blickte ihm durch das Küchenfenster nach. Plötzlich griff sie sich an die Stirn, als wäre ihr etwas in den Sinn gekommen, was sie schon längst hätte erledigen müssen. Martin, Alexanders Pfleger, warum war sie nie früher auf die Idee gekommen, ihn zu fragen! Natürlich wäre es Alexander nicht recht gewesen, dass sie seinen Pfleger aushorchte, aber er hatte sie ohne irgendeine Erklärung verlassen und es war ihr gutes Recht, sich selbst auf die Suche nach dem Grund dafür zu machen. Eilig griff sie nach dem Autoschlüssel, der auf dem Tisch lag und rannte zu ihrem Wagen. Wenn sie Glück hatte, würde sie ihn an der nächsten Ampel noch einholen. Gerade, als sie aus ihrem Wohnviertel auf die Hauptstraße bog, lenkte der weiße Passat in Richtung der Schnellstraße. Obwohl sie eine sehr umsichtige Autofahrerin war, drückte Sophie aufs Gaspedal, er durfte ihr auf keinen Fall entwischen, denn sie hatte keinen Schimmer, wo er wohnte, noch nicht einmal in welchem Stadtteil sie hätte suchen müssen. Sie passierten drei Ausfahrten, bei der Vierten ordnete sich der weiße Passat rechts ein, und verließ die Schnellstraße. Dies war nicht der Weg zum Hotel, in dem Alexander hauste, er musste auf dem Weg nach Hause sein und ihm wahrscheinlich Montag die Sachen mitbringen. Sie durchquerten eine Wohnsiedlung, die hauptsächlich aus gleichartigen Reihenhäusern bestand und endlich parkte der Wagen neben einem Endhaus, in das Martin gleich darauf verschwand. Während der Fahrt hatte sie sich überlegt, ohne langes Ausschweifen oder Belanglosigkeiten, auf den Punkt zu kommen, es war ein bisschen berechnend von ihr, den schüchternen Pfleger sofort in die Mangel nehmen zu wollen, weil sie

sich sicher war, dass er ihrem Verhör nicht standhalten werde, aber es ging schließlich darum, endlich Ruhe zu finden und da konnte sie leider keine besonders große Rücksicht auf die Gefühle von seinem Pfleger nehmen.
Sie klingelte, und gleich darauf öffnete Martin die Tür, trat einen Schritt zurück und kniff die Augen zusammen, als stände eine wahrhaftige Fata Morgana vor ihm.
„Hallo Martin, darf ich reinkommen?“
Regungslos stand er in der Tür. Als nach einem weiteren Nachfragen immer noch kein Laut von ihm zu hören war, lud sich Sophie selbst ein und schloss die Tür von innen. Sie schaute ihm direkt in die Augen und hatte für einen Moment Angst, er würde ihr in die Arme fallen; sein Gesicht war totenblass und er konnte es nicht unterdrücken, dass sein Körper leicht zu frösteln begann. Vielleicht war die Überraschungstaktik für diesen sensiblen Jungen einfach zu viel und Sophie ärgerte sich, denn sie kannte diese Rücksichtslosigkeit von sich im Grunde gar nicht.
„Ich habe nur ein paar Fragen, dann bin ich auch wieder weg“, ruderte sie leicht zurück und warf ihm ein beruhigendes Lächeln zu, was er zu ihrer Erleichterung nun auch erwiderte.
„Ich ..., ich habe mit Ihnen gar nicht gerechnet. Was möchten sie denn von mir?“, stotterte er und flüchtete dabei in die Küche, um sich ein Glas Wasser einzuschenken.
„Du weißt ja, dass mein Mann mich verlassen hat. Du bist jeden Tag mit ihm zusammen und ich wollte dich fragen, ob du weißt, warum er sich von mir getrennt hat?“ Erwartungsvoll blickte sie ihn an, der sich, als hätte er gerade einen Marathon hinter sich gebracht, auf einen Stuhl fallen ließ.
„Nein, das weiß ich leider nicht, ich hatte mich auch sehr gewundert, aber ihr Mann hat nie darüber gesprochen und ich habe ihn auch nicht gefragt.“

„Aber er muss doch irgendetwas gesagt haben, das gibt es doch gar nicht!“ Verärgert blickte sie ihn an, er schüttelte nur unbeholfen den Kopf.

„Nein, wirklich nicht, ich kann Ihnen wirklich nicht weiter helfen.“

Ratlos stand sie nun in der kleinen, gelb gestrichen Küche und versuchte die Tränen zu unterdrücken, die die Enttäuschung in ihr hochsteigen ließ.

„Aber, wenn du irgendetwas erfährst, dann rufst du mich an, versprichst du mir das?“ Sie kritzelte ihre Nummer auf eine alte Zeitung, die auf dem Tisch lag, und hielt ihm die Nummer unter die Nase.

„Ja, das mache ich ...“, antwortete er und nahm den abgerissenen Schnipsel aus ihrer Hand. Sie lächelte ihm noch einmal beruhigend zu und ging zurück zur Tür. Im Flur stand Alexanders gefüllte Reisetasche, aus der ein Stück Stoff guckte. Sie kramte ihren Autoschlüssel aus der Jackentasche, als ihr Blick plötzlich zur Tasche zurückging. Der Stoff, der ein Stück weit aus der Tasche ragte, war kein Kleidungsstück von Alexander, sondern hatte verblüffende Ähnlichkeit mit ihrem seidenen Nachthemd, was sie letzte Nacht getragen hatte. Hektisch öffnete sie den Reißverschluss der Tasche, es war tatsächlich ihr Negligé, was sie in ihren Händen hielt! Gerade wollte sie zurück in die Küche, als sie bemerkte, dass Martin bereits in der Tür stand und sie mit einem Schrecken durchzogenem Gesicht beobachtete.

„Kannst du mir vielleicht verraten, was das zu bedeuten hat?“

Martin nuschelte ein paar unverständliche Laute, Sophie trat einen Schritt auf ihn zu. „Ich rede mit dir! Oder solltest du das Alexander mitbringen?“ Ihr Zorn ebbte für einen winzigen Moment ab. Doch er machte keine Anstalten, ihr zu antworten. Erst als sie nur wenige Zentimeter von ihm entfernt war und ihn drohend in die Augen sah, öffnete er den Mund.

„Nein ... nein, das ist nicht für Ihren Mann.“

„Aha, und weshalb steckt es dann in seiner Reisetasche?“ Sie stand mittlerweile so dicht vor seinem Gesicht, dass der Rest des Raumes nur noch in Umrissen zu erkennen war.
„Weil... weil ich es einfach eingepackt habe, es riecht so nach Ihnen ... es tut mir leid.“
Entsetzt und beinahe angewidert blickte sie ihn an.
„Wie kommst du dazu so etwas Intimes von mir mitzunehmen, bist du verrückt geworden, Martin?“, schrie sie ihn an, sodass er schützend seinen Kopf hinter die Schultern verzog.
„Es tut mir leid ... wirklich. Nur ich habe mich irgendwie in sie verliebt. Vom ersten Tag fand ich sie toll, ich weiß, ich hätte nie eine Chance, aber trotzdem kann ich nichts für meine Gefühle.“
Er sackte zusammen und vergrub seinen Kopf zwischen seinen Knien.
„Hast du mir sonst noch etwas geklaut?“
„Nein ... nein, das war das erste Mal, ich schwöre! Es war dumm von mir, es wird nie wieder vorkommen, das verspreche ich!“
„Natürlich wird es nie wieder vorkommen, weil du nie wieder auch nur einen Fuß in unsere Wohnung setzen wirst, haben wir uns verstanden?“
Martin nickte bloß und sie verließ mit dem Negligé in ihrer Hand seine Wohnung.

„Entweder hat er Recht, oder er ist einfach nur ein verdammt guter Schauspieler!“, erzählte sie wenig später Johanna am Telefon.
„Vielleicht steckt er dahinter, dass Alexander mich verlassen hat, schleicht sich in unser Leben und zerstört unsere Beziehung.“
„Es ist schon komisch, dass er dein Nachthemd mitgenommen hat, unheimlich irgendwie. Aber vielleicht ist er nur ein armer über beide Ohren verliebter Junge und du bist die Frau seiner schlaflosen Nächte.“

„Ich finde das nicht witzig, Hanna. Er hat immerhin etwas gestohlen, ich finde das wirklich heftig, zumal ich nie etwas gemerkt habe."
„Na ja, du bist auch so auf Alexander fixiert, da müsste schon sonst etwas passieren, dass du merkst, dass ein anderer Mann Interesse an dir hat."
„So schlimm ist das nun auch wieder nicht, aber ich liebe Alexander und bin, was andere Männer betrifft, einfach immun. Meinst du, ich sollte mit Alexander über den Vorfall reden?"
„Ich weiß nicht, ob sein Pfleger wirklich etwas mit eurer Trennung zu tun hat, es könnte natürlich sein, ich halte es aber eher für unwahrscheinlich. Meinst du nicht, ein verliebter Junge wäre machtlos gegen eure Liebe gewesen?"
Johanna hoffte, dass Sophie sich nicht allzu viele Erwartung hatte, nichts wäre schlimmer, als wieder eine unerfüllte Hoffnung, denn in der letzten Zeit befand sich ihre Freundin langsam auf dem Weg der Besserung.
„Aber er könnte Alexander erzählt haben, dass wir eine Affäre hatten oder sich irgendeine Horrorgeschichte über mich ausgedacht haben ..."
„Du hast doch selbst gesagt, dass Martin sich keine Hoffnung bei dir gemacht hat."
„Pah, das heißt doch gar nichts! Vielleicht hat er einfach nicht ertragen, dass wir so glücklich sind!"
Johanna dachte nach, ihr wäre das Liebste gewesen, wenn Sophie sich langsam von Alexander lösen würde, denn sie hatte nicht das Gefühl, obwohl sie es ihr von ganzem Herzen wünschte, dass Alexander vorhatte, seine Entscheidung zu ändern. Doch sie kannte ihre Freundin so gut, dass sie wusste, diese werde diese Idee nicht so einfach aufgeben.
„Was würdest du Alexander denn sagen wollen?"
„Na, dass Martin schon die ganze Zeit in mich verliebt ist, und dass das, was er vielleicht über mich erzählt hat, einfach gelogen ist!"

„Wenn du das Bedürfnis hast, mit ihm zu reden, dann tu das Sophie, aber versprich mir, dass du nicht zu viel von dem Gespräch erwartest."
„Das mache ich nicht", log Sophie, denn sie konnte es nach diesem Telefonat kaum erwarten, zu Alexander ins Hotel zu fahren und die Sache endlich aufzuklären. Sie verabschiedeten sich und sie machte sich gleich darauf, auf zu Alexanders Hotel.
Das Gefühl war vergleichbar wie ein Kind, das auf den Weihnachtsmann wartete, obwohl die Angst bei Sophie noch etwas ausgeprägter zu sein schien. Sie hatte sich noch das smaragdgrüne Kleid angezogen und in der Schnelle ihre Haare gewaschen, denn sie wusste, dass Alexander dieses Kleid an ihr liebte. Du bist darin so schön wie ein Papageienfisch, hatte er gesagt und ausgeführt, dass in einer Tierreportage berichtet wurde, dass diese Fische mit Abstand die sattesten und leuchtend schönsten Farben unter den tropischen Fischen besaßen und sie hatte diesen Vergleich als unverwechselbares Liebesbekenntnis in ihrem Herzen gespeichert.
Ihr zitterten die Glieder, als sie endlich vor der einfachen, ziemlich abgenutzten Tür stand, an dem eine verrostete 53 befestigt war und ihr die ungepflegt wirkende Empfangsdame gelangweilt mitgeteilt hatte, dass Alexander im Hotel sein müsste. Vorsichtig klopfte sie an, kurz darauf hörte sie ein kurzes *Ja* und öffnete die Tür. Sie sahen sich in die Augen, und Sophie kam es wie ein Déjà-vu vor, als sich das erste Mal ihr Blicke trafen, damals, als ihre Kollegen Zeugen dieses einzigartigen Augenblicks wurden. Auch Alexander schien der Atem zu stocken. Obwohl sein Gesicht dünn und blass aussah, war sein Anblick fast unerträglich für sie, sie konnte sich nur schwer davon abhalten, nicht zu ihm zu eilen und ihn in die Arme zu schließen. Trotzdem blieb sie in der Tür stehen.
„Sophie, was machst du denn hier?" So einzigartig der Moment ihres Wiedersehens gewesen war, so unsanft kehrte sie jetzt in die Gegenwart

zurück, Alexander saß an dem spärlichen Schreibtisch, wich ihrem Blick aus und verschränkte seine Arme vor seinen Oberkörper.

„Hallo Alexander, ich muss dir etwas erzählen, was dich interessieren dürfte“, begann sie unbeirrt das Gespräch, merkte aber, dass Alexander bereits gereizt und überfordert von der Situation schien.

„Und was möchtest du mir erzählen?“

„Dass Martin in mich verliebt ist, dein Pfleger Martin, ich habe das wirklich nicht gemerkt! Was er dir auch erzählt hat, nichts ist wahr!“ Erwartungsvoll blickte sie ihn an und ging einen Schritt auf ihn zu. Doch statt eines skeptischen Stirnrunzelns oder einer genauen Nachfrage, wie sie es erwartet hatte, blieb Alexander unverändert an seinem Schreibtisch sitzen und fuhr erst nach einer für Sophie gefühlten Ewigkeit fort.

„Ich weiß, Sophie. Er hat es mir irgendwann gestanden, in einem unserer *Männergespräche*, um die du mich gebeten hattest. Wer sollte es ihm verübeln, du bist eine tolle Frau, welcher Mann würde sich nicht in dich verlieben?“ Sophie merkte, wie sich der Schwindel in ihr ausbreitete, sie war kaum fähig, einen klaren Gedanken zu fassen.

„Ach, und dann hast du ihm erlaubt, ein Negligé von mir mitzunehmen? Was denkst du dir eigentlich?“ Zum ersten Mal guckte er sie jetzt verwundert an.

„Dein Negligé? Das wusste ich nicht! Das geht natürlich zu weit, ich werde sofort mit ihm reden!“

„Das brauchst du nicht mehr“, antwortete Sophie, ihre plötzliche Wut glitt erst in eine verwirrende Ratlosigkeit bis hin zu einer tiefen Verzweiflung, die sich um ihren Körper krallte, sie konnte nicht mehr zurück und kniete sich neben Alexanders Rollstuhl.

„Warum liebst du mich nicht mehr, Alexander? Ich verstehe einfach nicht, was mit dir passiert ist! Bitte rede mit mir, ich kann das einfach nicht ertragen!“ Ihr Körper zitterte und schluchzte, sie nahm seine

Hand und führte sie an ihre Lippen. Er zog sie nicht zurück, doch erwiderte er ihre Zärtlichkeit auch nicht.
„Sophie, bitte hör auf zu weinen, ich kann das nicht! Bitte akzeptier meine Entscheidung, versuch mich zu vergessen oder zumindest mich gehen zu lassen, damit du frei bist, für einen anderen!“
Ihre verschmierten Augen starrten ihn an.
„Für einen anderen? Alexander, ich liebe dich, wie kannst du so etwas sagen, es wird nie einen anderen geben, wieso verstehst du das nicht?“
„Sophie, bitte geh jetzt, du kennst mich, ich werde meine Entscheidung nicht ändern.“
Er schob seinen Rollstuhl zum Fenster und blickte hinaus. Es war endgültig, so endgültig und zweifellos, wie die Tatsache, dass sie ihn immer lieben würde. Sie wusste, dass jeder weitere Versuch, ihn zurückzugewinnen, egoistisch wäre, geleitet von dem niederen Motiv, ihre eigene Sehnsucht zu stillen und sich ihre Liebe zu ihm in einen aussichtslosen Kampf um einen Zustand wandeln würde, der durch einen Kampf niemals zu erlangen war. Er hatte sich gegen ein Leben mit ihr entschieden, und weil sie ihn liebte, würde sie ihn gehen lassen.
„Du weißt, dass ich immer für dich da bin, Alexander, wenn du meine Hilfe brauchst. Pass gut auf dich auf!“ Sie gab ihm einen Kuss auf die Stirn und verließ, ohne ihn noch einmal anzusehen, den Raum.
Noch nie war ihr ein Weg so schwer gefallen, wie dieser Weg zu ihrem Auto, sie hatte das Gefühl, sie ließe den Teil von sich, der voller Leben war, in dem kargen, trostlosen Hotelzimmer zurück. Sie saß in ihrem Wagen und starrte in die Leere, sie weinte nicht und spürte auch nicht mehr diesen furchtbar lähmenden, atemraubenden Schmerz, sie spürte eine Leere, von der sie nicht wusste, dass es einen Zustand gab, in denen man völlig frei von jeglichen Emotionen sein konnte. Das erste Gefühl, was sie wieder bewusst wahrnahm, erst schwach, dann stark und bedrohlich, war die Einsamkeit. Sie versuchte Johanna zu er-

reichen, erreicht aber nur ihre Mailbox. Ohne länger darüber nachzudenken, fuhr sie durch die dunklen Straßen, bis sie am Ziel war.
Dr. Hansen öffnete überrascht die Tür "Mit dir habe ich gar nicht gerechnet, was ist denn los, du siehst blass aus!"
„Ich möchte nicht darüber reden, bitte fragen Sie nicht. Ich hoffe, ihr Angebot mit dem Film steht noch?"
Er nickte nur und schloss die Tür hinter ihr.

26

Der Winter in Schweden war makellos und klar, nicht so ein unentschlossener Zwitter, wie es Maximilian aus seiner Heimat kannte. War als Kind sein Wunsch nach weißer Weihnacht einige Male in Erfüllung gegangen, hatte er die vergangenen Jahre in einer Mischung von stürmischem Herbstwind und einem zarten Schneegestöber das Fest der Liebe verbracht. Er mochte den Winter in Schweden. Seine Maschine hatte einige Schwierigkeiten gehabt, in den dicken Flocken, die vom Himmel fielen, einen freien Landeplatz zu finden und der frische, aber eisig kalte Wind blas ihm ins Gesicht, dass er es tief in seinem Schal vergraben musste.
Er hatte den ersten Flieger nach Stockholm genommen, denn es lag noch eine relativ lange Autofahrt vor ihm, Norrtälje lag im Sörmland, ein kleines Gebiet Mittelschwedens und Maximilian rechnete, dass die Fahrt bei den Wetterverhältnissen mindestens zwei, wenn nicht mehr Stunden in Anspruch nehmen würde. Erfreulicherweise war sein Leihwagen mit einer ausgezeichneten Winterausrüstung ausgestattet

und, da die Schweden an einen schneereichen Winter gewohnt waren, kam er durch die Winterreifen zwar nicht schnell, aber ohne größere Zwischenstopps voran.
Dieses Mal würde er ohne große Vorankündigungen oder Erkundungen Anna Windlund aufsuchen, Johannas Mutter.
Wäre er nicht aus so einem belastenden Grund in dieses Land gereist, würde er die herrlich verschneite Gegend, mit den typisch rot gestrichenen Holzhäusern voller Bewunderung auf sich wirken lassen, die verschneiten Wälder und die gefrorenen Seen, auf denen schwedische Kinder mit strohblonden Haaren ihre Runden drehten, aber so passierte er die Häuser, aus denen es aus den Schornsteinen qualmte, ohne ihn nähere Beachtung zu schenken, bis er in die beschauliche schwedische Stadt gelangte, in dem Johanna ihre frühste Kindheit verbracht hatte. Wie immer, wenn er eine Reise unternahm, war er gut präpariert und so fand er schnell die Hofeinfahrt, vor der ein schweres hölzernes Tor eine Weiterfahrt auf das Grundstück untersagte. Er befreite das Tor von seinem Schneemantel und betrat das Grundstück, auf dem ein, dieses Mal in blau gestrichenes Holzhaus stand und sich mit seiner dicken Schneeschicht auf dem Dach perfekt ins übrige Winterbild einpasste. Schon nach den ersten Schritten war Maximilian bis zum Knöchel in die weiße Schicht eingesackt und spürte die Kälte an seinen Füßen, denn er trug noch seine für diese Bedingungen völlig ungeeigneten ledernen Halbschuhe.
Statt einer elektronischen Klingel befand sich an dem Haus eine kupferne Glocke, dessen Schellen weit über das Grundstück hinaus ertönte. Auch aus diesem Haus stieg grauer rußiger Qualm auf, ihre Mutter musste also zu Hause sein. Da er Angst hatte, dass seine Füße nicht mehr länger diese betäubende Kälte überleben würden, beschloss er um das Haus herumzugehen und auf der Hinterseite nach zu sehen. Er rieb mit dem Handschuh die Eiskristalle von einem kleinen eckigen

Fenster und presste sein Gesicht an die Scheibe um einen Blick ins Innere des Hauses zu erhaschen.
„Was machen sie denn da?“, hörte er plötzlich und schreckte zusammen. Hinter ihm stand eine dick vermummte Gestalt, die einen großen Korb mit Holzscheiden vor ihre Brust gestemmt hatte. Durch ihre fellumrankte Mütze blitzten ihm mandelförmige braune Augen entgegen. Allein diese ließen ihn sofort wissen, dass es Anna Windlund sein musste, die wie ein Eskimo verpackt vor ihm stand.
„Entschuldigen sie vielmals, es war nicht meine Absicht einfach so auf ihr Grundstück zu kommen, nur meine Füße spüre ich schon gar nicht mehr, und ich wäre sonst vor ihrer Tür angefroren.“
„Und wer sind sie bitte?“, antwortete Anna Windlund in einem fast akzentfreien Deutsch.
„Ich bin Maximilian Konradius, der Lebensgefährte von Johanna.“
Sie beäugte ihn offen und schien das Bild, das ihr ihre Tochter von Maximilian geschickt hatte, mit dem Mann zu vergleichen, der fröstelnd auf ihrem Grundstück stand, endlich hellte sich ihr Gesicht auf.
„Das freut mich, Johanna hat mir schon viel von Ihnen erzählt, aber kommen sie erst einmal herein.“ Obwohl seine Finger sich kaum noch krümmen ließen, nahm er Anna Windlund den schweren Korb ab und folgte ihr ins Haus. Sein Körper schmerzte, als sie ihm einen Platz vor dem Kamin anbot, in dem das prasselnde Feuer langsam seine Glieder ins Leben zurückholte.
„Ziehen sie die über ihre Füße, sonst haben sie morgen eine Lungenentzündung“, hörte er sie sagen und nahm dankend die dicken selbst gestrickten Wollsocken entgegen, die sie ihm entgegenreichte. Sie ging hinüber in die Küche und wenig später zog ein frischer Duft von Zimt und Anis-Tee durch das Haus. Maximilian sah sich um und stellte fest, dass das Haus in etwa der Vorstellung entsprach, die er sich aufgrund Johannas Erzählungen gemacht hatte. Die Möbel waren aus massivem

Holz und in bunten Farben gestrichen. An den Wänden hingen Ölgemälde, meist Abbildungen von den Naturschönheiten Schwedens, die von ihrer Bewohnerin selbst stammen mussten, denn Johanna hatte ihm erzählt, dass ihre Mutter eine ziemlich begabte Malerin war. Der große Kachelofen bildete den Mittelpunkt des Raumes und er lächelte bei dem Gedanken, dass hier die kleine Johanna zu einer Zeit umhertobte, als er selbst als kleiner Wicht noch gar nichts von ihrer Existenz wusste.

Ihre Mutter reichte ihm einen Becher Tee und stellte eine bis zum Rand gefüllte Schale mit schwedischen Backspezialitäten auf den Tisch.

„Haben sie Hunger, ich koche Ihnen sonst schnell etwas?"

„Oh nein, vielen Dank." Obwohl Maximilian den ganzen Tag noch nichts gegessen hatte, lag ihm das bevorstehende Gespräch so schwer im Magen, dass er förmlich zugeschnürt war. Er fühle sich sehr wohl in dieser Umgebung, Anna Windlund erinnerte ihn sehr an Johanna, die gleichen nussbraunen Augen, die langen dicken braunen Haare, durch die sich bei ihrer Mutter bereits einige graue Strähnen zogen und das gleiche warme, freundliche Wesen. Wieso war er nicht hier, um ihre Mutter kennenzulernen, um an ihre Hand anzuhalten, denn er hatte den schweren Eindruck, dass genau diese Vermutung Anna Windlund für den Grund seines Besuches hielt. Er hatte nicht gemerkt, dass er sie minutenlang angestarrt hatte und nahm jetzt verlegen einen Schluck von dem heißen Tee.

„Ich weiß, ich bin keine typische Schwedin. Mein Vater stammt aus Paraguay, und sie sehen an mir, was dabei herauskommt, wenn sich ein Südamerikaner mit einer schwedischen Schönheit kreuzt. Meine Mutter war eine sehr schöne Frau!" Und schon hatte sie ein gerahmtes Foto vom Kaminsims genommen und reichte es ihm entgegen. Die Frau auf dem Bild, was noch in Schwarz-weiß entwickelt war, war zweifellos eine Augenweide und entsprach dem klassischen Bild einer nordischen Aphrodite, fand Maximilian, die langen blonden Haare, die hohe Stirn

und die Augen strahlten so hell, dass sie, auch wenn sie auf dem Foto nur in einem hellen Grau belichtet waren, so blau waren, dass sie ihn an einen Kristall erinnern ließen.
„Für mich ist Hanna mit Abstand die schönste Frau und sie haben viel Ähnlichkeit mit ihr. Wahrscheinlich habe ich sie deshalb so lange angesehen, verzeihen sie.“ Sie lachte und stellte das Bild zurück an seinen Platz.
„Ach nein, das ist doch wunderbar, dass sie so vernarrt ineinander sind, Johanna hat mir schon früh von Ihnen erzählt und sie tun ihr wirklich gut. Lange war meine Tochter nicht so ausgelassen wie in den letzten Monaten.“ Sie blickte ihn mit einer ehrlichen Herzlichkeit an und Maximilian brachte es nicht fertig, das schwierige Thema anzusprechen, zumal sie ihn aufforderte, ihr ins erste Stockwerk zu folgen.
„Möchten sie vielleicht Hannas altes Kinderzimmer sehen, ich habe alles unverändert gelassen?“ Euphorisch stieg sie die Treppe hinauf und vergewisserte sich, dass er ihr folgte.
„Gerne! Das ist wirklich spannend, ich hoffe, Hanna hätte nichts dagegen ...“
„Ich glaube, sie würde sich freuen, wenn sie ein bisschen an ihrer Vergangenheit teilhaben, das zeigt ja, dass sie wirklich an ihrer Person interessiert sind.“
Niedlich, typisch Hanna, dachte Maximilian, als er in ihrem alten Kinderzimmer stand und sich umsah. Auf dem schmalen weiß bezogenen Holzbett waren unzählige Puppen und Kuscheltiere aufgereiht, ansonsten standen auf den zwei Regalen, vor einer in Pink gestrichenen Wand, nicht wie in anderen Kinderzimmern Plastikpferde, Barbiepuppen und Spielkonsolen, sondern ausschließlich Dinge, die Maximilian als *intelligentes Spielzeug* bezeichnen würde, Zahlenreihen, die sich zu Rechenaufgaben zusammenschieben ließen, ein Zeichenblock und viele Kinderbücher, die bereits den kleinen Kindern Natur-

ereignisse und die verschiedenen Länder der Erde näher bringen sollten.

„Johanna war schon als Kleinkind wissbegieriger als andere Kinder in ihrem Alter, sie hat mir manchmal so viele Fragen gestellt, dass einem schwindelig werden konnte ...“ Anna Windlund lachte und ließ den Raum noch ein wenig auf Maximilian wirken, bis sie ihm vorschlug, wieder nach unterzugehen, wahrscheinlich wollte sie es ihm so einfach wie möglich machen, und es fiel ihm unsagbar schwer, diese feinfühlige Stimmung zu zerstören.

„Frau Windlund, ich bin nach Schweden gekommen um mich vorzustellen und weil ich etwas mit Ihnen besprechen möchte, was mir sehr auf dem Herzen liegt.“ Sie bat ihn sich wieder zu setzen, feuerte den Holzofen nach und setzte sich mit einem erwartungsvollen Blick zu ihm an den Tisch.

„Es ist vielleicht nicht das, was sie erwarten, aber ich sehe keinen anderen Weg, als sie direkt darauf anzusprechen.“ Noch immer schien Anna Windlund an erfreuliche Motive zu glauben und steckte sich einen Vanillekeks in den Mund.

„Ich kenne Johanna jetzt schon etwas länger, und sie merken sicher, das hoffe ich jedenfalls, dass ihre Tochter mir sehr viel bedeutet, im Grunde ist es sogar so, dass ich mich noch nie so sehr zu einem Menschen hingezogen fühle, wie zu Hanna. Und ich meine damit natürlich kein körperliches Bedürfnis. Ihre Persönlichkeit ist einzigartig und sie hat ein so zerbrechliches Wesen, das es mir sehr schwer fällt, darüber zu reden. Nur gerade deshalb habe ich es aufgegeben, Hanna zu fragen, denn sie entfernt sich immer weiter von mir. Ich merke, dass in ihrer Vergangenheit etwas vorgefallen sein muss, was ihr Verhältnis zu Männern sehr verändert hat, sie hat eine regelrechte Abneigung entwickelt. Nicht gegen mich, aber dagegen, Nähe zuzulassen und ich kann mir das nur so erklären, dass sie irgendwann ein traumatisches Erlebnis gehabt haben muss.“

Anna Windlund blieb der Keks im Hals stecken und sie bekam einen fürchterlichen Hustenanfall. Sie wich seinem Blick aus, erhob sich vom Tisch und verschwand wortlos hinter einer Tür, die zum Bad führen musste. Ratlos blieb Maximilian zurück und sein Körper war so angespannt, dass sich leichte Schweizflecken unter seinen Achseln gebildet hatten. Minuten später trat Anna Windlund aus dem Bad, ihre Augen waren rot und verweint.

„Es tut mir leid, aber meine Nerven haben mich eben verlassen."

„Mir tut es leid, Frau Windlund. Wenn sie nicht darüber reden möchten, akzeptiere ich das. Ich bin nur einfach am Ende, weil ich Hanna helfen möchte, aber nicht weiß wie." Sie schwiegen, um das Haus pfiff der kalte Wind und ließ einen Ast gegen das Fenster schlagen.

„Sie haben Recht, Maximilian. Und wenn sie meine Tochter lieben, haben sie auch ein Recht zu erfahren, was der Grund für ihr Verhalten ist. Es ist schrecklich, so schrecklich, sie hatte das einfach nicht verdient." Anna Windlund stützte ihren Kopf auf eine Hand und weinte. Er holte ein Taschentuch aus seiner Jacke und reichte es ihr hinüber.

„Johanna hatte damals gerade bei der Staatsanwaltschaft angefangen, sie hatte sich so auf diese Aufgabe gefreut. In eine ihrer ersten Verhandlungen klagte sie einen Mann wegen Raub und anderen schweren Delikten an. Dieser Mann war bereits mehrmals vorbestraft und wurde aufgrund Johannas umfassender Anklage auch zu einer zehnjährigen Freiheitsstrafe verurteilt. Aber wie das so ist mit der wunderbaren deutschen Justiz ist, dürfen solche Schweine ja bis zu ihrer Inhaftierung frei herumlaufen. Er hat ihr vor ihrer Wohnung aufgelauert, sie in einen Busch gezerrt und brutal vergewaltigt."

Anna Windlunds Stimme zitterte und ihre Augen verrieten, wie sehr sie diesen Mann verachtete. „Hanna ist danach zu einem Psychologen gegangen, um das furchtbare Erlebnis zu verarbeiten. Ich habe auf sie eingeredet, die Therapie fortzusetzen, aber sie hat sie nach ein paar

Wochen abgebrochen. Sie meinte, sie müsse einfach wie gewohnt weiter machen, dann würden die Gedanken von alleine aus ihrem Kopf verschwinden. Sie hat das Ganze nie verarbeitet, das ist wohl spätestens jetzt klar.“

Maximilian hatte so etwas geahnt, doch die grausige Bestätigung zu hören, überstieg seine sonst so verlässliche innere Kontrolle, er weinte und seine Wut war von so einer Heftigkeit, dass er sofort zurückreisen wollte, um diesen Bastard ausfindig zu machen. Anna Windlund schien seine Gedanken zu erraten.

„Johanna wollte ihn nicht anzeigen, einen Prozess hätte sie nicht durchgestanden, bitte lassen sie die Sache ruhen.“

Maximilian strich sich mit den Händen über die Augen und sein Blick hatte sich wieder geklärt.

„Wissen sie, wie dieser Mann heißt?“

„Es gibt wohl keinen Mann, dessen Namen ich jemals vergessen werde. Igor.. Igor Parov heißt das Schwein.“

Der Name brannte sich in Maximilians Gehirn, als er in dem frisch hergerichteten Gästezimmer unter der Dachschräge lag, und an die Decke starrte. Warum war er damals nicht bei ihr gewesen, warum waren sie sich erst so spät begegnet? Er verbrachte eine unruhige Nacht, in der der Wind unabänderlich über das Haus fegte und die Wut ihn nicht schlafen ließ.

Er stand auf, als es noch dunkel war, seine Maschine zurück nach München ging zwar erst um zehn, trotzdem hielt er es in dem engen Raum nicht mehr aus. Anna Windlund stand bereits in der Küche und braute frischen Kaffee auf.

„Guten Morgen Maximilian, ich dachte mir schon, dass du früh aufstehen wirst.“

Sie schob Brötchen in den Backofen und bei dem anschließenden Frühstück fiel es ihnen etwas leichter über die Sache reden. Kurz bevor

er sich dann auf den Weg zurück nach Stockholm machte, schloss sie ihn innig in ihre Arme.
„Pass gut auf meine Hanna auf und Maximilian mach keinen Unsinn, das macht das Ganze nur noch schlimmer!“
Er erwiderte ihre Umarmung und fuhr über die schneebedeckten Straßen zurück nach Stockholm, er empfand das dringende Bedürfnis Johanna anzurufen, gleichgültig, ob sie seine Ausrede entlarven werde. Enttäuscht stellte er fest, dass ihre Nummer minutenlang besetzt war, dann erreichte er den Flughafen und checkte in seine Maschine ein.
Er ahnte nicht, dass die Reise nach Schweden ihm zwar geholfen hatte, Johannas Trauma zu entschlüsseln, er jedoch wenig später zu tiefst bereuen werde, Johanna in München zurückgelassen zu haben, denn sie brauchte ihn diesem Moment seine Hilfe mehr denn je.

X

„Was möchte Dr. Hansen denn so Wichtiges mit dir besprechen? Wir sind doch zum Tennis verabredet, du hast mir versprochen mitzukommen, Sophie!“ Johanna hatte es immense Kraft gekostet, ihre Freundin wieder dazu zu bewegen, regelmäßig mit ihr zum Tennis zu gehen und am gestrigen Abend hatte sie endlich zugestimmt.
„Ich weiß es nicht genau, aber er klang sehr ernst!“, erwiderte Sophie und versicherte ihr, so schnell es geht nachzukommen.
„Mein Auto ist doch noch bis nächste Woche in der Werkstatt, meinst du nicht, dass das Gespräch mit Dr. Hansen etwas warten kann?“ Johanna war mittlerweile leicht genervt, nicht, dass sie jetzt die Bahn nehmen musste, sondern aufgrund der Tatsache, dass Sophie ständig die Nähe von diesem Dr. Hansen suchte. Anfangs hatte sie gedacht, ein Gespräch mit einem Arzt würde ihr helfen, die Trennung zu verarbeiten, aber es schien sich immer mehr herauszukristallisieren, dass

Sophie nur den Kontakt zu dem Arzt suchte, weil er die letzte Verbindung zu Alexander war und Johanna wusste, dass die dringende Gefahr bestand, ihre Freundin würde sich in eine künstliche Scheinwelt flüchten und nie wieder ins Leben zurückfinden.

„Bitte Johanna, sei nicht sauer, es dauert sicher nicht lange und ich komme dann sofort nach und bringe dich natürlich später zum Gericht, wie immer!"

Widerwillig gab Johanna nach. „In Ordnung, aber versprich mir, dass ihr nicht über Alexander redet! Das ist nicht gut für dich, Sophie."

„Mach dir keine Sorgen um mich, Hanna. Dr. Hansen müsste gleich da sein und ich freue mich, wenn wir uns dann nachher sehen!"

„Bis später!" Johanna legte auf und packte ihre Sportsachen zusammen. Obwohl sie solche Methoden eigentlich nicht mochte, schickte sie ihrer Freundin noch eine SMS, dass sie jetzt losfuhr und im Sportzentrum auf sie warten würde. Dann verließ sie das Haus und machte sich auf zu der U-Bahnstation. Johanna hasste U-Bahnfahren, nicht das Fahren an sich, sondern den grässlich langen U-Bahnschacht, in dem selbst bei strahlendem Sonnenschein immer eine stickige, dreckige Luft herrschte und kein Tageslicht bis ins Innere drang, sodass die langen Gänge durch schmale Neonröhren an den Wänden beleuchtet werden mussten. Sie beschleunigte ihren Schritt und zog den Mantel fest um ihren Körper.

Die meisten Pendler waren um diese Uhrzeit bereits bei der Arbeit und bis zum großen Ansturm zum Mittagessen war es noch eine gute Stunde. Ihre besohlten Pumps klackten auf dem Boden. Von ihrer Wohnung war es etwa einen halben Kilometer bis zur Haltestation und, da sich oberhalb der Bahn eine Schnellstraße befand, blieb ihr nichts anderes übrig als die Strecke durch die Gänge zu nehmen. Seufzend betrat sie den Schacht und beschleunigte wieder ihren Schritt. Je schneller sie an der Haltestelle war, desto besser. Plötzlich, als sie den Eingang, von dem sie gekommen war, schon nicht mehr erkennen konnte, bemerkte sie, dass ihre Schritte, die gleichmäßig mit kurz darauffolgenden Echos durch die Gänge hallten, nicht mehr die Einzigen waren, sondern sie durch zwei weitere, etwas tiefer klingende Schritte, unterbrochen wurden. Sie drehte sich um und erkannte eine Gestalt, die etwa hundert Meter hinter ihr ebenfalls den Gang durchquerte. Sie schaute wieder nach vorne und verschränkte ihre Arme vor den Körper, weil sie das Gefühl hatte, so schneller voranzukommen, ohne dass es besonders auffällig oder hysterisch wirkte. Eine leichte Unruhe breitete sich in ihr aus, denn die Schritte hinter ihr durchbrachen ihren Schritt jetzt nicht mehr einmal, sondern hatten mindestens das Doppelte an Geschwindigkeit zugelegt. Sie schaute sich noch einmal um, und die Gestalt, die sie jetzt eindeutig als Mann identifizierte, war bedrohlich nah an sie herangerückt. Panik stieg in ihr auf, sie begann zu rennen, erst langsam, dann immer schneller, wie ein Maschinengewehr hämmerten ihre Absätze auf dem harten Betonboden, die Haltestelle musste noch etwa 200 Meter entfernt sein. Wieso war denn verdammt noch mal kein anderer Mensch hier? Sie hörte den hechelnden Atem hinter sich, spürte eine Hand, die sie rücksichtslos zu Boden riss, und wusste, dass sie keine Chance mehr hatte. Viele Jahre hatte sie die fürchterliche Szene von damals verdrängt, hatte vergessen, wie der Mann roch, wie es sich anfühlte, als er mit seinen kalten Händen ihren Rock hochschob, den Slip zur Seite zerrte und ihre Schenkel auseinanderriss. Er seinen Reisverschluss öffnete und begann sein schlaffes Glied zu massieren. Wie eine Bestie keuchend und stöhnend hatte sich sein Körper auf ihren gepresst, sie roch den säuerlichen Geruch von frischem Sperma, die abartige Mischung von altem Schweiß und kaltem Tabak. Und wie in einer Wiederholung spielte sich die Szene wieder ab; sie spürte sein hartes Genital an ihrem Oberschenkel und schloss die Augen. Damals war sie nicht fähig gewesen etwas zu tun, sie hatte es widerstandslos über sich ergehen lassen, dass er sie missbrauchte. Hinterher dachte sie, dass es ein schrecklicher

Zustand zwischen geistiger Abwesenheit und völliger Hilflosigkeit gewesen war. Aber dieses Mal war ihr Verstand noch bei ihr, jeder seiner Bewegung nahm sie wahr und sie merkte, dass irgendetwas anders war als beim letzten Mal; Sie hatte Kraft, Kraft zu schreien! Sie schrie, dass sich ihre Stimme überschlug und wie eine Sirene tausendfach durch die Schächte hallte, sie schrie, als ströme ihre jahrelange Verzweiflung aus ihrem Körper, so lange, bis ihre Stimmbänder versagten und ihr Schrei in einem leisen, kreidigen Stöhnen versiebte.
Sie öffnete die Augen und merkte, dass nicht mehr der Peiniger, sondern ein Jugendlicher über ihr stand und sie durcheinander und überfordert von der halb bekleideten Frau, anblickte. Sie zog die zerrissene Strumpfhose über ihre Beine und schob den Rock wieder an seinen Platz. Vorsichtig legte sie ihren Kopf auf die gefalteten Hände.
Reglos blieb sie auf dem Boden liegen, solange, bis zwei Sanitäter kamen und sie auf eine Trage hievten.

X

„Hallo Sophie, es tut mir leid, dass ich dich so früh gestört habe, aber bevor ich wieder in meine Schicht starte, ohne zu wissen, wann sie endet, wollte ich dringend etwas mit dir besprechen!" Etwas außer Atem stand Dr. Hansen in der Tür.
„Ja, kommen sie rein, ich habe nur nicht viel Zeit, ich bin mit Johanna zum Tennis verabredet, und sie ist schon etwas sauer."
Sie setzen sich an den gedeckten Frühstückstisch und Sophie war überrascht, um welches Thema es ging, denn sie hatte fest damit gerechnet, dass Alexander ihn beauftragt hatte, etwas wegen der Scheidung mit ihr zu besprechen. Martin konnte er schließlich nicht mehr vorschicken.

„Es geht um deine Mutter. Gestern Abend hat mich der Arzt aus der Klinik angerufen und, na ja er klang nicht gerade optimistisch!" Erschrocken legte Sophie ihr Messer zur Seite. „Was meinst du mit nicht so optimistisch? Ist ihr etwas zugestoßen?" Dr. Hansen schüttelte hastig den Kopf. „Nein, nein ihr ist nichts zugestoßen. Nur mein Kollege meinte, dass hinter Frau Steinbergs, nennen wir es Wahnvorstellungen, eine schwere Psychose stecken könnte, wahrscheinlich in Zusammenhang mit dem Verlust ihres Mannes. Er rechnet damit, dass die Therapie mehr Zeit in Anspruch nehmen wird, als geplant ...", bedrückt wich er Sophies Blick aus.

„Das klingt ja furchtbar, ich werde mir ein paar Tage freinehmen und gleich morgen zu ihr fahren!" Sie bereute, dass sie einen Besuch so weit hinausgezögert hatte. Natürlich war ihr nicht entgangen, dass ihre Mutter alles andere als auf dem Weg der Besserung war. Sie klang abgespannt, fast teilnahmslos.

„Das halte ich ehrlich gesagt für keine gute Idee. Sie hat genug damit zu tun, ihre eigene Psyche wieder in den Griff zu bekommen und du wirst ihr nicht verschweigen können, dass du dich von deinem Mann getrennt hast. Wenn sie wieder das Gefühl hat, sie müsste stark sein und funktionieren, weil du sie brachst, wird sie nie die Chance haben, gesund zu werden."

Gesund, dachte Sophie, wie bedrohlich das klang, trotzdem hatte sie das Gefühl ihre Mutter in dieser Situation nicht alleine, viele Kilometer von ihrem Zuhause ihrem Schicksal überlassen zu können.

„Ich kann das nicht, sie fühlt sich sicher furchtbar allein, und ich bin ihre Tochter!"

„Du sollst doch auch für sie da sein, Sophie, nur deine Mutter braucht jetzt Zeit für sich, sobald sie wieder gesund ist, kannst du dich um sie kümmern." Sophie dachte nach, vielleicht hatte er recht.

„Ich werde darüber nachdenken." Sie erhob sich vom Stuhl und auch Dr. Hansen ging hinüber zur Tür. „Wenn Sie reden möchten, zögern sie nicht im Krankenhaus anrufen. Wenn ich nicht gerade im OP stehe, bin ich für Sie da."

„Danke."

Sie schloss die Tür und schaute auf ihre Uhr, sie musste sich dringend auf den Weg machen, an Tennis spielen war nicht mehr zu denken, aber sie konnte ihre Freundin nicht unentschuldigt dort warten lassen. Während Sophie zum Sportzentrum fuhr, dränge sich das schlechte Gewissen in ihr Bewusstsein, sie hatte mit ihrer Mutter nie über den Tod ihres Vaters gesprochen. Sie hatte sich geweigert, nur ein Wort darüber zu reden und wenn ihre Mutter das Thema angesprochen hatte, hatte sie jedes Mal fluchtartig den Raum verlassen. Es war ihre Art mit dem Verlust fertig zu werden, sie hatte es mit sich ausgemacht und bis zum heutigen Tag mit niemandem, auch nicht mit Alexander über ihren toten Vater geredet. Aber ihre Mutter war vielleicht ganz anders, vielleicht hatte es viele, zu viele Momente gegeben, wo sie sie mit dem Kummer allein gelassen hatte und sie gar nicht so stark und lebensfroh war, wie sie immer vorgab.

Erst als Sophie auf den menschenleeren Tennisplatz stand, wurde sie aus den Gedanken gerissen. Johanna war nirgends zu sehen. Sie wartete einige Minuten, und schaute auf den anderen Plätzen nach, ob sie einen anderen als ihren gewohnten Platz reserviert hatte, doch sie waren entweder leer oder durch fremde Spieler besetzt. Sie begann das Zentrum zu durchstreifen, und die Strecke bis zu U-Bahn abzusuchen, doch Johanna blieb weiterhin unauffindbar. Vielleicht war ihre Freundin wütender als sie vorgegeben hatte, aber dann hätte sie ihr keine SMS geschickt. Sophie kramte ihr Handy aus der Tasche und las noch einmal die kurze Nachricht. Es war unmöglich, dass Johanna sie hier einfach warten ließ und entgegen ihrer Ankündigung nicht am Treffpunkt war, das würde sie niemals tun. Mittlerweile war sie sich sicher, dass irgendetwas Unvorhersehbares passiert sein musste.

Sie fragte noch einmal die Mitarbeiter des Sportzentrums, doch sie hatten Johanna nicht gesehen. Während sie zurück zu ihrem Wagen ging, rief sie beim Gericht an, aber sie ahnte bereits, dass sie auch hier nicht angekommen ist. Johannas Handy war ausgeschaltet und sie hinterließ ihr eine Nachricht, von der sie nicht wusste, die wievielte es schon war.

Besorgt machte sie sich schließlich auf den Weg zur Kanzlei und versuchte ein weiteres Mal von ihrem Büro aus, ihre Freundin in ihrer Wohnung zu erreichen, doch es sprang nur der Anrufbeantworter an, auf der sie dringend um Rückruf bat. Während Sophie unruhig in ihrem Büro umherlief, überlegte sie die Polizei zu benachrichtigen, wusste aber gleichzeitig, dass diese sie freundlich, aber unwiderruflich darauf hinweisen würde, sich wieder zu melden, wenn ihre Freundin länger als 48 Stunden verschwunden wäre. Gerade als sie sich entschlossen hatte, trotzdem bei der Polizei anzurufen, vielleicht hatten sie Informationen über einen Unfall oder Ähnlichem, klopfte es an der Tür. Margot Grünling betrat den Raum.

„Was gibt es denn Frau Grünling?“ Genervt legte Sophie den Hörer zur Seite.

„Ich wollte mich nur erkundigen, ob die Blumen diese Woche noch geliefert werden? Sonst sind sie immer montags gekommen und heute ist schon Donnerstag, das ist doch komisch ...“

Sophie war sprachlos, womit sich ihre Sekretärin ernsthaft auseinandersetzte.

„Frau Grünling, ich weiß noch nicht mal, wer mir diese Blumen jede Woche schickt, wie soll ich da wissen, warum sie ausgerechnet diese Woche nicht mehr kommen?“ Sie nahm den Hörer wieder in die Hand, um ihre Sekretärin zum Gehen zu bewegen, diese dachte aber nicht daran, sondern schloss die Tür hinter sich und trat einen Schritt auf den Schreibtisch zu.

„Sie bekommen jede Woche einen teuren Blumenstrauß und interessieren sich nicht dafür, von wem er stammt? Wo gibt es denn so was!“ Mit einer Mischung aus Verwunderung und Gereiztheit musterte Sophie die Frau, die sie in diesem Moment wieder an ein schwerfälliges Walross erinnerte. Es schien wirklich so zu sein, dass kein Mann Margot Grünling jemals wahrgenommen oder gar Interesse an ihr gezeigt hatte, geschweige denn, dass sie nachvollziehen konnte, dass eine Frau diesen kostspieligen Geschenken widerstehen konnte. Doch Sophie hatte in diesem Moment kein Bedürfnis der intriganten Jungfer eine Einführung in die Annäherungsversuche menschlicher Erwachsenen zu erteilen.

„Nein, es interessiert mich nicht, von wem ich die Blumen bekomme. Und es wäre jetzt sehr aufmerksam von Ihnen, mich wieder arbeiten zu lassen!“ Frau Grünling schaute sie an und kniff die Augen zusammen, als würde sie eine schwere Rechenaufgabe im Kopf lösen müssen.

„Finden sie es nicht merkwürdig, dass sich ihr Mann von Ihnen getrennt hat und nun bekommen sie auch keine Blumen mehr? Also, ich finde das äußerst mysteriös!“

Sophie reichte es, sie wollte diese Hexe keine Sekunde länger in ihrem Büro ertragen, was für ein *mysteriöser* Zusammenhang sollte da schon bestehen, ihre Sekretärin war einfach irre und dazu krankhaft bösartig. Sie öffnete die Tür und gab Frau Grünling mit einer Handbewegung zu verstehen, den Raum zu verlassen.

„Ich meine es ja nur gut, ich kann mir vorstellen, wie schlimm es ist, von seinem Mann verlassen zu werden, grässlich muss das sein. Da verstehe ich, dass sie so schlechte Laune haben.“

Dickfällig, fast wie in Zeitlupe, bewegte sie sich aus dem Büro.

„Wie *grässlich* es erst sein muss, gar keinem Mann zu haben“, entgegnete Sophie und schloss erleichtert die Tür. Ausgerechnet mit so einer Frau musste sie tagtäglich zusammenarbeiten, das Leben war doch schon hart genug. Sie wählte die Nummer der Polizei, als im gleichen Moment ihr Handy aufleuchtete, Johannas Privatnummer.

„Mensch Hanna, da bist du ja endlich! Was machst du denn zu Hause, ich habe mir Sorgen gemacht!“ Stille, dann hörte sie eine tiefe Männerstimme.

„Sophie, ich bin´s Maximilian.“ Seine Stimme klang belegt.

„Hallo Maximilian, was ist denn mit Hanna los? Ich war mit ihr zum Tennis verabredet, aber sie ist nicht gekommen.“

„Ich weiß, deshalb rufe ich an. Johanna wurde von einem unbekannten Mann überfallen auf dem Weg zur Bahn, er hat versucht, sie zu vergewaltigen. Ich bin gerade … von einer Geschäftsreise wiedergekommen, als mich das Krankenhaus angerufen hat. „Sophies Hals schnürte sich zusammen, dass sie kaum weiter sprechen konnte.

„Was sagst du da? Das kann doch nicht sein! Wie geht es ihr? Wo ist sie?“

„Ich habe sie gerade nach Hause gebracht. Ein Krankenwagen hatte sie ins Hospital gebracht, aber sie hat sich geweigert dort zu bleiben.“

„Wie geht es ihr? Ich mache mich gleich auf den Weg zu euch!“

„Danke, Sophie, aber Johanna möchte niemanden sehen. Sie hat ein starkes Beruhigungsmittel bekommen und schläft. Ich halte es für das Beste, wenn du morgen früh kommst. Es gibt da auch etwas, was ich mit dir besprechen muss.“

„Ja natürlich, Maximilian! Und wenn sie mich braucht, bitte sag mir Bescheid und drück sie ganz fest von mir.“

Das durfte alles nicht wahr sein, was für ein Tag, was für eine fürchterliche Zeit, Sophie fühlte sich, als läge ein Fluch über ihrem Leben. Deshalb konnte sie Johanna nirgends ausfindig machen, ausgerechnet an diesem Tag konnte sie ihre Freundin nicht abholen, wäre sie nicht mit der Bahn gefahren, hätte dieses Schwein nicht über sie herfallen können. Johanna würde jetzt wie jeden Donnerstag bei Gericht ihre Verhandlungen führen und den Abend mit Maximilian verbringen. Wie damals bei Alexanders schwerem Unfall fühlte sich Sophie verantwortlich, wieso traf sie manche Entscheidungen, die dass so furchtbare Folgen hatten? Oder war, dass das Geschehnis was man Schicksal nannte. Trotzdem gelang es Sophie nicht die Schuld, die sie an dem Unfall trug von sich zu schieben. Sie überlegte Dr. Hansen anzurufen. Doch dieser Gedanke stärkte nur das Schuldgefühl in ihr, schließlich war er es gewesen, weswegen sie Johanna nicht abgeholt hatte. Sie entschloss nach Hause zu fahren, einen ausgiebigen Spaziergang mit Tassilo zu machen und früh schlafen zu gehen, diese Hilflosigkeit quälte sie.

Bereits um kurz nach acht stand Sophie am nächsten Morgen vor Johannas Wohnung, Maximilian öffnete ihr die Tür. Wortlos trat Sophie ein und er deutete mit dem Zeigefinger auf die Schlafzimmertür, um ihr zu signalisieren, dass Johanna noch immer im Bett lag.
„Sie ist heute noch nicht aufgestanden, vielleicht kannst du sie dazu bringen, etwas zu essen." Sophie nickte und lächelte leicht.
„Hallo Hanna." Sophie konnte ihre Freundin kaum erkennen, die Vorhänge waren zugezogen und auch vom Flur drang kein Licht ins Zimmer. Sie setzte sich auf den Rand des Bettes und suchte nach der Hand ihrer Freundin, sie fand sie trotz der dicken Daunendecke kalt auf ihrem Bauch ruhend. Johanna erschrak vor der Berührung und zog ihre Hand an ihre Brust.
„Ich bin es Hanna, du brauchst keine Angst mehr zu haben." Sophie sah im Dunkeln ein zartes Schimmern, es musste von ihren Augen kommen, die feucht von Tränen gefüllt waren.
„Hörst du mich?", flüsterte sie verunsichert, denn Johanna schien immer noch ins Leere zu starren.
„Ich möchte, dass du gehst, Sophie." Johanna hatte diese Worte fast lautlos gesprochen und trotzdem durchzog ein erschrockenes Zucken

Sophies Körper. Sie hörte an dem Knistern der Bettdecke, dass ihre Freundin sich zur anderen Seite und ihr den Rücken zugedreht hatte.

„Möchtest du noch ein wenig schlafen? Dann komme ich später wieder."

„Nein, ich will dich nicht mehr sehen, ich ertrage dich nicht!" Sie lehnte sich zu Johanna herüber, ein stechender Kopfschmerz stieg in ihr auf.

„Aber warum?", flüsterte sie.

„Weil du schuld bist, deinetwegen musste ich durch diesen schrecklichen Schacht, deinetwegen werde ich jetzt nie aufhören können, das zu vergessen!"

„Aber Hanna, natürlich wirst du das vergessen. Ich weiß, wie schlecht es dir gehen muss, aber glaub mir, ich mache mir selbst so schlimme Vorwürfe!"

„Nur weil du nicht kapierst, dass Alexander dich nicht mehr will! Und trotzdem schmeißt du dich diesem Arzt an den Hals!"

„Das ist nicht wahr Hanna! Es ging gar nicht um Alexander, es ging um meine Mutter, es geht ihr nicht gut und Dr. Hansen ist eine große Hilfe für mich. Bitte verzeih mir!" Sie versuchte in der Dunkelheit ihr Gesicht zu erkennen, doch außer einer dunklen Wand erkannte sie nichts.

„Lass mich bitte in Ruhe und geh!"

„Hanna, es tut mir wirklich so schrecklich leid, dass ich dich nicht abgeholt habe, ich weiß, dass du diesem ... Schwein nie begegnest, wärest, aber glaub mir, es quält mich sehr, mehr als du dir vorstellen kannst."

Johanna vergrub ihren Kopf unter die Decke und Sophie wollte, obwohl sie das dringende Bedürfnis nach einem klärenden Gespräch empfand, ihre Freundin nicht weiter entkräften. Niedergeschlagen verließ sie das Zimmer und stieß im Flur auf Maximilian, der sie mit einem besorgten Blick empfing.

„Sie will mich nicht mehr sehen, sie gibt mir die Schuld und ich kann es ihr noch nicht einmal verübeln."
„Macht dir bitte keine Vorwürfe Sophie, niemand ist schuld und du ganz sicher nicht. Ich da schon viel eher, ich hätte sie sicher beim Sportzentrum abgesetzt, ich weiß ja, wie sie dieses U-Bahn-Fahren verabscheut, aber ausgerechnet an diesen Tagen war ich nicht für Johanna da, ich fühle mich mindestens genauso schlimm wie du." Er schien in Gedanken versunken und Sophie machte den Vorschlag hinüber in die Küche zu gehen.
„Wie genau ist der Überfall denn passiert?", wollte sie wissen, als sie an dem kleinen Tisch saßen und vorsichtshalber, damit Johanna nicht Zeuge ihres Gesprächs werden konnte, die Tür schlossen.
„Der Notarzt hat mir gesagt, dass sie reglos und völlig apathisch auf dem Boden eines U-Bahnschachtes gefunden worden war. Die Untersuchung im Krankenhaus hatte ergeben, dass sie zum Glück nicht vergewaltigt worden ist, obwohl die zerrissene Strumpfhose auf ein solches Motiv des Täters hinweist. Sie hat etliche Schürfwunden und eine geprellte Rippe. Johanna möchte über den Überfall nicht reden und ich halte es für das Beste, solange sie nicht von sich aus darüber reden möchte, auch nicht davon anzufangen."
„Da hast du recht, das Wichtigste ist, dass es ihr schnell besser geht und das Schwein geschnappt wird."
„Das wird er sicher!", stellte Maximilian entschlossen fest.
„Du wolltest mir etwas erzählen?" Fragend blickt sie ihn an.
„Ja, das will ich und ich weiß nicht, ob es nicht sogar schlimmer ist, als der Überfall an sich."
Sie blickte ihn ungläubig an.
„Ja. Ich habe es erst heute früh erfahren, ebenfalls vom Notarzt und als Hannas beste Freundin sollte ich dich auch in Kenntnis setzten. Und außerdem fühle ich mich überfordert, dieses Wissen mit mir alleine

herumzutragen.“ Sophie runzelte die Stirn, hoffentlich war es nicht noch eine fürchterliche Nachricht.
„Hast du schon mal etwas von dem Symptom SVV gehört?“
„Von was? Nein, das sagt mir gar nichts.“ Gab sie ehrlich zu.
„SVV steht für selbstverletzendes Verhalten.“
„Aha und was willst du mir damit sagen?“ Sie war immer noch völlig ratlos und merkte, dass Maximilian sich einige Augenblicke sammeln musste.
„Johanna hat an ihrem Körper ein paar, nach Angaben des Arztes sogar unnormal viele Wunden, die entweder gar nicht oder nur zum Teil verheilt sind. Es sind tiefe, messerscharfe Schnittwunden und es sei unmöglich, dass sie sich alle durch versehentliche Unfälle zugezogen hat.“
Sophie brauchte einen Moment, um zu verstehen.
„Du meinst, sie fügt sich das Selbst zu? Um Gottes willen, warum tut sie den so etwas?“ Plötzlich rief sich die Szene im Sportzentrum in ihr Gedächtnis, sie hatte sich damals nicht erklären können, woher Johanna die tiefe Wunde hatte.
„Der Arzt hat mir erklärt, das Grund dafür, dass manche Menschen sich selbst verletzen, passiert aus dem Empfinden heraus, die Verbindung und den Zugang zum eigenen Körper verloren zu haben und ihn nicht mehr zu spüren. In ihrer Not fügen sie sich schwerwiegende Verletzungen zu. Selbstverletzendes Verhalten ist sozusagen eine pervertierte Art, um selbst dafür zu sorgen, dass sie sich wieder wohl in seiner Haut fühlen.“
Es herrschte eine lange bedrückende Stille.
„Aber, was ist denn der Auslöser für ein solches Symptom, Hanna ist doch gar nicht der Typ, der sich selbst nicht leiden kann, im Gegenteil sie ist ein sehr interessierter, aufgeweckter Mensch und verachtet Gewalt.“

„Ich habe vorhin ein wenig im Internet recherchiert. Du hast recht, im Grunde ist bei Hanna nur typisch, dass die Betroffenen es nicht generell offensichtlich tun. Manche injizieren oder trinken sogar Desinfektionsmittel um es zu vertuschen. Als ich mit Hanna in Griechenland war, habe ich Blutspuren im Bad gefunden, sie meinte, sie hätte sich versehentlich verletzt, ein Unfall."

„Ja, das hat sie mir auch gesagt", erwiderte Sophie nachdenklich.

„Das untypische bei Hanna ist, dass normalerweise die Krankheit bereits im jungen Alter, vorwiegend in der Pubertät auftritt, wenn sie sich zum ersten Mal bewusst wahrnehmen, anfangen zu hassen. Oft stecken auch kindliche Vernachlässigung dahinter. Der Arzt meinte, dass es bei Hanna für die Erkrankung nicht übermäßig viele Verletzungen sind, zumindest so wenige, dass sie sie noch verbergen konnte. Das heißt, die Krankheit wurde durch ein schweres traumatisches Erlebnis bei ihr ausgelöst, was nicht allzu lange her sein kann."

„Aber was kann das denn bloß gewesen sein? Was mich etwas an ihr gewundert hat, ist, dass sie nie über ihre Partnerschaften geredet hat, vielleicht hat sie eine grausame Erfahrung mit einem ihrer Freunde gemacht."

Maximilian überlegte, ob er Sophie in sein Wissen einweihen sollte, entschied sich aber dagegen, er musste erst das Einverständnis von Johanna abwarten, er hatte schon zu viel hinter ihrem Rücken verheimlicht.

„Ich bin mir ziemlich sicher, den Grund für ihr Verhalten zu kennen, nur sei bitte nicht enttäuscht, solange ich nicht mit Hanna darüber gesprochen habe und sie einverstanden ist, werde ich nicht darüber reden."

Sophie überlegte noch etwas zu fragen, entschied sich dann aber seine Entscheidung zu akzeptieren.

„Ich möchte dich nur bitten, dass wir beide in Zukunft besser auf sie aufpassen."

Sophie nickte und beobachtete Maximilian, der sich nervös immer wieder durchs Haar fuhr.

Wenig später machte sie sich auf den Weg nach Hause, das, was sie an diesem Tag erfahren hatte, musste sie erst einmal verdauen.

27

An diesem verhängnisvollen Morgen nahm der Zeitungsbericht zwei ganze Spalten ein, einschließlich zugehöriger Fotografie, die die Vaginalbirne in ihrer gesamten Pracht zeigte. Zu Savignys Erschrecken, war es nicht nur eine detaillierte Wiedergabe seines, hier nannten sie es *grausamen Mordes,* sondern, und um das zu verdauen, musste er sich erst einmal setzen, endete der Bericht mit der Aufforderung, dass jeder, der einen sachdienlichen Hinweis zu diesem Verbrechen geben konnte, oder dem eine Person aufgefallen war, die sich nach mittelalterlichen Folterinstrumenten informierte, sich bitte bei der zuständigen Polizeiinspektion melden solle. Sie hatten also ihre Taktik geändert, ermittelten nicht mehr im Untergrund, sondern gingen in die Offensive und sie ahnten gar nicht, was für einen Stress sie ihm damit antaten, dachte Savigny verärgert. Als würde in die ganze Sache nicht schon genug Geld und Nerven rauben, drei ganze Tage hatte die Angelegenheit in Luxemburg gedauert, zuerst wollte ihn der gierige Wärter um sein halbes Vermögen bringen. Was ihm seine Freiheit wert wäre, hatte er ihm bei jedem seiner Verhandlungsangebote entgegengehalten. Erst,

bei dem Hinweis, dass er sich durch seine Weitergabe locker den Job verlieren würde, lenkte er ein und ließ sich sein Schweigen für fast ein Drittel von Savignys Einkommen, monatlich auf ein auf dem Namen seiner Frau eingerichteten Konto, zahlen.
Er faltete die Zeitung zusammen und ließ sie gleich neben dem Kiosk, bei dem er das Blatt gekauft hatte, in einen Mülleimer fallen. Es war kurz nach neun Uhr am Morgen. Er rief in der Kanzlei an, Frau Grünling sollte die Termine am Vormittag verlegen, vielleicht hatte er sich zum Nachmittag wieder gefangen. Er ging in eine kleine Kneipe, die sich in einer Seitenstraße befand, die er im normalen Zustand noch nicht einmal bemerkt hätte, ihm jetzt aber wie gerufen kam, und bestellte sich einen doppelten Whiskey.
„Stress mit deiner Alten?“, erkundigte sich der Wirt, ein ungepflegter, nach ranzigem Bratenfett stinkender Mann, der ihm bei Savignys Anblick noch ein weiteres Glas voll schenkte.
„Schön, wenn es nur das wäre...“, raunte er und drehte sich zur Seite, denn ein Gespräch mit einem schmierigen Kneipenwirt war das letzte, was er jetzt noch gebrauchen konnte. Er wusste nicht, warum ihn diese aufreibende Panik eingeholt hatte, der Wärter war bestochen und würde sich sicher nicht selbst belasten und ansonsten gab es niemanden, so nahm er jedenfalls stark an, der etwas von seinem Missgeschick mitbekommen hatte. Trotzdem wollte diese innerliche Unruhe nicht aufhören und bevor er bezahlte, ließ er sich noch ein drittes Glas füllen. Leicht angetrunken, gerade so viel, dass er nicht ins Wanken geriet, schlurfte er durch die Straßen zurück zu seinem Wagen.
Zuerst waren es nur zwei Augen, die er bewusst wahrgenommen hatte, sie blieben, anders als die anderen an ihm vorbeiziehenden Augenpaare, ein paar Sekunden länger an ihm haften. Dann, weil sein Unterbewusstsein durch die Panik geschärft war, eine Gestalt, die sich, immer, wenn er sich suchend umblickte, hinter einem Pfosten huschte oder sich ins Gedränge mischte. Er beschleunigte seinen Gang, nahm einen Umweg

durch ein großes Kaufhaus, wo er wie ein Haken schlagender Hase von einer in die andere Abteilung lief und schließlich durch den Ausgang an der Hinterseite wieder heraus kam. Nun hatte er eine beachtliche Strecke bis zu seinem Auto vor sich, aber wenigstens war von seinem Verfolger nichts mehr zu sehen, wovon er sich durch mehrmaliges Umsehen noch einige Male vergewisserte.
Savignys Nerven lagen blank, vielleicht war es auch bloß eine Einbildung. Erleichtert erreichte er nach einer viertel Stunde Fußmarsch sein Auto und schloss es auf. Es war mehr ein Reflex, dass er sich noch einmal umsah, bevor sich auf den Fahrersitz fallen ließ, doch augenblicklich erstarrte sein Körper. Plötzlich sah er seinen Verfolger ganz deutlich vor sich, er konnte auch nicht anders, denn die Gestalt hatte sich dicht vor seinem Auto aufgebaut. Er war sich sicher, dieses Gesicht schon einmal gesehen zu haben, diese tiefen Furchen im Gesicht, die hässlichen Löcher, die eine schlimme Akne in ihre Haut gebrannt haben mussten und die selbst durch die dicke Schicht Make-up nicht zu vertuschen waren. Er stand immer noch angewurzelt an der Fahrertür. Erst als er die Verbindung zu einem geliebten Gegenstand aus seiner Kindheit zog, setzte sich das Puzzle in seinem Kopf zusammen. Natürlich, diese Frau war quasi seine Prämiere gewesen, die Daumenschraube hatte bei ihr einwandfrei funktioniert. Nur was tat sie hier in diesem Stadtteil und war sie ihm womöglich schon länger auf den Fersen? Einen Moment harrte er aus, bis er begriff, dass er keine Zeit mehr zu verlieren hatte. Mit quietschenden Reifen parkte er aus, raste durch die Straßen. Er wusste, dass er entdeckt war, entlarvt, sie hatte sich sicher sein Kennzeichen gemerkt und in jeder Tageszeitung wurde nach ihm gesucht. Er hielt kurz bei seinem Apartment, um einige Sachen zu packen und nahm den kürzesten Weg zum Flughafen. Er musste verschwinden, so schnell es ging.

28

Sophie fühlte sich, als säße sie vor einer schwierigen, ihr unlösbaren Chemie- Formel damals in der Oberstufe. Chemie war mit Abstand ihr schlechtestes Fach gewesen, allein das Periodensystem stellte für sie eine Ansammlung verschlüsselte Zeichen da, die sie, obwohl ihr Lehrer mit einer unerschütterlichen Geduld und auf den verschiedensten Lösungswegen versuchte, sie an die Systematik heranzuführen, nie durchschaut hatte, geschweige denn, nur eine Aufgabe hätte lösen können. Nur bei dieser Aufgabe, die sie heute zu bewältigen hatte, konnte sie sich nicht einfach drücken, sie von ihrer Tischnachbarin abschreiben oder so schnell es gehr aus ihrem Plan verbannen, nein, auf dem weißen Blatt Papier, was vor ihr auf dem Schreibtisch lag, mussten bald ein paar Worte stehen, die ihre Freundin so berühren würden, dass sie bereit war, ihr zu verzeihen. Johanna weigerte sich nach wie vor, ihr die Möglichkeit zu einem Gespräch zu geben. Maximilian beruhigte sie zwar, dass sie einfach Zeit bräuchte, das ganze zu verarbeiten und Sophie sich nicht die Schuld geben solle, doch sie hatte das dringende Bedürfnis, ihre Freundin noch einmal um Verzeihung zu bitten, denn selbst, wenn ihr jeder andere Mensch auf der Welt ebenfalls versichert hätte, dass es nicht ihr Verschulden gewesen war, befreite sie das nicht von der inneren Last, ihre Freundin allein gelassen zu haben. Nach gut zwei Stunden standen endlich Zeilen, die fast die gesamte Seite einnahmen auf dem Blatt, die, sobald das überhaupt möglich war, Sophies momentanes Seelenleben widerspiegelten. Ihr fiel es nicht nur schwer, einen Brief an Johanna zu schreiben, sondern, und das wurde ihr wieder einmal schmerzlich bewusst, jede Krise und jeden Kummer alleine bewältigen zu müssen. Wo früher Alexander ihr verlässlicher Berater und einfühlsamer Zuhörer gewesen war, klaffte ein dunkles, beängstigend tiefes Loch. Sophie dachte, was sie bloß für ein dummer

Narr gewesen war, in ihrer Ehe war stets sie diejenige gewesen, die ihre Ideen für gut und besonders kreativ gehalten hatte, die jedes Problem, mit einem beißenden Scharfsinn gelöst hatte und manches Mal, durch ihren erfrischenden Humor eine ernsthafte Schwierigkeit, als Banalität aussehen hat lassen. Doch ihr eiserner unzähmbarerer Optimismus kam ihr jetzt lächerlich bedeutungslos vor. Vielmehr schien ihm nur dann eine Daseinsberechtigung zuzustehen, wenn er durch das freundliche, verschmitzte Lächeln Alexanders begleitet wurde oder er ihr, bei einen ihrer grandios scheinenden Vorschläge *mein kleines blondes Genie* ins Ohr geflüstert hatte.

Sie faltete das Blatt Papier zusammen und steckte es in einen Umschlag, sie würde ihn später in Johannas Briefkasten werfen, zu klingeln wagte sie nicht. Maximilian hatte ihr versprochen, sobald sich Johannas Zustand verbessert hatte, ein klärendes Gespräch mit ihr zu führen. Vielleicht würde auch Sophie dann hinter den schrecklichen Grund kommen, warum sich ihre Freundin selbst Schmerzen zufügte. Sie vermisste ihre Freundin und, dass sie nicht gemerkt hatte, dass sie scheinbar ein großes Problem hatte, machten die quälenden Gedanken nicht erträglicher.

Sie ging hinauf ins Schlafzimmer, um sich fertigzumachen. Um zwölf war sie mit Olaf Hansen verabredet, er hatte sich die Unterlagen aus der Klinik ihrer Mutter zuschicken lassen und Sophie hatte darauf bestanden, sie mit ihm zu besprechen. Wenn sie ihrer Mutter schon nicht helfen konnte, dann wollte sie zumindest an ihrem Leben teilhaben und das Verständnis für Marie aufbringen, was ihr vielleicht nach dem Tod ihres Vaters gefehlt hatte. Sie entschied sich für eine braune Stoffhose und beige Bluse über die sie eine gleichfarbige Strickjacke zog. Sie legte ihre schmale Perlenkette um und betonte ihre Wangen mit einem Hauch Rouge. Obwohl sie sich miserabel fühlte, sah ihr Äußeres nicht danach aus, denn in den letzten Wochen war es ihr gelungen, wieder ein paar Kilos zuzunehmen. Nach dem Besuch bei Dr. Hansen wollte sie gleich in den großen Park am Stadtrand fahren und, da sich Dr. Hansen mit ihrem Hund ausgezeichnet verstand, nahm sie Tassilo gleich mit.

Als die das Treppenhaus des Altbaus hinaufstieg, nahm sie den Duft von gebratenem Lachs wahr.

„Ich hoffe, sie haben ein wenig Hunger mitgebracht?“ Dr. Hansen, der in einer inzwischen ziemlich bekleckerten Küchenschürze steckte, begrüßte sie und beugte sich zu Tassilo hinab, um ihm liebevoll den Kopf zu kraulen.

„Ich habe noch nicht gegessen und Lachs ist zufällig mein Lieblingsessen“, erwiderte sie lächelnd und setzte sich an den bereits gedeckten Esstisch in der Küche.

„Das passt sich ja, ich hoffe, es geht Ihnen etwas besser?“

„Na ja ich würde lügen, wenn ich sagte, es ginge mir gut. Mir geht es, ehrlich gesagt, nicht besonders, ich habe das Gefühl mein Leben läuft wie ein Film, in dem ich keine Rolle spiele, an mir vorbei. Alles hat irgendwie seine Bedeutung verloren.“ Mitleidig schaute er ihr in die Augen.

„Ich weiß, wie schwer Ihnen die Trennung fällt. Aber vergraben sie sich nicht so sehr in Gedanken an ihren Mann. Es gibt andere Menschen, die sie brauchen. Ihre Mutter, Freunde, sie haben sie nicht verloren.“

Wenn er wüsste, dachte Sophie, dass sie dabei war, auch ihre beste Freundin zu verlieren. Gerne hätte sie mit ihm darüber gesprochen, als Arzt kennt er sich sicher mit Johannas selbstverletzendem Verhalten aus, aber ihr war es ganz sicher nicht recht, wenn Sophie mit einem ihr Fremden darüber sprach und so schwieg sie und erschrak ein wenig, als Olaf Hansen fortfuhr, er schien wirklich ein Gespür für Situationen zu haben, oder er kannte sie mittlerweile so gut, dass er aus ihren Gesten lesen konnte.

„Sie waren doch am Donnerstag noch mit ... wie heißt ihre Freundin gleich ... Johanna Tennis spielen? Oder war sie verärgert, dass sie sie haben warten lassen?"

„Nein, nein ... es ist alles in Ordnung. Was sagen denn die Unterlagen über meine Mutter?" Einen Moment blickte er sie aufmerksam durchschauend an, reichte ihr dann aber einen gefüllten Teller herüber und setzte sich ebenfalls an den Tisch.

„Ja, es ist so, wie ich es Ihnen das letzte Mal schon gesagt habe. Ihre Mutter leidet an starken Überlastungsdepressionen."

„Wirkt sie deshalb immer so schläfrig, wenn ich mit ihr telefoniere? Ich erkenne sie kaum wieder ...", antworte Sophie, die bei ihrem gestrigen Anruf bei ihrer Mutter das Gefühl hatte, sie spräche mit einer völlig unbekannten Frau.

„Ja, das liegt sicher an den Medikamenten. Der Körper braucht einige Zeit, sich an die Wirkstoffe zu gewöhnen. Machen sie sich nicht allzu viele Sorgen, in der Klinik sind die besten Ärzte. Ihrer Mutter wird es bald besser gehen."

„Ja, das hoffe ich sehr. Ich hatte mir eigentlich überlegt mit ihr nach St. Moritz zu fahren. Die Reise war eigentlich für mich und Alexander geplant, aber das hat sich natürlich erledigt. Meinen Sie, sie würde eine Reise verkraften?"

„Ausgeschlossen! Die Idee ist zwar sehr rührend von Ihnen, aber Ihre Mutter muss erst einmal zu sich finden. Sie wird noch einige Wochen brauchen, bis sie die Therapie erfolgreich abgeschlossen hat. Dann würde sie sich sicher über einen Urlaub freuen! Können sie noch so lange warten?"

„Ja sicher kann ich das, es geht ja um meine Mutter. Obwohl es mir sehr schwer fällt, werde ich dann wohl die Reise absagen, es hat mich viel Kraft und Überredungskunst gekostet, sie überhaupt zu realisieren, aber ich muss mich einfach damit abfinden, dass nichts mehr so ist, wie

es noch vor ein paar Wochen war. Gar nichts.“ Bekümmert legte sie ihr Besteck zur Seite, denn sie bekam nun keinen Biss mehr herunter.
„Haben sie noch ein wenig Zeit?“, lenkte er die Stimmung ab und schaute sie erwartungsvoll an.
„Ja, das Einzige, was ich momentan im Überfluss habe, ist Zeit. Ich hätte nie gedacht, dass ich einmal so etwas sagen würde. Ich wollte noch mit Tassilo in den Park, das ist alles.“
„Was halten sie davon, wenn ich sie begleite und auf dem Rückweg besuchen wir meine Mutter. Sie werden sie mögen.“
Sophie schaute ihn überrascht an und ließ ihren Blick zu der gerahmten Fotografie hinüberwandern. Wieder einmal kam ihr die leise Befürchtung, er könne sich von ihrer Freundschaft mehr erhoffen, als sie bereit war zu geben und die Situation trübte ihre Empfindung zu ihm, denn aus dem Wohlbefinden, dass sie in seiner Gegenwart fühlte, schlichen sich wieder leise Gewissensbisse hinzu, die auch ihm nicht zu entgehen schienen.
„Ganz ohne Hintergedanken! Sie ist nur ein wichtiger Mensch in meinem Leben und vielleicht lenkt sie dieser Besuch ein wenig ab.“
„Na gut, dann los, die Sonne scheint noch so schön und Tassilo muss, glaub ich, auch dringend ins Freie.“

Sie fuhren etwa eine halbe Stunde zu dem großen Park, der zu einem der Anlagen gehörte, die sie noch nicht kannte. Die Luft war kühl und roch nach dem ersten Schnee, obwohl es ein paar Grad zu warm war, wusste Sophie, dass sich bald sie ersten Schneeflocken ihren Weg hinab auf die Erde suchen würden. Die Sonne strahlte an den Tagen vor dem ersten Schnee immer besonders stark, als versuche sie die feinen Kristalle aus den Wolken zu locken. Durch die Luft zog eine eisige Trockenheit, rein und klar.
„Sie mögen den Winter, oder?“, fragte er, während er ihr Gesicht beobachtete, das bei dem Anblick des halb zugefrorenen Sees, in dem

ein paar Enten um die Eisschollen herumschwammen, zum ersten Mal glücklich aussah.

„Ich mag die Natur, sie ist so unverfälscht“, erwiderte sie und pfiff Tassilo heran, der in weiter Entfernung mit einem anderen Hund umhertollte.

„Ich wusste gar nicht, dass ihre Mutter auch in München lebt?“, erkundigte sie sich und ihr fiel in diesem Moment auf, dass sie überhaupt wenig über ihn wusste, sie hatten ja fast ausschließlich über ihre Probleme geredet.

„Ja, sie ist hier bei mir, wenn du magst, können wir uns ja langsam auf den Weg machen.“

Sie gingen zurück zum Wagen und mittlerweile war Sophie sehr gespannt auf die ältere Dame, die auf dem Bild einen sehr freundlichen Eindruck machte. Er fuhr bis ins ans andere Ende der Stadt, in eine Gegend, die sie von einigen ihrer Mandanten kannte und ihr als sehr beliebt, vor allem bei älteren Menschen und Familien mit Kindern, bekannt war. Er parkte gegenüber einer kleinen Kirche, dessen Turmuhr gerade durch lautes Glockengeläut die Mittagszeit beendete. Gegenüber befanden sich einige pompöse Villen und eindrucksvolle Domizile. Er zeigte mit dem Finger auf ein weißes, wunderschön verziertes Gebäude, dass Sophie an ein altes nostalgisches Herrenhaus erinnerte.

„Dort bin ich aufgewaschen. Es ist fast ein ganzes Jahrhundert in unserem Familienbesitz. Momentan ist es an ein älteres Ehepaar vermietet“, informierte er sie.

„Sehr beeindruckend, hier hatten sie sicher eine tolle Kindheit“, schwärmte sie und war beeindruckt von der tatsächlich Jahrhundert alten Inschrift auf dem oberen Türpfosten, der die Hansens als generationsübergreifende Bewohner des Hauses auswies. Ein Untermieter würde ihrer Mutter sicher auch gut tun, dachte Sophie und folgte ihm leicht verwundert auf die andere Seite der Häuserreihe, auf dem

sich außer der Kirche und dem dazugehörigen Friedhof nichts weiter befand. Noch größer wurde ihre Verwunderung, als er die eiserne Eingangspforte des Kirchhofes öffnete und sie hinter ihr wieder schloss. Im Gegensatz zu anderen Begräbnisstätten war dieser Hof angenehm weitläufig und die einzelnen Grabsteine nicht eng aneinandergereiht, sondern jeder Verstorbene hatte so viel Platz, dass Sophie diese Art der letzten Ruhe um einiges respektvoller und ehrwürdiger empfand. Obwohl sie sicher auch ihren Preis hatte. Selbst der Tod, wo jeder Mensch eigentlich seinen Frieden finden und den Hinterbliebenen ein würdiger Abschied von ihren geliebten Menschen ermöglicht werden sollte, hing vom Geldbeutel ab, diese Tatsache erschreckte Sophie und ließ sie wieder einmal zu dem bitteren Schluss kommen, dass der Mensch nicht gerade die beste Erfindung gewesen war, die Gott vollbracht hatte. Olaf Hansen durchstreifte zielstrebig die liebevoll bepflanzten Reihen, sicher wollte er seinen Vater besuchen, schloss sie mittlerweile aus seinem Verhalten, der zwar nie in seinen wenigen Erzählungen aufgetaucht war, dessen Verschweigen sie aber mehr als jeder andere nachvollziehen konnte und so hielt er schließlich vor einem Grab inne, was sich unter einem üppigen Apfelbaum befand und selbst jetzt in der kalten Jahreszeit mit weißen Linien geschmückt war.
Im ersten Moment dachte sie, er hätte das Grab vertauscht, versehentlich ein Falsches aufgesucht. Sie schaute auf den Namen, nein, hier schien er doch richtig zu sein und begann nachzurechnen, wie alt seine Großmutter geworden war. Sie stockte und plötzlich fuhr ein überraschtes, ungläubiges Stöhnen aus ich ihrem Mund, das konnte doch gar nicht sein, die Frau, Elisabeth Hansen, geborene Wilhelm, die hier begraben lag, hatte ihr Leben, laut Gedenkschrift in den Jahren 1946-2006, verbracht. Sie starrte ihn an.
„Ihre Mutter ist tot?", fuhr es aus ihr heraus, ohne, dass sie es eigentlich wollte und mit dem gleichzeitigen Bereuen, denn die Worte hatten ihn so getroffen, dass er seinen Kopf senkte.

„Tod, was ist schon der Tod?“, antworte er und Sophie stellte mit Erleichterung fest, dass er sich, zumindest äußerlich schnell wieder gefangen hatte.

„Für mich ist meine Mutter immer noch bei mir, auch, wenn sie körperlich nicht mehr anwesend ist. Aber uns verband mehr, und ich habe noch oft das Gefühl, das sie in meiner Nähe ist ... Ich weiß, das klingt verrückt“, entschuldigte er schließlich, als er in ihr immer noch verblüfftes Gesicht sah.

„Nein, das ist nicht verrückt, ich habe es nur einfach nicht erwartet“, gab sie ehrlich zu und musste unweigerlich an Alexander denken, der auch, was immer passieren würde, an ihre Seele gefesselt war.

„Meine Mutter liebte diesen Apfelbaum. Du glaubst nicht, was für ein Aufwand es war, ihn vom Garten bis hierher zu verfrachten. Und dann der Friedhofspächter, dieser sture Bock, meine Güte, wie eine Schlange hat er sich gewunden, bis ich endlich sein Einverständnis hatte.“

„Hast du keine Geschwister, die dir hätten helfen können?“, erkundigte sie sich, denn sie erinnerte sich nur ungern daran, wie schrecklich es für sie damals gewesen war, die Beerdigung ihres Vaters allein zu organisieren. Ihre Mutter war dazu außerstande gewesen und mit Alexander war sie noch nicht lange zusammen, dass sie die Beziehung mit dem Tod ihres Vaters belasten wollte. Und trotzdem war ihr Mann natürlich eine, wenn zwar nicht aktive, aber trotzdem spürbare Unterstützung für sie gewesen.

„Nein, ich habe keine Geschwister. Meine Mutter hatte nach mir noch eine Fehlgeburt und konnte danach keine Kinder mehr bekommen. Außerdem hat mein Vater sie wenig später auch sitzen lassen, dann hatte sich das Thema ohnehin, selbst, wenn sie gewollt hätte, erledigt.“

„Hast du denn noch Kontakt zu deinem Vater?“ Sophie hatte sich, mehr unbewusst, dafür entschieden, Dr. Hansen endlich zu duzen, bei so intimen Dingen, die er ihr anvertraute, käme es ihr fast beleidigend vor, eine künstliche Distanz zwischen ihnen aufrecht zu erhalten. Und auch

ihm würde es leichter fallen, denn ihr war nicht entgangen, dass er das Du nur selten wagte.
„Nein, ich habe keinen Kontakt zu meinem V ... Erzeuger. Meine Mutter war zwar etwas anhänglich und vielleicht auch ein wenig zu eifersüchtig, aber das war kein Grund von ihm, eine Familie, für die er Verantwortung übernommen hat, einfach sitzen zu lassen. Meine Mutter hat ihn sehr geliebt, das tritt man nicht einfach so mit Füßen!“
Warum gab es bloß so viele Szenen in ihrem Leben, die sie ständig und ungewollt an Alexander erinnern ließen. Schnell vertrieb Sophie die quälenden Gedanken.
„Und Lilien liebte sie ...“, stellte sie bei dem Anblick der prächtigen Pflanzen fest, die ihre Köpfe leicht der aufkeimenden Kälte beugten.
„Ja, Lilien waren ihre Lieblingsblumen, obwohl sie alle Blumen liebte, ich muss auch bald wieder neue bestellen, diese sind jetzt bald eine Woche alt.“
Sophie strich ihm über den Arm und deutete ihm durch ein leichtes Lächeln an, dass sie schon mal zum Wagen vorginge, er wollte sicher noch einen Augenblick alleine bei dem Grab seiner Mutter bleiben.
Kurze Zeit später kam auch er und sie machten sich, in den ersten Minuten schweigend auf den Rückweg.
„Ich hoffe, ich habe dich nicht überfordert“, fragte er vorsichtig, als sie schon fast seine Wohnung erreicht hatten.
„Nein, das hast du nicht. Mich ehrt es sehr, dass du mir vertraust.“
„Ich weiß, das klingt albern, aber ich habe das Gefühl, als wärest du schon lange ... eine Freundin von mir.“
„Stimmt, wenn man bedenkt, dass wir uns erst einige Wochen kennen, ich meine näher.“ Sophie empfand diese Freundschaft wirklich als sehr ungewöhnlich, sie war im Grunde gar nicht der Typ, der sich schnell auf neue Menschen einließ. Irgendwann hatte sie für sich erkannt, dass sie kein *Menschenfreund* war. Jedem, den sie diese Tatsache mitteilte, lachte, weil er sich von der fröhlichen aufgeschlossenen Sophie gar

nicht vorstellen konnte, dass sie Menschen nicht leiden konnte. Trotzdem gab es nur sehr wenige Personen, die sie in ihre kleine Welt aufnahm. Der Mensch, mit seinem unerträglichem Egoismus, der krankhaften Gier nach Macht und seinem zerstörerischem Neid, diese Gesinnungen, die ihn zu den fürchterlichsten Dingen trieb, empfand sie sogar als sehr beängstigend. Und trotzdem hatte sie bereits nach kurzer Zeit Dr. Hansen als einen nicht unwichtigen Menschen in ihr Leben aufgenommen.

„Wie sieht es bei dir aus, noch Lust auf Kino?“, fragte er, als sie aus dem Auto stiegen.

„Sei mir bitte nicht böse, aber ich wollte heute früh schlafen gehen. Außerdem habe ich morgen früh noch einen Arzttermin.“

„Ich hoffe nichts Schlimmes?“ Beunruhigt blickte er sie an.

„Nein, nur eine Routineuntersuchung. Lass uns die Tage telefonieren, und mach dir noch einen schönen Abend!“

„Du dir auch, und komm gut nach Hause.“ Sie luden Tassilo in ihr Auto um, und als Sophie wenig später in ihrem Wagen saß, spürte sie plötzlich wieder diese unterschwellige Übelkeit, die sie seit einiger Zeit, meistens morgens nach dem Aufstehen oder am spätem Nachmittag überkam, ohne dass es dafür einen bestimmten Anlass gab. Anfangs hatte sie es auf die psychische Belastung geschoben, als aber noch die unkontrollierten Hitzewallungen und das Ausbleiben ihrer Periode dazu kamen, hatte sie einen Termin beim Arzt vereinbart. Hoffentlich zog ihr wochenlanger Nahrungsentzug keine organischen Folgen nach sich.

X

Trotz ihres frühen Termins war das Wartezimmer bereits gut gefüllt, überwiegend von Menschen, die ihre Nase in Taschentücher schnäuzten oder hustend ihre Hand vor den Mund hielten. Zu dieser Jahreszeit war bereits die zweite große Grippewelle im Umlauf und Sophie hoffte, dass sie sie nicht ausgerechnet hier erwischen würde, wenn es ihr schon gelungen war, ihr den letzten Wochen zu entkommen.
Ungeduldig, da sie nicht allzu spät in der Kanzlei sein wollte, sah sie sich um. Die Frau ihr gegenüber hatte sie auf den ersten Blick gar nicht erkannt. Jetzt schaute sie noch etwas genauer an und beugte sich, als sie sich sicher war, ein wenig zu ihr herüber.
„Guten Morgen, Frau Stern! Mein Name ist Sophie Sommer, sie kennen mich sicher nicht, aber ich bin die Anwältin ihres Mannes!“ Die dunkelhaarige Frau guckte sie überrascht, mit hektischen Augen an.
„Guten Tag, Beatrice Stern, schön sie kennenzulernen“, antworte sie nun und Sophie merkte an ihrem nervösen Unterton, dass ihre Freude nicht so groß zu sein schien, wie sie vorgab. Sie hatten jedoch keine Gelegenheit mehr zu einem weiteren Gespräch, denn Beatrice Stern wurde in den Behandlungsraum gerufen; konnte sie es im Sitzen noch gut verbergen, war nun ihr ziemlich stattlicher Bauch nicht mehr zu übersehen, um den sie beim Gehen ihre Arme schlang, als könnte er jederzeit nach unten abfallen. Sophie schätzte, dass sie etwa in der 30. Schwangerschaftswoche sein musste. Sie nickte ihr beim Verlassen des Zimmers noch einmal zu und Sophie spürte förmlich die Blicke, mit denen Beatrice Stern sie musterte.
Nach weiteren zehn Minuten war nun auch sie an der Reihe, und, nachdem sie dem Arzt, einem kurz vor der Pension stehenden älteren Herrn, der sie durch seine grauen Haare und die winzige Lesebrille, die er sich, immer wenn er etwas las, auf die Nasenspitze setzte, an ihren ehemaligen Juraprofessor erinnerte, den sie als Einzigen unter den

übrigen exzentrischen Lehrkörpern mochte, ihre Symptome schilderte, schickte dieser sie erst einmal zur Blutabnahme.
Nachdem er sich die Ergebnisse aus der Laboruntersuchung ansah, setzte er seine Brille ab und schaute ihr mit einem bübischen Lächeln in die Augen.
„Die Sache ist eindeutig, Frau Sommer." Sie blickte ihn irritiert an, denn sie wusste nicht, ob er womöglich darauf hoffte, sie könne seine Diagnose per Gedankenübertragung erraten.
„Sie erwarten ein Kind!", fuhr er nun ehrlich erfreut fort, nachdem er erkannt hatte, dass die Frau ihm gegenüber scheinbar wirklich keinen Verdacht hatte.
„Ein Kind?", fragte sie, als hätte sie dieses Wort noch nie gehört, geschweige denn, dass ein solches Wesen in ihrem Bauch heranwuchs.
„Ja, so ist es. Am besten wir machen gleich eine Ultraschall-Untersuchung, dann kann ich Ihnen sagen, wann sie anfangen sollten, das Kinderzimmer einzurichten."
Der Arzt hielt den momentan emotionslosen Zustand für einen Schock und war sich sicher, wenn er die Situation auflockerte, sich endlich die gewohnte Euphorie einer werdenden Mutter einstellte. In den vielen Jahren, in denen er schon mit unzähligen Schwangeren zu tun hatte, fand er bald heraus, dass Frauen, die ein gewisses Alter erreichten, eine Empfängnis immer als großes Glück empfanden, möglicherweise, weil ihnen hiermit bestätigt wurde, dass sie tatsächlich eine richtige Frau waren oder weil sie die Reife erreicht hatten, in denen sie der großen auf sie wartende Verantwortung gewachsen waren. Ungläubig versuchte sie aus den grau-weißen Schattierungen, die sich auf dem Bildschirm befanden die befruchtete Eizelle ausfindig zu machen, die der Arzt zwar immer wieder mit einem Zeiger umkreiste, wo Sophie aber bei bestem Willen keinen besonders großen Unterschied zu dem übrigen Muster erkennen konnte.
„Ganz wunderbar, sehen sie? Sie dürften in der zwölften Woche sein."

Sie war tatsächlich schwanger, langsam begann sie zu begreifen und um den Arzt nicht weiter zu verunsichern, zwang sie sich ein Lächeln auf.

„Ja, wunderbar."

Sie zog sich wieder ihre Bluse über und nahm die Überweisung für den Gynäkologen in Empfang.

„Wenn keine Komplikationen auftreten, reicht die Betreuung durch den Frauenarzt aus. Ich wünsche Ihnen alles Gute, Frau Sommer!" Sie reichten sich die Hand und Sophie ging zurück zu ihrem Wagen, der auf dem großen Patientenparkplatz stand. Sie war schwanger, obwohl die Anzeichen im Grunde eindeutig waren, war sie wirklich nicht auf diese simple Idee gekommen. Sie strich mit ihrer Hand über ihren Unterleib, *das Produkt ihrer Liebe*, diesen Ausdruck hatte sie immer gewählt, wenn sie mit Alexander über ihre zukünftigen Kinder gesprochen hatte und nun wuchs dort etwas in ihrem Körper heran, was sie beide immer als größtes natürliches Wunder bezeichnet hatten, das sie, ohne darüber gesprochen haben zu müssen, als Höhepunkt und Besiegelung ihrer Liebe in ihren Lebensplan aufgenommen hatten. Alexander war nicht bei ihr und für einen winzigen Moment kam ihr der Gedanke, ihn anzurufen, ihm diese wunderbare Nachricht zu überbringen. Doch sie wusste, dass es niemals so sein würde, wie sie es sich schon tausende Male ausgemalt hatte, es wäre keine unbeschwerte Freude, sondern immer mit dem Beigeschmack, ein Druckmittel einsetzen zu wollen, und ein Kind war das schlechteste und verlogenste Mittel, einen Mann an sich binden zu wollen. Nein, sie wollte diesen Zustand des ungetrübten Glücks nicht durch solch niederträchtige Motive zerstören, natürlich würde sie ihm sein Kind nicht vorenthalten, aber erst, wenn sie wieder einen klaren Gedanken fassen konnte.

Die Tatsache, ihr Kind alleine groß ziehen zu müssen machte sie traurig, und trotzdem und dieses Gefühl hatte sich seit der ersten Sekunde, in der sie von der Schwangerschaft erfahren hatte, in ihr breitgemacht, empfand sie eine tiefe innerliche Dankbarkeit und jedem, der sie fragen würde, würde sie sagen, dass sie sich noch nie so sehr auf etwas gefreut hatte, als auf das kleine Wesen, das in ihr heranwuchs.

Sie war einige Minuten vor ihrem Wagen stehen geblieben, als sie plötzlich eine Frau hinter sich wahrnahm. Beatrice Stern eilte auf sie zu.

„Frau Sommer, haben sie vielleicht einen kurzen Moment?“

Neugierig blickte sie die Frau an, deren unumstrittene Schönheit durch eine krank wirkende Blässe überschattet wurde.

„Ja, wenn es nicht allzu lange dauert.“ Sie konnte sich nicht vorstellen, was die Frau ihres leidigen Mandanten von ihr wollte, es überkam sie aber eine Ahnung, als sie wieder vom Kopf bis zur Schuhsohle gemustert wurde und sich Beatrice Stern nervös mit der Zunge über ihre trockenen Lippen fuhr.

„Ich weiß, das klingt ein wenig merkwürdig, aber ich würde gerne wissen, wie sie genau zu meinem Mann stehen?“

Ach herrje, dachte Sophie, natürlich musste Frau Stern Kenntnis von den etlichen Affären ihres Mannes haben, und hielt sicher auch sie für eine seiner außerehelichen Eskapaden.

„Ich bin seine Anwältin, mehr nicht!“ Sophie blickte sie eindringlich an und gab ihr zu verstehen, dass sie nicht unwissend war, solche Spielchen mochte sie nicht. Beatrice Stern schien sofort zu begreifen und Sophie hatte den Eindruck, als wäre die Frau sogar erleichtert.

„Sie wären nur genau sein Typ, groß, erfolgreich und ausgesprochen hübsch, er steht auf diesen Schlag! Seit Wochen ist er abwesend und ich bin mir fast sicher, dass er wieder einmal, sagen wir, ein Abenteuer gefunden hat …“, entgegnete sie nun und hängte schnell eine Entschuldigung an, denn die Worte klangen so wie sie sie aussprach, sehr herablassend.

„Das ist mir leider nicht entgangen, auch, wenn das hart für sie ist. Aber was mich betrifft, können sie beruhigt sein, ich bin zum einen

verheiratet und zum anderen ist ihr Mann jemand, vor dem ich sofort Reißaus nehmen würde. Ich hoffe, sie nehmen mir diese Offenheit nicht übel“ Sophie schaute sie offen an und hoffte in diesem Moment vor allen Dingen, dass Beatrice Sterns Gesundheitszustand sich so schnell es geht wieder erholen würde, denn ihre ohnehin schon extreme Blässe ließ mittlerweile sogar ihre Lippen blau anlaufen, sie konnte den Anblick der hochschwangeren verzweifelten Frau nicht mehr ertragen.
„Haben sie noch Zeit auf einen Kaffee, um die Ecke ist ein sehr schönes Café?“ Sie nickte heftig und Sophie war heilfroh, dass ihr Gesicht, nachdem sie ein paar Schluck Kamillentee zu sich genommen hatte, wieder etwas Farbe bekam.
„Warum tun sie sich das an?“ Sie blickte Beatrice Stern direkt in die Augen und beide wussten, dass damit nicht die anstrengende Schwangerschaft gemeint war. Frauen hatten oft eine Verbindung zueinander, die ihnen, obwohl sie sich gar nicht kannten, die Möglichkeit gab, sofort und ungeschminkt über prekäre Dinge reden zu können, vermutlich, weil eine Frau mit der Gewissheit lebte, dass jede andere Frau die gleichen unüberwindbaren und belastenden Probleme mit dem männlichen Geschlecht hatte. Diese Gemeinsamkeit führt wohl zwangsläufig zu einer gewissen gemeinschaftlichen Solidarität.
„Tja, warum, dafür gibt es wohl nur eine Erklärung, weil ich ihn liebe.“
Ja, warum tat sich eine Frau sonst so einen Mann wie Magnus Stern an, der wahrscheinlich jedem Rockzipfel hinterher gierte, dachte Sophie ärgerlich.
„Das kann ich verstehen. Aber sie haben ein Kind und erwarten ein Zweites, meinen sie, sie haben so einen Vater verdient, der ihnen jeden Tag aufs Neue zeigt, wie wenig Respekt er vor ihrer Mutter hat?“
Beatrice Stern konnte ihre Tränen nicht mehr zurückhalten und fischte ein Taschentuch aus ihrem Ärmel.

„Wissen Sie, so weiß ich jedenfalls, dass er immer wieder zu mir zurückkehrt. Die anderen Frauen sind zwar jung und attraktiv, aber keine hat ihm Kinder geschenkt. Er würde uns nie verlassen."

„Natürlich würde er das nicht, sie machen es ihm ja auch sehr leicht. Für ihn könnte es doch gar nicht besser laufen. Seine Frau, die ihn dazu auch noch vergöttert, sitzt zu Hause mit den Kindern und er kann ungestört seinem Jagdtrieb nachgehen. Natürlich wird er das nicht freiwillig aufgeben." Langsam stieg rasende Wut in Sophie auf.

„Magnus war schon immer ein schwieriger Mensch, sie glauben gar nicht, was er sich hat einfallen lassen, um mein Herz zu erobern. Ein ganzes Hotel hat er gemietet, ich konnte mir aussuchen, in welchem Bett ich schlafen möchte, überall waren rote Rosen verstreut und ein ganzes Jahr lang hat er mir jeden Tag einen Liebesbrief geschrieben ... nur leider war er nicht nur bei mir so, wenn er eine Frau rumkriegen möchte, lässt er sich die absurdesten Dinge einfallen. Da ist er fast zu allem in der Lage. Ich habe einmal eine ganze Woche nichts von ihm gehört, ich habe mir schon richtig Sorgen gemacht, dass ihm etwas zugestoßen sein könnte. Dann, nachdem ich drei Tage im Krankenhaus war und die Polizei benachrichtigen wollte, hat mir endlich seine Sekretärin gestanden, dass er *mit einer Geschäftspartnerin* für zehn Tage nach Dubai geflogen ist. Nicht, dass ihm diese Frau besonders viel bedeutete; nach der Reise hat er sie nie wieder angerufen, was ich an den Telefonrechnungen nachvollziehen konnte, er braucht das einfach, diesen Kick, jede Frau rumkriegen zu können ..." Sie räusperte sich kurz, bevor sie weiter sprach.

„Aber uns verbindet mehr. Ich meine, wir haben ein Kind ..."

Sophie war sich sicher, dass Beatrice Stern sogar daran glaubte, es tat ihr in der Seele weh, dass so ein Mensch an so einen im Grunde bedauernswerten Wicht wie Magnus Stern geraten konnte, so jemand hatte noch nicht mal verdient, geliebt zu werden. Er war noch schlimmer, als sie ohnehin schon wusste, wenn sie an sein peinliches anmaßendes Verhalten ihr gegenüber dachte, war es wieder eine tiefe Abneigung, was sie spürte.

„Ich möchte Ihnen nicht zu nahe treten, aber das, was ihr Mann mit Ihnen macht, hat nichts mit Liebe zu tun. Den einzigen Menschen, den er liebt, ist sich selbst, wenn er dazu überhaupt in der Lage ist. Vielleicht ist er auch nur ein durchtriebenes, von Selbstzweifeln zerfressenes männliches Wesen und es tut mir leid, ich bin mir sicher, dass ihr Mann ihnen nie das zurückgeben wird, was sie verdient haben. So ein Mensch ist besser allein, damit er keinen Schaden anrichten kann."

Beatrice Stern senkte den Kopf, Sophie hätte sich gerne noch länger mit ihr unterhalten, aber um zehn hatte sie einen wichtigen Termin mit einem Mandanten, den sie unmöglich warten lassen konnte.

Als sie sich verabschiedeten, lächelte Sophie ihr aufmunternd zu.

„Sie werden es nicht ändern können, dass sie ihren Mann lieben, aber es steht in ihrer Macht, dass sie sich und ihre Kinder davor schützen, was er ihnen antut."

Sie bezahlten und bedrückt beobachtete Sophie, wie Beatrice Stern zu ihrem Auto ging.

Sie würde Magnus Stern nicht weiter betreuen, gleichgültig, ob Herr Savigny damit einverstanden war oder nicht, dass sie sich überhaupt auf diesen Deal eingelassen hatte, ärgerte sie.

29

Die Apfelsine lag geschält in ihrer Hand und sie fragte sich, ob das Kind vielleicht schon so groß, wie diese Frucht war. Sie hatte in den letzten Tagen auf jede Veränderung ihres Körpers geachtet, die Übelkeit ertrug sie mit einer Gelassenheit, war sie doch das sichere Zeichen dafür, dass alles so heranwuchs, wie es sollte, ihre Haut war durch die Hormonumstellung empfindlicher und immer ein wenig gerötet und mit einem Lächeln stellte sie jeden Morgen auf der Waage fest, dass sie ein paar Gramm zugenommen hatte. Natürlich empfand sie die traurigen Momente am Abend, in denen sie alleine vor dem Fernseher saß und an Alexander dachte, intensiver, doch waren diese seltener geworden und sie erreichte auch nicht mehr den Punkt, wo ihre Seele in ein tiefes Loch fiel, denn sie brauchte nur über ihren Bauch zu streichen, der zwar immer noch flach und straff war, wovon sie aber wusste, dass ein kleiner Mensch darauf wartete, in ihm heranzuwachsen, und schon ging ein warmer Strom von Dankbarkeit durch ihre Glieder, der sie einen ruhigen Schlaf finden ließ.

Sie aß, seit sie von der Schwangerschaft erfahren hatte, jeden Tag frisches Obst und verzichtete auf die sonst bei ihr nicht unbeliebten Fertiggerichte. Sie war immer noch ungern alleine in dem Apartment, aber sie musste sich in den nächsten Monaten damit arrangieren und hatte beschlossen, das ehemalige Schlafzimmer in ein Kinderzimmer zu verwandeln und selbst im Gästezimmer zu schlafen, was direkt nebenan lag. Sie schaute aus dem Küchenfenster, tatsächlich fiel in diesem Moment der erste Schnee und sie beobachtete, wie die weißen Kristalle auf dem Rasen liegen blieben und sich bald eine dünne Schicht auf dem Boden gebildet hatte. Der Topf, in dem sie sich Wasser für einen Tee gefüllt hatte, gab durch ein lautes Pfeifen bekannt, dass es heiß war und nachdem sie sich eine Tasse Kräutertee mit einem Löffel Akazienhonig aufgebrüht hatte, vertiefte sie sich wieder in die weiße Winterlandschaft, die in ihrem Garten entstand. Doch das Bild schien nicht vollkommen zu sein und, als Sophie einen Blick unter ihr Fenster warf, erkannte sie es ganz deutlich. Quer über den Rasen, vorbei an den kleinen Beeten bis hin zu dem Fenster, aus dem sie schaute, befanden sich frische Fußspuren. Sie blickte zu dem Gartentor und sah gerade noch ein Schatten, der aus dem Garten verschwand. Schnell hastete sie an die Eingangstür, wobei ihre volle Tasse Tee sich auf den Boden ergoss, und fixierte die Straße auf der Suche nach dem Eindringling, denn sie auch sofort vor seinem Auto entdeckte.

„Martin kannst du mir sagen, warum du dich in meinen Garten schleichst?“

Ertappt drehte sich der junge Mann um und folgte ihrer Aufforderung auf die andere Straßenseite zu kommen.

„Ich wollte nur nachsehen ... ob es ihnen gut geht“, stammelte er verlegen.

„Und dazu schleichst du um mein Haus, normale Menschen benutzen dafür die Klingel!“

„Ja, ja ich habe mich nur einfach nicht getraut ... es tut mir leid ... und ich sollte ihnen ja auch eigentlich das hier geben!“ Als könnte er damit seine Schuld von sich schieben, streckte er Sophie einen länglich braunen Umschlag hin und blickte zu Boden.

„Was soll das sein?“, fragte sie immer noch erbost, merkte aber, dass er so eingeschüchtert war, dass aus ihm nichts mehr heraus zu bekommen war. Sie öffnete den Umschlag und sackte unweigerlich in sich zusammen.

Scheidungsantrag, stand dort mit dicker schwarzer Schrift.

„Ja, danke ...“, stammelte sie und merkte, wie sich ein grauer Schleier um ihre Augen bildete.

„Kann ich Ihnen helfen?“ Sophie blickte auf und sah, dass Martin verlegen von einem auf den anderen Fuß trat.

„Nein, nein ...“ Ihre Wut auf den neugierigen Pfleger war verschwunden, ihre Hände umklammerten den Umschlag, als sie zurück ins Haus ging.
Sie setzte sich in die Küche und betrachtete den braunen Umschlag, den sie vor sich auf dem Tisch ausgebreitet hatte.
Sie war unfähig den heftigen Schmerz zu unterdrücken, der sich wieder durch ihren Körper bohrte, sie legte ihren Kopf in ihre Arme und weinte. Für einen kurzen Moment vergaß sie das ungeborene Kind und ließ die Verzweiflung über sich kommen, bis ein stechendes Ziehen in ihrem Unterleib sie schlagartig in die Gegenwart zurückholte. Sie schloss die Augen und strich sich liebevoll über die schmerzende Stelle, selbst, wenn in ihr noch ein kleiner Funken Hoffnung geruht hatte, konnte sie es nicht zulassen, dass ihr Kind das Opfer ihrer gescheiterten Ehe wurde. Als hätte es den Zwischenfall nicht gegeben, wischte sie den Tee auf, brühte sich einen neuen auf und nachdem sie den Antrag weit in einer der Schreibtischschubladen verstaut hatte, ließ sie sich ein warmes Bad ein, in das sie ein paar Tropfen Lavendelöl gab. Sie hatte akzeptiert, dass Alexander ein Leben ohne sie führen wollte und natürlich war die logische Konsequenz, dass ihre Ehe auch geschieden werden musste, aber die Schritte, die besiegelten, was sie in ihrem Inneren schon längst begriffen hatte, taten weh und während sie den blumigen Duft in sich aufsog, beschloss sie noch einige Tage mit dem Ausfüllen des Antrags zu warten.
Nach dem ausgiebigen Bad schlüpfte sie in eine bequeme Stoffhose und zog sich einen gemütlichen Kaschmir-Rolli über. Ihre Haare band sie zu einem Pferdeschwanz zurück und bevor sie mit Tassilo einen Spaziergang machen würde, wollte sie Johanna anrufen. Maximilian hatte sich zwar noch nicht gemeldet, und auch auf ihren Brief war bis jetzt keine Reaktion gekommen. Doch ihre Freundin fehlte ihr sehr, dass sie es nicht länger aushielt.
„Ja, bitte?“, hörte sie wenig später ihre Stimme.

„Hallo Hanna, ich bin es, Sophie. Ich wollte mich erkundigen, ob es dir etwas besser geht?"
„Sophie, du bist es. Hör bitte auf, mich anzurufen, ich möchte meine Ruhe. Ich weiß, dass es dir leid tut, ich habe deinen Brief gelesen, aber ich kann dir momentan nicht verzeihen. Machs gut."
Minutenlang horchte Sophie in die Stille, keine Minute hatte die Abfuhr gedauert, sie konnte nicht fassen, dass Johanna noch immer verletzt war, so sehr hatte sie gehofft, sie würde erkennen, dass es sicher keine böser Vorsatz von ihr gewesen war. Sie überlegte ein weiteres Mal anzurufen, entschied sich aber dagegen. Ein erneuter Zusammenbruch konnte sie ihrem Kind nicht zumuten. Sie saß in ihrer Küche und unterdrückte, die sich wieder anbahnenden Tränen, sie konnte es nicht leugnen, sie fühlte sich einsam, so einsam wie noch nie zuvor.

X

„Warum redest du nicht mit Sophie? Sie ist nicht schuld und ich glaube, sie braucht dich", fragte Maximilian, während sich Johanna zu ihm an den Tisch setzte und die Suppe weiter löffelte, die er ihr zubereitet hatte.
„Weil ich nicht kann. Hätte sie mich abgeholt, so wie wir das besprochen hatten, hätte ... wäre es nicht passiert."
„Hanna, das war einfach ein böser Zufall, wer weiß, ob er dir dann nicht woanders aufgelauert hätte, und Sophie macht sich große Sorgen. Du musst mit ihr ja nicht über ... die Sache reden, aber gib ihr doch eine Chance." Maximilian ging um den Tisch herum und legte seine Hand vorsichtig auf ihre Schulter, er wollte ihr gerade einen Kuss auf die Wange geben, als sie ihn anfuhr.
„Nein! Ich möchte darüber nicht sprechen! Akzeptier das endlich."

Wütend schob sie den Teller zur Seite, ging hinüber ins Badezimmer und schloss die Tür. Warum verstand er bloß nicht, dass sich das Thema für sie erledigt hatte, dass sie es einfach so schnell es geht wieder vergessen wollte? Natürlich fehlte ihr Sophie, ihren Brief las sie jeden Tag, doch jedes Mal, wenn sie meinte, bereit dafür zu sein, sie anzurufen, hatte sie die fürchterlichen Szenen vor Augen, der keuchende Mann über ihr, seine brutalen Berührungen, der widerwärtige Geruch, und in diesen Momenten hasste sie Sophie, dafür, dass sie nicht da gewesen ist, dass sie sich nicht an ihre Verabredung gehalten hatte, dass sie ihretwegen die ganze Hölle noch mal erleben musste. Sie öffnete den Harn und schüttete sich mit den Händen frisches Wasser ins Gesicht. Maximilian war ihr einziger Halt, dachte sie, während sie ihr Gesicht trocken rieb. Er war ihrem Wunsch gefolgt, ihre Mutter nicht zu benachrichtigen, sie hatte es damals kaum verkraftet und es war das Beste, dass sie dieses Mal überhaupt nichts von dem Überfall erfuhr. Mit einer unzudringlichen Fürsorge war er für sie da, er akzeptierte, dass sie über manche Dinge nicht reden wollte und den Überfall hatte er aus ihren Gesprächen verbannt. Vom ersten Augenblick, als sie den Geruch dieses Mannes wahrgenommen hatte, den Geruch, den sie unter Millionen Gerüchen herausfiltern hätte können, war sie sicher, dass es derselbe Mann von damals gewesen war und das durfte Maximilian niemals erfahren. Er hatte sie befleckt, sie war schmutzig und es war ihr Schicksal, sich nie von der Schuld befreien zu konnen, sich damals nicht gegen ihren Peiniger gewehrt zu haben. Sie hatte es tatenlos über sich ergehen lassen, dass er sie missbrauchte und es war ihre gerechte Strafe, nie wieder Begierde oder sexuelle Lust für einen Mann empfinden zu dürfen. Selbst für Maximilian nicht.

Sie dachte an die vergangene Nacht, in der er sich leise, sie hatte, bereits die Augen geschlossen, neben sie gelegt hatte. Obwohl sein Körper ihren nicht berührte, spürte sie seine Wärme, die an ihrem

Rücken entlang zog und sich wie eine Decke an sie schmiegte. Sie wusste, dass er nicht weiter gehen würde und sie fiel wenig später in einen tiefen Traum. Erst als sie seine Hand unter ihrer Decke spürte, die nicht etwa über ihren Busen, sondern zärtlich über ihren Bauchnabel fuhr und auf der anderen Seite ruhen blieb, krampfte sich ihr Körper zusammen. Seine Berührung war nicht aufdringlich oder gar fordernd, nein, sein Arm hatte sich nur wie ein beschützender Mantel um sie gelegt und trotzdem empfand sie keine Geborgenheit oder gar Lust, wie es eigentlich sein sollte, wenn man jemanden begehrt, so wie sie Maximilian begehrte. Ihr Inneres hatte sich gegen diese Berührung gesträubt, stark und unaufhaltsam, dass sie aus dem Bett aufgesprungen war und es gerade noch auf die Toilette schaffte, um sich zu übergeben. Irgendwann würde er sie verlassen, vielleicht würde er es noch eine Weile ertragen können, aber irgendwann würde er sich von ihr trennen, welcher Mann war schon gerne mit einer prüden, hysterischen Ziege zusammen. Ihre Finger krallten sich an das Waschbecken, sie hatte Angst, Angst ihn zu verlieren, die so unerträglich war, dass sie wieder nur den einen Ausweg sah. Sie öffnete die Schneide der Rasierklinge, die Maximilian im Schrank gelagert hatte und strich mit der Fingerkuppe über die scharfe Klinge. Warm und dunkelrot floss das Blut über das Waschbecken, sie führte die Klinge ihren Arm hinauf, wenn der Schmerz erst ihren Körper betäubt hatte, würden auch alle anderen Gefühle verschwunden sein und auch die quälende Angst wäre gezwungen, sie endlich loszulassen. Plötzlich stockte ihre Bewegung, eine Hand hatte sich fest um ihr Gelenk geschlossen und drückte die Klinge aus ihrem Griff.

„Hanna tu das nicht!“ Sie hatte ihn nicht zur Tür herein kommen hören und war so geschockt, dass sie fast teilnahmslos ihre Hand in ein Handtuch wickeln ließ. Der Stoff rieb an der offenen Wunde, dass sie ein Schauder durchfuhr und sie begriff. Blitzartig entriss sie ihren Arm.

„Das ist halb so schlimm, mir ist nur die Rasierklinge heruntergefallen, als ich den Schrank geöffnet habe."
„Ich weiß Bescheid, Hanna und ich helfe dir", erwiderte er ruhig, mit einer Selbstverständlichkeit, dass sie sich augenblicklich elend fühlte und kaum noch wahrnahm, dass er Desinfektionsmittel und einen Verband aus dem Arzneischrank holte. Sorgfältig reinigte er ihre Wunde und legte die Binde um.
„Was weißt du?" Erschrocken über die plötzliche Stimmungsschwankung schaute er auf, sie war kreidebleich und ihre braunen Augen starrten ihn fast panisch an.
„Ich muss dir etwas sagen ... eher beichten, ich war bei deiner Mutter in Schweden und ich weiß, dass es nicht der erste Überfall gewesen ist."
Er bemühte sich die oberflächliche Ruhe zu behalten, doch sein Puls raste.
„Du warst was? Hinter meinem Rücken? Was fällt dir ein, Maximilian!" Sie war nah an ihn herangerückt und er überlegte, ob es ratsam wäre, weiter zu sprechen.
„Ich ... ja verdammt! Hanna, ich habe mir einfach Sorgen um dich gemacht, ich habe doch gemerkt, dass du irgendetwas Schreckliches erlebt haben musst und du hast mich nicht an dich rangelassen, da habe ich mich auf die Suche gemacht."
Maximilian wusste nicht, ob ihr minutenlanges Schweigen ein gutes oder schlechtes Zeichen war, als sie aber kurz darauf mit ihren Fäusten auf seinen Brustkorb einschlug, gab es keinen Zweifel mehr.
„Wie konntest du es wagen? Warum hast du das gemacht? Ich will das nicht, du hast alles kaputtgemacht!"
„Gar nichts ist kaputt! Im Gegenteil, ich helfe dir! Nie wieder musst du dich vor mir verstellen. Der Albtraum hat bald ein Ende. Versteh das doch!"
Er versuchte ihre Hand zu ergreifen, doch sie schlug sie zur Seite.

„Ich weiß nicht, wovon du redest, den Überfall von damals, den habe ich schon längst vergessen, wenn du nicht in meiner Vergangenheit rumgeschnüffelt hättest, ich werde dir nie mehr vertrauen können!"
„Natürlich wirst du das, gerade jetzt, wo ich endlich weiß, was dich so quält. Die Verletzung Hanna, die hast du dir selbst zugefügt, weil du eine gewisse Nähe nicht ertragen kannst. Du willst es, aber, das, was dieses Schwein dir angetan hat, hindert dich daran. Aber glaub mir, irgendwann wirst du wieder fühlen können, wird sich deine Seele nicht mehr gegen meine Nähe aufbäumen. Ich helfe dir dabei, Hanna."
Lange blickte sie ihn an, bis sie sich auf den Boden sinken ließ.
„Aber was willst du mit mir? Was willst du mit einer Frau, die sich vor Sex ekelt, die den Fernseher bei intimen Szenen ausstellt, die sich im Bett dick umhüllt, damit du ihr ja nicht zu nahe kommst?"
Maximilian lachte, so kräftig, dass sie zusammenzuckte. Er setzte sich neben sie auf die kalten Fliesen und blickte ihr in die Augen.
„Wie dumm du bist Hanna. Meinst du, ein primitiver menschlicher Instinkt, die Aussicht auf ein paar Stunden Sex in der Woche bindet mich an dich? Glaubst du wirklich, dass das der Grund ist, warum ich jetzt hier sitze?"
Sie blickte ihn fragend an, er schloss seinen Arm um ihren Körper.
„Und wenn du, bis du eine steinalte Frau bist, nicht mit mir schläfst, du wirst mich nicht los! Am besten du findest dich damit ab ... und komm mir bitte nie wieder mit so dummen Argumenten wie Sex, ich hätte dich für klüger gehalten."
Sie schmiegte sich an ihn und schloss die Augen. Womit hatte sie ihn bloß verdient?

X

Sie hatte gehofft, dass Dr. Hansen schon zu Hause sein würde und sie ihn zu einem Spaziergang überreden konnte. Als sie im Krankenhaus nachfragte, teilte er ihr mit, dass er erst in einer Stunde Dienstschluss hätte, wieder ein Notfall. Sophie fühlte sich ein wenig unwohl, während sie in seiner Wohnung saß und wartete. Sicher ging sie ihm schon auf die Nerven, auch, wenn er immer das Gegenteil behauptete.

Ihr fiel es unsagbar schwer, diese Einsamkeit, die sich schrittweise in ihr Leben geschlichen hatte, zu ertragen. Vermutlich brauchte es seine Zeit, bis sie sich an das Alleinsein gewöhnt hatte und so lange würde sie wohl noch oft auf die neu errungene Freundschaft in Anspruch nehmen müssen. Sie mochte Olaf Hansen sehr und wollte ihm um keinen Preis das Gefühl geben, ein Notnagel oder gar Lückenbüßer zu sein, es wäre besser, ihm das noch einmal sagen, ging es ihr durch den Kopf, als sie Tassilo suchte, der sich ein gemütliches Plätzchen hinter dem Schreibtisch gesucht hatte und döste. Dort zwischen den ganzen Kabeln und Steckdosen konnte er unmöglich liegen bleiben, sie versuchte ihn auf den Teppich zu locken, als es an der Tür klingelte. Laut bellend lief der Labrador in den Flur und Sophie fragte sich, ob es Dr. Hansen überhaupt recht war, wenn sie bei ihm an die Haustür ging. Vielleicht war es aber auch etwas Wichtiges, was sie allerdings im gleichen Moment, in dem sie dem suspekten Gast öffnete, revidierte und beinahe bereute, das Klingeln nicht einfach ignoriert zu haben. Eine Wolke von kaltem Zigarettenqualm strömte ihr entgegen, und als der Mann seinen Mund öffnete, legte er sein gelbliches, lückenhaftes Gebiss frei.

„Ich will den Herrn Doktor sprechen!" Sein fauliger Atem war so erstickend, dass sie ihren Kopf zur Seite drehen musste.

„Der ist leider nicht da, da müssen sie ein anderes Mal wieder kommen."

Sie wollte die Tür schließen, als er seinen Fuß in den Eingang stellte.

„Nicht so schnell, meine Liebe. Sonst warte ich hier auf ihn."

Er drängte sich an ihr vorbei, und da sie ihn ungern berühren wollte, trat sie ein paar Schritte zurück, was er als Einladung auffasste und

ohne Zögern ins Wohnzimmer ging. Seine Kleidung war speckig und er hatte keine Anstalten gemacht, seine Schuhe auszuziehen, eine lange Fährte Dreckklumpen zog sich durch den Flur.
„Hören Sie, ich, bin mir sicher, dass es nicht im Sinne von Dr. Hansen wäre, wenn sie einfach in seine Wohnung platzen, ich möchte sie bitten, zu gehen!“ Sie stand im Türrahmen und versuchte das Zittern in ihrer Stimme zu unterdrücken. Der Mann drehte sich zu ihr und setzte ein selbstgefälliges, höhnisches Grinsen auf.
„Hört, hört, wer wird denn da gleich so unfreundlich werden. Sie sind doch sicher des Doktors Liebchen, oder nicht?“ Er kam ein paar Schritte auf sie zu, durch den Luftstrom wurde ihr wieder eine üble Duftwolke entgegen geblasen, die sie zurück in den Flur trieb. Der Mann sprach zwar ein fast perfektes Deutsch, rollte aber das „R“ mit einem herben Akzent, dass sich Sophie mittlerweile sicher war, dass er aus Osteuropa, wahrscheinlich Russland stammen musste. Er war unheimlich, was sollte sie tun, wenn sie einem potenziellen Einbrecher, oder gar Gewalttäter die Tür geöffnet hatte? Ihr Herz schlug bis zum Hals und in ihrem Gesicht bildeten sich kleine Schweißperlen. Ihren Hund, der die Gefühle seiner Besitzerin oft schneller witterte, als es ihr selbst bewusst wurde, hatte sie ganz vergessen und sie beobachte ungläubig, wie der braune Labrador sich furchtlos vor dem Mann aufbaute und die Zähne fletschte. Sein Knurren klang so kampfwütig, dass auch sie leicht die Angst packte.
„Nehmen sie ihren Köter weg!“, schrie der Mann und sie deutete ihm mit einer Kopfbewegung an, dass es besser für ihn wäre, die Wohnung schnellstmöglich zu verlassen. Ihr Hund gab ihm gerade den Weg zur Tür frei und widerwillig fügte er sich ihrer Aufforderung.
„Sagen sie dem feinen Herrn Doktor, er soll sich bei mir melden. Wir haben noch eine Rechnung offen, das sollte er nicht vergessen!“
„Das mache ich, wie ist denn ihr Name?“ Erleichtert, dass sich der Mann wieder im Treppenhaus befand, atmete sie aus.

„Mein Name ist Igor Parov, der Doktor weiß, wo er mich findet!“
Sie schloss die Tür und lehnte sich an die Rückseite, was für ein widerlicher Kerl. Sie krauelte Tassilo über den Kopf, der stolz mit dem Schwanz wedelte.
„Ich wusste gar nicht, was ich für einen tollen Beschützer habe!“, lobte sie ihn und ging hinüber ins Bad, um sich das Gesicht zu kühlen.
Wenig später hörte sie auch den Schlüssel im Schloss umdrehen.
Dr. Hansen betrat die Wohnung und schien sichtlich erfreut, sie zu sehen.
„Tut mir leid, dass ich jetzt erst komme, es waren wieder zwei Notfälle und wir sind auf der Station immer noch unterbesetzt.“
„Kein Problem, ich hoffe, ich gehe dir nicht auf die Nerven, aber ich konnte einfach nicht allein sein. Wenn du deine Ruhe brauchst, sag mir das bitte.“
„Ich freue mich, dass du hier bist, das weißt du Sophie. Aber du siehst blass aus, geht es dir nicht gut?“ Besorgt blickte er sie an.
„Na ja, vor einigen Minuten hat es geklingelt und es stand ein Mann in der Tür, der sich erst in die Wohnung gedrängt hatte und darauf bestanden hat, mit dir zu reden. Ein fieser Typ, erst mit Tassilos Hilfe habe ich ihn überhaupt wieder hier heraus bekommen.“
Überrascht und stirnrunzelnd blickte er sie an. „Wer war er denn, hat er einen Namen genannt?“
„Ja, ein Russe, glaube ich, Igor Parov! Kennst du ihn?“
Er packte das Essen aus, was er auf dem Rückweg beim Chinesen besorgt hatte und begann den Tisch zu decken.
„Kennst du ihn?“, fragte sie erneut und endlich hob er den Kopf und blickte sie an.
„Ja Igor, was hat er denn zu dir genau gesagt?“
„Nur, dass er dich sprechen möchte, ehrlich gesagt, hatte ich sogar ein wenig Angst vor ihm.“

Nun schien er die Ernsthaftigkeit ihrer Aussage zu begreifen und strich ihr beruhigend über den Arm.

„Das tut mir leid. Igor Parov ist ein ehemaliger Patient von mir, aus der Justizvollzugsanstalt. Irgendwann habe ich seine Betreuung aufgegeben, ich habe gemerkt, dass er mich anlügt und nicht bereit ist, sein Fehlverhalten einzusehen. Solange die Täter keine Einsicht zeigen, hat eine Therapie keinen Sinn."

„Aber wenn er noch hinter Gittern sitzt, was hat er dann hier gemacht?"

„Wenn die Täter eine gewisse Zeit im Gefängnis verbracht haben, bekommen sie einige Tage Freigang, deshalb hatte er die Möglichkeit hier zu sein, jetzt sitzt er wahrscheinlich wieder in seiner Zelle."

„Aber was meinte er damit, dass er noch eine Rechnung mit dir offen hat?"

„Hat er das gesagt?"

„Ja."

Dr. Hansen schob das Essen in den Ofen, um es aufzuwärmen, und fuhr dann zögerlich fort.

„Na ja, um frühzeitig entlassen zu werden, brauchen sie das O.K vom Psychologen, und das habe ich ihm natürlich nicht gegeben, dieser Mensch ist unberechenbar. Das hat er wohl nicht akzeptiert und ist hier aufgetaucht. Ich werde gleich morgen mit der Anstaltsleitung sprechen, so geht das nicht. Bitte hab´ keine Angst mehr, ich kümmere mich darum."

Sophie nickte, sie hielt es wirklich für das Beste, dass dieser Mann nicht mehr frei herumlief.

„Lass uns jetzt bitte essen und danach können wir doch eine Runde durch den Park drehen. Frische Luft würde dir doch auch sicher gut tun?"

Sie reichte ihm den Teller, damit er das Essen auffüllen konnte, und schenkte beiden ein Glas Wasser ein.

„Das stimmt, wenn ich daran denke, dass Weihnachten vor der Tür steht, graut es mir“, antwortete sie und überlegte, wie er wohl die Festtage verbringen würde, traute sich aber nicht, ihn zu fragen.

30

Seit Freitagmorgen gab es von Thomas Savigny keine Spur mehr. Frau Grünling war an diesem Vormittag bereits das dritte Mal in ihr Büro geplatzt, um sich entrüstet zu erkundigen, ob er sich denn endlich gemeldet hatte. Um zwölf erschien dann die Polizei, um ihnen mitzuteilen, dass er wegen des Verdachts einer Straftat gesucht werde und Sophie, die selbst geschockt von der Nachricht war, musste Frau Grünling mehrmals und unter Androhung von Konsequenzen ins Gebet nehmen, über diese Neuigkeit, bis zu ihrer endgültigen Klärung, Stillschweigen zu bewahren. Für den Fall von Savignys Abwesenheit war sie als Leiterin der Kanzlei vorgesehen und sie war froh, ihrer anstrengenden Sekretärin endlich Anweisungen erteilen zu können, die sich zwar murrend, aber ohne eine gänzliche Verweigerung, ausführte. Erst um kurz nach acht Uhr am Abend schloss sie das Büro, in dem sie seit über einer Stunde die Einzige gewesen war, und fuhr mit dem Fahrstuhl hinunter in die Tiefgarage. Was für ein anstrengender Tag, und sollte sich bestätigen, dass Savigny sich wirklich strafbar gemacht hatte, lag eine noch kraftraubendere Zeit vor ihr.
Sie kramte in der Tasche nach ihrem Schlüssel, als sich neben ihr ein Mann aufbaute.

„Herr Stern, was machen sie denn hier?“ Verwundert drehte sie sich zu ihm um.
„Ich habe auf sie gewartet“, antwortete er und lehnte sich mit dem Rücken gegen ihren Wagen.
„Haben sie mein Schreiben nicht erhalten? Ich habe Ihnen das Mandat gekündigt. Es ist also das Beste, wenn sie sich so schnell es geht, einen anderen Anwalt suchen.“ Er schob seinen Oberkörper vor die Fahrertür, sodass sie gezwungen war, ihm zuzuhören.
„Sie haben mit meiner Frau gesprochen.“
„Ich habe sie zufällig beim Arzt getroffen, lassen sie mich jetzt bitte an mein Auto!“ Durchdringend sah sie ihn an.
„Können sie mir sagen, warum sie das gemacht haben? Sind sie eifersüchtig?“ Immer noch lehnte er unverändert vor ihrer Tür.
„Eifersüchtig? Wie kommen sie denn auf diese schwachsinnige Idee?“ Der Kopfschmerz, der sich schon den ganzen Tag durch einen unterschwelligen Druck bemerkbar gemacht hatte, flammte nun durch einen stechenden Schmerz in ihrem Kopf auf.
„Meine Frau erwartet ein Kind von mir, ich habe mir schon lange ein Zweites gewünscht“, stellte er fest, als könne man die Tatsache überhaupt noch übersehen.
„Aber schwangere Frauen sind nicht gerade das, was ein Männerherz höher schlagen lässt, wenn sie verstehen. Ihnen ist es sicher nicht entgangen, aber ich fühle mich sehr zu ihnen hingezogen. Wir könnten uns doch in Zukunft privat treffen! Bitte hören sie endlich auf, sich so zu zieren!“
Er lehnte seinen Kopf zu ihr herüber und, obwohl er wieder das gleiche Parfüm trug, wurde Sophie bei seinem Geruch übel.
„Richten sie ihrer Frau mein herzliches Beileid aus, so einen Mann wie sie jeden Tag zu ertragen, das verdient wirklich große Anerkennung.“
Sie drängte ihn zur Seite und schlug die Tür zu, sie schaute noch kurz in sein entgeistertes Gesicht, das sich jetzt verfinsterte.

„Ich warne sie Frau Sommer, mischen sie sich nicht in meine Familie ein!“

Der Motor heulte auf, sodass sie ihn nicht mehr hören konnte, Beatrice Stern hatte recht, wenn er eine Frau rumkriegen wollte, war er schlimmer, als eine Klette, sie fragte sich, mit was für einfältigen Frauen er sonst zu tun hatte, die auf so ein primitives Spiel reinfielen. Ihr im Parkhaus aufzulauern, was er sich alles einfallen ließ.

Bevor sie nach Hause fuhr, machte sie noch einen Abstecher zu einem Italiener, Olaf Hansen hatte sie zum Essen eingeladen, wie es inzwischen jeden Donnerstag zur Gewohnheit geworden war.

„Was ist das?“, fragte sie, als er ihr etwas über den Tisch schob.

„Mach es auf, du siehst angespannt aus, ich hoffe, es heitert dich ein wenig auf!“

„Rom? Was soll ich denn in Rom?“ In der Hand hielt sie ein Flugticket und blickte ihn skeptisch an.

„Du hast doch gesagt, du wünschst dir Weihnachten könnte dieses Jahr ausfallen und ich habe eine Überraschung für dich organisiert. Ich kann leider nicht mitkommen, aber dir tun ein paar Tage Ruhe sicher gut. Freust du dich?“

„Ja ... schon. Aber ich weiß nicht, ob es wirklich in Ordnung wäre, wenn ich Weihnachten nach Italien fliege, ich wollte eigentlich meine Mutter auf Sylt besuchen.“ Fragend blickte sie ihn an.

„Für deine Mutter ist es das Beste, wenn sie noch einige Zeit alleine ist, es wäre doch schade, wenn sie wieder einen Rückschlag erleidet.“

„Aber es ist doch Weihnachten ...“, murmelte sie traurig.

„Deine Mutter ist so sehr mit sich selbst beschäftigt, ich glaube, sie wird das gar nicht so schlimm finden, du kannst ja noch mal mit ihr

telefonieren. Und du musst auch an dich denken, Sophie." Aufmunternd blickte er sie an.
„Natürlich rufe ich meine Mutter an ...", antwortete sie und überlegte, ob es eine gute Idee war, alleine nach Rom zu fliegen und das auch noch an einem Fest, was eigentlich der Familie gewidmet war. Aber was erwartete sie schon hier für trostlose Tage, sie würde alleine mit Tassilo in ihrem Apartment sitzen und an die vergangenen Jahre denken, natürlich wäre sie nicht ganz allein, in ihrem Bauch war schließlich ihr Kind, aber auch hierüber konnte sie sich nur still freuen, sie wollte es auch nicht anders, selbst Dr. Hansen wusste nicht Bescheid. Vielleicht sollte sie versuchen Weihnachten dieses Jahr keine allzu große Bedeutung zukommen zu lassen, und sich mit einer Reise ablenken.
„In Ordnung, aber ich gebe dir das Geld für das Ticket zurück, so ein teures Geschenk kann ich nicht annehmen!" Sie holte ihr Portemonnaie hervor, um nachzusehen, wie viel Bargeld sie noch dabei hatte.
„Das kommt nicht infrage, ich habe schon ein schlechtes Gewissen, dass ich meinen Dienst nicht verschieben konnte, dann nimm bitte diese Wiedergutmachung an. Tassilo nehme ich natürlich zu mir, und in drei Tagen bist du ja wieder da."
„Du musst doch nichts wieder gut machen! Ich verstehe nicht, warum du das alles für mich machst?" Das schlechte Gewissen nagte wieder einmal an ihr.
„Ich mag dich einfach, Sophie. Und unter Freunden sollte das doch selbstverständlich sein."
Unter Freunden, dachte Sophie, hoffentlich sah er wirklich nicht mehr in ihr.
„Du musst dich auch beeilen, dein Flieger geht gleich morgen früh und du musst doch sicher noch ein paar Sachen zusammenpacken?"

31

Marie fühlte sich müde. Obwohl *müde* nicht die passende Beschreibung für ihr momentanes Befinden darstellte; sie war wie gelähmt, ihre Glieder schmerzten, als hingen schwere Gewichte an ihnen, in ihrem Kopf herrschte ein monotones, nicht aufhörendes Brummen. Ihre Augen fielen ihr bereits wenige Minuten, nachdem sie sich aus dem Bett gerafft hatte, wieder zu. Diese grausige Klinik! Irgendetwas lief hier verdammt schief. Hatte sie sich die ersten Tage nach ihrer Ankunft noch wohl gefühlt, die angenehme Atmosphäre, den Strand, die See, das gute Essen genossen, nahm sie nichts von dem mehr wirklich wahr, geschweige denn, dass sie es überhaupt geschafft hätte, alleine aus diesem Zimmer zu kommen! Es machte keinen Unterschied, ob sie hier in dieser Nobelklinik war oder in einem einsamen, dunklen Loch. Seit Wochen starrte sie nur an die Decke, diese fürchterliche grell weiße Decke, mit den kleinen Halogenleuchten, die in regelmäßigen Abständen, vier in jeder Reihe angebracht waren und auf sie hinab blickten.

Irgendetwas stimmte hier nicht und immer, wenn sie reglos, gefesselt durch diese quälende Müdigkeit in dem großen Bett lag und sich über die schmerzenden Knochen rieb, überlegte sie, ob die Behandlung, die die Ärzte für sie vorgesehen hatten, wirklich die richtige für sie war. Sie hatte schon oft gehört, dass Patienten, nachdem sie sich in einer solchen Klinik behandeln lassen, später noch kranker als zuvor fühlten. Falsche Medikamente, die falsche Diagnose und unerfahrene Ärzte waren sicher in der Lage einen Krankheitszustand noch zu verschlimmern, aber waren sie auch in der Lage, aus einem völlig gesunden einen kranken, hilflosen Menschen zu machen?

In der ersten Zeit, in dem die Müdigkeit sie immer mehr an ihr Bett fesselte, hatte sie Krankenschwestern gefragt, ob die vielen Tabletten, die sie bekam, wirklich nötig waren, sie machten sie so träge. Doch alle hatten immer wieder bestätigt, dass das so mit dem Arzt abgesprochen war. Auch der Arzt, Dr. Schmidt, ein groß gewachsener, schlaksiger Mann hörte sich bereitwillig ihre Bedenken an, versicherte ihr aber immer wieder, dass es nur eine Frage der Zeit war, bis sie sich besser fühlen würde und die Medikamente ihre eigentliche Wirkung entfalten würden. Und trotzdem war Marie mittlerweile der festen Überzeugung, dass die Behandlung, die die Ärzte an ihr vollzogen nicht richtig war, denn sah man es von dem Gesichtspunkt, dass sie schließlich wegen schweren Depressionen hier war, gab es keinen vernünftigen Grund dafür, die Gesprächstherapie, zu der sie anfangs noch täglich musste, schnell eingestellt wurde und sie den gesamten Tag, Stunde für Stunde, Tag für Tag, Woche für Woche an dieses verdammte Bett gefesselt war!

Warum hatte sie sich bloß darauf eingelassen? Warum war sie nicht einfach in ihrem Haus geblieben, hatte ihren Mund gehalten, solange gewartet, bis der Spuk ein Ende hatte. Alles war besser, als das, was sie hier erwartete!

Die Gedanken strengten sie so an, dass sie erschöpft die Augen schloss, selbst zu weinen hatte sie keine Kraft.

Sie dachte an Sophie. Vorhin hatte sie mit ihr telefoniert, oder besser sie war ihrem Monolog gefolgt, denn sie hatte wieder einmal nicht geschafft, ihre Lippen zu öffnen, schon das Zuhören fiel ihr oft so schwer, dass sie meistens mitten im Gespräch den Hörer auf die Gabel sinken ließ und am gleichmäßigem Klingelton, der ihren Schlaf begleitete, merkte, dass Sophie danach noch mehrmals versuchte, sie zu erreichen. Ihre Tochter machte sich sicher große Sorgen. Sie hatte irgendetwas von Rom erzählt, oder hatte sie das nur geträumt?

Noch nie zuvor in ihrem Leben wünschte sie sich, dass ihre Tochter jetzt bei ihr sein könnte. Das letzte Mal hatte sie sie bei ihrer Ankunft gesehen, sie waren spazieren, danach Essen mit diesem Dr. Hansen. Ein sehr attraktiver Mann und Marie waren die verstohlenen Blicke, die er ihrer Tochter zuwarf, nicht entgangen. Er hatte ein Auge auf sie geworfen und hätte sie nicht gewusst, dass Sophie in der Hinsicht ihren festen Prinzipien folgte und Alexander nie betrügen würde, hätte sie ihre Tochter vor ihm gewarnt. Sie mochte ihn nicht, vom ersten Moment, als er in ihrem Zimmer stand, und sie fragte, ob sie abends noch etwas essen gehen wollen, zu eindringlich, als hätte es wahre Fürsorge für ihre Person sein können, konnte sie diesen Dr. Hansen nicht leiden. Er wollte Zeit mit Sophie verbringen, so viel war klar, und da sie ihre alte Mutter war, kam er nicht darum herum, auch sie mitzunehmen. Sie wollte den Abend nicht verderben, schließlich hatte sie nur noch diesen mit Sophie und so hatte sie sich zu einer aufgesetzten Freundlichkeit gezwungen. Doch allein sein Interesse an ihrer Tochter war es nicht, was diese Abneigung in ihr hervorrief, nein, unterschwellig war es etwas anderes, etwas Bedrohlicheres, was ihre Gefühle nährte. Sie öffnete die Augen und überlegte. War es seine Art, seine Stimme, erinnerte er sie unterbewusst vielleicht an jemanden, den sie nicht ausstehen konnte? Plötzlich mit einem heftigen Zucken schlug ihr Herz bis zum Hals, ihre Glieder zitterten, ihre Augen starrten entsetzt, in diesem Moment, in dem sie langsam wieder die Augen schloss und hoffte, dass sie keinen Herzinfarkt bekommen würde, wusste sie, warum sie Dr. Hansen so um alles in der Welt verabscheute. Es war sein Geruch! Er war nur sehr flüchtig gewesen, aber jetzt, wo sie im Dämmerlicht ihres Krankenzimmers lag und die Szene wieder vor sich sah, da war es ihr so klar, wie es nur hätte sein können. Sein Geruch, dieser herbe, leicht süßliche Duft seines Rasierwassers war es gewesen, der ihren Abscheu heraufbeschworen hatte. Dieser Geruch, den sie Tage lang nicht aus ihrem Haus bekommen hatte, der sich wie ein Parasit in ihre Wände gefressen hatte ... Rasend schnell stieg die Übelkeit auf, sie würgte wieder und wieder, nach kurzer Zeit war ihr Erbrochenes über das gesamte Bett verteilt. Erschöpft lehnte sie sich

zurück und versuchte zu begreifen, doch vor allem versuchte sie krampfhaft einen Gedanken zu fassen. Was sollte sie jetzt tun?
Als wenig später eine Schwester kam und mürrisch frische Bettwäsche aufzog, fühlte sich Marie so elend, dass sie leise wimmerte. Sie versuchte sich krampfhaft an einen Gedanken zuklammern, der sich seit wenigen Augenblicken in ihr Gehirn gefressen hatte, sie durfte jetzt nicht einschlafen! Sie konnte es kaum ertragen, dass die Schwester sich so viel Zeit ließ, doch schließlich kam sie ein letztes Mal zurück und reichte ihr die Tabletten für die Nacht. Sie achteten immer sehr darauf, dass Marie sie gleich schluckte. Krächzend verlangte sie nach einem Glas Wasser und, als die Schwester im Bad verschwand, stopfte sie blitzartig die Tabletten zwischen ihre Matratze. Endlich ging das Licht aus, mit letzter Kraft tastete sie sich durchs Zimmer, spülte die Tabletten die Toilette hinunter. Laut gurgelnd verschwanden sie in dem langen Abflussrohr. Gleich morgen früh musste sie Sophie anrufen und ihr sagen, was sie herausgefunden hatte, koste es, was es wolle, dachte sie noch, als ihr die Augen zufielen.

X

Gerade als sie die Tür zugezogen hatte, klingelte ihr Telefon. Sophie überlegte einen kurzen Moment nachzusehen, wer es war, ging dann aber hinüber zu ihrem Wagen, sie war eh schon spät dran. Ihre Kanzlei wusste Bescheid, ihre Mutter hatte sie gestern informiert und sollte es wirklich ein Mandant sein, konnte er bis nach Weihnachten warten. Ihr Handy hatte sie vorsorglich auch zu Hause gelassen. Inzwischen freute Sophie auch ein wenig auf die Reise, sie befand sich erst am Anfang ihrer Schwangerschaft, sodass ein Flug ihrem Kind nicht schaden konnte und nach dem Telefonat mit ihrer Mutter, die immer noch sehr abwesend klang, empfand sie den kurzen Ausflug wirklich für das beste Mittel, Weihnachten am schnellsten herum zu bekommen.

„Ich habe gleich morgen früh ein Treffen mit Massimo für dich arrangiert, damit du dich nicht ganz so alleine fühlst!“, teilte er ihr mit, als sie im Warteraum des Flughafens saßen.
„Wer ist denn Massimo?“
„Er war früher als Austauschschüler bei uns, wir haben bis heute den Kontakt aufrechterhalten. Er ist auch Anwalt, ihr werdet euch also gut verstehen.“
„Das war aber wirklich nicht nötig! Mir macht es nichts aus, allein zu sein.“ Sophie hatte sicher nicht vor, einen fremden Italiener von seinem Weihnachtsfest abzuhalten, nur weil sie zufällig von ihrem Mann verlassen wurde und auch sonst niemanden hatte, mit dem sie die Festtage verbringen konnte.
„Keine Widerrede und jetzt viel Spaß!“
Die Passagiere wurden aufgerufen und sie verabschiedeten sich mit einer Umarmung.
„Pass gut auf Tassilo auf!“
Dr. Hansen nickte und sie passierte die Eingangsschleuse, die hinaus zu der Maschine führte.

Der Flug verging schnell und, nachdem sie ihr Gepäck in Empfang genommen hatte, checkte sie in ein uriges, sehr gepflegtes Hotel ein. Neugierig wurde sie vom Personal beäugt, das sich wahrscheinlich fragte, was eine so hübsche junge Frau Weihnachten alleine in einem Hotelzimmer machte, sie waren allerdings so diskret, sie nicht darauf anzusprechen. Auch in Italien war es unangenehm kühl, es schneite nicht, aber ein frostiger Wind zog durch die Stadt und bevor sie hinaus auf die Piazza del Campidoglio ging, die direkt vor dem Hotel lag, schlüpfte sie in ein heißes Bad, was sie in die großzügige antike Zinnwanne eingelassen hatte.
Gut verpackt machte sie sich eine Stunde später auf den Weg zum Campo dic Fiori, dort in der Nähe befand sich der Brunnen von Trevi, vor dem sie bei ihrer ersten Italienreise mit Alexander gestanden hatte;

und wie damals holte sie nun zwei Geldstücke aus ihrer Tasche hervor und blickte ins tiefe Brunnenbecken, indem schon unzählige Münzen lagen. War es wirklich eine gute Idee gewesen, dass ihr erster Weg sie hierher geführt hatte? Wie ein Film lief die Szene von damals vor ihr ab.

Sie hatte ihm lachend ein Geldstück entgegengehalten. „Du musst es über deinen Rücken in den Brunnen werfen und dir dabei ganz fest etwas wünschen, du wirst sehen, genau so wird es passieren!"

Er hatte sie kurz angesehen, sich umgedreht, sein Arm hatte in einem weiten Bogen ausgeholt. Die Münze drehte sich in der Luft wie in einem Karussell um seine eigene Achse und landete mit einem Plop in seinem Mund. Er musste zweimal schlucken, bis das Geldstück in seinen Magen rutschte.

„Warum machst du das?" Er machte oft verrückte Dinge, aber damit hatte sie nicht gerechnet. „Ich wünsche mir nichts Sophie, alles was ich habe, soll so bei mir bleiben, wie es ist, deshalb habe ich die Münze runter geschluckt."

Sie hatten Tränen gelacht und, bis sie es nicht mehr hören konnten und ihnen die Bäuche schmerzten, hatten sie sich über seinen unverwechselbaren Einfallsreichtum amüsiert.

Sie hielt eine Münze in ihrer Hand, sollte sie sie auch einfach herunterschlucken, damit alles so blieb, wie es war? Nein, es war nicht perfekt, Alexander fehlte, ohne ihn wäre ihr Leben nie vollkommen, und bevor die Traurigkeit sie überwältigen konnte, drehte sie sich um und schmiss die Münze in einem hohen Bogen über ihre Schulter. Während das Geldstück ins Wasser platschte und sich einen Platz zwischen seinen Kameraden suchte, strich sie sich liebevoll über den Bauch.

„Ich wünsche mir, dass dein Papa wieder zurückkommt. Du hast nämlich einen ganz großartigen Papa."

Für den restlichen Tag entschied sie sich Sehenswürdigkeiten zu besichtigen, die sie mit Alexander ausgelassen hatte, noch mehr Erinnerungen würden ihr nur unnötig schmerzen und auch ihr Kind hatte ein möglichst schönes Weihnachtsfest verdient. Schließlich führte ihr Exkurs über die Piazza di Spagna und sie suchte sich am Fuße der spanischen Treppe ein kleines Café, in dem sie sich frische Nudeln mit selbst gemachtem Pesto bestellte. Viele Menschen mochten Rom im Winter nicht, aber Sophie fand diese Verschnaufpause, die die Stadt zu machen schien, bevor im Frühjahr wieder die Touristen die Stadt eroberten, sehr erholsam, in dem Café saßen ausschließlich Römer, die die letzten Einkäufe für die große Bescherung besorgt hatten und noch mal in Ruhe einen Kaffee genossen und das eindrucksvolle Imperium antiker Baukunst verlor auch in seinem Winterschlaf keinen Funken seiner majestätischen Ausstrahlung. Nach dem reichhaltigen Essen überkam Sophie wieder eine leichte Übelkeit und sie beschloss, den restlichen Abend auf ihrem Hotelzimmer zu verbringen. Die Einsamkeit war immer noch quälend, aber langsam schienen sie mit ihr eine Abmachung getroffen zu haben, die sie miteinander auskommen ließ.

Der Heiligabend war überstanden und bereits um zehn Uhr am nächsten Morgen war sie mit dem unbekannten Massimo verabredet, wobei ihr Olaf Hansen gestern Abend am Telefon versichert hatte, dass er sich auf das Treffen freue und sie es einfach genießen solle. Noch immer hatte sie kein gutes Gefühl dabei, wollte aber Dr. Hansen den Wunsch nicht ausschlagen.

Ein schönes Lokal an der Piazza Navona war der Schauplatz für diese Zusammenkunft und schon beim Eintreten kam Sophie ein imposant erscheinender Italiener entgegen, der eine noch imposantere Plauze vor sich her schob und die Bewegungen, mit der er gekonnt die überschüssige Körpermasse in der Balance hielt, vermittelte den Eindruck eines bekennenden, völlig zufriedenen Liebhaber der italienischen Küche.

„Sophie, meine Gute, sie müssen Sophie sein! Nennen sie mich Massimo!“ Mit einer überschwänglichen Begrüßung führte er sie an einen Ecktisch, auf dem bereits ein reichhaltiges Sortiment von Antipasti aufgereiht war und nachdem sie Platz genommen hatten, vergrub er seine an einen Greifarm erinnernde Hand in eine Schale Oliven.

„Schön, dass sie hier sind ... Alexander hat schon viel von Ihnen erzählt.“ Sein Deutsch war stark vom italienischen Akzent durchzogen, sodass sie nicht jedes Wort auf Anhieb verstehen konnte.

„Ja, es ist aber wirklich nicht nötig, dass sie ihren Weihnachtsvormittag für mich opfern.“ Er lachte laut und schob sich wieder eine Hand Oliven in den Mund, dieses Mal schwarze.

„Frau Sommer, das hier ist reinste Erholung für mich, zu Hause laufen zehn Bambini zwischen meinen Beinen, mein Herz, Weihnachten ist sehr anstrengend für mich!“ Theatralisch fasste er sich an die Brust.

„Sie waren damals als Austauschschüler in Deutschland?“

„O ja, das war eine gute Erfahrung und die schönste Zeit, bevor ich mein Studium begonnen habe. Die Hansens, sehr nette Leute, besonders seine Mama, sehr nett ... gefällt es Ihnen in Italien?“, fragte er interessiert.

„Sehr! Rom war schon immer meine Lieblingsstadt, ganz außergewöhnlich, kein anderer Ort zieht mich so in seinen Bann.“

Er beobachtete ihre ehrliche Begeisterung und lehnte sich in seinem Stuhl zurück.

„Könnten sie sich vorstellen, hier zu leben?“ Verdutzt blickte sie ihn an.

„Hier leben? Rom ist ein Paradies, keine Frage, aber ich habe mir noch nie Gedanken darüber gemacht, einmal aus Deutschland wegzugehen“

„Ich habe in meiner Kanzlei gerade einen Anwalt entlassen, und eine Juristin mit ihrer Ausbildung wäre ganz grandios, zumal wir viele deutsche Mandanten haben.“

„Sie bieten mir einen Job an?“ Mit dieser Wendung des Gesprächs hatte sie nicht gerechnet.

„Wenn sie möchten, sie wären herzlich willkommen! Aber lassen sie uns jetzt etwas essen, ich habe einen Bärenhunger, so sagt man doch in Deutschland?“

Sie lächelte und während sie ihre Makkaroni aß, versuchte sie den überraschenden Vorschlag zu verarbeiten, hier in Italien ohne große Schwierigkeiten ein neues Leben beginnen zu können, dass, wovon sicher viele Menschen träumten. Doch irgendetwas widersetzte sich dieser verlockenden Aussicht, sie hatte das Gefühl, obwohl sie nicht mehr viel in Deutschland band, das dort ihre Heimat war und nicht nur das, ihr Herz hing an der süddeutschen Stadt, hier lag der Ursprung ihrer Träume, der Ort, wo sie ihrer großen Liebe begegnet war, viel hatte sich verändert, ihre heile Welt, von der sie bis vor ein paar Wochen noch nicht mal genau wusste, wie groß doch ihr Glück gewesen ist, war zerbrochen und trotzdem fühlte sich die Vorstellung, diesem Ort von heute auf morgen den Rücken zu kehren, falsch an.

„Danke, Massimo, aber momentan ist mein zu Hause München.“ Er lächelte sie an.

„Kein Problem, aber falls sie doch einmal Lust verspüren, hier zu leben, wäre ich beleidigt, wenn sie sich nicht bei mir melden würden.“

„Natürlich mache ich das! Versprochen!“

Nach dem Essen lud er sie noch mit zu seiner Familie ein, was sie aber dankend ausschlug, sie hatte das Bedürfnis, alleine zu sein, obwohl sie das eigentlich die ganze Zeit war, dachte Sophie bitter. Die letzten Stunden in Rom wollte sie durch die Stadt bummeln und später früh schlafen gehen. Das Weihnachtsfest war sicher nicht ihr schönstes, aber es hätte ihr auch schlechter ergehen können. Sie schlenderte durch die leeren Straßen und überlegte, ob sie ihr Kind, sie war sich sicher, dass es ein Junge werden würde, wirklich *Louis* nennen sollte, auf diesen Namen hatten sie und Alexander sich schon geeinigt, auch, wenn die eigentlich entscheidenden Punkte ihrer Familiengründung noch warten konnten. Der Name hatte jetzt einen merkwürdig tragischen Beigeschmack. Wollte sie Alexander wirklich vergessen, sollte alles, was sie zusammen geplant haben mit einem Mal seine Bedeutung verlieren, war es wirklich besser, wenn sie alles in ihrem Leben grundlegend änderte? Aber so war es ja nicht, nicht alles hatte sich geändert, ihre Liebe zu Alexander war noch genauso stark, wie sie schon immer war und er würde immer der wichtigste Mensch in ihrem Leben bleiben, das verleugnen zu wollen, wäre schäbig, und so war es beschlossene Sache, ihr ungeborenes Kind trug ab heute den Namen Louis.

X

„Was ist denn mit dir?" Fürsorglich strich Sophie dem Labrador über den Kopf, sein Körper glühte und winselnd streckte er sich auf dem Teppich aus, um gleich darauf, wieder verwirrt durch das Apartment zu torkeln. Von Minute zu Minute verschlechterte sich sein Zustand und sie machte sich mittlerweile ernsthafte Sorgen um ihren treuen Begleiter.
Nachdem Dr. Hansen sie vom Flughafen abgeholt hatte, hatten sie noch einen kurzen Spaziergang durch den Park gemacht, bevor er ins Krankenhaus musste. Tassilo war zwar etwas ruhiger gewesen und tobte auch nicht wie sonst so wild über den Rasen, aber er hatte keinen kranken Eindruck gemacht. Doch jetzt schien der Hund völlig neben sich zu stehen und sie entschloss zu einem Tierarzt zu fahren, etwas stimmte mit ihm nicht. Mit vereinten Kräften gelangte es ihr, den Körper des Tieres in die Ladefläche zu hieven, denn er weigerte sich, nur einen Schritt zu machen, er muss fürchterliche Schmerzen ausstehen, dachte Sophie besorgt. Mit quietschenden Reifen erreichte sie

wenig später die Tierklinik und beauftragte gleich zwei vorbeikommende Passanten, ihr beim Ausladen des Labradors behilflich zu sein, was sie beim beängstigend klingelnden Jaulen des Hundes auch sofort taten.
„Was hat er denn, der Kleine?“, fragte sie einer.
„Wenn ich das wüsste!“, antwortete sie besorgt und sie Schwester wies sie sofort in den Behandlungsraum, in dem bereits ein Arzt auf einen neuen Notfall wartete.
Über eine halbe Stunde saß sie in dem Wartebereich der Praxis, wo fast im Minutentakt neue Tierbesitzer eintrafen oder andere ihre bereits versorgten Vierbeiner abholten. Ungeduldig blickte sie auf ihre Uhr, an Tassilo hing sie wie an einem Menschen und, seitdem er sich auch als ihr sicherer Beschützer herausgestellt hatte, war er für sie unersetzlich geworden. Um sich abzulenken, ergriff sie die Tageszeitung, die für die Wartende bereitlag. Sie überflog die einzelnen Rubriken und schaute immer wieder nervös auf ihre Uhr, gleich würde sie die Schwester fragen, was mit ihrem Hund war, doch plötzlich riss der Gedanke ab, ein Gesicht, dass sie sofort erkannte, blickte sie von der Zeitung an, und bevor sie den dazugehörigen Text las, kam ihr die unangenehme Szene in Dr. Hansens Wohnung in den Sinn, zum Glück hatte Tassilo diesen Widerling vertreiben können. Erschreckt las sie nun, dass der Mann, der sie noch vor ein paar Tagen belästigt hatte, vergangene Nacht tot in einer Nebenstraße aufgefunden worden war. Der Russe Igor Parov war von seinem Freigang nicht zurückkehrt und wurde wenig später in einem abgeschiedenen Stadtgebiet erstochen aufgefunden. Der Täter war noch unbekannt, hieß es unter dem Foto.
Obwohl sie den Mann abstoßend fand, war sie erschüttert von der Nachricht, sie würde später Dr. Hansen fragen, ob er Näheres wisse. Sophie blickte auf und schob die Zeitung zurück in den Ständer, der Veterinär winkte sie in den Behandlungsraum. Tassilo lag mit geschlossenen Augen auf der Seite.

„Was ist mit ihm?" Ihre Stimme war belegt und Sophie kniete sich neben ihren Hund.
„Keine Angst, Frau Sommer, ich habe ihn nur narkotisiert, wir mussten ihm den Magen leer pumpen."
Sie legte ihren Arm um den Labrador und die Erleichterung war unbeschreiblich, sie spürte den warmen Körper unter ihren Händen und strich über das weiche Fell.
„Hat ihr Hund irgendetwas Außergewöhnliches gefressen? Hat ihm vielleicht ein Fremder etwas zu essen gegeben?"
„Nein ... ich weiß es nicht genau. Ein Freund hat sich die letzten Tage um meinen Hund gekümmert. Was hat er denn?" Besorgt schaute sie zum Tierarzt auf, der sich gerade die Hände gewaschen hatte und sie mit einem Papiertuch trocknete.
„Gift. Ihr Hund hat einen giftigen Stoff gefressen. Und das nicht wenig, er ist zum Glück ein zäher Kerl, aber die Dosis, die wir noch im Magen gefunden haben, hätte auch tödlich sein können. Es ist ein sehr langsam wirkendes Mittel, was der Körper nach und nach aufnimmt. Gut, dass sie so schnell gekommen sind."
Sophie konnte gar nicht glauben, was sie da hörte. Vergiften, wer war denn so warnsinnig und würde ihren Hund vergiften wollen? Sie dachte an den Spaziergang im Park, es wäre ihr aufgefallen, wenn ein Fremder bei Tassilo gewesen wäre. Sie musste Dr. Hansen fragen, er war heute Morgen noch einmal mit ihm draußen.
Der Veterinär half ihr noch den Labrador zu verladen und gab ihr ein leichtes Medikament mit, das das Tier schnell wieder auf die Beine bringen müsste.
In Gedanken versunken fuhr sie nach Hause und legte ihren Hund behutsam auf dem weichen Teppich ab.
„Ich lasse dich einmal alleine und dann gleich das!" Seinen Kopf kraulend setzte Sophie sich neben ihn und versuchte bereits das dritte Mal Dr. Hansen im Krankenhaus zu erreichen, doch die Schwester

teilte ihr jedes Mal bestimmt mit, dass er sich noch in einer komplizierten OP befand und sie es bitte später probieren sollte.
Seit dem Besuch beim Tierarzt und dem erschreckenden Befund verspürte sie eine tiefe Unruhe. *Gift* hatte der Arzt gesagt, wer zum Teufel sollte so geistesgestört sein und ihren Hund vergiften wollen? Natürlich gab es krankhafte Nachbarn, wenn sie daran dachte, was sie manchmal für absurde Fälle auf den Tisch bekam, was Menschen sich einfallen ließen, um ihre missliebigen Nachbarn zu schikanieren, solch eine Fantasie, die oft einer Bösartigkeit glich, war wirklich unglaublich. Aber mit ihren Nachbarn verstand sie sich ausnahmslos gut, zumal Tassilo auch nie alleine herumlief und weder durch lautes Bellen noch bei manchen Hunden verbreitetes Revierverhalten auffiel. Vielleicht hatte er es zufällig zu sich genommen, Dr. Hansen war einen kurzen Moment unaufmerksam und da war es passiert. Aber Tassilo fraß eigentlich nie etwas vom Boden, und auch von Fremden nahm er nur etwas an, wenn ein Vertrauter in seiner Nähe war. Wie sie es drehte und wendete, es gab keine Alternative, die die Unruhe in ihr hätte besänftigen können; im Gegenteil, es kam ihr fast so vor, als hätte jemand ihr etwas angetan, ein Angriff auf ein Tier war doch zwangsläufig gegen seinen Besitzer gerichtet. Diese Vorstellung machte ihr Angst. Warum erreichte sie Dr. Hansen nicht, musste er ausgerechnet heute, jetzt in einer stundenlangen OP fest hängen? Und, wenn sie ihre Mutter anrief? Marie hatte bereits angerufen und ihr eine Nachricht auf dem Anrufbeantworter hinterlassen. Sie würde sie anrufen, aber nicht jetzt. Sie musste sich erst beruhigen, bevor sie ihre Mutter anrief, obwohl sie das schlechte Gewissen plagte, wollte sie sie nicht belasten, sie war ohnehin nicht aufnahmefähig.
Es blieb nur eine Möglichkeit; zögernd wählte sie Johannas Nummer, ein kurzes Gespräch mit ihr, ein paar liebe Worte, nicht, dass sie ihre Freundin mit ihrem Kummer belastet hätte, aber sie brauchte einfach

Nähe, Nähe zu einem Menschen, der ein fester Bestand in ihrem Leben war.
Bereits nach dem dritten Klingeln wurde der Hörer abgenommen, sie hörte eine tiefe Männerstimme, die sich bemühte, leise zu reden.
„Hallo Maximilian, hier ist Sophie, ich wollte eigentlich Johanna sprechen, ist sie nicht da?"
„Sophie. Doch sie da, schläft allerdings." Er hielt kurz inne. „Ich weiß, dass du dir Sorgen machst, und dass es dir sicher auch nicht gut geht, aber ... na ja, ich denke Hanna braucht noch ein wenig Zeit ..."
„Ich verstehe ..." Sie war enttäuscht, aus welchem Grund auch immer hatte sie gehofft, dass sie kurz mit ihrer Freundin hätte reden können.
„Tassilo wurde vergiftet und ich fühle mich so schlecht, ich hatte einfach gehofft, dass es sich jedenfalls zwischen mir und Johanna wieder einrenken könnte ..."
„Das gibt es doch gar nicht! Wer vergiftet denn deinen Hund?" Er klang ernsthaft besorgt.
„Das weiß ich nicht. Ich war ein paar Tage in ... verreist. Und als ich wieder kam, da habe ich gemerkt, dass es ihm nicht gut geht. In der Klinik haben sie dann festgestellt, dass es vergiftet worden ist." Dass sie alleine in Rom war, wollte sie ihm nicht verraten, er ging sicher davon aus, dass sie ihre Mutter besucht hatte.
„Mensch Sophie, das tut mir aufrichtig leid. Hast du einen Verdacht, wer es gewesen sein könnte?"
„Nein, absolut nicht."
„Irgendein verhasster Mandant?", fragte er nachdenklich.
„Nein, das kann ich mir beim besten Willen nicht vorstellen, obwohl ..."
Warum war sie nicht gleich auf die Idee gekommen, Magnus Stern! Wenn er eine Frau rumkriegen will, ist er zu allem in Stande, so in etwa hatte sich seine Frau ausgedrückt, aber was hatte er davon, ihren Hund zu vergiften? Das brächte sie auch nicht näher. Vielleicht wollte er das

aber auch gar nicht mehr, ihr näher kommen, vielleicht hatte er endgültig zu viel von ihren herben Abfuhren, sah sie mittlerweile als eine Gefahr für seine Familie, er wusste schließlich, dass seine Frau keine Unbekannte für sie war. Würde er soweit gehen, und ihren Hund zu vergiften? Ohne eine Botschaft zu hinterlassen, er konnte ja nicht davon ausgehen, dass sie ihn gleich in Verdacht haben würde.

„Sophie bist du noch da?"

Abrupt wurde sie aus den Gedanken gerissen.

„Ja, bin ich, mir ist nur gerade etwas eingefallen, beziehungsweise jemand ist mir eingefallen. Es gibt da schon einen Mandanten, oder besser einen ehemaligen Mandanten. Er hat mir von Anfang an nachgestellt, es war fast so, als hätte er sich mich bewusst, als Beute ausgesucht. Er hat mich nicht nur Geschenke gemacht, sondern hat mich ständig versucht durch eindeutige Anmachen, die weit unter dem lagen, was man noch hätte akzeptieren oder einfach überhören können, zu einer Affäre zu bewegen. Irgendwann habe ich seine Frau getroffen, und nachdem mir klar war, wie rücksichtslos und respektlos er seine Familie betrügt und hintergeht, habe ich ihm das Mandat gekündigt. Ich glaube, dieser Typ vögelt halb München, ekelhaft!"

„Mmm, aber zwischen euch war nichts?"

„Was? Natürlich nicht Maximilian, ich bin verheiratet ... und ich liebe Alexander!"

„Entschuldige, das war dumm von mir. Aber gekränkter Stolz hat schon viele Männer zu den schlimmsten Racheaktionen treiben lassen."

„Das wäre wirklich ungeheuerlich."

Sollte wirklich Magnus Stern, dieser selbstverliebte Egozentriker hinter so einer feigen Aktion stecken? Natürlich war sein Verhalten oft überzogen, mitten am Tag eine Luxuslimousine für eine verheiratete Frau zu mieten, eine Luxusreise nach Dubai, dies übertraf sicher das normale Maß, aber würde er genauso ins andere Extreme gleiten, ein

Lebewesen vergiften, nur weil er sie nicht ins Bett bekommen hatte? Sie wusste es nicht, sie kannte ihn auch nicht.
„Am besten du gehst zur Polizei und meldest den Vorfall. Das wird dich beruhigen und eventuell entscheiden sie sich sogar dafür, einen Streifenwagen in deiner Straße einzusetzen, der nach dem Rechten sieht!“
Der Gedanke, es könnte ein Polizeiwagen jetzt jeden Tag durch ihre Straße kreuzen, hatte etwas Beunruhigendes an sich, aber Maximilian meinte es nur gut.
„Ja, du hast sicher recht. Es ist einfach zu viel in letzter Zeit, ich habe das Gefühl, mir wächst alles über den Kopf. Es passieren so viele Dinge, die mich beängstigen.“
Genau das war es, was Sophie fühlte, ihr sonst so behagliches Leben war völlig aus den Rudern geraten.
„Was meinst du denn genau? Ist dir sonst noch etwas zugestoßen?“
Maximilian war immer noch sehr einfühlsam, hoffentlich war Johanna nicht sauer, wenn sie ihm sein Herz ausschüttete, aber männliche Abgeklärtheit waren gerade das einzige Mittel, was ihre Unruhe ein wenig im Zaum halten konnte. Und alles würde sie Maximilian sicher nicht erzählen.
„Ich hatte vor ein paar Tagen eine ziemlich gefährliche Begegnung mit einem widerlichen Kerl. Bei einem Bekannten stand der Mann plötzlich vor der Tür. Tassilo hat ihn vertrieben, ich hätte es auch fast wieder vergessen, aber vorhin lese ich in der Zeitung, dass dieser Igor tot ist, ermordet wurde!“
„Welcher Igor?“ Maximilian klang so erschrocken, dass Sophie für einen kurzen Moment stutzte.
„Igor Parov, ein Häftling der Freigang hatte ...“
„Woher kennst du verdammt dieses Schwein, Sophie?“
Sie stockte erschrocken, mit so einer Reaktion hatte sie als Letztes gerechnet.

„Was hat er dir getan?“, hörte sie Maximilian zischen.
„Mir ist nichts passiert! Wie gesagt, ich habe ihn zufällig bei einem Bekannten getroffen.“
„Sophie ich muss jetzt auflegen!“
„Aber Maximilian, was ist denn plötzlich mit dir? Du bist ja völlig außer dir?“
Sekundenlang herrschte eine unbehagliche Stille.
„Maximilian?“
Endlich hörte sie ein dumpfes Stöhnen, es klang befreiend für einen Moment, aber auch erschöpft, schoss es Sophie durch den Kopf.
„Das ist der Mann, der Johanna überfallen hat!“
„Was?“ Sophie umklammerte den Hörer, das konnte nur ein Irrtum sein, sie horchte. Plötzlich schreckte sie zusammen, denn eine böse Ahnung stieg in ihr auf.
„Aber du hast doch nichts mit seinem Tod zu tun?“
Er hatte bereits aufgelegt, sie wählte erneut, zittrig und ihr Kopf glühte, doch er nahm den Hörer nicht ab. Sophie sank in sich zusammen, es kam ihr unwirklich vor, ausgerechnet dieser Mann sollte Johannas Peiniger gewesen sein?

32

Professor Schönhäuser wusste sofort, dass die Frau, die etwas verloren auf dem schweren Ledersessel vor ihm saß, die Wahrheit sagte. Obwohl sie in ihrem anzüglichen Kleid, oder besser Kleidungsfetzen und den waghalsig hohen Lackstiefeln, nicht gerade den vertrauensvollsten Eindruck machte. Durch seine jahrelange Erfahrung hatte der Professor sich bewusst oder unbewusst, da war er sich nicht ganz sicher, ein klares Bild über Menschen und ihre Glaubwürdigkeit gemacht. Besonders, wenn es um Straftaten ging, war er in der Lage, in Sekundenschnelle die Lügner herauszufiltern; diese saßen immer etwas geduckt da, mit eingezogenen Schultern, ihre Augen hatten stets etwas Unruhiges, Rastloses an sich. Doch diese Frau, die, ohne, dass sie es sagen musste, aus dem Rotlichtmilieu stammte, guckte ihn offen in die Augen und wich ihm auch beim Erwidern des Blickes nicht aus; vielmehr schien sie förmlich darauf zu warten, dass endlich ein zustimmendes Nicken oder gar eine interessierte Frage von ihm kommen würde. Professor Schönhäuser fuhr sich kurz durch die Haare, um die Frau gleich darauf wieder durch seine winzige Brille, die am äußeren Winkel seiner Nase platziert war, zu fixieren.

„Nun gut nehmen wir an, sie sagen sie Wahrheit. Und der Mann, der sie ... misshandelt hat, ist derselbe, den sie vor ein paar Tagen in der Stadt gesehen haben; warum sind sie denn nicht längst zur Polizei gegangen?“

Die Frau umklammerte den mittlerweile ziemlich verdreckten Verband um ihrer Hand und senkte den Blick.

„Ich hatte doch Angst! Ich meine, nicht Angst vor ihm, sondern Angst, dass sich die ganze Sache herumspricht. Dann kommt doch kein Typ mehr zu mir, wenn die erfahren, dass ich gleich zu den Bullen laufe. Ich habe dann den Bericht in der Zeitung gelesen, dass dieses Schwein sogar eine umgebracht hat .. Ihr Name stand dort auch und ich dachte,

ich erzähl ihnen alles …“ Sie stockte für einen Moment und schaute den Professor Hilfe suchend an. Dieser nickte und gab ihr zu verstehen, dass sie weiter sprechen sollte.
„Ich habe gedacht, ich gehe direkt zu ihnen und erzähle ihnen alles, Professor. Ich meine, wie er mir den Finger gebrochen hat mit diesem Scheiß-Ding, das muss ich mir doch nicht gefallen lassen! ....“
Wieder nickte der Professor ihr zu.
„Natürlich bin ich so einiges gewohnt. Viele Freier stehen schon auf perverse Dinge, Fesselspiele und so ein Zeug. Aber, was der Typ mit mir gemacht hat, das war Körperverletzung! Ich wollte das nicht!“
Sie war mittlerweile so aufgebracht, dass der Professor ein Glas aus der Vitrine geholt hatte und es mit Wasser füllte, was vor ihm auf dem Schreibtisch stand.
„Trinken sie erst einmal einen Schluck, und dann erzählen sie mir ganz in Ruhe, wie der Mann aussah, der ihnen das angetan hat.“
Sein Blick fiel auf den Verband der Prostituierten, den sie seit Tagen nicht gewechselt zu haben schien. Seinen Blick folgend zog sie den Arm schämend zurück und ergriff mit der anderen das gefüllte Glas. Er beobachtete, wie sie es mit einem Schluck fast leerte. Dann plötzlich beugte sie sich hinab und kramte hektisch in ihrer Tasche, bis sie triumphierend ein Stück Papier herausfischte.
„Hier! Das ist das Schwein, ich hab´ ihn in einer alten Zeitung entdeckt. Ich lese die ja eigentlich nicht, aber ein Typ hat sie bei mir liegen lassen. Was für ein Zufall! Ich war mir erst nicht ganz sicher, aber dann habe ich ihn letzte Woche gesehen. Ich bin mir ganz sicher, das ist er, das ist der Mann, den sie suchen Professor!“
Sie streckte den Zeitungsabschnitt soweit in seine Richtung, dass der Professor seinen Kopf zurückziehen musste.
„Ich habe oben das Kennzeichen aufgeschrieben! Wenn das übereinstimmt, dann ist doch klar, dass ich nicht lüge!“

Der Professor nahm den Zeitungsabschnitt in die Hand und konnte sich nur schwer von dem Blick der Prostituierten abwenden, die ihn fast hypnotisch mit den Augen fixierte. Dann blickte er auf die Zeitung und stöhnte laut auf.
„Glauben sie mir?“
Ungläubig musterte der Professor das Bild, was sich auf dem Zeitungsabschnitt befand. Er kannte den Mann, der dort für seine unzähligen Spenden gelobt wurde, natürlich kannte er ihn. Ohne, auf die Prostituierte einzugehen, hob er den Hörer und wählte.
„Professor Schönhäuser, was kann ich für sie tun?“, erklang eine Frauenstimme nach wenigen Augenblicken.
„Frau Castede, ich brauche ihre Hilfe in der Mordsache. Besser gesagt könnte es sogar sein, dass ich den Mörder habe!“
Ein erfreutes, gleichzeitig interessiertes Raunen erklang am anderen Ende der Leitung. Dann fuhr er fort.
„Eine Prostituierte hat heute mein Büro aufgesucht und behauptet, von dem Mann mit einer, ich denke nach ihren Schilderungen muss es eine Daumenschraube gewesen sein, misshandelt worden zu sein.“
Er schien völlig vergessen zu haben, dass sie immer noch vor ihm saß. Die Prostituierte lehnte sich in dem Sessel zurück und schien erleichtert, dass ihr der Mann, in der spießigen Kleidung und dem strengen Gesichtsausdruck endlich glaubte.
„Und woher weiß sie, wer er ist?“, fragte nun Frau Castede den Professor.
„Sie hat ihn in der Stadt wiedererkannt. Sie ist ihm durch die ganze Stadt gefolgt und hat sich dann das Kennzeichen von seinem Auto aufgeschrieben ..."
„Er ist vor mir geflüchtet!“, mischte sich nun die Prostituierte ein und lehnte sich dabei über den Schreibtisch, dass der Professor unweigerlich einen Blick auf ihre rosafarbenen BH erhaschen konnte.

„Ist sie noch bei Ihnen?“, erkundigte sich die Staatsanwältin. Der Professor presste den Hörer ans Ohr und kippte den Stuhl leicht zur Seite.
„Ja, ja, entschuldigen sie, ich bin gleich wieder da!“ Er legte den Hörer zur Seite und gab der Prostituierten mit einer Handbewegung zu verstehen, dass das Gespräch nicht für ihre Ohren bestimmt war. Auch ihr schien dieses abrupte Ende Recht zu sein. Sie stöckelte eilig zur Tür und drehte sich noch kurz um.
„Aber sie müssen mir versprechen, dass ich nicht in die Sache reingezogen werde. Ich habe einen Ruf zu verlieren ... Und ich habe es schon schwer genug. Das Geld steckt bei vielen Typen nicht mehr so locker wie früher.“
Der Professor legte ihr beruhigend die Hand auf die Schulter, obwohl ihm diese Geste schwerfiel.
„Machen sie sich keine Gedanken, niemand wird davon erfahren, was sie mir erzählt haben.“
Sie lächelte kurz und er beobachtete, wie sie den langen, schmalen Flur zurückwankte, denn die Stiefel waren so hoch, dass es einfach unmöglich war, auch nur einen geraden Schritt auf ihnen zu gehen. Hoffentlich hatte sie niemand aus seinem Büro kommen sehen, dachte der Professor noch, als er sich wieder an seinen Schreibtisch setzte, das würde ein handfestes Gerücht entfachen, worauf er weiß Gott keine Nerven hatte.
„Frau Castede?“, er klemmte den Hörer wieder hinter sein Ohr.
„Ja, ich bin noch da! Geben sie mir doch schnell das Kennzeichen durch. Dann wissen wir, ob sie recht hat!“
Der Professor kam ihrer Bitte sofort nach, obgleich er sich bereits sicher war, dass der Mann, Thomas Savigny, derjenige war, nachdem sie seit Wochen suchten. Dieser Fall hatte ihn unzählige schlaflose Nächte gekostet. Die Kriminalpolizei hatte ihn, wie bei fast allen rätselhaften Morden sofort zurate gezogen und nun setzte sich auch der

geheimnisvolle Einbruch in seinem Haus, wie ein Puzzlestein in das noch unvollkommene Bild. Natürlich war Thomas Savigny der Einbrecher, der sich in ihr Haus geschlichen hat, genauso wie er sich klammheimlich in ihr Leben geschlichen hatte. Bei dem Gedanken, dass seine Frau ihn auch noch eingeladen hatte, diesen perversen Mörder bewirtet hatte, stieg die Wut in ihm auf. Doch nicht nur Wut über seine Unbekümmertheit, sondern Wut, dass selbst er, der sonst jeden Heuchler sofort entlarvte, völlig ahnungslos gewesen war und ihn anstandslos in seinen Bekanntenkreis aufgenommen hatte. Durch ein lautes Säuseln wurde er aus den Gedanken gerissen.

„Herr Professor?“

Er legte den Hörer wieder an sein Ohr und konnte so die Stimme der Staatsanwältin wieder besser verstehen.

„Ja, ja, ich war in Gedanken, entschuldigen Sie.“

„Volltreffer, die Frau scheint Recht zu haben. Thomas Savigny, der Anwalt mit der weißen Weste, wer hätte das gedacht!“

Ich jedenfalls nicht, dachte der Professor immer noch verärgert. Monique Castede schien seine Gedanken zu erraten.

„Machen sie sich keine Vorwürfe. Sie konnten ja nicht wissen, dass er ein kaltblütiger Sadist ist. Außerdem war der Mord einige Tage nach ihrem Vortrag ...“

Die Staatsanwältin fand diese Worte selbst ziemlich dürftig und wenig tröstend und fügte schnell hinzu.

„Niemand kann einem Menschen seine perversen Neigungen ansehen, und dass Savigny zu ihrem Bekanntenkreis zählte, das ist ein blöder Zufall..“

„Na ja, Frau Castede, sie sind dafür berühmt berüchtigt, ich denke nicht, dass sie einen quasi Fremden in ihr Haus gelassen hätten“, erwiderte der Professor und schloss dabei angespannt die Augen.

„Aber nur, weil ich grundsätzlich davon ausgehe, dass fast jeder Mensch eine mehr oder minder ausgeprägte Psychose hat. Es gibt mehr Psychopaten unter uns, als wir uns vorstellen können ..."
Der Professor erwiderte nichts, und sie ergänzte. „Im Grunde ist es auch für mich eine Last, ständig und überall das Schlechte im Menschen herauszufiltern. Das ist anstrengend, kann ich ihnen versichern ... und bei diesem Savigny, ich hatte von Anfang an das Gefühl, dass mit ihm etwas nicht stimmt ..."
„Ach, ja?", warf nun der Professor ein, der wieder ganz da zu sein schien.
„Ja, sein Blick, der hatte etwas Trügerisches an sich, ein typischer Blick eines Psychos ... entschuldigen sie diesen Ausdruck!"
„Sie sind gut, wirklich gut, Frau Castede!" Die Staatsanwältin räusperte sich verlegen.
„Nein, ich meine das ernst. Sie sind wie geschaffen für diesen Job, ich fühle mich wie ein Idiot, obwohl ich mich bis vor ein paar Minuten noch fast genial gefunden hätte ..."
Er lachte höhnisch auf und verstummte gleich darauf wieder, als Monique Castede protestierte und ihm versicherte, dass er einer der besten Strafrechtsprofessoren sei, den sie kenne.
„Nun gut, wir müssen jetzt sehen, dass er gefasst wird."
„Ich kümmere mich darum, Professor, ich setze mich sofort mit der Polizei in Verbindung. Ich beantrage einen internationalen Haftbefehl. Machen sie sich keine Gedanken, in ein paar Tagen haben wir den Kerl."
„Ja, davon gehe ich aus."
Der Professor konnte seine Niedergeschlagenheit nicht unterdrücken, er hatte das Gefühl in diesem Fall völlig versagt zu haben, obwohl er im Grunde nicht hätte wissen können, dass ausgerechnet dieser Saubermann Savigny der Mörder ist. Monique Castede bemerkte die Stimmung und verabschiedete sich nun zügig.

Der Professor packte seine Sachen zusammen, heute war an Arbeiten nicht mehr zu denken. Er machte sich auf dem Weg nach Hause, er würde seiner Frau von der Geschichte erzählen müssen, er tat das sonst nie, aber dieses Mal konnte er sie nicht in Unwissenheit lassen. Und die Voraussicht auf dieses Gespräch bereitete ihm schon jetzt heftige Kopfschmerzen.

33

Selten hatte Sophie so schlecht geschlafen, wie die letzte Nacht. Unruhig hatte sie sich von einer auf die andere Seite gedreht, etliche Male die Position des Kissens verändert, bereits das dritte Glas warme Milch getrunken, doch alles hatte nicht geholfen. Sie lag hellwach in ihrem Bett und immer wieder stellte sie sich nur zwei Fragen; wer hatte ihren Hund vergiftet? Und wer war der Mörder dieses Igor Parov?
Natürlich kannte sie diesen Mann überhaupt nicht, hatte ihn nur ein einziges Mal gesehen, im Grunde sollte er ihr völlig egal sein, doch, seitdem sie wusste, dass er derselbe war, der ihre Freundin überfallen hatte, gab es eine, wenn auch unerfreuliche, Verbindung zwischen Ihnen und sie hatte das Gefühl, dass sie nicht eher zur Ruhe kommen würde, bis sie nicht eine Antwort auf die Frage gefunden hatte, ob sie die Person nicht sogar kannte, die diesen Igor umgebracht hatte. Unweigerlich, begleitet mit einer unbehaglichen Scham, dachte sie darüber nach, ob Maximilian etwas mit dem Mord zu tun haben könnte. Seine Reaktion war merkwürdig, nicht verräterisch, aber dennoch so

seltsam, dass sie Zweifel in ihr hervorriefen, dass er vielleicht involviert war oder zumindest über die Sache mehr wusste, als er zugab. Das ist absurd und dazu so ziemlich das Letzte von dir, maßregelte sie sich selbst, den Partner ihrer besten Freundin als Mörder zu verdächtigen war fies und anmaßend. Sie mochte Maximilian, wie konnte sie nur so etwas von ihm denken! Mit einem Ruck setzte sie sich auf und strich sich ihre Haare aus dem Gesicht. Es war mitten in der Nacht und, bevor sie sich weiter hirnrissige Mordgespinste ausmalen konnte, strich sie Tassilo über den Kopf, der gerade ins Zimmer gekommen war, nachzusehen, ob mit ihr alles in Ordnung war. Viel wichtiger ist, dass ich herausbekomme, wer dich vergiften wollte, überlegte sie und schlüpfe in einen wohlig warmen Trainingsanzug, denn sie hatte soeben entschieden, trotz der Uhrzeit einen kurzen Spaziergang zu machen. Obwohl er laut winselte, ließ sie den Labrador im Apartment, der Veterinär hatte ihm die ersten Tage strickte Ruhe verordnet. Die Gegend war auch nachtsüber beleuchtet, sodass sie keinen nächtlichen Beschützer benötigte, und die kalte Luft würde sie sicher schnell müde machen.

Als sie auf die Straße trat, merkte sie, dass es gerade wieder zu schneien begonnen hatte, sie mochte das Geräusch, wenn der Schnee unter ihren Schuhen knirschte, schnell hatten sich unzählige Flocken auf ihren offenen Haaren gesammelt, die bald völlig durchtränkt waren. Zum Glück hatte sich Tassilo wieder einigermaßen erholt, nicht auszudenken, wenn sie auch ihn noch verloren hätte. Es kam ein leichter Nordost-Wind auf, dieser war besonders gefährlich, beißend und erbarmungslos und so beschleunigte sie auf den letzten Metern ihren Schritt. Sie war pitschnass, ihr Mantel war absolut nicht wintertauglich und aus Angst, sich eine dicke Erkältung eingefangen zu haben, ließ sie sich sicherheitshalber ein heißes Bad ein.

Sollte wirklich Magnus Stern hinter Tassilos Vergiftung stecken? Aber wer sonst? Überlegte sie angestrengt und tauchte dabei ihren Kopf

unter das warme Wasser. Was sollte diese ganze Grübelei eigentlich? Sie würde ohnehin zu keiner vernünftigen Erklärung gelangen, wenn sie es nicht selbst in die Hand nahm. Sie war niemand, die sich einfach so einschüchtern ließ, gleich morgen würde sie dem feinen Herrn Stern einen Besuch abstatten, und wenn es hinter der Sache steckte, würde er sich warm anziehen können! Sie wickelte sich in ein großes Badetuch und föhnte ihre Haare. War sie bis eben noch hellwach gewesen, spürte sie jetzt, wie die Müdigkeit sie überkam und erschöpft kuschelte sie sich wieder unter ihre Decke. Morgen nach der Arbeit würde sie zu Magnus Stern fahren und davor versuchen, mit einem der Gefängniswärter zu reden. Vielleicht wusste einer von ihnen mehr über diesen Igor und konnte ihr weiterhelfen. Sie wusste, dass es eigentlich Aufgabe der Polizei war, aber noch weitere schlaflose Nächte wollte sie sich nicht antun und vielleicht war sie morgen um diese Zeit schon um einiges schlauer. Der Schlaf holte sie ein und sie schlief bis zum nächsten Morgen, als ihr Wecker klingelte.
Als sie sich nach einer halben Stunde aus dem Bad kam, hatte sie sich einen festen Plan zurechtgelegt. Sie holte ihre Schlüssel und machte sich auf den Weg.

„Sind sie von der Polizei, Fräulein?“ Stirnrunzelnd beäugte sie wenig später der Pförtner der Justizvollzugsanstalt, ein winziger dicker Mann mit einem breiten Schnauzbart. Er reichte ihr noch nicht einmal bis zu den Schultern.
„Nein, nein, ich bin nicht von der Polizei, ich bin eine Bekannte von Herrn Parov, ferne Bekannte besser gesagt und habe ein paar Fragen.“
„Ne ne Fräulein, so geht das net. Auskunft nur für die Polizei!“ Schnaufend stemmte er seine Arme in die Seite und schaute zu ihr hinauf.

„Es ist aber sehr wichtig, wissen sie. Gibt es denn niemanden, der mir nur ein paar wenige Fragen zu diesem Mann beantworten könnte?“ Fieberhaft überlegte Sophie mit was für einem Vorwand sie den sturen Zwerg bloß zu einem Gespräch bewegen konnte. Er stand immer noch mit verschränkten Armen vor ihr, ließ allerdings seinen Blick jetzt an ihr heruntergleiten. Als er ihren Ausschnitt erreichte, aus dem der Ansatz ihrer wohlgeformten Brüste hervorblitzte, blitze auch sein Gesicht schlagartig auf. Dieser entzückende Ausblick war genau auf seiner Augenhöhe und so machte er auch keine Anstalten seinen Blick abzuwenden. „Wie jesagt, ich darf kene Auskunft geben, das wäre gegen die Vorschrift, verstehen se?“

Selbst diese Aussicht, den ein solcher Typ sicher nicht jeden Tag zu Gesicht bekommt, stimmte ihn nicht gnädig, schoss es ihr leicht wütend durch den Kopf. Sich allerdings von diesem kleinen Wicht abwimmeln zu lassen, fiel ihr nicht ein und, obwohl Sophie schon allein die Vorstellung anwiderte, blieb ihr keine andere Wahl. Unhörbar kramte sie einen Stift aus ihrer Manteltasche und ließ ihn aus ihrer Hand gleiten. Mit einem Poltern fiel er auf den Boden, kullerte über den grauen Betonboden und blieb neben seinem linken Schuh liegen. Langsam beugte sie sich hinab, ihr voller Busen drückte sich gegen ihre Bluse und schien jeden Moment herauszuquellen.

„Huch, wie ungeschickt von mir, darf ich?“ Geschmeidig richtete sie sich wieder auf und schwenkte dabei ihr Haar gekonnt über ihre Schulter.

„Schade, dass sie mir nicht weiter helfen können ...“ Sie schaute ihm direkt in die Augen und war selbst überrascht, was ihre kleine Einlage bei ihm ausgelöst hatte. Sein Kopf glich einem Streichholzkopf, über den dicke Schweizperlen flossen. Er japste mit kurzen Atemzügen nach Luft und kratzte sich hektisch über seinen Kahlkopf.

„Na ja Fräulein, ich kannte den Igor schon, aber se wissen ja wie das mit den Vorschriften is...“

„Sie würden mir aber sehr helfen, und es muss doch auch niemand erfahren?"
Was redet sie denn da bloß für einen Mist? Meine Güte Sophie, jetzt bestichst du auch noch einen schmierigen Typen, der dir vielleicht gar nicht weiter helfen kann. Und wofür? Sie musste dringend mit diesen niveaulosen Mitteln aufhören, schoss es ihr blitzartig durch den Kopf; dass sie überhaupt darauf zurückgegriffen hatte, ließ erneut die Wut in ihr aufkommen. Wenn er ihr nichts sagen will, dann hatte sie das zu akzeptieren.
„Na gut, da kann man nichts machen, Vorschrift ist Vorschrift." Sie nickte ihm zu und wandte sich um.
„Dann warten se! Wenn das so wichtig für se is. Dürfen aber niemanden sagen, dass ich Ihnen das verraten hab!"
Neugierig drehte sie sich wieder um und beobachtete irritiert, wie der Mann anfing wie ein Tiger in seinem Käfig durch den kleinen Wachraum hin und her zulaufen, abwechselnd nach links und rechts guckte und, nachdem er sich das dritte Mal in Folge vergewissert hatte, dass sich niemand auf dem Gang befand, die Tür schloss. Mit dem Finger über seinem Mund schlich er zu ihr herüber.
„Nicht, dass jemand Verdacht schöpft, det is verboten ...", flüsterte er ihr zu und Sophie dachte, dass spätestens nach dem eben veranstalten Aufstand, der überhaupt nicht auffälliger hätte sein können, jeder auch unschuldig Vorbeikommende *Verdacht geschöpft* hätte. Sie sagte aber lieber nichts.
„Was möchten se denn wissen?" Sie hatten sich an den kleinen Ecktisch gesetzt und er beugte sich weit zu sich herüber, dieses Mal wohl eher, um nicht gehört zu werden, als wieder einen Ausblick in ihren Ausschnitt zu erhaschen, dachte Sophie amüsiert.
„Sie hatten vorhin erwähnt, dass sie Igor Parov kennen?" Abwehrend verschränkte er die Arme vor seine Brust.

„Also *kennen* wäre wirklich zu viel gesagt. Ich habe mich ab und zu mit ihm unterhalten, wenn er vom Freigang wieder kam. Das übliche halt."
„Wissen sie, zu wem er noch Kontakt hatte? Irgendein regelmäßiger Besuch?" gespannt blickte sie ihn an.
„Ne, Besuch hat der nicht bekommen. Seine Frau lebt mit den Kindern in Russland, glaub ich. Und Freunde hat er nicht, zumindest keine, die draußen sind!" Er lachte laut, verstummte jedoch blitzartig bei der Vorstellung, sein Lachen könnte ihn womöglich verraten. Nachdem er sich sorgfältig an der Tür vergewissert hatte, dass sich noch immer niemand im Flur aufhielt, setzte er sich wieder an den Tisch.
„An dem Abend, ich meine, als er ermordet wurde, hatten sie da auch Dienst?"
„Jawoll! Musste auch schon zweimal zu den Bullen deshalb. Haargenau wollen die alles wissen!"
„Würden sie mir auch erzählen, was an diesem Abend war? Hat dieser Igor gesagt, wo er hin will, war er vielleicht verabredet?"
Zögernd kniff er die Augen zusammen, sein leichter Plauderton verstummte und Sophie wusste sofort, dass sie ins Schwarze getroffen hatte.
„Det bleibt aber unter uns?"
Sie nickte eindringlich.
„Na ja was soll´s. Ich hab´ ihn ja nicht abgemurkst. Also, Igor war an dem Abend ziemlich mies drauf. Er hatte so wieso immer schlechte Laune, aber an diesem Abend fluchte er mehr und lauter als sonst. Er hätte gar keinen Bock sich mit diesem Typen zu treffen. Wollte sich eigentlich ein paar nette Stunden machen. Wenn sie verstehen was ich meine ..."
Die Tatsache, dass Igor Parov eigentlich in Freudenhaus wollte, schien dem Mann komischerweise besonders gut in Erinnerung geblieben zu sein. Sie gab ihm mit einem Seufzer zu verstehen, dass dies kein Thema

war, über das sie mit ihm reden wollte. Er nickte und sie fuhr unbeirrt fort.
„Er war also mit einem Mann verabredet?"
„Hat er jesagt, ja!"
„Und wissen sie auch, wer dieser Mann war, ein Bekannter?"
Er stöhnte laut und kratze sich wieder über seine Glatze.
„Das haben die Bullen mich auch gefragt, immer wieder! Aber ich weiß es wirklich nicht, er hat nur geflucht und gesagt, dass er keinen Bock hat, sich mit diesem Typen zu treffen."
„Wissen sie denn, ob es ein Bekannter von ihm war, vielleicht ein alter Freund?" An irgendetwas musste er sich doch erinnern, schoss es Sophie nervös durch den Kopf. Er schien sich wirklich anzustrengen, noch irgendetwas Brauchbares aus seinem Kopf heraus zu bekommen. Plötzlich stöhnte er wieder und hob dabei den Zeigefinger.
„Ja, da gibt es noch etwas, was er gesagt hat! Jetzt fällt es mir ein. Gibt es doch jar net!"
„Ja?"
„Er hat mich angeguckt und als ich das Tor hinter ihm verschlossen habe und ihm jesagt habe, er muss in drei Stunden wieder hier sein, hat er jesagt: *und das alles wegen dieser kleinen Schlampe*. Genau das hat er jesagt! *Und das alles wegen dieser kleinen Schlampe ...*"
„Sind sie sich sicher?"
Beleidigt blickte er sie an.
„Natürlich bin ich das! Glauben se, ich lüge! Nur weil ich mich bei den Bullen nicht erinnert habe. Det is auch ne ganz andere Situation!"
„Schon gut. Das ist ja auch nicht schlimm. Sie haben mir jedenfalls sehr geholfen!"
Schnell erhob sie sich und auch ihm schien es mehr als Recht zu sein, dass das Gespräch jetzt vorbei war. Er begleitete sie durch die Sicherheitsschleuse bis zum Tor.
„Meinen se ich, sollte den Bullen sagen, was mir eingefallen ist?"

„Auf jeden Fall müssen sie das!“ Sie reichte ihm die Hand.
„Aber unser Jespräch det bleibt unter uns!“
„Selbstverständlich!“
Erleichtert trat sie endlich wieder in die Freiheit, diese Einrichtung, mit ihren kahlen, grauen Wänden, dem vielen Stacheldraht, das alles konnte einen in kürzester Zeit wirklich in Depressionen treiben. Als sie in ihren Wagen stieg, stockte sie einen kurzen Moment. Hatte sie Maximilian durch ihren voreiligen Rat vielleicht ans Messer geliefert? Vielleicht hatte Igor mit seiner Aussage Johanna gemeint, und Maximilian hatte sich mit ihm verabredet, um ihn zur Rechenschaft zu ziehen.
Der Besuch hatte ihren Verdacht leider nicht entkräftigen können, aber er reichte auch nicht, um Maximilian als Mörder dingfest zu machen. Und überhaupt, wie kam sie schon wieder dazu, ihn zu verdächtigen?, überlegte Sophie verärgert. Die Polizei hat den Fall sicher bald aufgeklärt und solange galt für Maximilian die Unschuldsvermutung, zumal dieser Igor Parov sicher viele Feinde hatte. Sie würde ihn noch einmal darauf ansprechen und es dann gut sein lassen, viel mehr ließ ihr schlechtes Gewissen nicht mehr zu.
Während sie ihr Auto schnellstmöglich vom Gefängnisgelände fuhr, versuchte sie, die Gedanken für kurze Zeit zu verdrängen. Es gab noch ein weiteres Problem, was ihr den Schlaf raubte und dessen Lösung sie hoffentlich schneller finden würde. Es war noch immer ungeklärt, wer ihren Hund vergiften wollte. Obwohl sich ihre Vermutung, es könne sich bei dem Täter um Magnus Stern handeln mittlerweile in einen handfesten Verdacht gefestigt hatte. Kurzer Hand wählte sie vom Autotelefon seine Nummer und hatte ihn wider ihrer Erwartungen nach wenigen Augenblicken am Apparat.
„Guten Tag, Herr Stern. Hier ist Sophie Sommer, sie wundern sich sicher, von mir zu hören ...“

„Wundern? Ich freue mich, außerordentlich!“ Warum hatte sie nur immer das Gefühl, seine Worte klangen lüsternd und zudringlich? Sie schloss die Augen und atmete kurz durch, bevor sie weiter sprach.
„Ich habe ihr Mandat gekündigt, dabei bleibt es auch. Ich rufe sie vielmehr in einer privaten Angelegenheit an.“ Sie merkte, wie sich sein Atem beschleunigte.
„Nun, es drängt sich mir der begründete Verdacht auf, dass sie sich an mir rächen wollen!“ Sie hatte die Worte so schnell gesprochen, dass sie sich über ihre eigene Unsicherheit ärgerte. Die sich in diesem Augenblick noch verstärkte, denn er begann lauthals zu lachen.
„Rächen? Wofür sollte ich mich denn bei Ihnen um Himmels willen rächen?“ Er lachte immer noch, seine Scheinheiligkeit machte sie wütend.
„Wollen sie leugnen, dass sie meinen Hund vergiften wollten? Aber ich muss sie enttäuschen, es hat leider nicht geklappt. Und sollten sie sich noch einmal in meine Nähe wagen, können sie sich warm anziehen!“
„Wieso sollte ich Ihren Hund vergiften?“ Er lachte nicht mehr, schien aber die Sache aber auch nicht wirklich ernst zu nehmen.
„Vielleicht, weil ihre Frau sie verlassen will, vielleicht weil sie mich als Grund dafür sehen. Vielleicht, weil sie mich nicht ins Bett bekommen haben und es ihr kranker Stolz diese Abweisung nicht erträgt? Es gibt tausend Gründe, warum sie sich an mir rächen wollen!“
Sie hatte gerade ausgesprochen, als er so laut schrie, dass sie den Hörer aus der Hand fallen ließ und ihn dann einige Zentimeter von sich streckte.
„Jetzt hören sie mir mal zu, sie prüde Tussi, meine Frau will mich ganz sicher nicht verlassen! Und nur weil sie die Beine nicht breitmachen wollten, werde ich mich sicher nicht umbringen. Sie nehmen sich einfach zu wichtig, Frau Sommer! Aber wenn ich es mir richtig überlege, hätte ich nichts dagegen, ihren Köter um die Ecke zu bringen,

dann kommt vielleicht mal ein bisschen Schwung in ihr ach so heiles, eintöniges Leben!"
„Also haben sie doch etwas damit zu tun?", haspelte Sophie entsetzt, doch er hatte schon aufgelegt. Sie wählte erneut, hatte aber nur seine Sekretärin dran und legte auf. So schnell wird er sich sicher nicht aus der Affäre ziehen können! Blitzschnell kehrte sie ihren Wagen um und machte sich auf den direkten Weg in sein Büro, als plötzlich ihr Telefon klingelte.
„Ja!" Ihre Stimme überschlug sich fast.
„Sophie, ich bin´s Olaf …", hörte sie ihn stottern „Alles in Ordnung bei dir?"
„Nichts ist in Ordnung!"
„Was ist denn mit dir?" Auch ihn schien ihre Stimmung zu beunruhigen.
„Tassilo ist vergiftet worden … Dieser Typ, der mich bei dir bedroht hat, ist derselbe Mann, der Johanna vergewaltigt hat, oder besser, *war* der Mann, der Johanna vergewaltigt hat, denn er ist jetzt tot! Ich war schon im Gefängnis, habe versucht, etwas von einem Gefängniswärter rauszubekommen. Aber alles, außer einer schwammigen Spur habe ich nichts in der Hand … es ist zum verrückt werden, dass ich einfach, nicht weiß, was das alles zu bedeuten hat!"
„Und wo willst du jetzt hin?", unterbrach er sie, denn er hörte die Motorengeräusche im Hintergrund.
„Ich bin auf dem Weg zu Magnus Stern! Er wollte wahrscheinlich Tassilo vergiften und er ist mir eine Erklärung schuldig. Und danach werde ich zu Maximilian fahren und ihn fragen, ob er etwas mit dem Tod dieses Igors zu tun hat. Diese ganze Geschichte macht mich noch wahnsinnig!"
„Das machst du nicht, Sophie! Du wirst weder zu diesem Stern fahren, noch zu Maximilian. Du bist völlig außer dir und unter diesen Umständen kann das alles nur in einer Katastrophe enden!"

„Aber ...“ Seine Bestimmtheit hatte sie für einen Moment überrascht. „Ich kann das nicht. Ich kann nicht einfach so rumsitzen und gar nichts tun. Ich habe das Gefühl, ich bin irgendwie in die Sache involviert, warum auch immer. Und wenn jemand Tassilo vergiften wollte, muss ich dafür sorgen, dass er es nicht noch einmal tut!“

„Sophie, bitte …“ Olaf Hansens Stimme hatte sich wieder etwas gelegt. „Es ist sicher richtig, dass das geklärt werden muss. Aber bitte mach jetzt nicht, was du hinterher bereust. Fahr zu mir und warte dort auf mich. Wir essen etwas zusammen und planen in aller Ruhe, was als Nächstes zu tun ist.“

„Aber …“, haspelte sie wieder, kam dabei aber so gefährlich nah an das vor ihr fahrende Auto, dass sie schlagartig begriff, dass ihre Nerven völlig am Ende waren. Sie bremste ab und versuchte sich zu sammeln. „Du hast Recht, ich bin völlig durch den Wind …“, räumte sie schließlich ein, denn ein Unfall war das Letzte, was sie noch gebrauchen konnte. Magnus Stern würde sie sich morgen vorknöpfen, was fiel ihm überhaupt ein, in diesem Ton mit ihr zu reden?

„Sophie?“ Sie wurde aus ihren Gedanken gerissen.

„Ja?“

„Hast du mich verstanden?“ Sie lenkte ihren Wagen auf den Seitenstreifen, um die Richtung zu ändern und schüttelte dabei heftig den Kopf, als könne Olaf Hansen ihre Bewegungen durch das Telefon sehen. Auch ihn hatte sie völlig durcheinandergebracht.

„Sophie?!“

„Ja, ja ich fahre jetzt zu dir! Mach dir keine Sorgen.“

„Schön. Und Sophie, mach jetzt keinen Unsinn. Ich bin in etwa einer Stunde zu Hause!“

„Du kannst dich auf mich verlassen.“ Tatsächlich hatte sich ihr Atem in den letzten Minuten beruhigt. Wut war in der Tat keine gute Stimmung, um etwas klären zu wollen. Obwohl es ihr schwerfiel, die Sache für den Moment ruhen zu lassen, begriff sie, dass es so das Beste war. Sie hatte

Magnus Stern mit ihrem Anruf und eindeutigen Vorwürfen aus der Fassung gebracht, und sie wusste nicht, wie er reagieren würde, wenn sie jetzt auch noch unaufgefordert in seinem Büro stehen würde. Wenn sie überhaupt bis dahin käme und nicht gleich am Empfang abgefertigt werden würde. Und auch mit Maximilian sollte sie sprechen, wenn sie wieder in einer besseren Verfassung wäre. Olaf hatte recht.
Sie musste noch einmal nach Hause, um den Schlüssel für seine Wohnung zu holen. Während sie zu ihrem Apartment fuhr, war sie sogar erleichtert, dass er sie gebremst hatte.
Zum Glück war er noch bei sich, ihn schien die Nachricht nicht überrascht zu haben, weder, dass ihr Hund vergiftet worden ist, noch dass sein ehemaliger Patient tot ist. Sicher hat er aus ihren wirren Sätzen überhaupt nichts verstanden, bis er nach Hause kommen würde, musste sie dringend einen klaren Kopf haben!
Tassilo lag auf dem Teppich und schlief, es würde noch einige Zeit dauern, bis er wieder auf den Beinen war. Sie holte ihre Schlüssel von der Garderobe und fuhr los, fast bis zum Anschlag kurbelte sie die Scheibe hinunter, wenn sie nicht aufpasste, hätte sie morgen eine Stirnhöhlenentzündung. Doch die frische bitterkalte Luft entfaltete ihre gewünschte Wirkung, nach wenigen Minuten fühlte sie sich besser, ihr Kopf schien ein wenig beruhigt und als sie die Lüftung aufdrehte, dass ihr warme Luft entgegenströmte, kam ihr der Gedanke, dass Tassilo vielleicht in Dr. Hansens Wohnung ein toxisches Mittel gefressen haben könnte, was ihm versehentlich auf den Boden gefallen war. Vielleicht war gar kein Fremder, oder gar Magnus Stern involviert. Diese Variante würde zumindest dieses Rätsel lösen.
Wenig später begann sie in seinen Räumen nach heruntergefallenen Pillen oder Ähnlichem zu suchen. Doch in der gesamten Wohnung war nichts Auffälliges, im Gegenteil, der Napf aus dem Tassilo bei seinem Besuch gefressen hatte, stand fein säuberlich in einem abgetrennten Bereich, obwohl Dr. Hansen selten zu Hause war, befand sich weder

auf dem Boden noch in den hintersten Ecken etwas, was für ihren Hund gefährlich hätte sein können. Enttäuscht und mit einer wieder aufkommenden Unruhe gab sie dic Suche auf, mittlerweile konnte sie sich auch nicht mehr ernsthaft vorstellen, dass Dr. Hansen unachtsam mit gefährlichen Medikamenten umging und schon gar nicht mit lebensbedrohlichen.

Hoffentlich ging es Tassilo bald besser und der Gedanke, dass er jetzt alleine in ihrer Wohnung lag und sehnsüchtig auf ihre Rückkehr wartete, machte sie ärgerlich. Sie konnte ihn unmöglich alleine zu Hause lassen, sie würde noch einmal zurückfahren müssen und ihn mitnehmen, vielleicht war er später sogar wieder so fit, einen kurzen Spaziergang zu unternehmen. Schnell suchte sie auf dem Schreibtisch nach einem Blatt Papier, um ihn eine Nachricht zu hinterlassen, dass sie in Kürze zurück sein würde. Doch außer ein paar Medizinfachzeitschriften und Büchern befand sich nichts auf dem Tisch. Vorsichtig zog sie obere Schublade auf und wurde sogleich fündig, in ihr lag ein länglicher Notizblock, aus dem sie sicher eine leere Seite herausreißen konnte. Als sie ihn in der Hand hielt, stellte sie fest, dass es nicht nur ein lose gebundener Block war, sondern schon eher den Charakter eines Notizbuches aufwies und wollte es zurück in die Schublade schieben, als ein kleiner, als Rechnung deklarierter Zettel aus dem Buch heraus und auf den Teppich fiel. Schnell hob sie ihn auf und steckte ihn zurück zwischen die Blätter, ihr Blick blieb auf dem Absender heften.

Flowers & More, irgendwie kam ihr der Name bekannt vor, und als sie sich die Details der Rechnung ansah, die belegten, dass es sich um eine regelmäßige Bestellung handelte, die auch noch an ihre Kanzlei geschickt werden sollte, kam ihr die absurd erscheinende Gewissheit, dass Olaf Hansen hinter den Blumengrüßen steckte, die sie wochenlang empfangen hatte. Nervös und noch unwissend, wie sie mit der Tatsache umgehen sollte, schob sic die Rechnung zurück an ihren Platz, klappte dabei jedoch intuitiv das Buch auf und sah, dass es ein Tagebuch war, das Dr. Hansen anscheinend seiner Mutter widmete. Ihre Augen durchflogen die Zeilen, als sie an ihrem Namen hängen blieb. Was hatte das bloß zu bedeuten? Ihre Glieder zitterten und irgendetwas, wahrscheinlich eine böse Vorahnung trieb sie nun dazu, sich zu setzen und erst zögerlich, dann hektisch, die Zeilen, in denen ihr Name auftauchte, zu lesen. Es war völlig absurd, unglaublich, was sie las, stöhnend blätterte sie an den Anfang des Buches, dort, wo alles begann, die grausame Geschichte, die noch unvollständig, nur in unbegreiflichen Szenen in ihrem Kopf geisterte und sich langsam zu einem entsetzlichen Ganzen zusammensetzte.

Liebste Mutter,
ich habe mich verliebt! Ich hätte niemals gedacht, dass mir eine Frau so viel bedeuten würde, wie du Mutter, und bitte sei mir nicht bös`, dass du jetzt nicht mehr die Einzige in meinem Leben bist. Du wärest mit meiner Wahl zufrieden, vielleicht lernt ihr euch einmal kennen ...Natürlich werdest ihr das, hab noch ein wenig Geduld. Ich bin mir sicher, sie ist für mich bestimmt, ich habe das vom ersten Moment gespürt.
Sophie ist ihr Name, klingt das nicht wunderschön? Ihr Mann liegt bei uns im Krankenhaus, ein schwerer Unfall. Ich habe nicht gedacht, dass er überlebt, aber du hättest Sophie sehen sollen, jeden Tag war sie bei ihm, ich habe noch nie eine so einzigartige Liebe erlebt, nur mit dir Mutter, aber du hast mich leider verlassen. Wunderschön ist sie und so rein, aber Sophie hat keine Augen für mich.
Wenn ich an die anderen Frauen denke, die keine Ahnung haben, sich an meinen Hals schmeißen, weil sie meinen, ich sei so etwas wie eine gute Partie, sie widern mich an. Aber Sophie, sie ist anders, sie hat mich vom ersten Moment an dich erinnert. Meinst du, sie könnte mich lieben?

Wenige Tage später schrieb er.

Ich hoffe, du schimpfst nicht mit mir, aber weil ich Sophie so begehre, konnte ich nicht anders. Jeden Morgen warte ich auf sie und jeden Morgen fragt sie mich nur, wie es ihrem Mann geht. Es geht im besser, natürlich geht es ihm besser, sie gehört ja auch ihm.
Ich muss mehr über sie wissen, ich muss wissen, wie sie aufgewachsen ist, wo sie gelebt hat, ich kann nicht anders, ich weiß so wenig über die Frau, auf die ich mein gesamtes Leben gewartet habe.
Es war ganz einfach den Schlüssel zu besorgen, sie ist ja meistens bei diesem Alexander, da habe ich mir einen Abdruck gemacht. Ihre Mutter lebt in einer schönen Villa, fast so, wie bei uns, ob das ein Zeichen ist? Genauso habe ich mir ihr Zimmer vorgestellt, das Zimmer von meiner kleinen Sophie. Du solltest das Bild sehen, sie war schon immer wunderschön und ihr Tuch, es duftet so gut. Immer wieder zieht es mich dorthin, ich bin ihr dann so nah. Nur das letzte Mal ist ihre Mutter früher aufgewacht, sie schläft sonst immer bis sechs, ich habe es gerade noch aus dem Haus geschafft, aber sie hat mich bemerkt und ist dummerweise auf den Kopf geschlagen. Sophie hängt sehr an ihrer Mutter, sie kam gleich mit ins Krankenhaus. Doch sie hat noch immer keine Augen für mich.

Am 15. September hatte er geschrieben.

Ich denke oft an dich Mutter, was würdest du mir raten? Was soll ich bloß tun? Ich sehe sie kaum noch, nur dieser Alexander erzählt mir jeden Tag von ihr, es ist kaum zu ertragen. Ihre Mutter wird langsam irre, na ja, niemand weiß, dass ich einen Schlüssel habe. Ich habe an dich und Vater gedacht, der deine Liebe mit Füßen getreten hat. Ich verachte ihn! Mir tut das leid, was er dir angetan hat, aber es war besser so, jetzt konntest du für mich da sein, und ich wäre niemals so undankbar wie er. Aber was soll ich nur mit Sophie machen? Ich werde ihr Blumen schicken, du hast dich doch auch immer über Blumen gefreut. Sie muss endlich begreifen, dass sie zu mir gehört.

Darunter hatte er geschrieben

Ich bin zu einem wichtigen Schluss gekommen. Sie hat einfach zu viele Menschen um sich herum, die sie beeinflussen. Das Wichtigste ist, dass dieser Alexander verschwindet, sie hat einen besseren Mann verdient als ihn, nur das wird eine schwierige Aufgabe für mich, ich darf nichts falsch machen.
Erst einmal habe ich dafür gesorgt, dass ihre Mutter wegkommt. Es ist immer gut, wenn man Ärzte kennt, die einem noch etwas schuldig sind und ich hatte dir ja erzählt Mutter, in einem Krankenhaus passiert so einiges, was besser nicht an die Öffentlichkeit gelangen sollte. Dr. Schmidt aus der Klinik in Westerland hatte einen Abend zu viel gefeiert, am nächsten Morgen operiert und versehentlich die Hauptschlagader getroffen. Der Patient ist verstorben und wir haben natürlich alle geschwiegen. Er war mir also noch etwas schuldig und ich habe ihm gesagt, er soll Marie Steinberg ruhigstellen. Es hat besser geklappt, als ich erwartet hatte. Ich musste Sophie anlügen, das macht mich traurig, aber es ist ja nur zu ihrem Besten und du hast immer gesagt, der Zweck heilt die Mittel.

Und was gibt es für einen besseren Zweck, als dass ich Sophie liebe?

Der nächste Abschnitt war mit roter Schrift markiert.

Morphium heißt die Lösung Mutter, warum bin ich nicht schon früher auf die Idee gekommen! Dieser Trottel Alexander erzählt soviel von ihr, er sitzt im Rollstuhl und hat Angst, dass Sophie unglücklich ist. Er wird bald wieder laufen können, nur das muss ich verhindern! Ihn zermatert die Vorstellung, Sophie nicht mehr glücklich machen zu können, jeden Tag erhöhe ich die Dosis und seine Beine sind schon völlig taub. Dieses Medikament ist wirklich Gold wert!
Du hättest ihn sehen sollen, als ich ihm gesagt habe, dass er nie wieder gehen werden kann, wie ein begossener Pudel sah er aus.
Er wird sie verlassen, das weiß ich, es ist nur eine Frage der Zeit. Bald gehört Sophie mir, du kannst dir nicht vorstellen, wie glücklich dein Sohn ist, Mutter!

Die übrigen Einträge waren mit einem anderen Stift geschrieben.

Sophie ist so verzweifelt, ich kann das kaum ertragen, Mutter. Sie redet nur von ihm, und ich bin so neidisch. Sie muss damit aufhören! Natürlich kann ich nicht so grob mit ihr umgehen, das würde ich nie übers Herz bringen, aber ich musste ihr klarmachen, dass er ohne sie leben will, natürlich glaubt sie, er könne bald wieder gehen. Einem Psychologen scheinen die Menschen alles zu glauben, als wäre ich in der Lage, die tiefen Abgründe der Menschheit zu verstehen, aber sie glaubt daran.

Sophie muss ihn vergessen! Ich habe ihr meinen Schlüssel gegeben und du wirst es nicht glauben, sie kommt! Fast jedes Wochenende sitzt sie an dem Schreibtisch, wenn ich komme, wir essen zusammen, lachen, es ist herrlich! Doch immer wenn ich das Gefühl habe, dass wir uns ganz nahe sind, ist sie bei ihm. Sie muss nicht davon reden, aber ich merke es an ihren Augen, sie werden dann immer so weich und ich spüre ganz fest, dass sie nicht mehr bei mir ist, das macht mich rasend! Ich merke, wie sie danach lechzt, etwas von diesem Alexander zu erfahren, aber das wird vorbeigehen, ich weiß das, und bald wird sie nur noch mich lieben! Eine göttliche Vorstellung!

Mutter, du glaubst nicht, was Sophie mir heute gesagt hat, sie will nur eine Freundschaft mit mir! Eine Freundschaft, nie werde ich das akzeptieren, nie! Natürlich mache ich gute Miene zu bösem Spiel, Sophie ist noch nicht so weit. Ich glaube, ihre Freundin, diese Johanna ist Schuld, ständig ist sie mit ihr zusammen und ich habe das Gefühl, diese Ziege mag mich nicht. Mir kam ihr Gesicht schon beim ersten Mal, als sie Sophie abgeholt hat, bekannt vor und so habe ich ein wenig recherchiert und habe tatsächlich ihre Akte gefunden. Sie war vor ein paar Jahren bei einem Kollegen in Behandlung, sie wurde vergewaltigt. Sie scheint sehr labil zu sein, unfähig die Sache zu verarbeiten, die Therapie hat sie frühzeitig abgebrochen. Und, als würde das Schicksal es besonders gut mit mir meinen, kenne ich den Täter auch noch, ein ehemaliger Patient von mir, aus der Justizvollzugsanstalt. Er wollte damals schon um jeden Preis früher raus, vielleicht werde ich ihn besuchen und ihm jetzt ein positives Gutachten ausstellen. Aber vorher muss er mir noch einen Gefallen tun. Ich mache das nicht gern, aber sonst merkt Sophie nie, dass ihre Freundin kein guter Einfluss für sie ist!

Der nächste Eintrag war bereits wenige Tage später.

Noch nie war es so schön mit Sophie, Mutter! Sie sucht fast jeden Tag meine Nähe, ich muss ihr keine Blumen mehr schicken. Meinst du, sie hat sich schon ein wenig in mich verliebt? Ihre Freundin möchte von ihr nichts mehr wissen, obwohl sie nicht darüber redet, aber ich weiß es. Igor ist dümmer als ich dachte, sofort war er damit einverstanden, ihrer Freundin einen Schrecken einzujagen und mein Plan ist sogar aufgegangen, ich habe mir schon gedacht, dass dieses labile Ding Sophie die Schuld geben wird, manche Menschen sind leichter zu durchschauen, als man denkt!
In den nächsten Tagen kommen wir dich endlich besuchen, ich hoffe, du bist nicht böse, dass ich es jetzt erst schaffe, aber du wirst sie mögen und sehen, dass sie die Mühe wert war!

Die übrigen Zeilen musste er erst wenige Tage zuvor geschrieben haben.

Igor, dieser Idiot! Beinahe hätte er mir alles kaputtgemacht. Stell dir vor Mutter, er ist zu mir nach Hause gekommen, als Sophie bei mir war. Ich habe mir nichts anmerken lassen, obwohl mir mein Herz in die Hose gerutscht ist. Er hat mir gedroht, alles zu verraten, wollte mich erpressen. Mir blieb nichts anderes übrig, als ihn aus dem Weg zu schaffen.
Für mich und Sophie gibt es hier keine Zukunft mehr, ich habe beschlossen, mit ihr nach Italien zu gehen. Rom ist Sophies

Lieblingsstadt und ich habe ihr eine Reise dorthin geschenkt. Ich wäre so gerne mitgekommen, aber ich musste mich ja um Igor kümmern. Ich habe Massimo, du weißt ja unseren damaligen Austauschschüler gebeten, einen Job für sie zu organisieren. Sophie ist eine fantastische Anwältin und ich habe mich auch schon an einem Krankenhaus beworben. Wärest du sehr traurig, wenn dein Sohn weggehen würde? Ich komme dich auch so oft es geht besuchen ...

Die letzte Notiz war von heute früh, die Tinte war ein wenig verwischt.

Drei Tage ohne Sophie, ich kann es kaum erwarten, sie heute wiederzusehen. Massimo hat mir erzählt, dass sie in München bleiben möchte. Wie kann das sein Mutter? Ich habe doch schon alles arrangiert, so war das nicht geplant! Was hält sie denn bloß hier? Sie hat nur noch mich verdammt und trotzdem hängt sie an dieser Stadt. Ich begreife das nicht.
Ich habe lange überlegt, aber Sophie ist noch zu stabil, sie ist wirklich eine sehr starke Frau, sie erinnert mich so an dich. Ich mag ihren Hund und hätte sie endlich begriffen, dass es hier keine Zukunft mehr gibt, hätte ich ihm nichts getan, aber wenn sie auch ihn verloren hat, gibt es nur noch sie und mich. Sophie wird sicher traurig sein, meine Sophie, aber ich werde für sie da sein.
Dein Sohn ist glücklich Mutter, denn alles, wonach er sich jemals gesehnt hat, wird bald, sehr bald in Erfüllung gehen.

Sophie legte das Buch zur Seite, warf ihren Kopf weit nach vorne und lachte, ihre Stimme kratze an ihrer Kehle und überschlug sich, wie in

einem wilden leidenschaftlichen Tanz trugen sie ihre Füße durch den Raum, ihre Gedanken kreisten in ihrem Kopf, wie ein aufgebrachter Bienenschwarm, laut, bedrohlich versuchte der Wahnsinn sie zu packen. Sie fiel zu Boden, ihre Hände wühlten sich in ihre Haare und ihre lachende Kehle zog sich zu einem Schrei zusammen, einem wissenden unheilbaren Schrei. Was hatte er getan!
Unfähig, der plötzlich auf sie eingeschlagenen Qual standzuhalten, krümmten sich ihre Glieder zusammen, sie weinte, leise, und konnte noch immer nicht begreifen.
Sie merkte nicht, dass er bereits minutenlang hinter ihr gestanden hatte, seine Hand streckte sich nach ihr aus und strich ihr über das weiche Haar.
„Ich habe das für uns gemacht, Sophie, nur für uns!"
Sie schnellte herum und sprang auf, kampflos würde sie sich nicht ergeben.
„Du bist krank, völlig irre! Du hast versucht mein Leben zu zerstören!"
Ihre flache Hand knallte auf sein Gesicht und er taumelte zurück.
„Aber Sophie, ich liebe dich doch, wieso begreifst du das nicht, wieso kannst du mich nicht lieben?"
Ein kleiner weinender Junge stand vor ihr, sein Gesicht war kreidebleich, sein Körper zitterte.
„Ich werde dich nie lieben! Du kannst niemanden dazu bringen, dich zu lieben, wie konntest du so töricht sein, das zu glauben!"
„Ich will doch nur, dass du mich liebst, Sophie!" Er hockte auf dem Boden, sein Kopf vergraben und schluchzend.
„Du gehst zur Polizei noch heute und stellst dich! Und wage es nicht, mir noch einmal unter die Augen zu treten!"
Ihr Körper bebte vor Wut. Sie schnappte nach Luft, den sie hatte das Gefühl, zu ersticken. Zusammengekrümmt saß er vor ihr. Plötzlich hob er seinen Kopf und seine sonst so fürsorglich, nachdenklichen Augen starrten sie an. Der Wahnsinn spricht aus ihm, schoss es Sophie

schlagartig durch den Kopf. Und fühlte sie sich eben noch überlegen und gefestigt, ging sie ein paar Schritte zurück. Er befand sich in einem unzurechenbaren Zustand, und sie wusste nicht, zu was er hierbei in der Lage war. Mit dem Augenwinkel taxierte sie die Tür. Es war das Beste, wenn sie von ihr verschwindet, und zwar so schnell es geht! Sie drehte sich um, doch irgendetwas stoppte sie. Hektisch blickte sie auf ihren linken Knöchel. Seine Hand umklammerte ihn fest und er zog sich langsam, keuchend an sie heran.

„Du darfst jetzt nicht gehen, Sophie! Ich weiß, dass du böse mit mir bist, aber du darfst nicht gehen!“

Sie zerrte an ihrem Bein, doch sein Griff war zu fest, keinen Zentimeter kam sie voran.

„Lass mein Bein los, verdammt!“

Mit einem Ruck stand er auf. Sie war so überrascht, dass sie keine Gegenwehr leistete, als er sie mit den Armen umklammerte und sie über den Flur zerrte. Verwirrt blickte sie sich um und entdeckte plötzlich sein Ziel. Die kleine Abstellkammer, sie ahnte, was er vorhatte.

„Olaf, was soll denn das? Lass mich sofort los! Das bringt doch alles nichts!“ Er schien sie nicht zu hören und auch keine Rücksicht mehr auf sie nehmen zu wollen. Brutal drückte er ihren Kopf durch die schmale Tür, und bevor sie begreifen konnte, knallte die Tür hinter ihr zu.

„Verdammt, Olaf! Hör auf mit diesen Spielchen und lass mich raus!“ Ihre Fäuste hämmerten gegen die Tür, doch von ihm war nichts mehr zu hören. Nach einigen Minuten ließ sie nach und setzte sich erschöpft auf eine herumstehende Kiste. Was sollte sie jetzt tun? Sie hatte keine Ahnung, die letzten Minuten waren einfach zu viel für sie. Erst, als ihr Knöchel leicht zu schmerzen begann, strich sie sich mit der Hand den Schweiß aus dem Nacken und schaute sich um. Doch das winzige Fenster unter dem Dach warf noch nicht mal so viel Licht in den

kleinen Raum, dass sie die einzelnen Gegenstände hätte erkennen können, die sich auf dem einzigen Regal befanden.
„Das darf alles nicht wahr sein!“ Sie fluchte laut und stützte gleichzeitig ihren Kopf zwischen ihre Hände. Warum hatte sie nichts bemerkt? Konnte sie überhaupt etwas merken? Hatte es eine Situation gegeben, wo er sich verraten hatte, wo sie hätte aufmerksam werden müssen? Natürlich gab es die. Damals als dieser schmierige Typ in der Tür stand. Eine Rechnung mit ihm offen hatte. Sie hatte sich mit einer einfachen Erklärung abgegeben, obwohl der Kerl und sie Situation mehr als merkwürdig war. Und überhaupt, seine gesamte Fürsorge, seine selbstlose Hilfe, kein Mann tut dies ohne Hintergedanken. Sie stöhnte und rieb sich mit der Handfläche über die Stirn. Sie war selbst schuld an der Situation. Jeder andere hätte wahrscheinlich Verdacht geschöpft. Selbst Johanna hatte sie gewarnt. Warum war sie bloß so leichtgläubig, hatte sich so schnell auf seine Hilfe eingelassen. Das war sein Plan, natürlich, aber sie war auch ein leichtes Opfer gewesen. Ihre arme Mutter, die hunderte Kilometer in der Klinik sitzt und im Grunde kerngesund ist. Ihre Verzweiflung hatte sich mittlerweile in Wut über sich selbst verwandelt, zu der sich seit wenigen Augenblicken auch besorgte Gedanken hinzu schlichen. Wie lange würde er sie hier verharren lassen?
Sie hatte keinen blassen Schimmer, wie wahnsinnig dieser Typ wirklich war. Er hatte einen Menschen getötet, an Alexander Medikamente missbraucht und einen Vergewaltiger auf Johanna angesetzt. Ihm war wohl alles zuzutrauen. Allerdings war sie auch das Objekt seiner Begierde und ließe er sie jetzt hier verdursten und verhungern, hätte alles, was er getan hat, keinen Sinn. Nein, es war nur eine Frage der Zeit, bis er sie befreien würde und dann musste sie ihre Taktik ändern. Sie würde sein Spiel mitspielen müssen, so lange, bis er Vertrauen fasst und sie in einem unbeobachteten Moment werde flüchten können. Etwas beruhigter lehnte sie sich gegen die Wand. Sie versuchte zur

Ruhe zu kommen, das Letzte, was ihr jetzt noch fehlt, ist, dass die Nerven mit ihr durchgehen. Doch es war etwas anderes, was ihr in diesem Moment zu schaffen machte und an ihr nagte. Sie verspürte seit einigen Minuten einen unerträglichen Harndrang. Sie schloss die Augen und versuchte, an etwas anderes zu denken. Bitte lass ihn bald diese verdammte Tür öffnen!

Nach einer gefühlten Ewigkeit, als sie das Ziehen in ihren Knochen schon lange nicht mehr spürte, war sie am Ende, sie konnte nicht mehr. Ihr Unterleib schmerzte und zog sich zusammen. Seit Stunden hockte sie unverändert auf dieser harten Kiste und wechselte nur von Stunde zu Stunde das Bein. Doch jetzt war sie an einen Punkt, wo es einfach nicht mehr ging. Sie stemmte sich gegen die Tür und schlug mit den Fäusten gegen die Tür! Nichts. Von Olaf Hansen war seit Stunden kein Laut zu hören. Sie versuchte an das kleine Fenster zu gelangen, doch es war zu hoch. Sie schrie nach Hilfe, doch wer sollte sie hören? Seine Wohnung lag im sechsten Stockwerk und das Fenster führte hinaus aufs Dach. Niemand würde sie hier hören! Mittlerweile schossen ihr die Tränen in die Augen und sie schaffte es gerade noch, ihren Rock zur Seite zu schieben und sich in der hinteren Ecke des Raumes zu entleeren.
Der Schmerz ließ nach, doch ihre Erleichterung hielt nur für einen kurzen Moment. Rasend schnell hatte sich ein beißender Uringeruch im Raum verteilt. Obwohl er von ihr stammte, war sie nicht mehr in der Lage einzuatmen. Sie schnappte nach Luft und weinte. Sie würde nicht mehr lange durchhalten, das wusste sie.

34

Olaf Hansen füllte die letzte Vase mit Wasser und stellte sie sorgfältig neben die anderen. Normalerweise brachte er immer nur einen Strauß mit. Heute allerdings hatte er das Bedürfnis verspürt, seiner Mutter eine größere Freude zu machen und gleich drei große Bünde frischer Blumen besorgt. Er schaute kurz auf, als der Friedhofswärter vorbeikam und ihm einen misstrauischen Blick zuwarf. Es war bereits kurz nach zehn am Abend und der Alte hatte sicher zu so später Stunde keine Besucher auf dem Friedhof mehr erwartet. Es war schief gegangen, alles war verdammt schief gegangen. Und was noch viel schrecklicher war, Sophie wollte nichts mehr von ihm wissen, schlimmer noch, sie hasste ihn. Nervös rückte er die Vasen auf dem feuchten Boden zurecht, solange, bis sie geordnet in einer Diagonalen auf der großzügigen Grabstätte standen. Was würde ihm jetzt seine Mutter raten? *Man darf niemals aufhören, sein Ziel aus dem Auge zu verlieren*, hatte sie immer gesagt. *Egal, was auch passiert, niemals sein Ziel verlieren.*

Sophie hasste ihn. Das war die ungünstigste Ausgangsposition, die er sich vorstellen konnte. Sie hasste ihn und hielt ihn wahrscheinlich für völlig verrückt und übergeschnappt. Wie lange hatte er sie jetzt schon eingesperrt? Er schaute auf seine Uhr. Beinahe zehn Stunden! Sie muss wahnsinnigen Hunger verspüren, und Durst, Sophie muss etwas trinken, sonst war alles umsonst. Aber selbst wenn er dafür sorgen würde, dass es ihr wieder gut ginge, er hatte sie verloren, das Tagebuch hätte sie niemals finden dürfen. Es war dumm von ihm, es so achtlos in der Schublade liegen zu lassen. Natürlich hält ihn Sophie jetzt für völlig irre, schließlich hatte er einen Menschen auf dem Gewissen. Obwohl dieser Igor es auch nicht anders verdient hatte, ein asozialer Typ, ohne Respekt, er hatte der Menschheit einen Gefallen getan, ihn zu beseitigen. Aber Sophie, sie versteht das natürlich nicht, sie ist so rein und vernünftig, sie könnte wahrscheinlich keiner Fliege etwas zuleide tun. Bei diesen Gedanken musste Olaf Hansen lachen und erblickte wieder den Friedhofswärter, der verstohlen um das Grab schlich und ihm so zu verstehen geben wollte, dass es dringend Zeit für seinen Feierabend war. Er verstummte, denn im Grunde war ihm auch gar nicht zum Lachen zumute. Im Gegenteil, er fühlte sich hundsmiserabel, die Gedanken in seinem Kopf kreisten wild umher, wie sollte er die Sache wieder gerade rücken? Gab es überhaupt noch etwas gerade zu rücken? Hatte er nicht verloren? Ohne Sophie zu leben, war für ihn unvorstellbar und bei dem Gedanken, dass sie ihn nie wieder mit ehrlich gemeinter Sympathie ansehen würde, geschweige denn, ihn niemals lieben würde, stöhnte er laut und ließ sich hinter das Lenkrad seines BMWs fallen, bei dem er mittlerweile angelangt war. Er legte den Kopf in den Nacken und schloss die Augen. *Ich werde dich niemals lieben* hatte sie gesagt. Die Worte brannten sich in sein Gehirn, so stark, dass er mit dem Kopf mehrmals gegen die Kopflehne stieß. Er liebt Sophie, so heftig, dass es ihm von Anfang die Luft zum Atmen genommen hatte. Aber sie, sie hat überhaupt keine Augen für ihn. Die ganze Aufmerksamkeit, ihre regelmäßigen Besuche, die Zeit, die sie zusammen verbracht haben, gelacht haben, das alles war nicht seinetwegen gewesen, sondern weil sie ihn vermisst, diesen Alexander!

Sie bringt ihn um, sie hat ihn gefangen und trotzdem wird er sie niemals haben, nie! So sicher er sich mittlerweile bei diesem Gedanken war, so sicher war er sich auch, dass sein Leben nicht so weiterlaufen werde wie bisher. Wie auch, er hatte schließlich einen Menschen getötet. Aber das war gar nicht das Schlimmste. Sein Leben war das Schlimmste, in seinen alltäglichen Trott zurückzukehren, jeden Tag die gleiche Arbeit, jeden Tag die gleichen Patienten, jeden Tag die gleichen primitiven Schwestern, die ihn belagern. Nein, unvorstellbar, in diese Hölle konnte er unmöglich zurückkehren. Es musste einen anderen Weg geben, die Sache wieder gerade zu rücken, einen Weg, mit dem

beide leben können, er und Sophie, und wo es für beide vielleicht noch nicht zu spät war.
Er startete den Motor und beschleunigte das Tempo, als er auf die Schnellstraße fuhr, getrieben, von dem Gedanken, er sich mittlerweile in seinem Kopf manifestiert hatte. Er würde das gleiche Gift benutzen, was er schon bei dem Hund benutzt hatte, nur dieses Mal in so hoher Dosis, dass sie ganz sicher schnell einschlafen würden und nie wieder erwachen müssten. Zumindest nicht hier in dieser Welt, wo es keine Zukunft mehr für sie gäbe. Sophie wiegt nicht viel, vielleicht 120 Pfund, da reichen 3mg aus, er würde etwas mehr nehmen. Etwas später, damit er sich an sie schmiegen kann und sie halten kann, wenn sie einschläft. Lächelnd kramte er den Schlüssel für den Arzneischrank hervor. Um diese Uhrzeit war die Station chronisch unterbesetzt. Er hatte also nicht zu befürchten, dass ihm eine der neugierigen Schwestern dumme Fragen stellen würde. Er beschleunigte noch einmal und verließ die Schnellstraße Richtung Clemens Krankenhaus.

X

Bereits kurz hinter dem Friedhof, hatte er ihn abgehängt. Mit seinem alten 15 Jahre alten Passat war es unmöglich, dem nagelneuen BMW auch nur ansatzweise zu folgen. Wütend schlug Martin mit der Faust auf das Armaturenbrett. Warum hatte der Staat noch nicht mal so viel Geld, ihm ein vernünftiges Auto zur Verfügung zu stellen, schließlich ging es bei seinen Patienten nicht selten um Leben und Tod, da konnte es doch nicht zu viel verlangt sein, ihm einen Wagen zur Verfügung zu stellen, der soviel PS hatte, dass es zumindest eine reelle Chance für eine Rettung gab. Fluchend drehte er um und machte sich auf den Weg in das kleine schäbige Hotel am anderen Ende der Stadt. Er hatte ohnehin noch etwas mit Alexander zu besprechen und vielleicht war es sogar besser, wenn er nicht mehr diesem dubiosen Arzt folgte, sondern endlich mit Alexander über seine Befürchtungen sprach. Mit diesem Olaf Hansen stimmte etwas nicht, das hat er vom ersten Moment an gemerkt. Wie er sie ständig angestarrt hat, das war doch nicht mehr normal. Sophie ist schön, wunderschön sogar. Jeder Mann musste einfach schwach bei ihr werden. Er selbst hatte sich irgendwann eingestehen müssen, dass er sich über beide Ohren in die attraktive, selbstbewusste Anwältin verliebt hatte. Aber er war nicht so gierig wie dieser Arzt. Natürlich hatte er damals ihr Negligé mitgenommen. Ein Fehler, ein sehr dummer Fehler. Doch niemals würde er sich anmaßen, ihr zu nahe zu kommen, Sophie gehört zu Alexander, die beiden gehören zusammen, das spürte er vom ersten Moment. Und sein Entsetzen war echt, als Alexander ihm von der Trennung erzählte. Aber dieser Hansen, dieser Arzt ist gierig, man riecht förmlich, wie er nach ihr lechzt. Und so kam es Martin auch mehr als gelegen, als ihn Alexander bat, ab und zu nach dem rechten zu sehen bei Sophie. Zu sehen, ob mit ihr alles in Ordnung ist, sie die Trennung halbwegs wegsteckt. Zugegeben schaute er nicht nur ab und zu bei Sophie vorbei. Fast jeden Abend macht er sich auf den Weg zu ihrem Apartment, nachdem er Alexander im Hotel abgesetzt hat und jeden Morgen, bevor er ihn wieder abholt, wartet er bei ihrer Kanzlei, immer an einer anderen Stelle, damit sie ihn ja nicht entdeckt. Aber das, was er zu sehen bekommt, ist nichts, was ihn beruhigen könnte. Dieser Arzt hängt an ihr wie eine Klette. Furchtbar.

Er parkte seinen Wagen vor dem Hotel und entdeckte bereits in der Lobby Alexander, der sich in den schäbig wirkenden Aufenthaltsraum gesetzt hatte und in der Tageszeitung blätterte.

„Manchmal ist mir mein Zimmer einfach ein wenig zu ... sagen wir trist“, erklärte er, als er seinen Pfleger entdeckte, und legte die Zeitschrift zurück in den Ständer.

„Na ja hier ist es auch nicht viel besser“, bemerkte Martin, der aber mittlerweile die Unterkunft seines Patienten akzeptiert hatte. Alexander machte die Trennung sehr zu schaffen, ein schöneres Hotel hätte er wohl in seiner momentanen Verfassung nicht ertragen.
„Wollen wir los?“ Alexander schob den Rollstuhl Richtung Tür.
„Ich würde gerne etwas mit dir besprechen. Etwas Wichtiges. Es geht um Sophie.“
Alexander stockte abrupt und kehrte den Rollstuhl wieder in den Raum.
„Um Sophie? Was ist denn mit ihr?“ Seine Augen starrten gespannt, leicht ängstlich.
„Ich mache mir Sorgen um sie. Na ja, sie war zwar oft bei diesem Arzt, das weißt du ja“ Alexander räusperte sich kurz, nickte dann aber zustimmend.
„Aber dieses Mal … normalerweise bleibt sie nur ein paar Stunden. Drei, vier. Nie länger. Aber sie war den ganzen Tag bei ihm. Und als er vorhin losgefahren ist, war er alleine. Das heißt, Sophie ist fast seit zwölf Stunden in seiner Wohnung!“
„Du standest zwölf Stunden vor seiner Wohnung? Ich habe dir gesagt, du sollst *ab und zu* nach dem rechten sehen!“
„Es ist Wochenende ...“, stotterte Martin entschuldigend und blickte zu Boden.
„Nun ... vielleicht sind sie sich näher gekommen ...“, führte Alexander fort und rieb sich dabei nervös über den Oberschenkel.
„Ausgeschlossen! Sie hat kein Interesse an ihm.“
„Woher willst du das denn so genau wissen, Martin?“ Alexander runzelte die Stirn.
„Ich merke das, wie sie ihn ansieht.“
Alexander zögerte kurz, schien sich dann aber mit dieser Erklärung zufrieden zugeben. Sein Gesicht entspannte sich leicht.
„Gut, aber was kann sie dann so lange bei ihm machen?“ Martin hob wieder den Kopf und blickte ernsthaft besorgt.

„Vielleicht ist sie ja gar nicht freiwillig bei ihm, vielleicht hält er sie fest!?“

„Wie kommst du denn auf die Idee?“ Alexander blickte ungläubig.

„Sie hat Tassilo zu Hause gelassen. Sie lässt den Hund nie so lange alleine zu Hause. Außerdem hatte sie nur eine kleine Handtasche dabei, als sie zu diesem Dr. Hansen gegangen ist. Sie hat also weder Akten zum Bearbeiten dabei, noch Sachen, die sie wechseln könnte, falls sie vorgehabt hätte, länger zu bleiben. Wahrscheinlich hat sie ihm gesagt, dass sie nichts von ihm will und dann ist er durchgedreht!“

„Ich meine, nicht durchgedreht, dass er ihr etwas getan hat, sondern dass er sie festhält. Irgendwo gefesselt und eingesperrt, sodass sie die Wohnung nicht verlassen kann!“, fügte er schnell hinzu, als er Alexander beängstigtes Gesicht sah.

Alexander raunte etwas Unverständliches, schien aber nicht mehr ganz so ungläubig zu sein.

„Vielleicht ist sie ja mittlerweile nach Hause gekommen und wir zerbrechen uns hier ganz umsonst den Kopf!“

„Ist sie nicht, ich habe auf dem Weg hierher, von meinem Handy aus in ihrem Apartment angerufen. Es ist niemand rangegangen.“ Wieder schaute er betreten zu Boden.

Alexander überlegte und es herrschte für einen kurzen Moment eine beklemmende Stille. Dann fuhr er fort, etwas zu laut, sodass Martin leicht zusammenzuckte.

„Was schlägst du vor? Was sollen wir jetzt tun?“

Martin fiel ihm bereits ins Wort, als hätten ihn die Worte schon Minuten auf der Zunge gebrannt.

„Wir sollten nachsehen, ob mit Sophie alles in Ordnung ist!“

„Wir sollen bei Dr. Hansen einbrechen?“ Wieder runzelte Alexander die Stirn.

„So würde ich es nicht nennen. Wir schauen einfach nach, ob mit ihr alles in Ordnung ist. Vielleicht macht sie ja schon beim Klingeln auf und wir können wieder gehen!“
Wieder eine kurze Stille, bis Alexander seinen Rollstuhl zur Tür schob. „Dann lass uns los. Wenn wirklich etwas nicht in Ordnung ist, haben wir keine Zeit mehr zu verlieren.“
Martin ergriff den Rollstuhl und schob ihn mit zügigen Schritten zum Wagen. Wenn die Stadt nicht all zu voll war, waren sie in einer Viertelstunde bei Dr. Hansens Wohnung.

35

Still und dunkel. Das war der Zustand in dem Sophie am liebsten schlief, zur Ruhe kommen konnte, wenn sie einen anstrengenden Tag hinter sich hatte. Jeder kleinste Lichtstrahl, der von der Straßenlaterne in ihr Schlafzimmer fiel, war dann in der Lage, sie aus dem tiefsten Schlaf zu holen. Und schon kurz nachdem sie und Alexander geheiratet hatten, war auch der Fernseher aus dem Zimmer verbannt worden. *Still und dunkel.* Sie hätte niemals gedacht, dass sie eines Tages diesen Zustand verfluchen würde, sich auch nur jedes kleinste Geräusch herbeisehnen würde und alles für einen hellen, den ganzen Raum durchflutenden Lichtstrahl getan hätte. Seit Stunden vegetierte sie in dieser winzigen Abstellkammer unter dem Dach, in dem das noch viel winzigere Fenster gerade ein leichtes Dämmerlicht zuließ.
Was hatte er vor? Sophie streckte die Beine durch die Dunkelheit in die winzige Kammer und stöhnte leicht auf, denn sie hatte viel zu lang mit

angewinkelten Beinen gesessen, sodass ein stechendes Ziehen durch ihre Glieder fuhr. Ihr Kopf schmerzte bereits bei jeder kleinsten Bewegung, denn der Uringeruch, der von Minute zu Minute beißender wurde, hatte sie gezwungen durch den Mund zu atmen, sodass sie von der ungewohnten Anstrengung völlig erschöpft war. Was hatte er vor? Vielleicht würde er so lange warten, bis sie entkräftigt in Ohnmacht gefallen war und dann ... Ja was dann? Sophie rieb sich über ihre Augen, die vor Müdigkeit mittlerweile brannten. Diese Grübelei führt zu nichts, wie sollte sie erahnen können, was ein geistig gestörter Mann, wie Olaf Hansen, als Nächstes tun würde, wenn sein Plan nicht aufginge, er verloren hätte. Bei diesem Gedanken begann Sophies Puls langsam zu steigen, sie schloss die Augen und merkte, wie ihr Herz bis zum Hals schlug. Dies konnte kein gutes Ende nehmen. Das Einzige, was in Olaf Hansens Leben existierte, war sie und der krankhafte Wunsch mit ihr zusammen zu sein, mit ihr sein Leben zu verbringen. Sophie hatte seine Illusion zerstört. Heftig und unwiderruflich hatte sie ihm klargemacht, dass es niemals eine Zukunft für sie geben würde.

Sophie öffnete die Augen, denn es kam ihr eine böse Ahnung. Was tut schon ein Mensch, der sein einziges Lebensziel mit einem Schlag verliert. In diesem Moment war sie sich sicher, dass es kein gutes Ende nehmen wird. Die unerschütterliche Zuversicht, die sie immer und in jeder Situation innehatte, den Gedanken, dass am Ende doch alles gut werden würde, das alles existierte plötzlich nicht mehr. Nur die Angst, die Angst, die ihre Kehle zuschnürte und den Schweiß über ihren Körper trieb, war so deutlich, dass sie zu zittern begann und heftig zusammenzuckte, als plötzlich ein greller Lichtstrahl in die Kammer fiel und sofort wieder erlosch, als die Tür wieder geschlossen wurde. Das alles ging so schnell, dass Sophie noch nicht einmal daran gedacht hatte, aufzustehen oder gar eine Flucht zu starten. Sie blickte zur Tür und konnte eine dunkle Gestalt entdecken, die nun langsam auf sie zukam.

„Hallo Sophie..“
Sie zuckte erneut zusammen und presste sich gegen die Kiste, vor der sie die letzten Stunden ausgeharrt hatte, in der aussichtslosen Hoffnung, nicht entdeckt zu werden.
Doch natürlich hatte sie keine Chance, in der dunklen Kammer unentdeckt zu bleiben, denn sie war so winzig, dass sie mit zwei Schritten zu durchqueren war.
„Ich habe dir etwas zu trinken mitgebracht. Du musst fürchterlich durstig sein.“
Sie spürte einen kalten Gegenstand an ihrer Wange und schloss langsam ihre Hand um diesen. Das Glas war bis zum Rand gefüllt. Ihre Kehle brannte und ohne ein Wort zu erwidern, spülte sie die kalte Flüssigkeit den Hals hinunter. Erst als sie sich mit den Fingern über die Lippen strich, um ihn zu trocknen, bemerkte sie einen leicht säuerlichen Nachgeschmack. Sie wusste nicht, warum sie in diesem Moment sicher war, dass er sie vergiften wollte. Doch sie war sich sicher. Der fahle, säuerliche Geschmack in ihrem Mund war Gift. Gift, was sie wahrscheinlich langsam und qualvoll umbringen würde. Sie hatte nicht nachgedacht, sie hatte eben einfach nicht nachgedacht! Und jetzt von einem auf den anderen Moment war sie dem Tod so nahe, dass sie sich panisch mit den Händen durch die Haare fuhr. Sie stöhnte und merkte, wie sich ihr gesamter Körper mit Schweiz überzog.
„Du Bastard, hast du mir Gift gegeben?“ Sie versuchte sich aufzurichten und wankte auf Olaf Hansen zu, der immer noch unverändert wenige Zentimeter vor der Tür stand. Ein kleiner Lichtstrahl fiel durchs Fenster und Sophie konnte erkennen, dass sich sein Gesicht zu einer Grimasse verzogen hatte. Ein grauer Schleier nahm ihr die Sicht. Sie sackte auf die Knie und steckte ihren zittrigen Zeigefinger tief in den Rachen, sodass sich ihr Magen aufbäumte. Sie musste sich übergeben, dieses verdammte Gift musste aus ihrem Körper!

Mit einem Schritt stand er neben ihr und zerrte den Arm so brutal aus ihrem Hals, dass ihr Handgelenk mit einem lauten Knacken brach. Sie öffnete den Mund, um zu schreien, doch sie hatte keine Kraft mehr.
Ein stumpfes Schlagen tönte in ihren Ohren und schien sich in ihrem Kopf tausendfach zu wiederholen. Sie hatte das Gefühl, dass es von der Tür kam und gerade, als sie die Augen schloss, hörte sie Alexanders Stimme, der unaufhörlich und immer wieder nach ihr rief. *Ich sterbe*, war ihr einziger Gedanke, aber zumindest ist ihr in diesen letzten Momenten vergönnt, noch einmal Alexanders Stimme zu hören. Wie echt und nah sie klang. Wilde Muster trieben sich in ihren Blick, durchzuckt von grellem Licht. Ihr Körper war taub und bäumte sich ein letztes Mal auf, bevor sie das Bewusstsein verlor.

36

Er glaubte, es waren ihre Augen, diese satten blauen Augen, durch die sich zarte grüne Fäden zogen, die ihn vom ersten Moment, in dem er Sophie gesehen hatte, in den Bann gezogen hatten. Mittlerweile wurden sie von leichten Fältchen umrandet, die man nur entdecken konnte, wenn sie morgens noch schlief und kein Make-up aufgelegt hatte.

Alexander starrte in ihr bleiches Gesicht und fuhr mit dem Finger über ihre geschlossenen Lider. Plötzlich, ohne, dass er sich dagegen wehren konnte, drängten sich die fürchterlichen Bilder vom Vortag in sein Gehirn. Sie hatten sich mit vereinten Kräften gegen die Tür gestemmt, den Rollstuhl immer wieder gegen die Tür prallen lassen, Martin dicht neben ihm. Endlich, als seine Schulter bereits völlig taub war, hatte sie nachgegeben. Und dann hatte er Sophie gesehen. Es gab keinen Moment, der jemals so unerträglich gewesen war. Sie lag leblos neben einer Kiste, ihre Hände waren kalt und er hatte sie geschüttelt, immer wieder hatte er sie geschüttelt.

Er erinnerte sich nicht, was sie nächsten Minuten geschah. Irgendwann wurde er durch ohrenbetäubende Sirenen in die Realität zurückgeholt und beobachtete wie ein Mann im weißen Kittel einen langen Schlauch in Sophies Hals steckte.

„Es wird alles gut, glaub mir“, flüsterte eine Stimme hinter ihm und jetzt erinnerte er sich, dass es sich dabei um Martins Stimme gehandelt hatte.

Er war es auch, der das Tagebuch gefunden hatte und Alexander erinnerte sich nur ungern an die Situation, an dem er von den grausamen Machenschaften des Arztes las. Er hatte sie verraten, er hatte Sophie im Stich gelassen und dafür hasste er sich. Aber er wusste auch, dass sie ihm verzeihen würde, ihm niemals Vorwürfe machen würde. Und er wäre zu schwach, um für seinen Fehler geradezustehen. Wie ein Verräter würde er ins Land zurückkehren, in Sophies Arme sinken und beten, dass es so werden würde, wie es zwischen ihnen gewesen ist. In diesem Moment öffnete sich auch die Tür und Martin trat in das Krankenzimmer.

„Sie ist über den Berg, habe ich gerade gehört!“ Aufmunternd umschloss Martins Hand seine Schulter. Er blieb einen Moment unschlüssig im Raum stehen und wandte sich dann wieder zur Tür.

„Ich lasse euch jetzt wieder allein. Ich warte draußen auf dich!“

„Martin?“ Alexander blickte zum ersten Mal auf.

„Ja?“

„Danke für alles!“

Über Martins Gesicht huschte ein leichtes Lächeln, als er leise die Tür schloss.

Alexander setzte sich wieder auf die Bettkante und beobachtete, wie sich Sophies Augen langsam öffneten.

Er spürte, wie ihre Hand die seine suchte und sie zärtlich umschloss. Ein warmer Rausch glitt durch seinen Körper. Sie wollte etwas sagen, doch er strich ihr mit der Hand leicht über die Lippen.

„Ich habe dich immer geliebt Sophie, nur ich hatte so wahnsinnige Angst, dich nicht mehr glücklich machen zu können. Was sollst du mit einem Krüppel im Rollstuhl? Du liebst das Leben Sophie. Bitte verzeih mir.“

Sie zog seine Hand an ihren Mund und legte sie wie ein Mantel um ihre Wange. Plötzlich starrten ihre Augen wirr in den Raum.

„Olaf, was hat er getan? Hat er dir etwas ...“ Wieder strich Alexander ihr über die Lippen und schüttelte wissend den Kopf. Langsam verschwand die Anspannung aus Sophie Gesicht und sie drängte sich dicht an Alexander. Der Albtraum hatte ein Ende.

Wie ein Stein, der angestoßen und nun unaufhaltsam den Berg ins Tal hinab rollte, fügte sich in den nächsten Wochen das Schicksal seiner

Bestimmung; und langsam, Stück für Stück, begann Sophies Leben sich in seine alte Weise einzufinden; die Bedeutungslosigkeit war der Begeisterung gewichen, eine Begeisterung für ihr Leben, die Sophie noch nie so stark empfunden hatte.

Marie Steinberg hatten sie noch am gleichen Tag aus der Klinik geholt, sie kehrte in ihr Haus zurück und war auf dem Weg der Besserung.

Auf Sophies Schreibtisch lag eine Einladung zu Johannas und Maximilians Hochzeit; es war nicht wie früher, aber durch den Tod ihres Peinigers begann ihre Freundin, Frieden mit sich zu schließen.

Thomas Savigny wurde am Amsterdamer Flughafen von den dortigen Beamten festgenommen, hatte ein umfassendes Geständnis abgelegt, und wurde an die Bundesrepublik ausgeliefert.

Es war *die* Sensationsnachricht der einschlägigen Tagespresse. Sophie saß an ihrem Schreibtisch und las die grausamen Details des Mordes.

... Eine unerfüllte Sehnsucht nach Liebe hätte den renommierten Anwalt zu der grausamen Tat getrieben. Von der Mutter verstoßen, von seinem Onkel gequält, wäre der Mann nicht mehr fähig gewesen, eine Beziehung zu einem anderen Menschen aufzubauen. Völlig verbindungslos hätte sich diese Last zu einer Aggression gesteigert, die sich erst in Gewalt und zwangsläufig zu dem Mord entladen hätte.

Sehnsucht als Mordmotiv, kam es Sophie in den Sinn und sie fragte sich, ob sein gutes Abschneiden in der Zeitung daran lag, dass ein Redakteur ein Mandant von ihnen gewesen war oder gar an der Tatsache, dass seine Opfer Prostituierte gewesen sind. Bedrückt blätterte sie weiter. Obwohl sie die Todesanzeigen nie las, war eine von ihnen nicht zu übersehen.

Das Clemens-Hospital nahm Abschied von ihrem beliebten Arzt, Dr. Olaf Hansen, er hatte sich in einer einsamen Waldhütte erhängt. Es

wurde vermutet, dass er aufgrund der anstrengenden Arbeit im Krankenhaus an starken Überlastungsdepressionen litt.
Niemand wusste, dass auch ihm die ungestillte Sehnsucht zum Verhängnis geworden war. Sie und Alexander hatten beschlossen, das Buch zu vernichten; Tote sollte man ruhen lassen.
Es klopfte an ihrer Tür und Sophie ließ die Zeitung in den Papierkorb gleiten, eine dunkelhaarige Frau mit einem Säugling im Arm betrat ihr Büro.
„Wären sie so nett, meinem Mann den Scheidungsantrag zukommen zu lassen?"
Lächelnd nickte sie Beatrice Stern zu und lehnte sich leicht im Sessel zurück, um einen Sonnenstrahl zu erhaschen, der gerade durch das Fenster fiel.

Books on Demand GmbH, Norderstedt
ISBN 978-8370-9021-5